NICHOLAS
LESSING

Und stehe auf von den Toten

Roman

W0391168

WILHELM HEYNE VERLAG
MÜNCHEN

Für Cornelia und
Antonia Sophia

FSC
Mix
Produktgruppe aus vorbildlich
bewirtschafteten Wäldern und
anderen kontrollierten Herkünften

Zert.-Nr. SGS-COC-1940
www.fsc.org
© 1996 Forest Stewardship Council

Verlagsgruppe Random House FSC-DEU-0100
Das für dieses Buch verwendete FSC-zertifizierte Papier
Holmen Book Cream
liefert Holmen Paper, Hallstavik, Schweden.

Originalausgabe 01/2010
Copyright © 2010 by Wilhelm Heyne Verlag, München,
in der Verlagsgruppe Random House GmbH
Printed in Germany 2010
Umschlaggestaltung: Nele Schütz Design, München,
unter Verwendung des Gemäldes *Pest in Rom* von
© Jules Elie Delaunay, Musée d'Orsay, Paris
Satz: Buch-Werkstatt GmbH, Bad Aibling
Druck und Bindung: GGP Media GmbH, Pößneck
ISBN: 978-3-453-47098-9

www.heyne.de

Prolog

Hinter diesen Taten steckte eindeutig der Teufel. Bestürzt sah Papst Benedikt XIV. von dem Dossier auf. Nur die Kerze auf dem Schreibtisch erhellte notdürftig die geheimen Akten.

Der Papst rieb sich die brennenden Augen. Dann fasste er seinen Entschluss. Niemals dürfte die Öffentlichkeit davon erfahren. Bei Bekanntwerden der Morde würde unter den Katholiken erst Unruhe, dann Angst auflodern und eine nicht mehr zu kontrollierende Hysterie auslösen. Freunde würden Freunde denunzieren, Nachbarn sich mit tödlichem Argwohn begegnen und Leichen geschändet werden. Denn das Böse breitete sich immer wie eine Seuche aus, die keinen verschonte.

Als Bischof der Bischöfe stand er in der Pflicht, die Menschen zu beschützen. Gleichzeitig beschlich ihn das lähmende Gefühl der Vergeblichkeit. Denn es war nicht das erste Mal in seinem Leben, dass er diesem Grauen begegnete, welches die Beauftragten der Kurie in den Schriftstücken so penibel dokumentiert hatten.

Warum musste das Verderben immer wieder nach den gleichen grausamen Mustern ablaufen? Konnte das Böse nicht ein für alle Mal aus der Welt geschafft werden? Benedikt XIV. blickte noch einmal auf den Bericht, der zuoberst lag. Er sah es genau vor sich, wie die Bauern, getrieben von Angst und Aberglauben, in ihrer Verzweiflung schließlich die Kapelle stürmten, den Sarg öffneten und die Leiche pfählten. Wäre es nicht sicherer gewesen, den Kadaver zu verbrennen? Aber wer konnte das schon mit Gewissheit sagen?

Seit Jahrtausenden dachten die Menschen unentwegt über die Natur des Bösen nach und besaßen dennoch so lächerlich geringe Kenntnisse darüber. Der Teufel kannte genau wie die römischen Narren zum Karneval viele Verkleidungen und für jeden Menschen das richtige Versprechen, um ihn zu verführen. Diese Erfahrung hatte er leider schon allzu oft gemacht, als er noch jung war und Prospero Lambertini hieß.

Er wehrte sich gegen den Gedanken, den er letztlich doch akzeptieren musste. Wenn das Böse ihn vor vielen Jahren schon einmal in dieser Maskerade angegriffen hatte, dann würde er nur in der Vergangenheit die Mittel finden, mit denen er den alten Feind besiegen konnte. Aber alles in ihm sträubte sich davor, in die versiegelte Hölle seiner Erinnerung zu steigen. Man sollte die Gespenster der Vergangenheit nicht wecken. Doch besaß er eine andere Möglichkeit? Wollte er den Menschen helfen, musste er sich die mühsam verdrängten Ereignisse ins Gedächtnis rufen, auch um den Preis, dass längst vernarbte Wunden wieder aufplatzten. Wie ein fremdes Leben erschien ihm die Zeit, als er mit dem Satan persönlich gerungen hatte. Damals war er bei weitem jünger gewesen und wusste noch nicht, wer sein Gegner war in diesem Kampf auf Leben und Tod …

1.

Was war sie doch für ein Glückskind! Mutter und Vater hatten ihr erlaubt, den Bruder in Rom zu besuchen. Ihre Freundinnen in Orvieto waren vor Neid geplatzt, als sie davon erfahren hatten.

Kaum in der Ewigen Stadt angekommen, bestürmte Cäcilia den Bruder, sie zum Römischen Karneval mitzunehmen. »Zum Karneval? Ich? Niemals!«, rief er aus, als verlangte man von ihm, seine Ehre zu brechen. Entschieden schüttelte er den Kopf.

»Warst du denn schon einmal dort?«

»Ich muss nicht in die Hölle hinabsteigen, um zu wissen, dass es dort heiß ist und die armen Seelen der Sünder gepeinigt werden.«

»Aber Bruder, es ist nicht die Hölle, es ist ein Volksfest. Wie kann es ein Werk des Teufels sein, wenn der gütige Herr Papst es genehmigt hat?«

Sie kannte ihn gut genug, um zu wissen, dass der Karneval für ihn allenfalls eine Notiz in einer Chronik oder den Gegenstand eines gelehrten Kommentars in einem Traktat abgab. Er war und blieb ein Büchermensch. Deshalb setzte sie geschickt auf die Kraft der Verführung und schlug ihm vor, in die Maske des Philosophen Platon zu schlüpfen. Die Chance, einmal der größte Philosoph des Altertums zu sein, wenn auch nur für ein paar Stunden, war für den Bibliothekar der Vaticana am Ende einfach zu verlockend. Er trank und aß zwar mäßig und interessierte sich weder für Frauen noch für Männer. Aber deshalb war er nicht ohne Verlangen, und wenn dieses auch rein geistiger Natur war, so loderte es dennoch nicht weniger verzehrend in seinen

Adern. Der alte Grieche Platon galt als der Gott der Philosophen schlechthin. In der Verkleidung durfte der kleine Bibliothekar sich für ein paar kostbare Stunden zum Herren der Denker aufschwingen. Cäcilia wusste, dass er dieser Vorstellung nicht würde widerstehen können. Sie selbst hingegen streifte mit der Art von Bescheidenheit, die schon an Koketterie grenzt, das unförmige Narrenkostüm des Pulcinells über wie so viele andere auch. Der um ihren jungen Körper schlackernde Stoff verlieh ihr einen unwiderstehlichen Charme, den Reiz des Knabenhaften.

Gegen Mittag trieb es die Geschwister zum Corso. Sie tauchten in die bunte Welt der Narren und Spitzbuben ein, in das römischste aller Feste, den Karneval, in dem kein Papst, kein Vikar der Stadt und keine Heilige Inquisition existierten, nur Menschen, die ihre Fantasien lebten.

Der Februar gab sich in diesem Jahr kühler als normalerweise, und das tiefe Blau des römischen Himmels war von einer eisigen Blässe überzogen. Das Firmament wirkte unter dem Firnis des Raureifs unbeseelt wie die starren Züge der Masken und die bunten Kostüme wie lackiert in der kalten, klaren Luft. Auf den Straßen, Gassen und Plätzen der Stadtteile Regola, Parione, Ponte, Pigna, San Eustachio, San Angelo und Trevi galten in den kommenden drei Tagen ausschließlich die Gesetze der Narren. Obwohl für gewöhnlich in diesen drei Tage mehr Menschen verletzt und beraubt wurden oder den Tod fanden als zu anderen Zeiten – oder vielleicht sogar deshalb –, liebte das Volk von Rom, der *Poppolo,* das Fest und feierte es in derber Ausgelassenheit. Einmal im Jahr zumindest schienen alle Menschen gleich zu sein. Ihre Wünsche hatten durch die Verkleidung Gestalt angenommen und posierten nun für alle sichtbar auf den Straßen wie auf einer riesigen Theaterbühne. Die Grundlage des Vergnügens bestand in der Anonymität. Jeder war vollkommen das, was er vorgab zu sein.

Die Geschwister kämpften sich zum Corso durch, um das traditionelle Pferderennen mitzuerleben. Je näher sie der Rennstrecke kamen, umso dichter wurde das bunte Flickengewand der Leiber. Der Geruch von Schweiß, Fusel, Urin und Schminke hing in der Luft. Das junge Mädchen fragte sich aufgeregt, ob das der Geruch des Abenteuers war. Aufreizend und abstoßend zugleich. Schließlich drängten sich die Menschenmassen wie ein mächtiger Keil zwischen Cäcilia und ihren Bruder und trieben die beiden gleichgültig und unerbittlich auseinander. Sie streckte noch ihre Hand nach ihm aus, vergeblich. Dann hörte sie ihren Bruder rufen, bevor seine dünne Stimme im Tosen des allgemeinen Lärms unterging.

Cäcilia brauchte einen kurzen Moment, ehe sie ihre Situation überschaute, dann aber huschte unwillkürlich ein Lächeln über ihre sinnlichen Lippen. Frei! Das erste Mal in ihrem Leben war sie ohne jede Aufsicht, ohne Amme, ohne Mutter, ohne Vater und ohne Bruder. In der großen Stadt stand sie plötzlich ganz auf sich allein gestellt da. Das Gefühl hob sie wie ein Orkan aus ihrem spießigen Leben und erfüllte sie mit einer ungekannten Kraft. Cäcilia atmete tief durch und spürte, wie wilder Unternehmungsdrang jede Zelle ihres Körpers flutete. Übermütig lachte sie auf. Warum sollte sie ihren brüderlichen Aufpasser suchen und die unverhofft gewonnene Freiheit wieder aufgeben? So eine Gelegenheit würde sich nie wieder bieten. Sie liebte das Abenteuer, das sie daheim im wohlgeordneten Orvieto allenfalls in der Vorstellung unternehmen durfte. Jetzt aber ging durch eine Laune des Schicksals ihr Traum in Erfüllung, die wilde und gefährliche Welt auf eigene Faust zu erkunden. Sie war alt genug, sie war klug genug, was sollte ihr schon passieren? Genügend Geschichten hatte sie gehört, unzählige Romane gelesen.

Amüsiert beobachtete sie, wie man den Leichtsinnigen, die sich unmaskiert ins Gewühl gewagt hatten, den Buckel für den Gesetzesbruch gerbte. Mehr noch als das Kostüm bedeutete die Maske Schutz und Freiheit. Sich unmaskiert hierherzuwagen, galt als Anschlag auf die Freiheit des Karnevals und somit als Hochverrat an der Republik der Närrischen Drei Tage.

Junge Männer in Frauenkleidern sprachen sie an, aber sie erteilte ihnen beherzt eine Abfuhr. Sie ahmten zur Belustigung der Umstehenden verliebte Jungfrauen oder geschäftstüchtige Huren nach. Advokaten bedrohten Passanten damit, Prozesse auf der Grundlage willkürlich erfundener Vergehen gegen sie anzustrengen. Damit brauchte man Cäcilia, der Tochter eines Notars, nicht zu kommen. Und während sie wieder einem als Rechtsanwalt verkleideten Narren den Spaß verdarb, sprach sie ein junger Mann mit wohlklingender Stimme, aber hartem Akzent an.

»Bezaubernder Pulcinell, womit kann ein armer Adept wie ich Gnade vor dir finden?«

»Habe ich dich verurteilt?«

»Ja, zu lebenslangem Dienst.«

»Wodurch?«

»Durch die Anmut deiner Bewegungen, den Wohlklang deiner Stimme, das Silberläuten deines Lachens, den Goldglanz deiner Erscheinung.«

Gott, was sie alles sein sollte! »Gold und Silber, mein Vater wird wohl einen anständigen Preis für mich auf dem Markt erzielen können!« Cäcilia prustete los, wobei ihre Augen spöttisch blitzten. Neugierig musterte sie den Fremden. Er war hochgewachsen, trug ein Barett mit Seitenklappen, die seine Ohren bedeckten, einen geschlitzten Wams, wie sie ihn von den jährlich stattfindenden Umzügen der Tuchmacherzünfte daheim kannte, wenn die Meister und Gesellen sich zur Feier des Tages in die Mode ihres Gründungsjahres 1505 zwängten. Die Schlitze ließen einen tiefblauen Unterstoff unter dem Rot des Wamses erkennen. Über schwarzen Kniestrümpfen trug er eine eher dezente, schwarzrot gestreifte Pluderhose, dazu ein Rapier. Sie sah in ihm einen Edelmann aus längst vergangener Zeit. Stahlblaue Augen sprengten die Sehschlitze der starren Maske mit ihrem respektlosen Funkeln. Etwas an seiner Stimme irritierte Cäcilia. Ihr Klang erinnerte leicht an das Bellen eines Wolfes. Der Fremde schien es zu genießen, dass er begutachtet wurde. Er verbeugte sich galant vor ihr.

»Verzeih einem armen Goldmacher das Stammeln in dem Augenblick, in dem er sein Gold gefunden hat.«

»Wirke ich so starr, so glatt, so kalt leuchtend wie schnödes Gold, mein Herr?«

»Ich meinte nicht das Metall.«

»Sondern?« Sie zog erwartungsvoll die rechte Augenbraue hoch, was aber unter der Maske verborgen blieb.

»Das Gold, das wir die Seele nennen.«

»Das ist Philosophie. Und davor hat mich mein guter Vater gewarnt.«

»Bitte, begleite mich zum Teatro Tordinone. Ich will nicht philosophieren, sondern tanzen. Oder hat dich dein guter Vater auch davor gewarnt? Zeig ihn mir, und ich will ihn um Erlaubnis bitten.« Cäcilia lachte jetzt aus vollem Halse. Die Vorstellung, wie der freche Cavaliere ihren Vater bitten und sich eine Abfuhr einhandeln würde, die sich gewaschen hatte, belustigte sie. Doch sie wollte nicht über ihren Vater reden. Das berühmt-berüchtigte Teatro di Apollo di Tor di Nona, wie es eigentlich hieß, erregte ihre Neugier.

»Kommst du denn da rein?«

»Hältst du mich für einen Angeber?«

Cäcilia konnte ihr Glück kaum fassen. Nur in der Zeit des Karnevals durften die Theater offiziell betrieben werden. Und zu einem Ball in eines der fünf Spielhäuser der Ewigen Stadt eingeladen zu werden, überstieg bei weitem das, was sie in ihren kühnsten Träumen erhofft hatte. Das Teatro Tordinone galt als das vornehmste von allen. Dort trafen sich nur der Hochadel, die auf andere Art – man fragte besser nicht wie – unverschämt reich gewordenen Gecken und einige verkleidete Kardinäle. Und jede Menge Damen aus der höheren Gesellschaft und aus den teuren Bordellen.

Cäcilia überlegte nicht lange, denn sie sah keinen Grund zur Vorsicht. Sie bewegte sich schließlich mit dem Fremden in der Öffentlichkeit und folgte ihm nicht in ein stilles Kämmerlein, in eine zwielichtige Wirtschaft oder in eine verlassene Gegend. Was sollte ihr also schon geschehen? Sie könnte jederzeit um Hilfe rufen, wenn er zudringlich würde. Aber so wirkte er ohnehin nicht auf sie, nicht wie einer, der sich gewaltsam etwas verschaffen musste. Trotzdem konnte es nicht schaden, sich etwas spröde zu zeigen. »Wenn du versprichst, dich stets ritterlich zu betragen.«

»Bei allem, was mir heilig ist.«

»Weiß ich, was dir heilig ist? Schwör bei deiner Ehre. Obwohl – wenn du vorhast, ehrlos zu handeln, besitzt du keine Ehre, und so wäre auch der Schwur nutzlos. Ach, schwör am besten gar nicht. Wie heißt du?«

»Agrippa. Agrippa von Nettesheim. Und du?«

»Sieht man es nicht? Pulcinella.«

»Ich meine, mit richtigem Namen.«

»Und du? Heißt du wirklich Agrippa?«

»Nein, David von Fünen.«

»Deutscher?«

»Aus Prag. Und du?«

»Cäcilia Velloni«, antwortete sie und fügte dann flunkernd hinzu: »Aus Rom.« Sie wollte nicht, dass er sie für ein Landei hielt.

Er reichte ihr, wie ihr schien etwas zu selbstsicher, dennoch aber elegant, den Arm. »Dann komm, Principessa. So will ich dich nennen. Das passt besser zu dir als Pulcinella.«

Sie hakte sich ein. Ihr Herz klopfte. Ein Abenteuer, ein richtiges Abenteuer. Mit ihr als Hauptperson. Das erste in ihrem Leben. In ihrem verschlafenen Heimatkaff erwartete sie nur eines Tages der Heiratsantrag eines Mannes, dem sie dann so viele Kinder gebären würde, wie er zuvor in der Lage war zu zeugen. Doch bevor das eintreten würde, wollte sie noch etwas Einzigartiges erleben, woran sie sich das ganze Leben erinnern und was ihr schließlich den lauen Abend eines beschaulich geführten Lebens erwärmen sollte.

Sie passierten den Viccolo della Volpe und standen vor dem berühmten Modehaus von Giuseppe Romano.

»Komm, jetzt machen wir aus der drolligen Pulcinella eine richtige Principessa.« Ehe sie etwas erwidern konnte, nahm er ihre Hand und zog sie in das Geschäft. Giuseppe Romano hatte zwar geöffnet, aber zur Sicherheit ein paar handfeste Kerle mit groben Stöcken im Verkaufsraum versammelt. Ein Mann um die vierzig, mit dunklen Augen und wildlockigem, grau meliertem Haar, kam auf die beiden zu. Cäcilias Begleiter schien ihn zu kennen, was sie beruhigte.

»Ah, Signor Romano höchstpersönlich.«

»Womit kann ich dienen, Cavaliere?«

»Mit dem leichtesten von der Welt: diese schöne Närrin in eine Prinzessin zu verwandeln, denn in Wahrheit ist sie eine verkleidete Göttin. Wir müssen nur wieder sichtbar machen, was sie vor uns so geschickt verborgen hat.«

Cäcilia war, als schaute der erfahrene Modehändler durch ihre Verkleidung hindurch, während er sie musterte. Sie errötete.

»Kommen Sie, Signorina«, lud er sie mit vertrauenerweckender Stimme ein. Sie folgte ihm in eines seiner Studios, die vom Ladenraum abgingen.

»Bleiben wir in der Zeit des Cavaliere von Fünen. Reisen wir in Stoffen und Schnitten knapp zweihundert Jahre zurück.«

Er breitete verschiedene Kleidungsstücke auf dem kleinen Tisch aus, der in der Mitte des Studios stand. »Rufen Sie mich, wenn sie mich brauchen.« Damit entfernte er sich diskret und ließ Cäcilia mit den Kleidern allein.

So teure Stoffe und so schöne Schnitte hatte sie noch nie gesehen. Sollte das wirklich für sie sein? Dürfte sie diese Kleider tatsächlich tragen? Ihre Neugier siegte über ihre Befangenheit. Sie streifte das Pulcinellenkostüm ab, auch ihr grauwollenes, ein wenig derbes Unterhemd und schlüpfte in ein langes, mit Spitzen besetztes Unterkleid aus weißer Seide, fein und halbdurchsichtig. Es fühlte sich kühl und zart an, wie ein Schmetterlingsschlag auf der Haut. Die reinste Sünde, dachte sie mit wohligem Schaudern. Nun zog sie das in einem hellen Grün gehaltene Damastkleid darüber, das an den gebauschten Ärmeln geschlitzt und mit goldenen Borten versehen war. Sie schaute in den mannshohen Spiegel.

War sie das wirklich? Oder sah sie jetzt zum ersten Mal ihre wahre Gestalt, die sonst unter der schlichten Kleidung der Notarstochter verborgen blieb? Sie wollte nicht darüber nachdenken, nur einmal, nur für ein paar Stunden, den Traum leben, eine umworbene und edle Fürstin zu sein. Durfte sie ihr Recht, einzigartig zu sein, nicht noch ein wenig verteidigen? Vor Glück klatschte sie mehrere Male in die Hände. Immer wieder drehte sie sich und bewunderte dabei ihr Spiegelbild. Dann seufzte sie. Länger durfte sie die beiden wirklich nicht warten lassen, also riss sie sich gewaltsam von ihrem Anblick los.

»Signor Romano«, rief Cäcilia leise, in einer Mischung aus Furcht und Andacht. Sie hatte eine neue Seite von sich entdeckt, und sie wollte das Bild nicht durch ein zu lautes Wort wie eine Seifenblase zum Zerplatzen bringen. Und doch hatte ihr Empfinden nichts mit Eitelkeit zu tun. Es war vielmehr eine Art Ehrfurcht vor dieser anderen Cäcilia.

So als habe er nur auf ihren Ruf gewartet, stürmte der Modehändler ins Studio, und ein Strahlen erhellte seine Züge. »Madonna mia. Was für eine Schönheit. Lassen Sie uns das Kunstwerk vollenden.« Seine Begeisterung wirkte nicht professionell vorgetäuscht, sondern echt.

Er legte eine Kette aus geschliffenen, ovalen Bernsteinplättchen, die von feinem Gold gerahmt wurden, um ihren Hals. Dann reichte er ihr eine schwarze Halbmaske und befestigte einen Haarkranz aus Gold, an dem eine einzelne Perle hing, in ihrem schwarzen Haar. Von dem Kranz fiel ein Schleier aus lindgrüner Seide etwas nach rechts versetzt über ihren Hinterkopf bis hinab zu ihren Kniekehlen. Giuseppe Romano trat einen Schritt zurück und betrachtete sie. Sichtlich mit seinem Werk zufrieden rief er aus: »Ah, die richtige Mischung aus Unschuld und Geheimnis.«

Er führte sie wieder in den Verkaufsraum zurück, wo ihr Cavaliere auf sie wartete. Dieser erstarrte bei ihrem Anblick. »Teufel eins, Giuseppe, du bist dein Salär wert«, rief er aus.

»Nicht in diesem Fall, hier tat ich nichts dazu!«, wehrte der Modist galant ab. Sie einigten sich dennoch auf eine stattliche Summe Geldes. Cäcilias Herz klopfte vor Freude. Sie konnte es kaum erwarten, sich als Prinzessin verkleidet der Welt zu präsentieren.

2.

Mit dem Rücken stand das Teatro Tordinone längs zum Tiber. Treppen führten zum Wasser herunter, so dass man das Theater auch flusswärts verlassen oder betreten konnte. Für alle, die nur heimlich hierherkommen durften, war der Eingang vom Fluss von unschätzbarem Wert. Die Vorderseite empfing hingegen die vielen teuer verkleideten Menschen mit einem prachtvollen Portal. Kühn krönte den offiziellen Eingang ein geschwungener Bogen, der auf majestätischen Säulen ruhte. Der Weg in die Hölle ist breit und bequem, lästerten deshalb die sittenstrengen Priester in Rom. Sie befanden sich gottlob in deprimierender Minderzahl.

Falsche Cäsaren und unechte Katharina de Medicis, nachgeahmte Achills und die mitleiderregenden Versuche, faltige Matronen in schöne Helenen zu verwandeln, drängten gemeinsam mit Cäcilia zwischen den korinthischen Säulen in das Foyer. Aber was spielte das schon für eine Rolle, denn an jeder Ecke posierten knackige Parise, die sich nur allzu gern von ältlichen Helenen kaufen ließen. Alles war möglich, alt konnte jung werden und jung sich in alt verwandeln, reich in arm, nur nicht arm in reich. Der ganze Karneval war in Wahrheit ein gut verkleideter Markt der Sehnsucht, der jedem reichlich Freude bescherte, der sie auch zu bezahlen vermochte. Aus der Masse der im Foyer tanzenden Menschen stieß bisweilen scharf wie ein Dolch ein ordinäres Lachen hervor, wie man es für gewöhnlich nur von den billigen Kaschemmen oder von den Märkten her kannte. Doch das alles überspielten die triumphierenden Melodien Scarlattis und Corellis.

Cäcilia hielt den Atem an, als fürchtete sie, sich an ihrem eigenen Staunen zu verschlucken. Ihr Begleiter gönnte ihr nicht den Augenblick, sich zu sammeln, sondern riss sie mit sich in die brodelnde Lava der Tanzenden. Und in der Tat ging es hier so wild zu wie auf einem Vulkan. Erst eine Sarabande, dann eine Giga oder Gigue, wie die Franzosen sagten. Und anschließend stimmte das Orchester sogar eine Saltarella an, einen volkstümlichen Springtanz. Cäcilia erschrak, das war mehr als gewagt, das war eindeutig frivol. Doch zugleich verspürte sie eine prickelnde Lust, den Reiz des Verbotenen, den sie niemals zuvor so unmittelbar, so stark empfunden hatte.

Mochte sich das Volk an lüsternen Sprüngen erfreuen, für gebildete Menschen verbot sich ein so sündiger Tanz. Nur vom Teufel Besessene verrenkten in so grotesker Manier die Glieder. Tanz, so hatte sie es gelernt, bedeutete Ebenmaß, Sittlichkeit, erhabene Figuren und nicht wildes, die Wollust anheizendes Hüpfen. Schließlich ging es um Ästhetik und Moral und nicht um die Gier der Körper. Der Aufschrei der Empörung, den sie deshalb erwartete, blieb zu ihrer heimlichen Freude aus. Die höheren Stände genossen es zum Karneval, auch von den sonst verpönten Genüssen des einfachen Volkes zu kosten. Mochten sie auch noch so grob sein.

Ihr Begleiter hüpfte bereits verführerisch zu den Takten der Musik. Nun ärgerte es sie ein wenig, dass sie nicht im Pulcinellenkostüm geblieben war. In der Freiheit der sackartigen Verkleidung hätte sie allen hier gezeigt, was wirkliche Sprünge waren. Ihr königliches Kleid hingegen eignete sich zwar für den höfischen Tanz, nicht aber für das Hopsen des Teufels. Doch wenn sich ehrbare Menschen diesem Laster hingaben, weshalb sollte sie sich dann zurückhalten? Beherzt raffte sie das Kleid und tat es den anderen gleich. Vergebung würde die Beichte schon gewähren. Und sechzig Rosenkränze war der Spaß doch allemal wert.

Bald schon spürte sie die befreiende Wirkung der Saltarella. Sie glaubte nicht mehr zu tanzen, sondern zu fliegen. Ihr Herz raste. So nahe war sie dem Paradies nie zuvor gekommen. Das Glücksgefühl vereinte sie mit der ganzen Welt, als existierten plötzlich weder Raum noch Zeit. Es gab für sie nur noch ein überwältigendes Jetzt.

Die Zeit verflog, ohne dass sie noch irgendein Gefühl für die fliehenden Stunden besaß. Der Cavaliere nahm ihre Hand und zog Cäcilia mit sich, weg von der Tanzfläche, schob unzählige Menschen beiseite, um den Weg zur Treppe in den ersten Stock zu bahnen. Sie folgte ihm willig. Er kaufte zwei Gläser voll sprudelndem Wein zur Erfrischung.

»Was ist das?«, fragte Cäcilia außer Atem.

»Der Wein des Teufels«, antwortete ihr Begleiter mit einem spöttischen Lächeln. Wenn er glaubte, ihr damit Angst einjagen zu können, dann irrte er sich, denn sie wusste, dass man ein seltsames Getränk aus Frankreich so nannte, weil die Kellermeister bei seiner Herstellung zum Schutz des Gesichtes Eisenmasken trugen wie die Henker und Folterschergen. Aber sie hatte diesen sogenannten Champagner noch nie gekostet, übrigens keiner in Orvieto.

Der Perlwein sprudelte auf ihrer Zunge. Es war, als ob die kleinen Blässchen sofort ins Blut drangen. Sie gaben ihr das Gefühl zu schweben, alles war auf einmal so licht und leicht.

Sie hatte längst den Überblick verloren, wie viele Gläser sie getrunken hatte, als sie sich plötzlich allein in einer Ecke fand. Sie wunderte sich gerade, wo ihr Begleiter so plötzlich abgeblieben war, als jemand ihr vertraulich zuflüsterte: »Komm, Principessa, Agrippa erwartet dich.« Sie folgte der in einen Domino gewandeten Gestalt ohne Fragen zu stellen durch eine kleine Tür in der Wand. Alles kam ihr so selbstverständlich vor und gleichzeitig so geheimnisvoll, wie man es nur mit dem ganz großen Abenteuer in Verbindung brachte.

Andere Kostümierte warteten mit Fackeln in der Hand und beleuchteten damit das enge Treppenhaus. Wie eine Prinzessin eilte sie die Stufen hinunter und begann sich nun doch allmählich zu wundern. Irgendetwas geschah mit ihr. Es war, als ob sie mühsam aus einem Traum zu erwachen suchte. Schließlich wurde eine Tür geöffnet, die bösartig quietschte, und ein feindselig kühler Wind blies ihr ins Gesicht. Kräftige Arme hoben sie, als ob sie nicht mehr als eine Fasanenfeder wog, in ein Boot, ohne dass man sie um ihr Einverständnis gebeten hätte. Was erlaubten die sich?

Das Funkeln weißgelblicher Lichter unter ihr und über ihr irritierte sie. Obwohl sie nicht genau hätte bestimmen können, was oben und was unten war. Das Boot stieß vom Theaterkai ab. Die Paddel gluckten beim Eintauchen ins Wasser.

Erst nach einer Weile gelang es ihr, sich zu orientieren und zu verstehen, dass unter ihr der Fluss und über ihr der Himmel war, und das Blinken lediglich die Spiegelung der Sterne auf der Oberfläche des Tibers darstellte. Sie riss sich die Maske vom Gesicht, als könnte sie dadurch die letzten Stunden ungeschehen machen. Der Schein der Fackel erhellte die Wasseroberfläche, und sie meinte, ihr Alter Ego vom Grund des Flusses streng zu sich aufblicken zu sehen. Sie erschrak. Die Begegnung mit dem eigenen Doppelgänger bedeutete nach uraltem Volksglauben den baldigen Tod. So hatte es sie die Amme gelehrt. Schlagartig wurde ihr bewusst, dass sie sich in Lebensgefahr befand. Das war längst nicht mehr ihr Abenteuer. Nicht der Roman, in dem sie die Hauptfigur geben wollte. In diesem Augenblick wünschte sie sich nur noch zurück in ihr langweiliges Leben. In ihr ödes Orvieto.

»Wohin fahren wir?«, fragte sie und versuchte, gegen die Angst ankämpfend, ihrer Stimme einen sicheren Klang zu geben.

»In die süße Ewigkeit!«, antwortete eine Männerstimme. Sie wollte schreien, doch jemand stopfte ihr brutal einen Knebel in den Mund. Dann sah sie nur noch blaue Augen vor sich, die sie kalt und gefühllos wie ein zappelndes Insekt betrachteten, bevor ihr ein Schmerz an Beinen und Armen verriet, dass man sie fesselte. Der kostbare Schleier wurde ihr vom Kopf gerissen und in den Tiber geworfen. Danach versank die Welt in der Dunkelheit des Sackes, den man über ihren Kopf zog.

3.

Endlich weg!, dachte Prospero Lambertini befreit. Gleich würde er die Stadt verlassen, die er einmal geliebt hatte, inzwischen aber von Tag zu Tag immer weniger mochte. Denn sie hatte sich in einen einzigen Vorwurf verwandelt.

Die Treppe war dunkel und roch muffig nach nassem Mörtel. Die Holzstufen knarrten. Vermutlich war das Haus, in dem er wohnte, älter als die heilige Mutter Kirche, was in Rom keine Unmöglichkeit darstellte. Aber die Miete hielt sich in bezahlbaren Grenzen, und seine Wirtin, eine Seilerswitwe, war freundlich, ohne allzu neugierig zu sein, und kümmerte sich für einen geringen Aufpreis zuverlässig um seine spärliche Garderobe.

Mit eiligen Schritten durchquerte er den schmalen Gang zur Haustür. Wie immer trug er einen schwarzen langen Priesterrock, unter dem am Kragen verschmitzt ein weißes Hemd hervorschaute, außerdem dunkle Hosen und heute noch ein Bündel mit Wechselwäsche, das er über die Schulter geworfen hatte. Vergnügt griff er im gleichen Augenblick nach dem Türriegel, in dem die ungeduldigen Rufe seines Freundes Michele Santini an sein Ohr drangen. Offensichtlich vermutete er ihn noch in der Wohnung.

»Prospero, beeil dich! Wir müssen los! Sonst ist meine Schwester eine alte Frau, bevor sie unter die Haube kommt!« Immer wieder amüsierte ihn der heisere, süditalienische Klang von Micheles Stimme. Ein Lächeln huschte über Prosperos Lippen und ließ seine tiefbraunen Augen funkeln. In drei Tagen, frohlockte er, würden sie in Neapel sein, in einer Stadt, die seine Fantasie befeuerte. Und die römischen Sorgen würden dann weit hinter ihm liegen. Aber treiben lassen würde er sich deshalb trotzdem nicht. Dazu war er viel zu sehr Bolognese.

»Was schreist du so? Wenn wir zu früh kommen, ist sie noch ein Kind!«, antwortete er seinem Freund, als er nun zu ihm auf die Straße trat. Hätte die etwas zu große Nase des jungen Hilfsauditors Lambertini nicht von der Erhabenheit der hohen Stirn abgelenkt, so hätte man sein Antlitz nicht nur als angenehm, sondern auch als schön bezeichnen können. Unter dem Dreispitz quoll widerspenstig das dichte kastanienbraune Haar hervor.

Die Sonne am hohen Himmel wirkte, als würde sie dort nicht hingehören, bedroht von schwarzen Wolkenfetzen. Es war fast Mittag. Aus dem Fenster des Nachbarhauses schaute jetzt ein verkaterter Mann. »Hol dich der Teufel, du Schreihals!«

Man sah ihm an, dass er dem Fluch nur allzu gern eine deftige Beleidigung hinterhergeschickt hätte. Da er aber die Ursache des Lärms in dem kleinen Priester ausmachte, verstummte er stattdessen. Er kratzte sich verlegen am Geschlechtsteil und rief begütigend: »Verzeihung, Vater, ich konnte ja nicht wissen …« Dann verzog er sich hustend wieder in seine Wohnung.

Michele schüttelte den Kopf über den Trunkenbold, dann geriet er ins Schwärmen. »Weißt du, Prosperino, in Neapel hält bereits der Frühling Einzug. Bald blüht der Oleander.«

»Dann lass uns gehen, bevor es Sommer wird.«

Prospero schritt so kräftig aus, dass Michele kaum mitkam. Er hoffte inständig, dass die südliche Stadt ihn auf andere Gedanken bringen würde, denn in Rom würde er Deborah niemals vergessen können, das hatten ihm die vergangenen Monate nur allzu deutlich vor Augen geführt. Jeder Ort in der Stadt erinnerte ihn an die schöne Jüdin, an die nur zu denken bereits eine Sünde bedeutete und die ihn dennoch hartnäckig in seinen Träumen sowie in seinen wachen Stunden verfolgte.

Über das bucklige Pflaster kam ihnen scheppernd eine Kutsche entgegen. Sie näherte sich mit großem Tempo. Die beiden Freunde traten an den Straßenrand, um das eilige Gefährt vorbeizulassen, und der Einspänner überholte sie. Ein Mann spähte aus dem Fenster, rief dem Kutscher etwas zu, der den Wagen wenige Schritte von ihnen entfernt zum Stehen brachte. Aus seinem Inneren kletterte geschwind der Auditor Alessandro Caprara, Prosperos Vorgesetzter bei der Sancta Rota Romana. Trotz der Kühle hatte er die obersten Knöpfe seines Priesterrockes geöffnet. Sein gewaltiger Leib dampfte, und das gerötete Gesicht verriet Anspannung. Erleichtert blickte er mit seinen kleinen, flinken Augen zum Himmel auf, bevor er seinen Hilfsauditor anherrschte. »Steig ein, wir müssen zum Papst.«

»Sie selbst haben doch mein Urlaubsgesuch bewilligt!«

»Ich weiß, ich weiß. Der Urlaub ist gestrichen!«

»Aber er ist doch der Trauzeuge meiner Schwester. Es geht um ein heiliges Sakrament ...«, protestierte Michele. Prospero legte dem Freund beschwichtigend die Hand auf die Schulter und wandte sich bittend an seinen Vorgesetzten. »Lassen Sie mich mit ihm gehen, verehrter Alessandro Caprara. Ich erfülle meine Christenpflicht und bin innerhalb einer Woche zurück. Was macht es den Toten schon aus, wenn sie sich sieben Tage länger gedulden müssen. Und dem Papst sagen Sie einfach, dass Sie mich nicht mehr angetroffen haben. Was ja auch beinah der Fall gewesen wäre.«

»Ausgeschlossen! Du kommst mit! Und nun zu dir, junger Freund«, wandte er sich keinen Widerspruch duldend an Michele. »Ich will doch hoffen, dass es in dem so stolzen Königreich Neapel wenigstens einen ehrbaren Mann gibt, der meinen Hilfsauditor bei deiner Schwester als Trauzeuge vertreten kann.« Die unnötige Spitze gegen Micheles süditalienische Abkunft verriet Prospero, wie aufgeregt Caprara im tiefsten Innern seiner Seele tatsächlich war. Sein Vorgesetzter neigte nicht zu Ungerechtigkeiten.

Die Freunde umarmten sich zum Abschied, und kaum saß Prospero in der Kutsche, da trieb der Fuhrmann auch schon das Pferd an. Die Enge des Gefährtes ließ ihn hautnah mit Capraras wallender Leibesfülle in Berührung kommen. Aber er empfand diese Nähe nicht als unangenehm. Obwohl sein Vorgesetzter wie alle beleibten Menschen zur Transpiration neigte, roch er nicht nach abgestandenem Schweiß. Dazu legte der Auditor viel zu viel Wert auf die Pflege seines Körpers. Ein guter Wein, ein vorzügliches Essen, eine humorvolle Unterhaltung mit Freunden, das tägliche Bad und dezente Duftwässer zählten zu seinen unverzichtbaren Freuden.

Prospero fragte sich trotz seines Ärgers, was der Papst um alles in der Welt von ihm wollte. Dass er nicht nur den erfahrenen Richter Caprara, sondern auch ihn einbestellte, erregte seine Besorgnis. Sie hassten einander. Um das Verhältnis zwischen Prosperos Vorgesetztem und dem Papst stand es indes nicht besser. Der ehemalige Kardinal Albani hatte als Papst Klemens XI. bisher Alessandro Caprara noch keine Audienz gewährt. Weit geringere Angehörige der römischen Kurie wurden inzwischen schon zum Pontifex gebeten. Der Affront war offensichtlich. Damit hatte er seinem Hof demonstriert, dass der Stern des einst so mächtigen Mannes unweigerlich im Sinken begriffen war. Niemand staunte darüber, denn der Richter der Rota, Roms oberstem Gerichtshof, galt als treuer Gefolgsmann Carasolis, der einst Albani bekämpft und sich schließlich in die Einöde zurückgezogen hatte.

Weder vergaß Albani, noch verzieh er. Keiner gab für Capraras Karriere noch einen Pfifferling. Seine Kollegen gingen auf Distanz zu ihm, junge karrierewillige Männer bemühten sich nicht um seine Protektion. Niemand wollte bei seinem unweigerlichen Untergang mit in die Tiefe gerissen werden. Und Prospero? Er konnte und wollte seinen Gönner nicht im Stich lassen, auch wenn er die Entwicklung mit wachsender Unruhe verfolgte.

Im vatikanischen Palast erfuhren sie, dass Klemens XI. sie in den Stanzen des Raffaels erwartete. Sie folgten der großen Treppe ins zweite Geschoss des Palastes und betraten den langen Gang. Raffael hatte die Loggien einst zur geistigen Erholung des Papstes geschaffen.

Es passte, dass Gian Francesco Albani sie hier empfing, denn wie der göttliche Raffael war auch er in Urbino geboren, nur eben gute anderthalb Jahrhunderte später. Die schlanke Gestalt des Pontifex verharrte wie eine Skulptur unter einem der Bögen am anderen Ende des Korridors. Er blickte hinaus auf den Garten, vielleicht auch auf die Stadt, denn von hier oben besaß man die schönste Aussicht auf Rom. Da es wegen des Nordwindes empfindlich kühl war, trug er einen roten Mantel und eine mit Hermelinfell gefütterte Samtkappe.

Sie schritten den Gang entlang auf ihn zu. Über ihren Köpfen schufen Baldachingewölbe Räume für Fresken und reizvolle optische Täuschungen. Antike Säulen und das auf ihnen ruhende Gebälk schienen in den blauen Himmel zu streben, als ob die Stanzen nicht überdacht seien. Prospero, der bisher nur durch seinen Freund Velloni Kenntnis von Raffaels Werk erhalten hatte, staunte trotz seiner Anspannung über die meisterhafte Ausführung der biblischen Geschichte auf den Deckenmalereien. Die Szenen, die von den Hoffnungen und Drangsalen des auserwählten Volkes berichteten, beruhigten den jungen Mann. Sie schienen ihm zuzuflüstern: Gott verlässt die seinen nicht. Und den Beistand Gottes konnte er wahrhaftig gebrauchen, wenn er unter diesen Umständen zu dessen Stellvertreter auf Erden gerufen wurde.

Auf dem glänzend polierten Marmor knieten sie vor ihrem obersten Dienstherrn nieder. Er reichte nachlässig die rechte Hand zum Kusse, dann befahl er den beiden Männern, sich zu erheben. Erst jetzt löste er sich von dem Stadtpanorama und wandte sich ihnen zu. Prospero erschrak bei seinem Anblick. Seit den Tagen unmittelbar vor dem Konklave hatte er den Kirchenfürsten nicht mehr gesehen. Er schien seitdem nicht um ein, sondern um mindestens fünf Jahre gealtert zu sein. Klemens wirkte, als ob er der Erholung dringend bedurfte. Sorgen verdunkelten seine feinen Gesichtszüge. Die Nase schien spitzer als gewöhnlich, die Mundwinkel hingen tiefer und sorgten so für die Anmutung eines Doppelkinns. Seine Augen waren verschattet, und seine Stirn lag in tiefen Falten.

»Wenn ich nicht so viel zu tun gehabt hätte, dann hätte ich dich, mein treuer Alessandro, schon früher zu mir gebeten.« Immer die freundliche Sphinx – so kannte ihn Prospero, als einen Meister der trügerischen Schmeichelei.

Der Papst deutete ein Lächeln an. »Aber jetzt, guter Freund, benötige ich deine Hilfe, die du dem Heiligen Vater loyal und gläubig gewähren wirst wie auch schon meinen verehrten Vorgängern.«

»Worauf sich Eure Heiligkeit verlassen können.«

»Alles, was wir besprechen, unterliegt bei Strafe der Exkommunikation der strengsten Geheimhaltung. Haben wir uns verstanden?« Sie nickten.

»Gut. Die Großtante Kaiser Leopolds I., die selige Elisabeth von Bartaszoly, hat es verdient, zur Ehre der Altäre erhoben zu werden. Ich wünsche, dass die Akten schnell und zügig bearbeitet werden. Du, Lambertini, reist sobald als möglich in die Südsteiermark, wo die selige Elisabeth begraben liegt, um die Leiche, wie es vorgeschrieben ist, zu exhumieren und in Augenschein zu nehmen. Binnen eines Monats legt ihr mir die Akten mit der Schlussrelation vor, die unter allen Umständen ein Votum für die Heiligsprechung enthält. Haben wir uns verstanden?«

»Aber wenn…«, wandte Prospero ein, kam aber nicht weiter, denn der Papst fiel ihm in herrischem Ton ins Wort.

»Sie wird heiliggesprochen!«

Prospero merkte, dass er zitterte. Was der Stellvertreter Christi von ihm verlangte, war ungeheuerlich. Es bedeutete, den Prozess der Heiligsprechung im Zweifelsfall zu beugen. Dabei hatten die Auditoren unparteiisch zu sein und ohne Ansehen der Person zu ermitteln. Jemanden zur Ehre der Altäre zu erheben, war eine sehr ernste Sache, die höchste Ehre, die die Kirche zu vergeben hatte.

Klemens XI. funkelte ihn an. »Wir wollen dem Kaiser nur Unsere Liebe beweisen. Demut, Lambertini, Demut! Glaubst du nicht, dass der liebe Gott mächtig genug ist, jemanden, den er im Himmel nicht dulden will, des Paradieses zu verweisen? Wir haben zwar von unserem Herrn die Gewalt, auf Erden und im Himmel zu lösen und zu binden, übertragen bekommen, aber Wir sind nur die vorletzte, nicht die letzte Instanz.«

In Prospero brodelte es. Klemens war offensichtlich immer noch das, was er schon als Kardinal gewesen war, ein Gauner, der sich immer alle Hintertüren offenhielt, und so letztlich nie für etwas verantwortlich gemacht werden konnte. Der junge Hilfsauditor zwang sich, seine Wut zu unterdrücken und freundlich und devot zu wirken, wie es einem Priester im Angesicht des Heiligen Vaters zukam. Caprara antwortete für ihn, und Prospero war ihm dafür dankbar. »Es wird geschehen, wie es Eure Heiligkeit wünschen.«

Klemens XI. schlug ein Kreuz über den beiden Untersuchungsrichtern zum Zeichen, dass die Audienz beendet war. Die beiden Mitarbeiter der Rota verneigten sich. »Gelobt sei Jesus Christus.«

Und der Papst antwortete: »In Ewigkeit. Amen.«

»Ach, Lambertini?«, rief er ihm mit sanfter Stimme hinterher. Prospero blieb stehen und wandte sich erneut dem Pontifex zu. Der lächelte das allerliebenswürdigste Albani-Lächeln. »Streng dich an! Erzbischof Muzio Gaeta von Bari bat mich darum, ihm einen fähigen jungen Priester als Pfarrer für die Chiesa di San Rocco in Valenzano zu schicken. Ich bin mir noch nicht sicher, ob du in Rom oder in Valenzano besser aufgehoben wärst.«

»Das liegt in Gottes Hand«, antwortete Prospero. Es verunsicherte ihn, dass Klemens XI. entgegen seines Naturells, das sich lieber im Ungefähren aufhielt, so deutlich geworden war. Er drohte unverhohlen damit, ihn in den trostlosesten Winkel Italiens abzuschieben, dorthin, wo sich Fuchs und Hase Gute Nacht sagten.

Auf dem Weg zur Kutsche schwieg Caprara eisern, denn im Vatikan besaßen die Wände Ohren. Sobald sie die Kutsche erreichten, wandte sich Prospero an seinen erfahrenen

Vorgesetzten. »Was treibt den Papst dazu, das Kanonisationsverfahren zu beugen? Vielleicht ist die selige Elisabeth wirklich eine Heilige. Aber ob heilig oder nicht, er will sie zur Ehre der Altäre erheben! Warum diese eindeutige Vorgabe?«

»Ich weiß es nicht. Aber eine so schwere Sünde lädt man nur auf sich, wenn es um das schiere Überleben geht!« Prospero sah den alten Fuchs verwundert an. Zumindest in den letzten Jahrhunderten hatte sich kein Pontifex über seinen Sturz Gedanken machen müssen. Einmal gewählt blieb er es, bis Gott der Herr ihn zu sich nahm.

Caprara begann laut nachzudenken. »Eines steht fest, die Heiligsprechung hat politische Gründe. Denn auf keiner anderen Ebene droht dem Heiligen Vater Gefahr. Wovor fürchtet sich also Klemens XI.? Weshalb will er dem Kaiser zu Diensten sein?«

Er verstummte kurz, bevor er seinem Assistenten Anweisungen erteilte. »Hör zu, wir gehen getrennt vor: Du bereitest unverzüglich die Akten für das Verfahren vor, während ich meine alten Verbindungen nutze, um herauszufinden, was hier eigentlich vorgeht.«

»Warum ausgerechnet wir? Es gäbe andere Auditoren, die willfähriger sind. Wenn etwas schnell und problemlos gehen soll, würde ich nicht mich fragen.«

Capraras Miene verdüsterte sich. »Ganz einfach. Man steckt einem Fremden Diebesgut in die Tasche und beobachtet aus sicherer Entfernung, ob er damit durch die Kontrolle kommt oder es entdeckt wird.«

»Man kann es nach der Sperre wieder an sich bringen, man kann aber auch rufen: Haltet den Dieb. Man ist immer fein raus.«

»So ist es. Aber nicht mit uns. Ich werde doch auf meine alten Tage nicht zu einer Marionette in einer abgefeimten Komödie.«

»Wenigstens in einer Hinsicht spielt er mit offenen Karten«, spottete der Hilfsauditor bitter.

»Wer? Albani?«

»Ja, denn die Chiesa San Rocco ist mir sicher, so oder so!«

4.

Gleich hinter der Piazza Agionale gerieten sie in einen Stau. Narren verstopften die enge Gasse. Caprara und Prospero stiegen aus.

»Bring die Kutsche zurück«, befahl der Auditor dem Kutscher. »Die wenigen Schritte zum Palazzo della Cancelleria schaffen wir auch zu Fuß. Und gib das Reisebündel von Dottore Lambertini bei seiner Wirtin ab. Er braucht es jetzt nicht mehr.«

Am liebsten hätte Prospero widersprochen. Stattdessen warf er nur einen wehmütigen Blick auf das Bündel. Wie gerne er doch jetzt auf dem Weg nach Neapel wäre!

Der Fuhrmann nickte, brummte etwas zur Bestätigung und wendete das Gefährt, um über die Brücke wieder Richtung Borgo und weiter nach Trastevere zu fahren, in den volkstümlichen Stadtteil, der sich so sehr von den übrigen Rioni der Metropole unterschied und in dem Prospero Quartier genommen hatte.

Die Masken vor ihnen amüsierten sich im Gegensatz zu Prospero köstlich.

Er konnte ihre Rufe nicht überhören, die sich gegenseitig zu überbieten trachteten in dem Drang, die meisten Lacher auf ihre Seite zu ziehen. Häme, Gemeinheit und schlichte Dummheit wölbten sich wie Warzen aus dem allgemeinen Gelächter. »Du suchst deine Schwester?«, höhnte ein Bass.

»Nimm meine für einen Scudi die Stunde«, bot ein anderer an, der seiner Stimme nach zu urteilen einem Wiesel gleichen musste.

»Die Schwester des Scudis ist der Scudi«, scherzte ein

Weiterer. »Er soll zwei Scudi geben, dafür suchen wir ihm auch einen Bruder, der warm ist.«

»Oh, meine Lenden kennen seine Schwester, sie sind nach einer Woche immer noch lahm«, schrie ein Vierter, sicherlich auch im täglichen Leben ein Angeber. Darauf schien ein Fünfter mit Piepsstimme nur gewartet zu haben.

»Ich habe deine Schwester gesehen. Sie ritt unter mir! Ein prachtvolle Stute!«

Plötzlich durchschnitt eine kreischende Frauenstimme die allgemeine Heiterkeit: »Seht euch vor, ehrbare Narren, die kleine Bestie hat ein Messer! Schlagt ihn tot und seine Schwester, die Hure, gleich mit, wenn jemand sie findet!«

»Tod!«, forderte unerbittlich die Menge. Jemand, der auf einen Spaß mit dem Messer antwortete, gehörte ihrer Meinung nach erschlagen. Caprara bahnte sich einen Weg durch die Menschen, und Prospero folgte ihm. Wie angewurzelt blieb der Hilfsauditor stehen. Das Schauspiel, das sich ihm darbot, überraschte und erschütterte ihn. In der Mitte stand gebückt ein Asket, dessen weiße Toga Blutflecken aufwies. Neben ihm lag am Boden eine zertrampelte Maske, die vermutlich den ehrwürdigen Philosophen Platon dargestellt hatte. Wild wie ein gehetztes Tier blickte er um sich. Prospero vermutete, dass eine der Masken, vielleicht das Wiesel, ihm den Dolch zugespielt hatte, um die Stimmung weiter anzuheizen. Denn dass dieser junge Mann keine Waffe außer seinem Kopf und seiner Feder zu benutzen pflegte, wusste der Hilfsauditor nur zu gut. Der arme Asket war sein guter Freund Velloni.

Ein kurzes Aufflackern in dessen Augen verriet Prospero, dass er die Leute durchschaute. Offenbar hatte Velloni beschlossen, die Menge so lange mit dem Messer zu provozieren, bis sie ihn schließlich vor Wut in Stücke reißen würde. Welch verquerer, welch grausamer Vorsatz. Prospero gefror das Blut in den Adern vor dem Ausmaß der Tragödie, deren vorausgegangene Aufzüge er verpasst hatte. Was war mit seinem Freund geschehen? Was hatte ihn nur in diese Lage gebracht? So hatte er ihn in den vielen Jahren, die sie sich inzwischen kannten, noch nie gesehen. Eins jedoch sprang ihm überdeutlich ins Auge: Nichts, was der Poppolo Velloni antun könnte, keine Qual schien in dessen Vorstellung größer zu sein, als die Schmerzen, die er im Augenblick litt. Er hoffte auf Erlösung und hatte sich selbst bereits verurteilt. Nun bat er nur noch um die Vollstreckung des Urteils.

Zum ersten Mal in seinem Leben verstand der Hilfsauditor das Sprachbild, dass jemand »außer sich« sei. Ja, der Freund war außer sich. Die Augen, mit denen er für gewöhnlich alte Handschriften entzifferte, hatten alle Ruhe verloren und stierten irre. Der schmächtige Körper zitterte, nicht aber vor Angst, sondern aus Todessehnsucht. Gleich würde er sich auf einen der Umstehenden stürzen, um dann endlich aus dem Leben geprügelt zu werden.

»Velloni!«, brüllte Prospero mit ganzer Kraft, in der Hoffnung, zu dessen Verstande vorzudringen. Die Aufmerksamkeit der Menge wandte sich von ihrem Opfer ab und richtete sich mit der gleichen Feindseligkeit auf die beiden Priester. Aber Prosperos Schrei schien sich den Weg in das Unterbewusstsein des Freundes gebahnt zu haben. Velloni hielt nämlich plötzlich inne und schaute fragend zu Prospero Lambertini, wie ein Kind, das aus einem Alptraum gerissen wurde und nicht wusste, wo es sich befand.

Die Narren allerdings verteidigten ihren Spaß. Sie waren nicht gewillt, ihn aufzugeben. Schließlich hatten sie das perfekte Opfer gefunden. Schon stichelte einer: »Hat der Priester etwa auch eine Schwester?«

»Eine junge, eine knackige, geil wie eine läufige Hündin?!«

»Nein, das nicht, aber Arschbacken hat er wie meine Schwester«, höhnte das Wiesel.

Der Hilfsauditor ging gelassen auf den Schreier zu. »Ketzer erkenne ich selbst durch die dickste Maske hindurch!«

Mit diesen Worten riss er dem Kerl die Larve herunter. Ein fades Gesicht mit rötlichem Teint und mit eng stehenden wässrigen Augen kam zum Vorschein. Kleine Pickel im Wechsel mit Narben von verheilten Pusteln überzogen das Antlitz. Der Demaskierte griff wütend zu seinem Messer und fuchtelte damit herum. Prospero war sich zwar nicht sicher, doch glaubte er nicht, dass das Wiesel den Mut besitzen würde, es auch zu benutzen. »Stich zu, wenn du bei lebendigem Leib erst gevierteilt werden willst und dir der Henker anschließend die Gedärme aus dem Bauch kratzen soll. Alle hier haben dich gesehen!« Lambertinis ausgestreckter Finger beschrieb einen Kreis und bestimmte jeden der Anwesenden zum Zeugen. Ohne Maske hatte der Hetzer den Schutz der Anonymität verloren. Er zuckte zurück.

»Wie heißt du, Priester? Wir werden uns beim Papst über den Eingriff in unsere verbürgten Rechte beschweren.« Der Mann im Advokatenkostüm, der wohl auch im normalen Leben in einer Kanzlei arbeitete, hatte Recht. Auch wenn man darüber streiten konnte, ob die Menschen hier zu weit gegangen waren, so blieb das doch eine moralische Diskussion, denn die Freiheit der drei närrischen Tage vor Beginn der Fastenzeit garantierten die Päpste bereits seit Jahrhunderten. Und er besaß in der Tat kein Recht, hier einzugreifen, zumal auch noch kein Verbrechen geschehen war.

Sollte Blut fließen, würde der Tathergang frühestens nach dem Karneval untersucht werden, allerdings nur insofern ein Kläger auftreten würde.

»Richtig, führen wir beim Heiligen Vater Klage! Es ist Karneval!«, schimpfte eine Frau trotzig.

»Was geht's mich an? Beschwert euch doch beim Papst! Der Teufel holt euch so oder so! Und damit es jeder von euch weiß, mein Name ist Prospero Lambertini«, konterte er unerschrocken.

Die gefährliche Wendung, die der anfängliche Spaß genommen hatte, missfiel den Narren so sehr, dass sich die Ansammlung rasch verlief. Auch das Wiesel suchte sein Heil in der Flucht, denn mit einer Anklage wegen Häresie war nicht zu spaßen, zumal Prospero bewusst in der Art seines Auftritts einen Inquisitor imitiert hatte.

»Lieber, guter Freund! Was ist passiert?«, fragte er mit einer Mischung aus Mitleid und Erschütterung in der Stimme den armen Velloni, der mit dem Messer in der Hand dastand und die ganze Auseinandersetzung fassungslos verfolgt hatte. Lambertini schloss ihn in die Arme, wie man es mit einem Kind macht, dass dringend des Trostes bedarf. Sie verharrten in dieser Haltung eine Weile, ehe es dem Philologen gelang, seine Erregung so weit zu beherrschen, dass er Auskunft zu geben vermochte, allerdings abgehackt, immer noch in den Klauen des Grauens. »Sie ist weg, Prosperino, sie ist weg, unsere Principessa ist verschwunden.«

Tränen rannen über sein hohles Gesicht, das – von Natur aus schon schmal und vergeistigt – unter dem Druck der Ereignisse eine gewisse Ähnlichkeit mit einem Totenschädel angenommen hatte. Er brauchte Zeit, ehe er weitersprechen konnte: »Vom Erdboden verschluckt! Der Vater hat mir doch unsere Cäcilia anvertraut, weil sie Rom kennenlernen wollte. Und ich Unglücksmensch habe mich von dem unvernünftigen Ding überreden lassen, mit ihr zum Karneval zu gehen. Gestern wurden wir beim Corso getrennt. Seitdem suche ich sie …«

Und dann entlud sich seine ganze Angst in einem Aufschrei: »… und ich bin unfähig, sie zu finden!« Er klagte sich mit einem Selbsthass an, der Prospero erschütterte. Velloni ballte seine Fäuste, dass die Adern wie Wurzeln aus den Handrücken traten. »Verstehst du, ich habe sie durch meine Eitelkeit verloren, und ich finde sie nicht, ich finde sie einfach nicht. Das ist die Strafe dafür, dass ich mehr als Gott sein wollte, dass ich mich überhoben habe … die Strafe für meinen Frevel … Ich wollte Platon sein, und jetzt bin ich Kain!«

»Ruhig, ruhig mein Freund«, beschwor ihn Prospero. »Vielleicht ist sie ja inzwischen schon wieder bei dir zu Hause und schläft den Schlaf der Gerechten.«

Velloni machte sich los, trat ein paar Schritte zurück, schaute den Hilfsauditor feindselig an und schüttelte wild den Kopf. »Was redest du? Meine Wirtin wartet in der Wohnung auf sie, und ich gehe alle drei Stunden in der Hoffnung hin, dass sie zurückgekehrt ist. Nein, es ist ihr etwas widerfahren, ich fühle es, etwas Schreckliches! Gottes Strafe!«

Dann ging er wieder auf Prospero zu und packte ihn schmerzhaft bei den Handgelenken. »Ich bin verantwortlich für sie. Ich sollte doch meiner Schwester Hüter sein. Meine Sorglosigkeit hat sie in Gefahr gebracht, vielleicht sogar getötet. Ich bin schuld, ich allein. Sie ist doch unser ein und alles, sie ist doch unsere Principessa!«

Er ließ Prosperos Arme los, fiel auf die Knie, warf die

Hände gen Himmel und heulte hemmungslos wie ein Kind. »Mea culpa, mea culpa, mea maxima culpa! Kratze hinweg vom Erdboden, Allmächtiger, alles, alles, was von mir und meiner Schande existiert! Ich, der schlimmste Sünder von allen. Kratze mich vom Antlitz der Erde wie eine Warze …«

5.

»Der Mann braucht erstmal eine kräftige Rinderbrühe, bevor er uns hier völlig durchdreht!«, entschied Caprara. »Er ist übernächtigt und vollkommen hysterisch.«

Und da Gioacchinos Ristorante *La Grassa* sich in der Nähe befand, führten die beiden Männer den unglücklichen Philologen, der ihnen erschöpft und willenlos folgte, zum Gasthof ihres Landsmannes. Im *La Grassa* wurde die beste Bologneser Küche weit und breit angeboten.

Sie wussten, dass Gioacchino zwar seine Wirtschaft während des Karnevals geschlossen hielt, weil er es nicht ausstehen konnte, wenn erwachsene Menschen zu Narren wurden, aber selbstverständlich war die Familie zu Hause, und es wurde gekocht.

Caprara trommelte an die verschlossene Tür, bis Pepe, Gioacchinos treuer Diener, mit einem Rapier in der Hand finsteren Blickes öffnete.

»Signori«, begrüßte sie der schweigsame Katalane, dessen Miene sich beim Anblick der Freunde des Hauses etwas aufhellte. Hinter dem hageren Diener kam nun die rundliche Gestalt seines neugierigen Herrn zum Vorschein, der sie mit einem herzlichen Lächeln begrüßte. »Ah, meine guten Freunde. Habt ihr die Dummköpfe draußen in ihren albernen Verkleidungen gesehen? Als ob die Welt nicht auch so schon närrisch genug wäre! Mit Humor hat das jedenfalls nichts zu tun. Man muss wahrhaft Mitleid mit ihnen haben, denn der ganze Mummenschanz ist nur die bedauerliche Folge einer verfehlten Ernährung. Alle Krankheiten des Kopfes beginnen nämlich im Magen! Deshalb ist auch der gute Koch der beste Arzt. Denn das, was durch die Windungen des Gehirns geht, ist nur die Seele von dem, was durch die Gedärme flitzt. Die Leute fressen sich nämlich dumm und ...«

»Halt, halt, guter Freund! Halt ein!«, bremste Caprara den Redefluss des Wirtes und wies auf Velloni. »Gib dem armen Kerl erstmal eine kräftige Rinderbrühe! Er hat es bitter nötig, du Heilkundiger der Kochtöpfe und Pfannen.«

»Gleich, gleich.« Er warf einen Blick auf Velloni, dem seine immense Erschöpfung deutlich anzusehen war. Rasch führte Gioacchino seine Gäste in die Wirtschaft und reichte dem Philologen erstmal einen Grappa, den der mit zitternden Händen zum Mund führte und trank. Die ungewohnte Schärfe des Schnapses trieb ihm Tränen in die Augen, und eine Hustensalve rüttelte seinen schmächtigen Körper durch. Gioacchino rief unterdessen nach seiner Tochter Caterina und befahl ihr im Ton des liebevollen Patriarchen, ein paar Tortellini mit Schweinebauchfüllung im kräftigen Rinderfonds zuzubereiten.

Das junge Mädchen strahlte vor Freude, Prospero zu sehen. Der junge Hilfsauditor war für sie zu einer Art großem Bruder geworden, seit Gioacchino ihn ohne viel Federlesen zu machen in seine Familie aufgenommen hatte. Doch als ihr Blick auf die zusammengekauerte Gestalt Vellonis fiel, machte sie auf den Hacken kehrt und verschwand wieder in die Küche, um das stärkende Mahl so schnell wie möglich zuzubereiten.

Ihr Vater setzte sich in seiner leutseligen Art zu dem Philologen, während Caprara seinen Hilfsauditor zur Seite nahm. »Du gehst jetzt zu dem Untersuchungsrichter Spigola. Wenn einer helfen kann, dann er.«

Prospero schüttelte skeptisch den Kopf. »Der wird keinen Finger rühren!«

»Du grüßt ihn von mir und erinnerst ihn daran, dass er

mir etwas schuldet. Nun ist die Zeit gekommen, die alte Schuld zu begleichen. Er ist der beste Untersuchungsrichter, den ich kenne. Am Karnevalsmontag verschwinden jedes Mal Mädchen, die sich fast alle wie durch wundersame Fügung am Mittwoch oder am Donnerstag wieder anfinden. Manche allerdings mit einer Frucht in ihrem Leib. Ganz gleich, Spigola wird sie finden. Du aber machst dich, nachdem du den Untersuchungsrichter beauftragt hast, sofort an die Akten der seligen Elisabeth Bartaszoly. Wir haben keine Zeit zu verlieren. Verstanden?« Prospero nickte.

Der Auditor beugte sich nun zu Gioacchino und flüsterte ihm etwas ins Ohr, vermutlich, dass er später zum Essen käme, gab ihm zum Abschied einen sanften Klaps auf die Schulter und ließ sich von Pepe auf die Straße begleiten.

Prospero dachte kurz nach, dann bat er den Wirt, jemanden zu seinem Freund, dem Grafen Valenti Gonzaga zu schicken. Dieser solle sich Vellonis annehmen. Er selbst werde inzwischen Benjamin herbeordern, damit der Arzt den Philologen untersuchen könnte, und anschließend Spigola einen Besuch abstatten. Dann bückte er sich zu seinem geschwächten Freund. »Ich werde alles in meiner Macht Stehende tun, und wir werden deine Schwester finden. Das schwöre ich dir! Jetzt aber hilf du mir, indem du wieder zu Kräften kommst. Wir brauchen dich dabei!«

Indem er die Worte sagte, spürte er plötzlich die ungeheure Last des Versprechens. Was, wenn er es nicht würde einlösen können? Diejenigen, die raten, dass man nur schwören darf, was man auch zu halten vermag, hatten leicht reden. Velloni brauchte die Zuversicht des Freundes, etwas, an dem er sich festhalten konnte. Und nun schienen in seiner Hand plötzlich Leben und Tod zu liegen. Er konnte sich keinen Misserfolg leisten.

6.

Prospero Lambertini hatte den alten Untersuchungsrichter nicht mehr gesehen, seit sie den Mord an dem kleinen Fischerjungen Angelo untersucht hatten. Der Auditor hatte die Aufklärung des Falls zwar nicht direkt behindert, aber er hatte sie auch nicht vorangetrieben. Das alles lag jetzt ein Dreivierteljahr zurück, und Prospero war ganz und gar nicht unglücklich darüber, so lange keinen Anlass für einen Besuch bei Spigola gehabt zu haben. Wenn er jetzt dennoch zu ihm ging, dann nur, weil er der Erfahrung seines Mentors vertraute. Mühsam kämpfte er sich durch die ausgelassenen, auf allen Straßen und Gassen feiernden Menschen bis zum Portico der Octavia durch. Der direkte Weg nach Campitelli führte von hier durch das jüdische Ghetto hindurch. Im Gegensatz zu den anderen Tagen des Jahres, an denen dort überall emsige Betriebsamkeit herrschte, sparte der Weg diesmal viel Zeit, denn die Juden feierten keinen Karneval. Man konnte ihnen nicht verdenken, dass sie diesem Fest zutiefst misstrauten, wurden die jüdischen Männer doch in früheren Zeiten im Anschluss an das Pferderennen zur Belustigung des Poppolos nackt über den Corso getrieben. Um die Beschämung zu vervollkommnen, warfen die Zuschauer je nach Maßgabe ihres Humors mit faulem Obst, Kot, Holzklötzen oder Steinen nach den Laufenden. Mit diesem entehrenden »Wettstreit« bestrafte damals das Volk von Rom die Juden der Stadt alljährlich dafür, dass ihre Vorfahren einst den Erlöser ans Kreuz gebracht hatten. Der Papst hatte eingedenk der stets klammen Kassen das unwürdige Zwangsrennen, das zudem schlecht zu den Grundsätzen der christlichen

Nächstenliebe passte, in eine jährliche Zwangsabgabe der jüdischen Gemeinden an die Stadtkasse umgewandelt. Das Volk trauerte natürlich der weit vergnüglicheren Form der Buße immer noch heftig nach.

Prospero schritt jetzt unter dem Portico hindurch und betrat das jüdische Viertel. Er hatte das Ghetto vor einem dreiviertel Jahr besser kennengelernt, als es ihm lieb sein durfte, doch jetzt wirkte es fremd und verändert, als hätte ein böser Zauberer das ganze bunte, wirbelnde Leben entfernt, das ansonsten zwischen den Häusern toste. Die Hauptstraße des Viertels, die Via Rua, lag wie ausgestorben vor ihm. Die Geschäfte waren geschlossen und die Fenster mit Brettern und Balken gesichert. Er hatte das Gefühl, eine Geisterstadt zu betreten, auch wenn ihm klar war, dass hinter den alten Mauern Wachsamkeit herrschte. Man konnte schließlich nicht wissen, ob die christlichen Narren nicht auf den Einfall kommen würden, den Juden einen Besuch abzustatten, weil sie das »Judenlaufen« so sehr vermissten.

Als er am Haus des Rabbiners Tranquillo Vita Corcos vorbeiging, krampfte sich ihm unwillkürlich das Herz im Leib zusammen. Hinter diesen Wänden, wenige Schritte von ihm entfernt, saß Deborah jetzt gerade und las oder bereitete das Abendessen vor, stritt mit ihrem Bruder oder unterhielt sich vielleicht mit Gästen. Er glaubte, ihr Lachen hören zu können. Wie gern hätte er jetzt an ihre Tür geklopft, in ihre großen Augen geblickt, die voller Schalk jede vorgefasste Meinung über die Welt mit Spott straften, aber es konnte, es durfte nicht sein. Prospero hatte wirklich alles Denkbare unternommen, um sich diese Liebe aus dem Herzen zu reißen. Er hatte bis zum Umfallen geschuftet, er hatte gebetet und Buße getan, sich sogar einmal gegeißelt, zumindest ein bisschen. Vergebens. Jeden Tag wachte er mit der schmerzlichen Sehnsucht nach ihr auf, nach ihrer sanften, und dennoch eindringlichen Stimme, ihrem weichen Haar, ihrem Duft, ihrer Klugheit, jeden verdammten, geheiligten Tag. Und an jedem Morgen ging er unmittelbar nach Sonnenaufgang in die Kirche Santa Maria in Trastevere, dorthin, wo er vor einem dreiviertel Jahr zum Priester geweiht worden war, wo sie sich zum letzten Mal gesehen und Abschied voneinander genommen hatten. In der alten Kirche feierte er allmorgendlich die Laudes, tat Buße für das Feuer in seinen Adern, das unvermindert loderte, und flehte den Herrn an, ihm endlich Vergessen und Ruhe zu schenken. Aber mit dem Vergessen war es so eine Sache, umso mehr man es herbeiwünschte, umso spröder zeigte es sich.

Er konnte sich ja nicht einmal dazu durchringen, den Rubin, den sie ihm geschenkt hatte und den er seit diesem Tag an einer Kette um den Hals trug, abzulegen. Alles, was er übers Herz brachte, war, seinen Schritt zu beschleunigen, um schnell ihr Haus hinter sich zu lassen, bevor er den Kampf gegen sich selbst verlieren und doch noch anklopfen würde. Wenn sie jetzt wegen eines dummen Zufalls oder weil sie spürte oder sah, dass er vorbeilief, auf die Straße träte oder ihm entgegenkäme, wüsste er nicht, was er täte. Er fürchtete diesen Zufall und hoffte zugleich auf ihn.

Sie war für ihn unerreichbar: Weder hier auf Erden konnten sie zusammen sein, noch würden sie sich in der Ewigkeit nach dem Tod wiederbegegnen. Nicht einmal im Himmel durfte er darauf hoffen, mit der Tochter des Rabbiners ein Wiedersehen zu feiern, denn dort, wo seine Seele nach dem Tode weilen würde, verwehrte man ihrer den Zutritt. Ohne das Sakrament der Taufe blieben die Tore des Paradieses verschlossen. Dort, wo für ihn die Glocken des Himmels klangen, schwiegen die jüdischen Zimbeln. Deshalb fragte er sich oft, wo sich Deborahs Seele dereinst in der Ewigkeit einfinden würde? Im Fegefeuer vielleicht? Der Vorhölle, wie Dante meinte? Oder gar in der Hölle? Der Gedanke kam ihm absurd vor. Er konnte sich beim besten Willen nicht vorstellen, dass gute Menschen wie der Rabbiner oder Deborah im Inferno schmoren müssten, während ein verbrecherischer Pontifex wie der Borgiapapst im Himmel residieren dürfte. Das konnte nicht Gottes Gerechtigkeit sein! Existierte womöglich ein Himmel für die Christen und ein anderer für die Juden? Und ein dritter für die Muslime? Er wusste es nicht. Er wusste nur, dass er Deborah für alle Ewigkeit verloren hatte, in diesem wie im nächsten Leben.

Prospero versuchte, die trüben Gedanken zu verscheuchen, für die er die Trostlosigkeit der leeren Straße verantwortlich machte. Das schäbige Grau der alten Mauerwerke, die Risse und der blätternde Putz verliehen den Häusern ein räudiges Aussehen, als wären sie von den Blattern befallen. Die schwarzen Wolken, die am Himmel aufgetaucht waren, schluckten das Sonnenlicht. Ein kühler Wind machte sich auf und pfiff durch die Straßen.

Prospero verließ die Via Rua und eilte durch kleine, ebenfalls leere Gassen. Die Tür des Wohnhauses gegenüber der Synagoge war heute fest verschlossen. Prospero trat ein paar Schritte zurück, schaute in den dritten Stock, holte tief Luft und rief mehrmals nach Benjamin. Er hatte den Arzt ebenfalls im Laufe seiner Ermittlungen zum Mordfall »Angelo« kennengelernt, und trotz ihrer unterschiedlichen Glaubensansichten hatte sich eine tiefe geistige Verbundenheit zwischen den beiden Männern hergestellt. Nach einer

Weile erschien das längliche Gesicht Benjamins im Fenster. Er blinzelte hinunter.

»Ich bin es, Prospero Lambertini!«, rief der Hilfsauditor ungeduldig. Benjamin stieß einen Laut der Überraschung aus, dann war er verschwunden und tauchte wenige Minuten später auf der Straße wieder auf.

»Großer Gott, ein Priester vor dem Lehrhaus? Willst du konvertieren?«

»Ja, an dem Tag, an dem du mit mir Schweinefleisch isst.«

»Auf deiner Hochzeit, mein Freund, auf deiner Hochzeit teilen wir uns einen saftigen Schweineschinken. Versprochen!« Benjamin grinste. »Apropos Hochzeit, weißt du schon, dass Deborah heiraten wird?«

Die Worte trafen Prospero wie ein dumpfer Schlag in der Magengrube. Ihm blieb der Atem weg. »Deborah … heiratet?«

Benjamin wunderte sich über die Reaktion des Hilfsauditors. »Ja! Nun was? Soll sie denn als Jungfrau sterben, weil ihr Christen meint, dass es Gott wohlgefällig ist, wenn ihr euch alle Lust und Freude verbietet? Hätte er das gewollt, würde sich der Mensch durch Windbestäubung fortpflanzen.«

Doch Benjamins Spott erreichte ihn nicht mehr. Deborah heiratet, hämmerte es in seinem Kopf. Ihm war, als bräche die Welt vor seinen Augen wie eine überreife Melone, die aus großer Höhe auf das Pflaster knallt, auseinander.

»Aber genug davon. Was treibt dich zu mir?«

Ja, was eigentlich? Prospero zwang sich zur Konzentration. »Bitte geh zu Gioacchino. Deine Hilfe als Arzt ist gefragt, wenn es auch mehr die Seele betrifft. Vellonis Schwester wird vermisst. Wir suchen sie. Ich fürchte, dass die Angst um Cäcilia, so heißt das Mädchen, ihm die Sinne raubt. Stärke den Körper, dass die Seele tragen kann, was man ihr aufladen wird.«

»Es ist Karneval.«

»Ja, es ist Karneval. Wir wollen das Beste hoffen und auf das Schlimmste gefasst sein.«

»Ich bin Arzt, kein Priester.«

»Du sollst Velloni ja nur am Verrücktwerden hindern. Morgen oder übermorgen taucht Cäcilia um einige Erfahrungen reicher und ein paar Illusionen ärmer wieder auf.«

Prospero hatte Capraras Prognose einfach nachgeplappert. Er wusste selbst nicht, ob er ihr glauben sollte oder nicht, auch wenn er von ganzem Herzen hoffte, dass sein Mentor Recht behalten würde. Prospero selbst verfügte weder über Erfahrungen mit dem Karneval, noch kannte er sich im Verhalten junger Mädchen in dieser unwirklichen Zeit aus. Insofern war es richtig, einen Spezialisten wie Spigola einzuschalten.

Es war alles gesagt. Prospero setzte sich schwerfällig in Bewegung, während in seinem Kopf die Gedanken wie wild umhersprangen. Am liebsten hätte er sofort alles darangesetzt, die Hochzeit zu verhindern. Dann empfand er sie wieder als Chance, Deborah endgültig zu vergessen. Vielleicht war dies die Hilfe, um die er Gott angefleht hatte. Deborah würde einen guten Mann bekommen und glücklich sein. Was wollte er denn mehr? Mehr als die Frau, die er liebte, in einem Glück sehen, das er selbst ihr nicht zu bieten vermochte, war für ihn nicht möglich. Die Fesseln des Gelübdes brannten so heiß wie schon lange nicht mehr um sein Herz.

7.

Plötzlich stand er vor dem Haus des alten Auditors Spigola in Campitelli. Prospero Lambertini wunderte sich, wie schnell er hierhergelangt war. Völlig in seinen Grübeleien versunken, musste ihm entgangen sein, dass er den Weg fast laufend zurückgelegt hatte. Mit einem Kopfschütteln vertrieb er die Gedanken an Deborah und stürmte die Treppe hinauf. Jetzt zählte nur noch Vellonis Schwester. Nicht er. Nicht seine Gefühle.

Nach Luft japsend kam er oben an und trommelte ungeduldig mit der Faust gegen die Tür. Kräftiger als er vorgehabt hatte und es schicklich gewesen wäre. Aus dem Flur schlug ihm ein verärgerter Frauenbass entgegen. »Ich komme ja schon. Heilige Jungfrau Maria! Lassen Sie die Tür ganz. Sie hat Ihnen nichts getan.«

Spigolas Wirtschafterin öffnete. Sie musterte ihn, und er sah ihr an, wie sie sich langsam an ihn erinnerte. »Schickt Sie wieder ein Kardinal?«

»Nehmen Sie das ruhig an! Ich muss dringend Monsignore Spigola sprechen.«

»Dringend? Der Teufel hat das Wort erfunden. Erschlagen werde, wer noch einmal *dringend* sagt.«

Mit missmutigem Gesicht führte sie ihn in das spartanisch eingerichtete Arbeitszimmer, in dem ein Sekretär, ein Armstuhl und ein blankgesessener Holzschemel standen. Dann ließ sie ihn allein.

Hier hatte sich nichts geändert. Auf dem Tisch lag eine aufgeschlagene Bibel. Prospero konnte der Versuchung nicht widerstehen hineinzuschauen. Spigola schien inzwischen melancholisch geworden zu sein, er studierte den

Kohelet. Prospero mochte die Hoffnungslosigkeit des Weisheitsbuches nicht. Während er an die Möglichkeit glaubte, die Welt verbessern zu können, wies der Text nur lakonisch auf die Vergeblichkeit jeden menschlichen Tuns hin. Neugierig, worüber der Alte nachdachte, las er die aufgeschlagene Seite laut:

»Alles hat seine Zeit,

und es gibt einen Zeitpunkt für jede Handlung unter dem Himmel,

eine Zeit zu gebären …«

»… und eine Zeit zu sterben«, vollendete Spigola krächzend den Satz. Prospero hatte ihn nicht kommen hören. Er wandte sich der leicht gebückten Gestalt des Untersuchungsrichters zu. War der im Dienst ergraute Mann damals auch schon so gedrückt unter der Last des Lebens gegangen, oder hatte sich das erst in den letzten Monaten eingestellt? Spigola setzte indes fort:

»Eine Zeit zu pflanzen und eine Zeit, das Gepflanzte auszureißen.

Eine Zeit zu töten und …«

Der Auditor verstummte und lächelte ihn spärlich an. »Lassen wir das. Sentimentalitäten eines alten Mannes. Prospero Lambertini, wenn mich mein Gedächtnis nicht im Stich lässt.«

»Es arbeitet tadellos.«

»Sie sind sicher nicht hier, um mit mir Artigkeiten auszutauschen oder sich in die Philosophie des Kohelet zu vertiefen. Womit kann ich dienen?«

»Helfen Sie mir bitte, ein Mädchen zu finden, das gestern verschwunden ist.«

Der Alte schaute ihn erst prüfend an, dann seufzte er. »In den drei tollen Tagen verschwinden laufend Mädchen, die wenig später wieder auftauchen! Nein, junger Mann, alles, was Sie von mir bekommen können, ist ein Rat: Warten Sie die nächsten beiden Tage ab, bevor Sie in Unruhe verfallen. Sie könnten sich zum Narren machen.«

Was er formulierte, klang überzeugend, routiniert, schon tausendmal verkündet, um Väter und Mütter zu beruhigen, aber die Art, wie er es sagte, so als glaube er selbst nicht mehr daran, beunruhigte den Hilfsauditor. »Und wenn Sie Unrecht haben? Ich kann nicht warten. Sie müssen mir helfen!«

Spigola zog die rechte Braue hoch. »So, muss ich das?«

»Der ehrenwerte Monsignore Alessandro Caprara lässt Sie grüßen. Ich soll Sie daran erinnern, dass Sie ihm einen Gefallen schulden. Heute ist der Tag, ihn einzulösen.«

Der alte Mann blickte bekümmert drein, ließ sich in seinen Lehnstuhl plumpsen und bot Prospero den Schemel an. »Dem kann ich mich nicht verweigern. Caprara hat mir mehr als nur das Leben gerettet.«

»Was meinen Sie?«

»Das Seelenheil, junger Mann«, beschied der Alte ihn knapp. Dann setzte er die undurchdringliche Miene des Untersuchungsrichters auf. »Was können Sie mir über die junge Dame sagen?«

»Sie stammt aus einer ehrbaren Familie.«

»Leichtsinnig?«

»Wie?«

»Ob sie eher sittsam oder leichtsinnig ist.«

Woher sollte Prospero das wissen? Er war Cäcilia nie begegnet. Aber konnte Vellonis Schwester etwas anderes als sittsam sein? Der erfahrene Ermittler registrierte das Zögern des jungen Mannes. »Kennen Sie die junge Dame persönlich?«

»Nein. Sie ist die Schwester eines Freundes, der Bibliothekar in der Vaticana ist. Cäcilia lebt in Orvieto. Die Eltern haben sie für ein paar Tage in die Obhut ihres Bruders gegeben, weil sie so gern Rom sehen wollte.«

»Wie alt ist sie?«

»Siebzehn.«

»Es gibt zwei Möglichkeiten: Entweder amüsiert sie sich und schlägt einmal ordentlich über die Stränge, was wir hoffen wollen, dann wird sie sich morgen im Laufe des Tages wieder einfinden, oder …«

Der Untersuchungsrichter brach mitten im Satz ab und blickte seinen Gast nachdenklich an. Prospero schien es, als überlegte der erfahrene Ermittler, wie offen er mit ihm reden könnte. Er ließ ihm Zeit. Der alte Mann atmete tief ein und wieder aus.

»Gut, da Sie von Alessandro kommen. Aber schwören Sie, was immer auch geschieht, über das, was Sie gleich erfahren werden, zu schweigen. Wenn das öffentlich wird, droht der Ewigen Stadt die schönste Hysterie.«

»Ja, ich schwöre, aber nun reden Sie schon!«

»Seit etwa einem halben Jahr verschwinden Woche für Woche Mädchen in der Stadt. Elf sind es inzwischen, von denen wir definitiv wissen. Anfangs hielten wir die vermissten Mädchen für Einzelfälle, bevor schließlich die steigende Zahl der Vermissungen ein Muster offenlegte. Es handelt sich ausschließlich um schöne Mädchen im Alter zwischen sechzehn und achtzehn Jahren, die für sittsam gehalten wurden. Von denen man also annahm, dass sie noch Jungfrauen waren. Huren, Dirnen und Flittchen kamen nicht in die Auswahl. Auch keine älteren Mädchen oder Frauen.«

Prospero sah den Untersuchungsrichter fassungslos an. »Ein Anschlag auf die Unschuld?«

»Als Theologe würde ich es so nennen.«

»Und als Untersuchungsrichter?«

»Dass eine Bestie am Werk ist, die schlau und methodisch vorgeht, wieder und immer wieder.«

»Und die nicht aufhören wird …«

»… bis man ihr das blutige Handwerk legt. Ganz recht.«

»Es geschehen also Verbrechen in der Stadt, und die Bevölkerung wird nicht einmal gewarnt?«, fragte Prospero schockiert.

Spigola stand schwerfällig auf und ging zum Fenster. Er schaute eine Weile hinaus, als könnte er auf der Straße finden, wonach er suchte, ehe er antwortete. »Nein, der Kardinal Ganieri, der Generalvikar von Rom, hat im Auftrag des Papstes ein vollständiges Schweigen über diese Fälle angeordnet, um die Menschen nicht zu beunruhigen.«

Prospero explodierte förmlich vor Zorn. »Der …«, doch dann unterdrückte er noch rechtzeitig das Schimpfwort, das ihm auf der Zunge lag, und machte stattdessen eine wegwerfende Handbewegung. »Ach!«

»Ja«, setzte Spigola fort, »unter Carasoli wäre das nicht passiert. Aber Kardinal Ganieri frönt der Maxime: Verbrechen, über die man nicht spricht, sind auch nicht geschehen. Für einen Kirchenmann eigentlich verwunderlich, der reine Agnostizismus: Was ich nicht sehe, existiert nicht. Indem er verbietet, über Verbrechen zu reden, hat er Rom zur sichersten Stadt der Welt gemacht.«

Der Auditor lachte bitter auf, bevor er weitersprach. »In Wahrheit nützt diese Art, die Augen vor der Wirklichkeit zu verschließen, nur den Missetätern, denn die Anzahl der Verbrechen steigt natürlich. Und da die Angst vor Strafe sie nicht länger hindern muss, werden sie von Tag zu Tag dreister. Glauben Sie mir, am liebsten würde ich den Vätern und Müttern zurufen: Sperrt eure Töchter zu Hause ein, der Teufel macht Jagd auf sie. Aber mir ist der Mund verboten.«

»Der Teufel?«, hakte Prospero nach.

»Ja, denn wissen Sie, was das Merkwürdigste ist?« Spigola hatte seine Stimme zu einem Flüstern gesenkt, als würden sie belauscht. Prospero erhob sich unwillkürlich und trat zu ihm ans Fenster.

»Wir haben von keinem der elf vermissten Mädchen bisher eine Spur oder die Leiche gefunden. Als hätte sie die Erde verschlungen. Das ist in meiner ganzen Dienstzeit noch nicht vorgekommen. Deshalb sage ich, der Teufel hat sie geholt, denn der frisst seine Beute mit Haut und Haar und gibt sie nicht mehr her.« In den Augen des Alten erkannte Prospero Angst.

»Und Albani deckt den Teufel, indem er durch Ganieri verbieten lässt, darüber zu reden …«

»… und vor allem Untersuchungen durchzuführen, die natürlich auf die Verbrechen hinweisen würden. Denn wissen Sie, sobald Sie Ermittlungen anstellen, sickern Ziel und Grund unweigerlich durch. Sie können keinen Stein ins Wasser werfen, ohne dass Wellen entstehen. Deshalb verbietet man uns, unserer Pflicht nachzukommen. Wir tun einfach so, als wäre nichts passiert.«

Dass Menschen in Rom verschwanden oder getötet wurden, davon kündete nicht nur der Tiber, der häufig die Leichen der Opfer anspülte. Es war nicht anders als in London und in Paris auch. Die Aufklärung von Verbrechen fand eher nach dem Zufallsprinzip und durch das Engagement Einzelner statt. Dennoch hatten die Päpste seit dem überaus sittenstrengen Sixtus V. energisch durchgegriffen. Und nun dies.

Albani, vermutete Prospero, schien zu hoffen, dass die Morde von selbst aufhören würden, wie eine Seuche endet, wenn sie sich ermüdet hat. Aber warum unternahm der Pontifex nichts? Wovor fürchtete sich der Papst, wenn er lieber den Fortgang der Schandtaten als eine Massenhysterie in Kauf nahm, die sicherlich mit ein paar Regimentern der Schlüsselsoldaten in Zaum zu halten war? Caprara hatte Recht, wenn er versuchte herauszufinden, in welcher politischen Klemme der Papst steckte.

Spigola hatte ihn, während sein Gehirn auf Hochtouren arbeitete, beobachtet. Er schenkte Prospero nun zum ersten Mal einen freundlichen Blick.

»Zerbrechen Sie sich nicht den Kopf über das Unbegreifliche. Der Heilige Vater hat es angeordnet, und wir haben es zu befolgen. Papa locuta, causa finis est! Wenn Sie damals nicht in die Ermittlung eingegriffen hätten, hätte man zwar einen Unschuldigen für den Mord verbrannt, doch wir hätten einen guten Mann wie den Kardinal Carasoli zum Papst bekommen. Und nicht diesen …« Spigola bekreuzigte sich und schaute zum Himmel. »Wer bin ich, dass ich an deiner Weisheit, oh Herr, Zweifel hege.« Dann wandte er sich wieder an seinen Gast. »Bereuen Sie eigentlich Ihre Unbedachtsamkeit, die damals seine Eminenz Kardinal Carasoli die Tiara gekostet hat?«

Der Auditor legte den Finger in die Wunde. Diese Frage hatte sich Prospero Lambertini seit Albanis Wahl immer wieder gestellt, und er war stets zur gleichen Antwort gelangt, die er nun auch Spigola nicht vorenthielt. »Auch wenn es Sie wundert. Nein. Die Wahrheit ist die Wahrheit, und sie darf nicht gebeugt werden. Gäben wir der Lüge den Vorzug, so würde die Welt zur Arena des Bösen.«

»Ist sie das nicht bereits? Darf da draußen nicht eine Bestie ihr Unwesen treiben, weil Sie im Stolz auf Ihre unbestechliche Seele dem Luxus der Wahrheit frönten?«

Prospero erblasste. »Das ist purer Zynismus.«

»Wir sprechen uns in ein paar Jahren wieder. Der Dienst in der Kurie hat noch jeden verändert.«

Prospero spürte, wie sich eine große Ratlosigkeit in ihm ausbreitete. Wo geriet er da nur gerade hinein? Vielleicht wäre es in der Tat besser, als Pfarrer von San Rocco nach ... – ihm fiel der Name dieses Kaffs schon nicht einmal mehr ein – zu gehen. Es hatte zumindest den unbestreitbaren Vorteil, dass es weit ab lag von der Verderbtheit Roms und von der Anmut Deborahs. Fern in Apulien ließe sie sich sicher leichter vergessen.

Aber es ging nicht um ihn. Wenn er hier stand und das alles erfuhr, dann wollte Gott der Herr, dass er damit konfrontiert wurde. Alles, was ihm Spigola verraten hatte, war so ungeheuerlich, dass es seine Vorstellungskraft übertraf. Alles in ihm schrie danach, tätig zu werden. Er dachte wieder an Cäcilia und hoffte inständig, dass sie nicht dem Satan, von dem Spigola sprach, in die Fänge geraten war. Er spürte, dass der alte Fuchs ihm noch nicht alles mitgeteilt hatte, und beschloss, noch etwas weiter zu bohren. »Mag sein, mag nicht sein, dass die Kurie den Menschen verändert. Danke für die Warnung, Monsignore Auditor, ich werde sie mir immer vor Augen halten. Das schwöre ich Ihnen. Aber was können wir für das arme Mädchen tun?«

»Nichts.«

Nein, so billig wollte sich Prospero nicht abspeisen lassen, deshalb mahnte er eindringlich: »Sie stehen in Capraras Schuld! Tun sie, worum er Sie gebeten hat!«

»Ich habe, indem ich Ihnen davon erzählte, schon mehr getan, als ich eigentlich durfte.«

»Dann tun Sie das Weitere für Ihr Gewissen. Für Ihr Seelenheil!«

Der alte Mann wandte sich ab und kehrte zu seinem Sekretär zurück. Er setzte sich wieder in seinen Armstuhl und blätterte in der Bibel. Schließlich las er halblaut und ohne Betonung:

»Es gibt einen Gerechten, der geht in seiner Rechtschaffenheit zugrunde,

und es gibt einen Gottlosen, der in seiner Schlechtigkeit bleibt.

Sei nicht zu gerecht,

und sei nicht übermäßig weise, damit du nicht verwirrt wirst.«

Prospero begann, sich um Spigola zu sorgen. Er schien tatsächlich schwermütig geworden zu sein.

Der Auditor wiegte nun nachdenklich den Kopf. »Was soll man nur davon halten? So viele Verbrechen. So viel Blut. So viel Grausamkeit. Ich wusste immer, dass wir das Böse nicht besiegen können, aber wir haben wenigstens dagegen gekämpft und es durch unseren Kampf im Zaum gehalten. Nun wird uns jede Gegenwehr verboten, und wir haben mit den Händen in den Taschen zuzusehen, wie es seine Herrschaft ausdehnt, weil es Gottes Stellvertreter gefällt. Gefällt es dann auch Gott?«

»Es liegt einzig und allein an Ihnen. Angesichts des Bösen trägt jeder die Verantwortung für sein Handeln. Beim Jüngsten Gericht können Sie sich weder auf den Papst, noch auf Kardinal Ganieri herausreden. Christus wird *Sie* persönlich fragen, wie Sie gehandelt haben. Denn er sagt: Ich bin der gute Hirte. Und das sind wir in seiner Nachfolge als Priester auch: gute Hirten. Sie wissen, es ist die Aufgabe der guten Hirten, die Herde, die ihm vom Allerhöchsten anvertraut worden ist, vor den reißenden Wölfen zu schützen. Ihre Entscheidung, Monsignore Spigola.«

»Was, wenn es uns verschlingt?«

»Dann frisst es nur unseren Leib, aber unsere Seele bleibt bei Ihm.«

Man sah dem alten Mann an, dass er sich fürchtete. Er klappte die Bibel zu und dachte nach. Doch alle seine Gedanken schienen, seinem leeren Gesichtsausruck nach zu urteilen, in lähmender Ratlosigkeit zu enden. Es war, als hätte er seinen Besucher inzwischen völlig vergessen. Prospero geduldete sich noch ein Weilchen, dann wollte er schon resigniert aufbrechen, als der Untersuchungsrichter, ohne ihn dabei anzuschauen, sagte: »Ich will Ihnen helfen, auch wenn ich mein Leben dabei aufs Spiel setze. Ich bin abgerichtet, Verbrecher zu jagen, das ist meine Bestimmung. Das habe ich mein ganzes Leben lang getan. Ich kann nicht einfach tatenlos zusehen. Kommen Sie morgen Abend wieder. Dann habe ich mit allen Präfekten der Rioni gesprochen. Viel wissen wir alle nicht, aber das wenige, wovon wir Kenntnis haben, will ich für Sie zusammentragen. Die Präfekten haben zwar ebenfalls Befehl erhalten zu schweigen, aber Sie kennen mich aus langen Dienstjahren. Kommen Sie morgen Abend wieder, junger Mann. Und bis dahin zu niemandem ein Wort. Ich beschwöre Sie. Heilige Jungfrau Maria! Wir wagen uns in das Reich des Satans!«

8.

Ihr war kalt. Sie zitterte. Cäcilia rieb sich Arme und Beine, um die Gänsehaut zu glätten. Nur noch das dünne, weiße Seidenhemd verhüllte ihren Körper. Scham erfüllte sie wegen des unschicklichen Aufzuges. Und Furcht. Was wollte man von ihr? Gewalt hätte man ihr längst antun können, aber darin schien nicht die Absicht ihrer Entführer zu bestehen.

Stattdessen hielt man sie in diesem finsteren und nassen Verließ in einem Käfig gefangen. Sie argwöhnte, dass das Rascheln und die patschenden Geräusche, die sie vernahm, von Ratten herrührten. Niemand zeigte sich, keiner sprach mit ihr.

In der Ungewissheit bestand die eigentliche Qual. Nicht zu wissen, was ihr bevorstand und wem sie in die Hände gefallen war. Ihre Seele taumelte. Rüttelte sie gerade noch panische Angst, gelang es ihr kurz darauf, einen kühlen, fast distanzierten Blick auf ihre Situation zu werfen, der schließlich wieder Grauen hervorrief. Die Furcht aber machte wie durch ein Wunder erneut der rationalen Betrachtung Platz. So befand sich Cäcilia in einem wilden Reigen gegensätzlicher Gemütszustände.

Plötzlich regte sich in ihr eine fast absurde Hoffnung, nämlich dass der junge Edelmann sie retten würde. Sie wehrte sich gegen die Vorstellung, dass David von Fünen mit ihren Entführern unter einer Decke steckte. Es mochte kindisch und höchst unwahrscheinlich sein, aber sie klammerte sich an den Gedanken, dass der Cavaliere sie längst vermisste und suchte. Seltsamerweise dachte sie nicht an ihren Bruder, sondern stellte sich vor, wie der Cavaliere sie mit blank gezogenem Rapier aus dem Kerker befreien würde. Wie in den romantischen Romanen, die sie so gerne las, so würde es sein. Der kühne Held triumphiert über die Schurken und rettet seine Geliebte in letzter Sekunde aus deren blutigen Klauen.

Der Zeitpunkt ihrer Rettung würde kommen. Ganz sicher. Es konnte doch nicht plötzlich alles vorbei sein. Das durfte Gott ihren Eltern und ihren Geschwistern und auch ihr selbst nicht antun.

So sehr sie der drohende Tod erschreckte, so entzog er sich doch letztlich ihrer Vorstellungskraft. Das alles konnte ihr selbst doch eigentlich gar nicht widerfahren. Sicher hatte sie gefehlt, aber doch keine Todsünde begangen. Sie weigerte sich zu glauben, dass Gott so grausam sein könnte.

9.

Prosperos Kopf glich einem Bienenstock, in dem die Gedanken nur so umherschwirrten. Aufgewühlt und ratlos kehrte er ins *La Grassa* zurück. Doch auch dort ergab sich keine Gelegenheit, in Ruhe seine Gedanken zu ordnen, denn im Flur erwartete ihn bereits die nächste Überraschung. Graf Sylvio Valenti Gonzaga trat ihm in einem Aufzug entgegen, als wäre er kein Priester mehr, sondern ein verwegener Cavaliere, den ein Abenteuer lockte. Er trug statt des geistlichen Gewandes ein weißes Hemd unter einem braunen Lederwams, eine dunkle Hose, die in lackschwarze Lederstiefel mündete, und einen verwegenen Federhut auf seinem ungeordneten schwarzen Haar.

Die beiden jungen Männer hatten sich schon als Halbwüchsige in der römischen Schule der Somasker angefreundet: Prospero, Halbwaise aus niederem Adel, und Valenti, der Spross einer der ersten Familien Italiens. Es war erstaunlich, aber vom ersten Tag an verband sie die beste Freundschaft, die mit den Jahren nur tiefer wurde und mit jedem gemeinsamen Abenteuer, das sie bestanden hatten, reifte. Sie hatten sogar gemeinsam die Priesterweihe empfangen und das Gelübde abgelegt.

Und nun stand aus einem Grund, den Prospero noch nicht kannte, der Freund vor ihm, als sei das alles nicht geschehen.

»Wie siehst du denn aus?«, fuhr er ihn deshalb empört an.

»Wie jemand, der eine Ehrenschuld zu begleichen hat und die Sekundanten dieses Lumpen erwartet«, antwortete Valenti knapp.

Prospero fiel der Unterkiefer hinunter. War die Welt denn komplett aus den Fugen geraten? Vellonis Schwester verschwand, ein Teufel jagte unschuldige Mädchen, den Behörden wurde verboten zu ermitteln, er selbst sollte in einem Heiligsprechungsprozess ein Gefälligkeitsgutachten für den Papst erarbeiten und andernfalls in die Provinz versetzt werden. Und als ob all dies an Ungemach noch nicht genügte, plagten seinen Freund adlige Allüren. Ehrenschuld! Wenn er das Wort schon hörte, ergriff Prospero die schiere Wut. Der Begriff war scheinbar nur dafür geschaffen worden, der simplen Rauflust unbeschäftigter, reicher junger Männer ein glänzendes Gewand von Ruhm und Tapferkeit umzuhängen.

Und Deborah würde heiraten.

Er packte Valenti bei den Schultern und schüttelte ihn heftig durch. »Du bist ein Priester, ein demütiger Diener Gottes und kein gelangweilter Schnösel. Wir haben keine Zeit für diesen Unfug. Velloni braucht uns!«, brüllte er ihn an. Sein Ausbruch war auch gegen sich selbst gerichtet. Auch er durfte seine Kräfte nicht vergeuden, indem er sich in nutzlosen Spekulationen über die schöne Jüdin erging. Kopfschüttelnd nahm er seine Hände von den Schultern des Grafen und atmete hörbar aus. Es war ihm einfach alles zu viel. Wie gern hätte er jetzt Augen und Ohren verschlossen und sich in den letzten Winkel dieser Welt zurückgezogen, seinetwegen auch in die Chiesa San Rocco. In diesem Moment kam Benjamin die Treppe herunter und berichtete, dass er dem Philologen ein Beruhigungsmittel verabreicht habe. Sie hatten ihn in ein Bett gelegt, das einem der Söhne Gioacchinos gehörte.

»Er schläft jetzt endlich. Sein überreizter Geist muss erstmal zur Ruhe kommen«, erklärte der Arzt und musterte

Valenti verwundert. Prospero winkte nur ab. Dann ging er mit den beiden in die Gaststube.

Gioacchino servierte Tortellini und einen leichten Rotwein, dann setzte er sich zu ihnen. Für sich hatte er einen kleinen Teller als Zwischenmahlzeit mitgebracht. Der Hilfsauditor schwor die drei Männer darauf ein zu schweigen, bevor er von Spigola und den verschwundenen Mädchen erzählte. Mitten in der Darstellung der Ereignisse hielt er plötzlich inne.

»Wo ist Caterina, Vater?!«

Dass er nicht schon früher an sie gedacht hatte! Es verband ihn so viel mit Gioacchinos Familie, und daher fühlte er sich für ihr Wohlergehen mitverantwortlich. Bis zum frühen Tod von Marcello Lambertini, Prosperos Vater, hatte Gioacchino der Familie als Koch gedient. Er kannte Prospero von Geburt an. Oft steckte er ihm Leckerbissen zu, und wenn der kleine Junge in die Küche kam, kümmerte er sich liebevoll um ihn. Lucrezia Lambertini heiratete nach der üblichen Zeit der Trauer den Grafen Bentivoglio. Den Koch entließ sie, und Prospero gab sie ins Internat zu den Somaskern, erst in Bologna, später in Rom. Dass sie den Knaben in seiner Trauer um den Vater allein gelassen und zu fremden Leuten gegeben hatte, hatte er ihr niemals verziehen, und so waren Prospero Lambertinis Gefühle seiner Familie gegenüber seitdem äußerst kühl. Bei Gioacchino hatte er eine Art Familienersatz gefunden. Am Tag, als Alessandro Caprara Prospero in seinen Dienst nahm, führte er ihn in sein Stammlokal. So geschah es, dass Prospero und Gioacchino sich nach vielen Jahren wiedersahen. Der Wirt schloss den Jungen sofort wie einen verlorenen Sohn in sein Herz, und Prospero fühlte sich in der Bologneser Familie wie zu Hause. Er nannte Gioacchino sogar Vater und Caterina Schwester. Wenn ihr etwas geschähe, würde er sich das nie verzeihen.

»Caterina ist in der Küche«, antwortete der Wirt verblüfft.

»Dann lass sie nicht mehr aus dem Haus, bis wir das Scheusal gefasst haben. Lasst uns, so schnell es geht, die Bestie zur Strecke bringen!«

»Teufel auch, ich bin dabei!« Valenti sprang vom Sitz auf, und in seinen Augen glomm das Feuer des Edelmannes.

Prospero konnte sich ein Schmunzeln nicht verkneifen. »So siehst du auch schon aus, Cavaliere Satanstod.« Valenti blickte finster an sich herab.

Benjamin gab zu bedenken, dass sie sich auf diese Weise leicht mit dem Papst anlegen konnten.

»Umso wichtiger, dass niemand von unseren Ermittlungen erfährt. Hilf uns, Benjamin, es kann auch die Töchter deines Volkes treffen.«

Der Arzt versprach es, kündigte an, dass er heute Abend noch einmal nach Velloni schauen würde und verabschiedete sich. Gioacchino bot seine und Pepes Unterstützung an und verfügte sich dann in die Küche, um Caterina sicherheitshalber unter strengen Hausarrest zu stellen.

Nun da die beiden Freunde allein waren, erkundigte sich Valenti: »Was machst du eigentlich hier? Wolltest du nicht mit Michele nach Neapel?«

»Der Papst oder das Schicksal haben anders entschieden. Und du? Was ist das nun wieder für ein Unfug mit dieser Ehrenschuld?«

Valenti wollte darüber partout nicht sprechen und wiegelte nur ab, dass Prospero schon genug zu bedenken habe. Doch die Ablenkungsversuche des Freundes verstärkten die Unruhe des Hilfsauditors, so dass er so lange auf ihn einredete, bis Valenti ihm gestand, dass er seine Kabbala-Studien im Hause des Rabbiners Corcos fortgesetzt hatte.

Als Prospero das hörte, kämpfte er mit sich, weil er nur zu gern nach Deborah gefragt hätte. Wie war es ihr ergangen? Wie sah sie aus? Kannte Valenti ihren künftigen Ehemann? Doch er bezwang sich und vermied es, sich eine Blöße zu geben. Stattdessen hörte er dem Freund begierig, sich kein Wort entgehen zu lassen, zu.

Valenti war im Hause des Rabbiners mit Deborahs Bräutigam heftig aneinandergeraten, ein Wort hatte das andere ergeben, so dass ihn David von Fünen schließlich auf schwere Säbel forderte. Der Graf weigerte sich standhaft, seinem Freund den Grund für den Zweikampf zu verraten. Und Prospero ertappte sich bei der reizvollen Vorstellung, dass Valenti den ungebetenen Freier ins Jenseits befördern würde. Dann errötete er und betete still, aber eindringlich ein Vaterunser als Buße für diese Sünde.

Der Teufel bot ein ganzes Arsenal von Verführungen und Fallstricken auf – und Michele Santini, sein Beichtvater, war auf halbem Weg nach Neapel! Prospero konnte nur noch gequält die Augen schließen. Warum bloß waren sie nicht einen Tag früher aufgebrochen? So schwer es ihm auch fiel, er musste das Duell unter allen Umständen verhindern. Das war er seinem heißblütigen Freund schuldig. Deshalb las er ihm jetzt tüchtig die Leviten.

»Ist dir denn nicht klar, das man dich exkommuniziert, wenn du den Waffengang überlebst und herauskommt, dass du mit deinen geweihten Händen Blut vergossen hast? Und wenn du dabei umkommst, landest du sowieso in der Hölle. Du bist jetzt kein adliger Raufbold mehr, sondern ein Priester Gottes! Unsere Ehre heißt Demut!«

»Du magst Recht haben, aber ich bin auch ein Gonzaga, und ich kann den Schimpf nicht auf mir sitzen lassen. Nie und nimmer! Was danach kommt, sehen wir hinterher.«

Prospero musterte den Freund. Es stimmte, jeder Zoll an ihm verriet das Geschlecht, dem er entstammte. Nicht umsonst zierte ihr Wappen ein rotes Tatzenkreuz, das an die Tempelritter erinnerte. Die ohnehin schon kriegerische Note verstärkten die vier Adler, die sich dem Kreuz zuwandten. Prospero wusste, dass die Gonzagas Mantua beherrscht und sich mit anderen mächtigen Familien der Toskana und Norditaliens verschwägert hatten. Sie hatten bedeutende Heerführer gestellt, als Politiker oft das Zünglein an der Waage im Machtkampf zwischen Mailand und Venedig gespielt und schließlich die Kunst gefördert. Das Beste der Familie, Kühnheit und Kunstsinn, hatte Valenti geerbt. Er focht mit den Waffen des Geistes ebenso gut wie mit Degen und Schwert. Diese glückliche Balance wurde gelegentlich durch sein leicht aufbrausendes Blut gestört. Und genau das musste Prospero nun beruhigen.

»Ist dein Gegner als Jude denn überhaupt satisfaktionsfähig?«, schlug er, Jurist, der er war, einen anderen Weg ein. Doch Valenti blies nur verächtlich die Luft aus. »Hinter der Frage nach der Satisfaktionsfähigkeit verkriechen sich elende Feiglinge! Was hat die gesellschaftliche Stellung in diesem Fall mit Ehre zu tun? Wie du ja schon richtig bemerkt hast, befinde ich als Priester mich ebenfalls nicht mehr in der Position, die mir ein Duell erlauben würde. Aber verrate mir: Bin ich, weil ich die Tonsur trage, kein Gonzaga mehr? Besitze ich deshalb keine Ehre und muss mich von diesem dreisten Buben verhöhnen lassen? Nein, Prospero glaub mir: Deus le volt! Gott will es!« Sylvio Valenti Gonzaga ballte entschlossen die rechte Faust. Dass der Graf den Schlachtruf der alten Kreuzfahrer benutzte, machte deutlich, wie ernst ihm sein Vorhaben war. Er würde sich davon nicht abbringen lassen. Prospero musste die Katastrophe auf anderem Weg zu verhindern suchen. Auch wenn er noch keine Idee hatte, wie das zu bewerkstelligen war. Er musste Zeit gewinnen.

»Wenn ich einen Ausweg finde, der deine Ehre nicht verletzt, bist du dann bereit, von dem Zweikampf abzulassen?«

»Wie willst du das denn anstellen?«

»Das lass nur getrost meine Sorge sein.«

»Träum nicht, Prospero, ein anderer Weg existiert nicht. Es gibt Dinge auf der Welt, die fordern unweigerlich Blut, das mag uns passen oder auch nicht. Was wird aus der Welt, wenn niemand mehr mit seinem Leben für eine Idee oder eine Verpflichtung eintritt? Wenn die menschliche Sprache bis zur Unkenntlichkeit zum Geschwätz erniedrigt wird und der Mensch sich sogar sich selbst gegenüber illoyal verhält, dann triffst du irgendwann nur noch auf blinde Mitläufer!«

Manchmal war es besser, einer philosophischen Diskussion auszuweichen und sich auf das Unmittelbare zu konzentrieren, denn philosophisch gesehen hatte sein aristokratischer Freund Recht.

»Gib mir wenigstens zwei Tage Zeit, bevor du dich in die Rauferei stürzt. Mehr verlange ich nicht.« Valenti dachte kurz nach, dann nickte er widerwillig.

Der Starrsinn des Grafen ließ ihm keinen anderen Ausweg, als mit dem Rabbiner zu reden. Er mochte es drehen und wenden, wie er wollte, er kam um den heiklen Besuch nicht herum. Auch Tranquillo Vita Corcos konnte kein Interesse daran haben, dass sein zukünftiger Schwiegersohn in eine Duellaffäre mit einem Geistlichen verwickelt wurde. Innerlich verdrehte er die Augen. Ein Priester und ein Jude spielten ehrpusslige Edelleute und ließen sich vom Hafer stechen. Meine Güte! Die Welt spielte wirklich verrückt.

10.

Kleine Reisigfeuer, Fackeln und auf Stöcken angebrachte Kerzen, sogenannte Moccoli, warfen gespenstisch ihr Licht an die schwarze Leinwand der Nacht. Mond und Sterne verbargen sich hinter dichten Wolken, die mit der Dunkelheit eins geworden waren.

Prospero fühlte sich ein wenig verloren, als er allein aus dem mächtigen Bollwerk des Palazzo della Cancelleria hinaustrat, in dem die Rota ihren Sitz und auch er ein kleines Dienstzimmer hatte. Er zog vor Kälte die Schultern hoch und schlug die Richtung zum Campo dei Fiori ein. Hinter dem Platz, an der Ecke, wo die Via Papale auf die Via Paradiso stieß, befand sich Gioacchinos *La Grassa*. Dort wollte er noch einmal nach Velloni schauen.

Zuvor hatte er mit Alessandro Caprara alle Neuigkeiten im Fall durchgesprochen. Der Auditor hatte seinem Bericht gelauscht und dann lange geschwiegen. Zum letzten Mal, so meinte er schließlich, dürfte die Ewige Stadt vor zweihundert Jahren unter der Schreckensherrschaft des Borgia-Papstes Alexander VI. von einer Willkür diesen Ausmaßes bedrückt worden sein, als dessen Sohn Cesare in Rom sein Unwesen trieb. In seiner ganzen nunmehr dreißigjährigen Dienstzeit war der Richter des obersten römischen Gerichtes mit keiner so skandalösen Pflichtvergessenheit konfrontiert worden. Albanis Pontifikat definierte Politik als Feigheit. Nein, der Pontifex war kein tatkräftiger Mann, sondern der zur Macht gekommene byzantinische Oberhofintrigant. So sehr Caprara das Geschilderte empörte, so unschlüssig blieb er letztlich darüber, wie man sich am klügsten dazu verhalten sollte. Einerseits durfte ausgerechnet Prospero, der sich in Ungnade befand, nicht den Papst reizen; andererseits konnte man nicht untätig dem Verbrechen zuschauen. Zuschauen bedeutete assistieren.

Der Auditor kam zu dem Schluss, dass es besser sei, erstmal abzuwarten, was Spigola herausfinden würde. Vorher könne man ohnehin nichts unternehmen. Außerdem benötige er Zeit, um weitere Fakten zu sammeln, auf deren Grundlage er erst die richtige Strategie bestimmen könnte.

Ein Machtverlust, wie er ihn hinzunehmen hatte, machte einsam und reduzierte die Handlungsmöglichkeiten drastisch. So manch Kurialer, der früher keinen Tag vergehen ließ, ohne dem Auditor seine Freundschaft zu versichern, flitzte bei seinem bloßen Anblick panisch in die nächste Seitengasse, als hätte er den Gottseibeiuns gesehen, nur um ihm nicht zu begegnen und ihn grüßen zu müssen. Das konnte einem schließlich übel ausgelegt werden. Der Zustand der Ungnade entsprach einer Seuche, die hoch ansteckend verlief. Prospero Lambertini ahnte, wie sehr die Missachtung seinen Mentor verletzte, auch wenn er dies zu verbergen trachtete. Machtverlust war wie Scheintod: Man hörte die verleumderischen Reden der anderen, ohne handeln zu können.

Als der Hilfsauditor grübelnd Gioacchinos Ristorante betrat, verließ Vellonis geschundener Geist dank eines starken Schlafmittels, das Benjamin ihm verabreicht hatte, gerade wieder die Wirklichkeit.

Prospero Lambertini bedankte sich bei dem Arzt und brachte den betäubten Philologen mit Valentis Hilfe in einer Kutsche nach Hause. Vellonis Vermieterin, eine fleischige Römerin in mittleren Jahren, teilte ihnen bedauernd mit, dass Signorina Cäcilia immer noch nicht zurückgekehrt sei. Sie trugen Velloni in sein Bett und Prospero bat Valenti, bei ihm zu bleiben.

»Er braucht einen Freund, wenn er aufwacht. Vor allem einen, der ihn tatkräftig daran hindert, eine Torheit zu begehen.«

Auf diese Weise wollte Prospero den Duellwilligen ans Haus fesseln. So hatte er zwei Probleme auf einmal gelöst: Seine beiden Freunde passten jetzt gezwungenermaßen aufeinander auf.

Es ergab keinen Sinn, noch länger den Besuch beim Rabbiner hinauszuzögern. Zwischen Hoffnung und Furcht hin und her pendelnd, machte er sich zum zweiten Mal an diesem Tag auf ins jüdische Viertel.

Vor ihm erhob sich die Treppe, die zu Deborahs Haustür führte. Wie ein Büßer stieg er die Stufen bedächtig empor. Er räusperte sich, atmete tief durch, trocknete sich gleichzeitig die feuchten Hände an den Schößen seines schlichten schwarzen Rockes ab, den er im Stile eines französischen Abbés über dem weißen Hemd trug, und klopfte schließlich an.

Nun war es zu spät, um noch einmal umzukehren. Warum, kam ihm plötzlich in den Sinn, hatte er dem Rabbiner nicht einfach eine Vorladung geschickt und sich in seinem Büro mit ihm unterhalten? Er war nicht einmal auf diesen naheliegenden Gedanken gekommen und fragte sich lieber nicht nach dem Grund.

Es dauerte einen Moment, dann stand sie in der geöffneten Tür, so wie er sie tausendmal in seinen Tagfantasien und Träumen gesehen hatte, in dem blauen Kleid, das so verführerisch ihre Figur betonte und ihr rotblondes Haar noch kräftiger leuchten ließ, als es das ohnehin schon von Natur aus tat. Nein, sie war viel schöner als in seinen Vorstellungen und Erinnerungen. Ihr Anblick nahm ihm für einen Augenblick die Luft zum Atmen.

Als sie ihn sah, entfuhr ihr unwillkürlich ein leiser Ausruf des Erstaunens. Ihre Augen begannen zu leuchten. Sie machte einen kleinen Schritt auf ihn zu, nur um sofort wieder innezuhalten. Offenbar hatte sie ihn im ersten Impuls umarmen wollen. Doch dann nahm ihr Gesicht plötzlich den Ausdruck der Unnahbarkeit an, den er nur allzu gut kannte. Sie hob das Kinn und schaute ihm kühl in die Augen.

»Was willst du?« Ihre Stimme klang ein wenig hohl.

»Ich muss mit deinem Vater sprechen.«

»Das geht nicht. Er hat Besuch. Ich sag ihm einfach, dass du da warst. Er wird sich dann sofort mit dir in Verbindung setzen.«

»Ach Deborah, kennst du mich so wenig, dass du glaubst, ich würde hierherkommen, wenn es nicht wirklich sehr dringend wäre?«

»Nein, natürlich nicht«, entgegnete sie mit einer Spur Enttäuschung in der Stimme.

»Ich warte hier.«

Deborah dachte kurz nach. »Unfug«, seufzte sie dann. »Wir sind schließlich erwachsene Menschen. Du kannst auch im Haus auf ihn warten, wenn dir so viel daran liegt, mit ihm zu sprechen.«

Sie ließ ihn herein und verriegelte wieder hinter ihm die Tür. Wie gern hätte er ihre Haare durch seine Finger gleiten lassen, wäre mit den Händen über ihre wohlgeformten Schultern gefahren.

Als er an ihr vorbei in den Flur trat, drang ihm der Geruch von Zimt und Feldblumen in die Nase, und er atmete tief ein. Wie hatte ihm ihr Duft gefehlt! Er sah sie an, sie schlug die Augen nieder. Einen Wimpernschlag lang nahm sie eine gemeinsame Aura auf, in der sie die Welt um sich herum vergaßen. Ihm war, als neigte sich ihr Kopf leicht ihm zu. Er wollte ihr Gesicht schon zärtlich in seine Hände nehmen. Doch der kostbare Augenblick endete bereits mit dem nächsten Blinzeln.

»Komm mit«, sagte sie, offensichtlich um Distanz bemüht, und führte ihn ins Wohnzimmer. Sie bot ihm einen Platz an. Dann zögerte sie und schaute ihn nachdenklich an, als wollte sie ihn fragen, ob sie alles richtig machten. Und stumm antwortete er ihr in Gedanken, dass er es nicht wisse. Sie schloss kurz die Augen und schüttelte ganz leicht den Kopf. Als sie die Lider öffnete, hatte sie den gläsernen Wall der Unnahbarkeit wieder vor sich errichtet. Enttäuschung schnürte ihm das Herz zu.

»Ich informiere meinen Vater darüber, dass du ihn zu sprechen wünschst.« Mit diesen Worten ließ sie ihn in der guten Stube allein.

In seinen Adern explodierte eine Droge, die Verlangen hieß. Nichts war vergessen, nichts war vergangen, im Gegenteil, diese Sehnsucht tobte schlimmer in ihm als jemals zuvor. Aber das war nur die heiße Seite des Gefühls; die kalte bestand in der Bitterkeit. Denn wie sollte er nicht Bitterkeit empfinden angesichts der Tatsache, dass seine Sehnsüchte niemals Erfüllung finden würden?

»Mein lieber Freund, womit kann ich dienen?«, riss ihn Tranquillo Vita Corcos mit seiner wohlklingenden Stimme aus seinen inneren Qualen. Er blickte auf. Etwas Beruhigendes ging von der ehrwürdigen Gestalt des Rabbiners aus. In seinen gütigen Augen fand er das erste Mal, seitdem er heute Vormittag in Capraras Kutsche gestiegen war, Zuversicht. Er bat ihn um Verschwiegenheit. Dann ersuchte er den Rabbiner, in den jüdischen Gemeinden festzustellen, ob in der letzten Zeit junge Mädchen verschwunden seien.

»Junge Mädchen? Sind die nicht ganz versessen darauf, dem erstbesten Cavaliere hinterherzulaufen?«, fragte eine Stimme mit hartem Akzent von der Tür aus. Der Hilfsauditor drehte sich um. Dort stand ein Mann in Prosperos Alter, der sie belauscht hatte und der ihn nun aus seinen stahlblauen Augen mit unverhohlenem Spott betrachtete. Seine Haltung drückte Stolz aus. Das Gesicht war scharf geschnitten, die Haare tiefschwarz. Ohne den heiseren, fast bellenden Akzent hätte er den Fremden für einen Spanier gehalten.

»Entschuldigung, Tranquillo, wenn ich so indiskret bin und störe. Aber die Neugier, den berühmten Prospero Lambertini kennenzulernen, besiegt einfach meine gute Erziehung. Sie sind also der große Held, dem alle hier zu Dank verpflichtet sind? Ein zweiter Moses sozusagen.«

Prospero spürte den verletzenden Hohn. Corcos, dem der Unterton nicht entgangen sein konnte, lächelte nachsichtig.

»Darf ich vorstellen, der zukünftige Ehemann meiner Tochter. David von Fünen aus Prag.«

Prospero Lambertini begann zu verstehen, wie sein Freund Valenti mit Deborahs Verlobtem in Streit geraten sein konnte, und er spürte, wie seine Neigung, das Duell zu verhindern, sich rapide verminderte.

»Mit Verlaub, Sie haben meine Frage nicht beantwortet«, hakte der Prager jetzt nach.

»Mit Verlaub, es ist kein Thema, das ich mit Ihnen zu erörtern gedenke«, gab Prospero knapp zurück.

»Schade, ich wollte Ihnen nur meine Hilfe anbieten.«

»Wenn ich sie benötigen sollte, sind Sie der Erste, der es erfährt. Versprochen.«

»Warum so gereizt? Sie wurden mir als …«, er machte

eine kleine Pause, bevor er das Wort mit ironischer Betonung aussprach, »... fleißig und ...«, wieder legte er eine kleine Unterbrechung ein, bevor er abwertend hinzufügte, »... umgänglich geschildert.« Seine Augen glänzten voll dämonischer Freude. »Es ist doch nichts Persönliches zwischen uns? Das würde mir nämlich sehr leidtun, wenn ich mit irgendetwas, dessen ich mir nicht bewusst bin, Prospero Lambertini, den Retter der römischen Juden, verärgert habe.«

Prospero lächelte schief und sah den Rabbiner bittend an. Er war zu müde und zu verletzt für einen Hahnenkampf. Corcos verstand sofort und wandte sich an seinen künftigen Schwiegersohn.

»Bitte, David, lass uns allein. Ich habe mit Dottore Lambertini zu reden.«

»Na, Hochwürden, wenn Sie meiner bedürfen, erkundigen Sie sich bei meiner Braut. Deborah weiß, wo ich zu finden bin. Nichts für ungut.« Er grinste jetzt wie ein Lausbube im Triumph, das Spiel gewonnen zu haben. Dann deutete David von Fünen eine Verbeugung an und ging. Prospero stand entnervt auf und schloss die Tür.

»Nehmen Sie Ihren Schwiegersohn in die Pflicht. Niemand darf etwas davon erfahren, dass ich mich nach vermissten Mädchen erkundige.« Mit einem Seufzen setzte er sich dem Rabbiner wieder gegenüber. Im Stillen leistete er Spigola Abbitte. Der Auditor hatte mit seiner Einschätzung Recht behalten. Sobald man zu recherchieren begann, ließen sich die Nachforschungen nicht mehr geheimhalten. Man konnte ja schlecht fragen, ohne Fragen zu stellen.

Der Rabbiner versprach, sich zu erkundigen. Prospero nickte leicht zum Dank. »Dann wäre da leider noch etwas zu besprechen, was mir aber sehr peinlich ist.«

»Ihnen muss hier gar nichts peinlich sein. Sie wissen, dass Sie bei uns über einen unbeschränkten Kredit verfügen.«

»Mein Freund Graf Silvio Valenti Gonzaga treibt in Ihrem Haus Kabbala-Studien.«

»Ich weiß, dass er das nicht sollte, aber ich kann es ihm nicht verbieten, wie ich vor Gott nicht das Recht habe, jemanden, der nach Wissen sucht, die Tür vor der Nase zuzuschlagen.«

»Gewiss, das geht mich auch nichts an. Aber er muss mit dem Signor von Fünen aneinandergeraten sein.«

»Ich weiß, mein Schwiegersohn reagiert gelegentlich hitzköpfig, aber er ist ein außerordentlich kenntnisreicher junger Mann, der Sohn des Rabbis Salomo Meir von Fünen aus Prag. Es wird eine hübsche Doppelhochzeit geben. Mein Sohn Chiskijah heiratet Salomos Tochter Rosina und Deborah seinen Sohn David. Unsere beiden Häuser zeichnet eine lange Linie bedeutender Rabbiner aus. Deshalb wird die Vereinigung ein Segen sein.«

»Und Deborah? Heiratet sie aus Liebe oder aus Einsicht in den Segen?«, brach es aus ihm heraus. Im selben Moment ärgerte sich Prospero sowohl über seine Frage als auch über den rüden Ton, in dem er sie gestellt hatte.

»Soll ich meine Tochter etwa in ein Kloster geben? Getauft und weggesperrt? Ich weiß, dass es schwer ist. Aber Sie kommen ja als Bräutigam nicht in Frage. Gott, der Herr, hat es so gewollt.«

»Ja, er hat es so gewollt«, wiederholte Prospero gedankenverloren. Natürlich durfte er nicht den Bund der Ehe eingehen, schon gar nicht mit einer Jüdin. Ob es für Deborah genauso schwer war wie für ihn? Möglicherweise war es sogar einfacher, unverheiratet zu bleiben, dem Eheglück oder -leid zu entsagen, als einen Kerl für das ganze Leben zum Mann zu nehmen, den man nicht liebt? Den man vielleicht sogar verabscheut? Deborah konnte diesen aufgeblasenen Prager doch gar nicht lieben. Ausgeschlossen, nicht seine Deborah! Seine Deborah? Vielleicht irrte er sich ja auch. Sollte sie so einen womöglich doch in ihr Herz geschlossen haben? Der Gedanke schmerzte. Er hätte das nur zu gern gewusst. Aber was veränderte dieses Wissen schon? Nichts, gestand er sich deprimiert ein.

Plötzlich fühlte er, dass ihn der Rabbiner sanft am Ärmel berührte, um ihn aus seinen Grübeleien zu befreien und das Gespräch fortzusetzen. Er errötete, er hatte Corcos ganz vergessen. »Von dem Streit mit dem Grafen Gonzaga weiß ich nichts. Ich werde David zur Rede stellen.«

»Warten Sie noch etwas damit. Die beiden Hitzköpfe haben sich auf schwere Säbel gefordert.«

»Gott, wie konnten sie nur? David ist es als Juden verboten, sich zu duellieren, und Valenti …«

»… ganz recht, ist Priester.«

Die beiden schwiegen.

»Ein Verbot wird nichts ausrichten«, warf Corcos ein. Prospero nickte.

»Kennen sie den Grund?«

»Nein, Valenti schweigt.«

»Gut, mein Freund – ich darf Sie doch so nennen?«

»Es steht Ihnen frei.«

»Ich werde mit David reden. Er muss von dem unseligen Duell Abstand nehmen. Ein Fünen darf als feige dastehen, ein Gonzaga nicht.«

Prospero erhob sich. »Gebe Gott, dass Sie Erfolg haben.«

11.

Prospero hatte lange in seinem Bett wachgelegen, sich von einer Seite auf die andere gewälzt, ohne den ersehnten Schlaf zu finden, obwohl er reichlich müde gewesen war. Im Dösen sah er sich in der Rolle Valenti Gonzagas, wie er den Säbel in das Herz des Widersachers rammte, aus dem indes nur schwarzes Pech anstelle von Blut floss. Irgendwann zwischen Mitternacht und Morgendämmerung musste er dann doch eingeschlafen sein, jedenfalls weckte ihn die Stimme eines kleinen Jungen, der auf der Straße ein altes Lied trällerte.

Prospero richtete sich im Bett auf und rieb den Schlaf aus den Augen. Der Knabe war offenbar weitergezogen, denn seine Stimme hallte nur noch leise nach, bis Prospero sie gar nicht mehr vernahm.

Erleichtert dachte er: Gott sei's gedankt, der Karneval ist vorbei!, und wollte den Tag wie jeden Morgen mit der Laudes beginnen, die er in der Kirche Santa Maria in Trastevere zu feiern gedachte.

Erst dann wurde er sich der grellen Sonnenstrahlen bewusst, die ihre Finger durch sein Fenster streckten. Der Helligkeit nach zu urteilen, musste es fast Mittag sein. Der Glockenschlag, der aus dem Campanile von Santa Maria fast vorwurfsvoll zu ihm herüberschwoll, bestätigte ihm, dass es für das Morgengebet in der Tat viel zu spät war.

Er wertete das als schlechtes Omen. Offensichtlich genügte es bereits, nur einmal Deborah zu sehen, und seine mühsam erkämpfte Balance zersprang in tausend Splitter, die sich niemals vollständig auffinden und wieder zusammenfügen ließen. Vorbei – was für ein dummes Wort. Es war niemals vorbei. Sie würde einen Mann heiraten, den sie vielleicht nicht liebte, und er durfte sein Leben lang den Wünschen der Päpste zu Willen sein, die aus unterschiedlichsten Gründen Menschen zur Ehre der Altäre zu erheben begehrten. Und er, Lambertini, war verpflichtet, ihnen die Rechtfertigung dafür zu liefern. Wie hatte doch Albani gesagt: Sie wird heiliggesprochen. Basta! Auch wenn sie eine große Sünderin sein sollte, ergänzte Prospero in Gedanken angeekelt. Sollte sich doch Gott im Paradies mit ihr herumplagen. Was kümmerte das den Albani-Papst? Wenn er eines Tages zum Herrn heimging, war die Causa Bartaszoly so oder so erledigt. Mit Gott, mit Glaube und Überzeugungen, hatte all dies doch herzlich wenig zu tun, vielmehr mit skrupellosem politischem Kalkül. Papst Gregor VII., so hatte Prospero es im Studium gelernt, deklarierte, dass das Amt den Mann heiligen würde. Es fiel ihm schwer, dem mittelalterlichen Pontifex zu glauben.

Alle Aufgaben, die dringend auf Erledigung harrten, widerten ihn jetzt so unsäglich an. Warum er? Was wollten sie ausgerechnet von ihm? Allmählich gewann der Gedanke, einfach den Bettel hinzuwerfen und etwas völlig Neues anzufangen, in ihm die Oberhand. Warum eigentlich nicht? Wie hatte Spigola gesagt? Der Dienst in der Kurie hat noch jeden verändert. Wollte er sich denn tatsächlich verbiegen lassen? Und sich womöglich dadurch von Gott entfernen? Er wagte nicht, dem Gedanken bis zum Ende zu folgen, weil dort die Schlussfolgerung lauerte, dass die Kirche unter Umständen ein gottloser Ort sein konnte – und das war eindeutig Ketzerei.

Die Grübelei führte zu nichts. Er fühlte, dass ihm die Herrschaft über seinen Tag unaufhaltsam entglitt. Und er wunderte sich darüber, dass er dieses Gefühl seltsamerweise genoss. Einem plötzlichen Impuls folgend stieg er in die graue Hose, die er manchmal in seiner Studienzeit getragen hatte, als er noch kein Priester war. Sie passte, obwohl sie schon ein wenig in der Hüfte zwickte. Caprara lud ihn entschieden zu oft ins *La Grassa* ein. Und *La Grassa* bedeutete nicht umsonst »die Fette«. So lautete wegen der guten und reichlichen Küche der liebevoll-spöttische Spitzname für ihre Heimat, die Emilia Romagna. In die Hose stopfte Prospero ein blaues Hemd, und zu guter Letzt warf er sich einen alten Justarcorps über.

Er sah jetzt aus wie ein Notarsgehilfe aus Bologna und erinnerte in nichts mehr an einen Priester und Hilfsauditor der Sancta Rota Romana. Nur eines trieb ihn noch an: All das zu vergessen, was man von ihm verlangte. Und wenn er es endlich aus seiner Erinnerung ausgestrichen hätte, dann würde er darüber nachdenken, was er mit seinem Leben anzufangen gedachte.

Dieses Gefühl, das ihn so heftig aufatmen ließ und zugleich erschreckte, war das etwa die Freiheit? Die Freiheit versteht nicht, wer in ihr geboren wird. Solange er denken konnte, zumindest seit er seinen Vater verloren, die Mutter wieder geheiratet und ihn ins Internat gesteckt hatte, glaubte er felsenfest daran, dass seine geliebte Familie in der Alleinseligmachenden Kirche bestand, dass er in ihr seine wahre Mutter besaß, weil sie sich um ihn gekümmert, ihn genährt und gebildet hatte. Aber woher wollte er das eigentlich wissen? Er hatte doch noch nichts anderes ausprobiert. Sein Leben war seit seinem Eintritt ins Internat geradlinig verlaufen. Aber hatte das vielleicht nur an einem Mangel an Alternativen gelegen?

Ziellos betrat er die Straße und genoss es auf eine lustvoll-fatalistische Art, sich einfach treiben zu lassen. Menschen, die der Karneval wieder herausgerückt hatte, kamen ihm verkatert entgegen. Für sie waren die tollen Tage vorbei, für ihn hingegen schienen sie erst zu beginnen. Unbewusst begann er das Lied, mit dem der Knabe ihn vorhin geweckt hatte, vor sich hin zu summen.

Warum klopfte er jetzt nicht einfach bei Deborah an und ging mit ihr in die Fremde? Um ein neues Leben, sein ganz eigenes Leben, zu entdecken. Was hielt ihn davon ab? Feigheit?

Plötzlich stand er vor der Taverne *Cucciarello alla Scentarella di Piscivola,* in der er sich zuweilen abends mit den Freunden traf. Die Kaschemme war natürlich zu dieser frühen Zeit noch geschlossen. Doch der Wirt öffnete gerade die großen Torflügel, um das Tonnengewölbe zu lüften. Prospero grüßte ihn und trat einfach ein. Er setzte sich an einen der Tische. »Einen Roten.«

Der Wirt warf einen Blick auf den frühen Gast, dann setzte er sich zu ihm.

»So schlimm, Dottore?«

»Schlimmer noch, Gabriele.«

»Dann rat ich Ihnen eines, trinken Sie keinen Wein am Morgen, gehen Sie zur Beichte, nehmen Sie ein Bad oder …«, er neigte sich zu ihm und senkte vertraulich die Stimme, »…wenn eine Frau helfen kann, weiß ich eine, verschwiegen und garantiert ohne Krankheit. Monsignore, ich geh auch manchmal zu ihr. Werd ich mir denn den Schwengel verbrennen wollen? Vorsicht ist das beste Mittel gegen die Franzosenkrankheit! Aber trinken Sie nicht. Sie gehören nicht zu den Tagedieben, die den Abend so blau erleben wie den Morgen.«

Der Wirt hatte Recht. Flucht war kein Ausweg. Gabriele mochte ein Gauner sein, doch er war auch ein anständiger Kerl, ehrlicher als all diese kurialen Heuchler. Ehrlicher selbst als dieser Heilige Vater. Und plötzlich lag es ganz klar und deutlich vor ihm. Dass er nicht gleich darauf gekommen war, wunderte ihn. Bei dem, was vor ihm lag, ging es doch gar nicht um Albani. Es ging noch nicht einmal um ihn, Prospero Lambertini. Ein Freund litt. Seine kleine Schwester wurde vermisst, und ein Ungeheuer jagte Mädchen, die der Stolz ihrer Familien waren. Wie viel Schmerz und Elend es doch gab. Wie viel Gewalt, ausgeübt von Scheusalen, die sich an Menschen vergingen, nur weil sie die Macht dazu hatten. Und er? Anstatt die Jagd zu beginnen, suhlte er sich im Selbstmitleid.

Prospero knallte einen paar Münzen auf den Tisch und erhob sich.

»Danke, aber ich muss keine Frau, ich muss ein Mädchen finden. Viele Mädchen!«

Damit ließ er den verblüfften Wirt zurück und stand wenig später in Vellonis Wohnung. Weglaufen war keine Lösung. Er hatte eine Pflicht zu erfüllen.

Velloni saß im Bett und starrte ungläubig auf den Grafen, der laut schnarchend auf den Dielen lag. Prospero wusste bereits von der Vermieterin, die ihn eingelassen hatte, das Cäcilia immer noch nicht zurückgekehrt war.

»Da habe ich dir ja einen schönen Bewacher zurückgelassen.«

»Habe ich nicht auch geschlafen? Wer ohne Sünde ist …«

»Du gehst sehr freigiebig mit dem Wort um. Es ist keine Sünde, wenn man im Gewühl von jemandem getrennt wird.«

»Dieser Jemand ist meine kleine Schwester.«

»Ich weiß«, lenkte Prospero ein.

»Warum hast du mich zwischen diesen Narren nicht sterben lassen? Es heißt, die Narren kennen die Wahrheit. Und die Wahrheit ist, dass ich den Tod verdiene.«

»Sterben kannst du immer noch. Aber jetzt musst du leben, denn deine Schwester wird dich brauchen, wenn wir sie gefunden haben. Und ich möchte beileibe nicht derjenige sein, der ihr dann sagen muss, dass ihr kleines Abenteuer den Bruder das Leben gekostet hat.« Prospero wies auf den immer noch schlafenden Valenti: »Und der da mit Sicherheit auch nicht.«

12.

Das Badehaus reinigte seine Haut und beruhigte seinen Geist. Prospero genoss den heißen Dampf, der durch die Nase und den Mund in sein Inneres drang und auch vor den Ohrgängen nicht haltmachte. Wohin das Wasser nicht kam, dahin eilte der Dampf. Vor ihm hatte der Schmutz der Welt und der Menschen keinen Bestand. Er nahm hinterher noch ein kaltes Bad im Becken. Jetzt fühlte er sich wie neugeboren, bereit, den Kampf aufzunehmen. Spigola hatte nur bedingt Recht. Sicher, wenn man der Kurie diente, dann veränderte sie einen, diente man aber Gott, so wurde man von Gott geformt. Jeder besaß die Wahl, und dass sich mit der einen Option, den Machthabern zu gehorchen, scheinbar leichter leben ließ als mit der, Gott zu dienen, ließ er nicht als Entschuldigung gelten.

Der Hilfsauditor ging noch einmal zu Hause vorbei, um wieder seine gewöhnliche Kleidung im Stil eines französischen Abbés anzulegen. Der kurze Urlaub, den er von seinem Dasein als Dottore Prospero Lambertini, Mitarbeiter der Rota, genommen hatte, war mit dem erfrischenden Bad beendet. Er hatte begriffen, dass er sich in dieser schwierigen Situation keinerlei Selbstmitleid und Selbstzweifel leisten durfte.

Wenig später saß er bereits im Archiv der Ritenkongregation im Quirinalpalast. Der alte Archivar, ein dürres Männchen voller Misstrauen gegen alles und jedermann, hatte den fleißigen Hilfsauditor im Laufe seiner vielen Besuche im Archiv in sein Herz geschlossen. Diesmal benötigte er nur zwei Gänge, um alle Akten der Causa Bartaszoly vor Prospero auszubreiten.

»Mehr nicht?«

»Das ist alles, Dottore. Aber seien Sie froh. Eine schnelle und eindeutige Angelegenheit, wenn so wenig zum Prüfen vorliegt«, tröstete der Archivar.

»Im Gegenteil, Verehrtester. Umso weniger Akten da sind, umso mehr Arbeit steht uns bevor.«

Der Archivar zuckte bedauernd die Achseln und zog sich fast lautlos zurück ins Zentrum seines Reiches aus den zu Papier gewordenen Spuren der Hoffnung und der Angst, der Größe und der Schändlichkeit, der Wahrheit und des Betrugs.

Prospero blickte auf die vier Konvolute und ordnete sie in der Reihenfolge an, in welcher er sie einzusehen plante. Ihm fiel auf, dass sie erstaunlich wenig Staub angesetzt hatten. In der Regel pflegte Papier diesen geradezu magisch anzuziehen. Ein Aktenkonvolut oder ein Buch, das man nicht benutzte, umgab schon nach kurzer Zeit eine äußerst feine Schicht aus Erdpartikeln und verwesten Insektenleichen, eine Schicht, die still und unbemerkt, aber stetig wuchs. Wie eine Hülle überzog sie das Objekt völlig gleichmäßig. Velloni nannte deshalb auch den Staub die Haut der Zeit.

Misstrauisch geworden schlug Prospero nach. Der Prozess der Seligsprechung war 1630 eingeleitet worden und fand bereits 1633 seinen Abschluss. Papst war damals Urban VIII. Barberini. Zu dieser Zeit tobte der Große Krieg, der dreißig Jahre Tod und Verwüstung über Mitteleuropa gebracht hatte.

Eins stand fest: Diese Akten hatten nicht unberührt über fünfzig Jahre im Archiv gelegen. Nicht einmal zehn, nicht einmal fünf Jahre, der Staubschicht nach zu urteilen. Nachdenklich erhob Prospero sich und trottete durch den kleinen Gang, an dessen Ende sich das Zimmers des Archivars befand. Immer noch in Gedanken versunken klopfte er an die geöffnete Tür. Der Archivar sah fragend von seiner Lektüre auf.

»Entschuldigung, Verehrtester, aber wann wurden denn die Akten das letzte Mal benutzt?«

Der Archivar schaute in seinem Benutzerbuch nach, da er aber keinen Eintrag fand, nahm er das vorangegangene und schließlich das davor. Endlich flitzte über seinen verkniffenen Mund die Andeutung eines Lächelns.

»1633.«

»Seit der Seligsprechung hat also niemand mehr die Akten entliehen? Sind Sie sicher?«

»Wenn Elisabeth von Bartaszoly Anno Domini 1633 seliggesprochen wurde, dann ist es so«, bestätigte der Archivar keinen Widerspruch duldend, denn seine Registratur war für ihn über jeden Zweifel erhaben.

Prospero bat den Bewahrer der Akten, ihn in den Arbeitsraum zu begleiten. »Sie sind der beste Archivar, den ich kenne, ein Fachmann. Der Schutzengel der Notizen und Memoranden, der Relationen und Urteile.« Er sah dem Archivar an, dass dieser sich geschmeichelt fühlte, wenngleich er das hinter seinem gleichgültigen Gesichtsausdruck zu verbergen suchte. Aber Prospero kannte die Psyche der Bibliothekare, die tagaus, tagein mit ihrer stummen Klientel verbrachten und die im tiefsten Grunde ihrer Seele darunter litten, dass niemand zu würdigen verstand, in welch stetem Kleinkrieg sie ihr wehrloses Gut gegen Schmutzfinken, Achtlose, Diebe und Grobiane beschützten. Wer außer ihnen wusste denn, dass die Akten und Bücher, die Konvolute und Codizes eine Seele besaßen, zudem noch eine höchst verletzliche? Sie liebten diese mit Tinte auf Papier gebannte Form des Wissens um ihrer selbst willen, nicht weil sie irgendeinen Nutzen daraus zu ziehen trachteten. Deshalb fuhr Prospero in der gleichen Weise fort, weil er den Archivar achtete und weil er seine Hilfe dringend benötigte. »Wer könnte Ihnen etwas vormachen? Ich sage es ohne jede Schmeichelei: Niemand! Was denken Sie, wie lange standen diese Akten unbenutzt im Regal?« Er wies mit dem Zeigefinger auf die Konvolute.

Ein leises, glückliches Lächeln zeigte sich in den trüben Augen des im Dienst an der Geschichte ergrauten Mannes. Da sein Können gewürdigt und gefragt war, konnte er sich der Bitte nicht verschließen. Der Archivar fuhr mit dem kleinen Finger zärtlich über den weißgelben Deckel eines Konvoluts. Dann schaute er auf die Kuppe und kreiste sanft mit dem Daumen darüber. Die Stirn seines kleinen Gesichts legte sich in erstaunlich viele Falten. Er wirkte auf einmal erregt, wie ihn Prospero Lambertini nie zuvor erlebt hatte. Die seit Jahrzehnten zelebrierte Ruhe fiel von ihm ab. Mit kleinen Schritten eilte er zu seinem Arbeitszimmer und kehrte mit seinem Beryll zurück. Das altmodisch geschliffene Mineral erfüllte ihm immer noch die Funktion der Brille und der Lupe. Der Archivar untersuchte jetzt die Akten der vier Konvolute Stück für Stück. Er ging mit schier unerträglicher Gründlichkeit zu Werke, und Prospero musste sich mit aller Kraft zur Geduld zwingen.

Nach einer halben Ewigkeit – so kam es Prospero zumindest vor – richtete sich der Archivar bedächtig auf, legte den Beryll beiseite und räusperte sich. Die Falten auf seiner Stirn schienen sich noch vertieft zu haben.

»Ich verstehe es nicht, nach meinen gewissenhaft geführten Büchern ist das zwar ausgeschlossen, aber diese Akten haben nicht länger als drei Monate unbenutzt im Regal verbracht.«

»Wie erklären Sie sich das?«

»Dottore, dafür habe ich keine Erklärung. Und noch eins ist merkwürdig. Vielleicht sogar am merkwürdigsten.« Auf dem Gesicht des Alten bildeten sich vor Aufregung rote Flecken. »Die Blätter unterscheiden sich.«

»Was soll das heißen?«, entfuhr es dem Hilfsauditor in scharfem Ton. Der alte Mann zuckte nur ratlos mit den schmalen Schultern. »Wie gesagt, ich stehe vor einem vollkommenen Rätsel, aber einige Blätter sind sicher alt, andere hingegen neu.«

»Jünger als fünfzig Jahre?«

Der Archivar nickte.

»Sind Sie wirklich sicher?« Prospero wagte kaum zu glauben, was er hörte.

»Schauen Sie, es ist ganz einfach. Papier vergilbt. Wie schnell und wie stark, hängt davon ab, wie holzhaltig es ist und welcher Leim verwendet wurde. Es ist offensichtlich, bei diesem Papier liegen die Zeitpunkte der Herstellung der einzelnen Bögen beträchtlich auseinander.«

»Ich muss Sie noch einmal fragen: Enthält das Dossier Blätter, die jünger als fünfzig Jahre sind?«

»Um es exakt zu bestimmen, benötigen Sie natürlich einen Fachmann, einen Papiermüller. Aber meiner bescheidenen Kenntnis nach, würde ich Ihre Frage vorsichtig bejahen.«

Prospero musste lächeln. Sein Instinkt verriet ihm, dass er einen Faden, der zu einem noch unbekannten Knäuel der Wahrheit führte, in der Hand hielt. Dem musste er folgen. Deshalb wies er den Archivar an, einen Papiermüller mit einer Expertise zu beauftragen. Die anfallenden Kosten würde selbstverständlich die Rota übernehmen. Er benötigte einen hieb- und stichfesten Beweis für seinen Verdacht, bevor er eine Untersuchung über die Manipulation der Akten einleiten durfte. Als der Papst Caprara und ihm die Causa Bartaszoly mit strikter Vorgabe des Ergebnisses der Untersuchung übergeben hatte, hatte ihm sein Instinkt gesagt, dass etwas an der ganzen Sache nicht stimmte. Sein Bauchgefühl schien ihn nicht getrogen zu haben, denn es stank etwas gewaltig in diesem Verfahren. Wenn ein Unbekannter tatsächlich vor ungefähr drei Monaten die Akten bearbeitet hatte, dann hätte derjenige bewusst die Dokumente so manipuliert, dass sie eine Heiligsprechung entweder ausschließen oder geradezu fordern würden. Obwohl er beide Ziele in Betracht ziehen musste, hielt er die Hypothese, dass der Fälscher die Heiligsprechung befördern wollte, für wahrscheinlicher.

Als gefälschter Bestand wären die Akten für das Kanonisationsverfahren natürlich völlig wertlos. Er hoffte, durch die Expertise gezwungen zu sein, offiziell Ermittlungen einzuleiten. Und es ging hierbei um kein kleines Verbrechen, nicht um eine der üblichen Urkundenfälschungen, sondern um einen Betrugsversuch im Allerheiligsten. Der Fälscher konnte angesichts der Dimension des Verbrechens nur mit der Todesstrafe rechnen. Den Ergebnissen der Untersuchung durfte sich Albani nicht verweigern, denn die Fälschung konnte objektiv belegt werden. Sie war kein Gegenstand der Spekulation und Interpretation, sondern beruhte auf messbaren Fakten. Diejenigen also, die diese Dokumente bearbeitet hatten, um möglicherweise die Kanonisation abzusichern, haben ihr in Wahrheit einen Bärendienst erwiesen. Der Papst mochte vielleicht von ihm fordern, dass er eine sehr wohlwollende Interpretation der dokumentierten Tatsachen vornahm, mit aller Spitzfindigkeit, zu der römische Juristen in der Lage waren, wenn es zu beweisen galt, dass die Kuh eine Katze war, aber Fälschungen als Grundlage des Urteils zu akzeptieren, das konnte nicht einmal der Pontifex durchsetzen.

Prospero freute sich. Zu dem, was er nun in die Wege leiten würde, war er sogar gesetzlich verpflichtet. Er befahl Kraft seines Amtes dem Archivar, die Akten unter Verschluss zu nehmen. Niemand durfte sie benutzen oder auch nur einsehen. Unter Zeugen würde morgen um 11 Uhr ein Fachmann, den der Archivar zu bestellen hatte, eine Expertise zum Zustand des Konvoluts abgeben.

»Wer hat alles Zugang zu den Dossiers?«, fragte Prospero.

»Der Papst, die Kardinäle und ich. Und natürlich die Auditoren, die mit einer Angelegenheit befasst sind, welche eine bestimmte Akteneinsicht erfordert.« Der Kreis war überschaubar, und es handelte sich ausschließlich um Personen der höchsten Ebene. Diese Erkenntnis bereitete ihm Unbehagen.

»Halten Sie strengstes Stillschweigen über diese Angelegenheit. Zu niemandem ein Wort! Wenn dieses Verbrechen vorzeitig ruchbar wird, kann es Ihr Leben zerstören, Verehrtester. Seien Sie auf der Hut und schweigen Sie um Gottes willen!«, warnte er den Archivar. Sie wussten ja nicht, wer hinter diesem Verbrechen steckte, aber derjenige musste zumindest sehr mächtig sein, wenn er selbst oder seine Helfer entweder offiziell oder unbemerkt ins Archiv zu gelangen vermochten. »Denken Sie immer daran, Verehrtester, wir können niemandem trauen.« Dann verabschiedete er sich und trat auf den Kreuzgang hinaus.

Prospero Lambertini hatte Witterung aufgenommen. Er konnte eine Affäre größten Ausmaßes geradezu riechen, denn kein gewöhnlicher Verbrecher wäre in der Lage, in dem Archiv, das aus Tausenden von Akten bestand, das richtige Dossier zu finden. Er bedurfte kenntnisreicher Hilfe. Zudem musste der Fälscher die Usancen eines Kanonisationsverfahrens kennen, wissen, worauf es ankam, wenn er die Aktenlage entsprechend präparieren wollte. Schloss man den Archivar aus, kamen nur wenige dafür in Betracht.

»Lambertini!«, riss ihn die Stimme seines Vorgesetzten plötzlich aus seinen Überlegungen. Überrascht blickte er über den Innenhof zur gegenüberliegenden Seite des Kreuzganges. Caprara winkte ihn zu sich.

Neben seinem Vorgesetzten stand ein etwa fünfzigjähriger Kardinal, groß und schwammig. Hinter Brillengläsern blickten kleine trübe Stopfaugen träge aus einem teigigen Gesicht. Unter dem Birett zeigten sich weiße Haare. Die passten so gut zu ihm, dass der Einruck entstand, diese Inkarnation der Bürokratie sei bereits vollständig ergraut auf die Welt gekommen. Sich diesen Mann schwarzhaarig oder blond zu denken, erregte eher Heiterkeit.

»Eminenz, das ist mein Mitarbeiter Dottore Prospero Lambertini.« Der Kardinal leckte sich kurz die Lippen.

»Ah, der berühmte Lambertini. Gern verleihe ich meiner Überzeugung Ausdruck, dass die Heiligsprechung der seligen Elisabeth von Bartaszoly bei Ihnen in den besten Händen liegen wird, wie auch Seine Heiligkeit denkt, junger Freund.« Das war der reinste Kanzleistil, dachte Prospero verblüfft.

»Ich habe mich mit dem Kardinalvikar gerade über den diesjährigen Karneval unterhalten«, erklärte Caprara. Der Kardinal, der vor ihm stand, war also Ganieri, schloss Prospero und musterte den Administrator Roms neugierig. Er konnte erkennen, dass der Kirchenfürst seinen wachen

Blick registrierte und als feindselig einstufte, weil es ihm an Unterwürfigkeit mangelte. In einem einzigen Blickwechsel, der nur wenige Sekunden dauerte, hatte sich ihr Verhältnis geklärt. Ganieri lächelte, indem er seine schlappen Mundwinkel hochzog, doch seine Augen blieben unbeteiligt.

»Gottlob«, dozierte er, »hat sich unser von allen gebilligtes und begrüßtes Konzept, die Sbirren in einem vertretbaren Maße zurückzuziehen und die in ihren Rechten anerkannten Narren in eigener Verantwortung vor Gott feiern zu lassen, bestätigt. Wir gehen deshalb davon aus, dass die Zahl der Gewalttaten bedeutend gesenkt werden konnte.«

Kunststück, dachte Prospero, und fragte den Kardinalvikar: »Wie viele Verbrechen, Euer Eminenz, wurden denn registriert?«

Mit dieser Frage hatte Ganieri nicht gerechnet. Sein Gesicht verhärtete sich. »Die genauen Zahlen werden wir natürlich erst in den nächsten Tagen besitzen, doch schon jetzt zeichnet sich ab, wie mir die Polizeipräfekten der betroffenen Rioni berichten, dass kaum Anzeigen bei ihnen eingegangen sind.«

»Natürlich«, antwortete Prospero in leicht sarkastischem Ton und bemühte sich, seine Empörung zu verbergen. Wenn man die Sbirren zurückzog und rechtsfreie Räume schuf, wurden viele Missetaten natürlich gar nicht erst aufgenommen. Bei wem sollten die Betroffenen sich denn melden, wenn niemand da war, bei dem sie Anzeige erstatten konnten?

»Vielleicht ist es Ihnen ja nicht recht, dass wir im Vergleich zu den Zeiten des Kardinals Carasoli bedeutende Fortschritte machen in der Verbrechensbekämpfung. Obwohl ich die Ablehnung nicht verstehen würde, denn schließlich waren Sie es, der entscheidend zu seinem Rücktritt beigetragen hat, nicht wahr, Hilfsauditor? Dafür kann ich Ihnen im Übrigen nur von Herzen danken. Sie haben sich ewige Verdienste um die Sicherheit dieser Stadt erworben. Kommen Sie immer zu mir, wenn Sie Hilfe brauchen, meine Tür steht Ihnen offen.«

Damit verabschiedete sich Ganieri leutselig und charmant, nur seine Augen starrten böse aus dem teigigen Antlitz. Eine hinterhältige Bürokratenseele, erkannte Prospero, verbarg sich hinter der schieren Konturlosigkeit des Gesichtes. Unangreifbarkeit war bei diesem Kirchenfürsten Habitus geworden. Prospero nahm sich vor, auf der Hut zu sein.

Kaum hatte sich der Kardinal entfernt, da explodierte Caprara auch schon. »Wir hatten mal tatkräftige Leute in unseren Diensten. Leute, die eine Meinung hatten, die Risiken eingingen und nach ihren Überzeugungen handelten. Und jetzt? Eine Bande von Lügnern, Betrügern und Heuchlern, deren Kompass ausschließlich der eigene Vorteil ist. Hol sie doch alle der Teufel! Hast du gemerkt, wie der sich in seinen Worten ständig abgesichert hat? Und dabei sagt Jesus: *Deine Rede sei ja, ja oder nein, nein, alles andere ist von Übel.«*

Caprara errötete über seinen Wutausbruch und betete leise ein Vaterunser. Prospero ahnte, dass er das weniger zur Buße als vielmehr zur eigenen Beruhigung tat.

»Und was hast du Neues?«, wandte er sich schließlich wieder Prospero zu. In seinem Blick lag immer noch Wut, und er begann schnellen Schrittes den Palastausgang anzusteuern. Prospero folgte ihm und berichtete dabei von den manipulierten Akten. Capraras Tempo ließ nach, seine Gesichtsmuskeln entspannten sich zusehends, und seine Augen funkelten nicht mehr vor Zorn, sondern strahlten Ruhe und Konzentration aus. Ihm war anzusehen, dass ihm diese Angelegenheit allmählich Vergnügen bereitete.

»Gefälschte Akten? Wenn wir das zweifelsfrei belegen, kann Albani nicht dagegen an. Sicher, er könnte auf uns und auf die Akten pfeifen und Elisabeth Bartaszoly aus eigener Machtvollkommenheit heiligsprechen. Schließlich ist er der Papst und hat in der Nachfolge Petri von unserm Herrn Jesus Christus die Gewalt zu binden und zu lösen empfangen. Aber durch eine solche Willkür würde er sich angreifbar machen. Es wäre ein zu offensichtlicher Rechtsbruch. Gefundenes Fressen für die Calvinisten und Lutheraner. Und nicht nur für die. Auch der französische König würde seine Bischöfe und Kardinäle gegen einen so großen Liebesdienst seinem Todfeind, dem Kaiser gegenüber Sturm laufen lassen.«

Sie hatten das prachtvolle, von Säulen und einem Tympanon eingefasste Eingangsportal erreicht. Caprara legte die Hand auf die Schulter seines Assistenten und senkte die Stimme. »Wenn wir dieses Spiel beginnen, dann richtig. Es ist höchste Zeit dafür. Wir können nicht länger die Augen verschließen vor diesen Missständen. Ich werde morgen auch im Archiv der Ritenkongregation erscheinen, um dem Vorgang größeres Gewicht zu verleihen. Vielleicht gelingt es mir sogar, einen Kardinal zu überzeugen mitzukommen. Noris vielleicht? Bring deinen Freund Velloni mit. Er genießt einen ausgezeichneten Ruf als Experte für alles Geschriebene. Außerdem kann es nicht schaden, einen Chemiker von der Sapienza dabeizuhaben. Ich lade Fra Arnaldo ein – er genießt an der Universität einen ausgezeichneten Ruf. Jetzt muss ich mich aber verabschieden. Ich habe noch eine Verabredung im Park. Vielleicht erfahre ich ja etwas, was uns weiterhilft.«

Damit machte der Auditor auf dem Absatz kehrt und verschwand wieder im Innern des Quirinalpalastes.

Prosperos Blick fiel auf die beiden mächtigen Dioskuren, die jeder ein Pferd am Zügel hielten und auf einem Postament standen. Die Skulpturen maßen beinah acht Ellen und waren damit dreimal so groß wie ein Mensch. Ihre kräftige Muskulatur warnte jeden, dass mit ihnen nicht zu spaßen war.

Solche übermenschlichen Helfer wünschte sich Prospero Lambertini jetzt an seiner Seite. Denn er wusste nun, dass er mächtigen Männern in die Quere kommen würde.

13.

Er hatte noch etwas Zeit, bevor er Spigola treffen würde. Also beschloss er, nach Velloni zu schauen und ihn zu dem morgigen Termin in den Quirinalpalast zu bitten. Der Philologe hatte sich unweit der Vatikanischen Bibliothek in der Via del Campanile di Borgo, gleich neben der Kirche Santa Maria in Traspontina einquartiert. Es fanden sich schönere und preiswertere Wohnungen in Rom, doch ihr Vorteil bestand unzweifelhaft in der unmittelbaren Nähe zur größten Bibliothek der Welt. Diese Lage bewahrte ihn davor, wertvolle Zeit mit unnützen Spaziergängen zu vergeuden. Er hatte die deprimierende Ungleichung den Freunden und so auch Prospero Lambertini oft vorgerechnet. Setzte man nämlich die Anzahl der existierenden Bücher und Codizes gegen die optimistischste Schätzung der eigenen Lebenszeit, dann klaffte ein krasses Missverhältnis auf. Niemals würde er es also schaffen, auch nur die wichtigsten Werke zu lesen. Im Bewusstsein dieser Unmöglichkeit durfte er keine Zeit vergeuden. Wenig bedeutete ihm daher die Betrachtung der Natur im Vergleich zur Lektüre von Vergils *Georgica.* Die schönste Reise fand im Kopf statt, das eindrucksvollste Panorama spannten Buchseiten auf. Manchen mochte das einseitig und arm vorkommen, aber bedachte man, dass jede beschriebene Seite eine Tür in eine Vielzahl von Welten darstellte, dann war der Bibliothekar Gott, der sich frei im Weltall bewegte. Wie armselig muteten dagegen die Könige und Fürsten an, die, selbst wenn sie die ganze Welt beherrschten, eben nur eine einzige Welt regierten, nicht aber zwei, drei oder gar alle. Das gesamte unendliche Universum passte bequem in die Vaticana, und Gott war der erste und letzte Autor und der Bibliothekar sein Prophet.

Um vom Quirinalpalast zum Borgo, der sich von der Engelsburg bis zum Petersdom erstreckte, zu gelangen, musste Prospero allerdings einmal quer durch die Stadt laufen. Schließlich hatte er die Brücke über den Tiber zu passieren und an den Kasematten vorbei sich durch das enge Geflecht der Häuser, Kirchen und Gassen zu kämpfen. Links wurde das Viertel, das der Poppolo nur *Spina* – die Gräte – nannte, von Trastevere und rechts von der gemauerten Verbindung zwischen Vatikan und Festung, dem sogenannten Passetto begrenzt.

Der Hilfsauditor hatte gerade die Piazza Agionale, die unmittelbar vor der Tiberbrücke lag, erreicht, als der Himmel seine Schleusen öffnete. Schnell bildeten sich Pfützen und Rinnsale, und die eintönig dunkelgrauen Wolkenmassen erweckten nicht den Eindruck, dass der Regen bald wieder aufhören würde. Es sah ganz so aus, als ob es sich tüchtig einregnete.

Als er endlich in die Via Campanile einbog, musste er sich bereits zwischen den Lachen aufgelösten Straßenkots hindurchschlängeln, die sich überall gebildet hatten, um nicht zu riskieren, dass ihm der Dreck in die Schuhe lief. Zusehends verband sich der Schmutz mit dem Wasser zu einer flüssigen, grau-schwarzen Masse, in der man leicht ausglitt und die an den Schuhen und Hosen wie Pech klebte. Seine Haare troffen vor Nässe, als er den Hauseingang des zweigeschossigen Gebäudes betrat.

Der Hausflur erstreckte sich unter einem geraden Tonnengewölbe wie eine Röhre zum Hof. Feuchter Mörtel muffte vor sich hin. In der Mitte des Durchganges bog Prospero nach links ab und nahm die Treppe, die in die erste und zweite Etage führte. An einer großen schmucklosen Holztür klopfte er an. Valenti öffnete. Auf Prosperos hoffenden Blick antwortete der Graf mit einem resignierten Kopfschütteln. Die dunklen Regenwolken, die den Himmel verhangen, ließen nur wenig Licht in das Zimmer und begünstigten die Todesstimmung, die Einzug in die kleine Wohnung gehalten hatte. Den Hilfsauditor befiel eine Ahnung, als könnte, wenn die Nacht sich endgültig auf die Metropole und auf die Sinne seines Freundes legte, der Sensenmann durch die Stadt schleichen. Halblaut hörte er den Philologen auf Latein psalmodieren: *»Dominus reget me et nihil mihi deerit … Der HERR ist mein Hirte, mir wird nichts mangeln./Er weidet mich auf einer grünen Aue und führet mich zum frischen Wasser./Er erquicket meine Seele. Er führet mich auf rechter Straße um seines Namens willen./Und ob ich schon wanderte im finstern Tal, fürchte ich kein Unglück; denn du bist bei mir, dein Stecken und Stab trösten mich …«*

Prospero schmerzte der Anblick seines Freundes. Er saß an seinem Schreibtisch auf der Kante seines harten Stuhles und hatte die Bibel vor sich. Nun blickte er müde, aber gefasst zu Prospero, ohne sich zu unterbrechen. *»Du bereitest vor mir einen Tisch im Angesicht meiner Feinde./Du salbest mein Haupt mit Öl …«*

»Es ist zu früh für die Psalmen der Trauer!«, fiel Prospero ihm ins Wort.

»Es ist nicht zu früh. Du weißt doch: *Alles hat seine Zeit.«*

»Eben«, beharrte Prospero. »Und jetzt ist die Zeit zu handeln, nicht zu trauern. Morgen, Punkt 11 Uhr, bist du im Archiv der Ritenkongregation im Quirinalpalast. Wir benötigen dich dringend für eine Expertise. Es geht darum, eine bösartige Fälschung nachzuweisen. Lieber, bester Freund, dein Sachverstand wird gebraucht. Lass mich um Himmels willen nicht im Stich!«

Velloni schaute den Hilfsauditor unschlüssig an, dann straffte er sich. »Wie könnte ich? Ich werde natürlich da sein. Du kannst dich auf mich verlassen.«

»Ich gehe jetzt zu Spigola! Bin gespannt, was der alte Fuchs herausgefunden hat. Ihr beide aber macht euch unverzüglich auf den Weg! Geht alle Hospitäler der Stadt ab, lasst keines aus, und schaut euch alle unbekannten Toten, Kranken und Verletzten an, die in den letzten drei Tagen eingeliefert wurden!«

Valenti schluckte. »Aber ...«

Prospero nahm keine Notiz von ihm, sondern ergriff Vellonis Arm. »Ich weiß, dass ich euch eine Reise durch die Kreise der Hölle zumute, aber es kann sein, dass sie irgendwo mit einer Blessur liegt, sich aber nicht erinnern kann, wer sie ist. Wo sollen wir sie denn suchen, wenn nicht dort zuallererst?«

»Natürlich, natürlich«, stimmte Velloni schwach zu. Seine blassen Wangen röteten sich plötzlich. Leben drang in ihn. »Du hast Recht. Sie kennt sich ja in Rom nicht aus, meine süße kleine Schwester. Sie liegt vielleicht in einem Spital und wartet auf mich, weil sie die Adresse vergessen hat.« Er stieß derb Valenti an, dass der vom Stuhl rutschte. »Dass ich Trottel nicht gleich darauf gekommen bin! Komm, wir müssen los.«

Der Graf rappelte sich auf und klopfte sich den Justacorps ab. »Meinst du, dass die Konfrontation mit diesem gesammelten Elend unserem Freund hilft«, fragte er Prospero leise.

»Nichts und niemand hilft uns, wenn wir es nicht tun!«,

antwortete der. Auch ihm war die Gefahr bewusst, die darin lag, den labilen Freund mit dem Leid der Stadt zu konfrontieren. Aber in seinem Zimmer würde Velloni mit Sicherheit bald wahnsinnig werden. Das konnte nicht mehr allzu lange dauern, liefen sich doch seine Gedanken bereits an seinen Schuldgefühlen wund. Und wenn das Denken erstmal seine Orientierung verlor, dann würde sich der in der Wohnung lagernde Dämmer zu Dämonen verdichten. Hätten diese unreinen Geister erstmal seinen Verstand in den Klauen, dann wäre es mehr als fraglich, ob man Vellonis Verstand ihnen wieder entreißen und ins Licht zurückführen könnte. Zudem mussten sie in der Tat herausfinden, ob Cäcilia in eines der Krankenhäuser der Stadt eingeliefert worden war. In welchem Zustand auch immer.

Er verabschiedete sich rasch von den beiden. Seine erneute Ermahnung, sich unverzüglich auf den Weg zu machen, erwies sich als überflüssig, da der Philologe jetzt selbst drängelte. Dann eilte Prospero zu seiner Verabredung mit Spigola nach Campitelli. Wieder trieb es ihn durch die halbe Stadt – und das bei den sintflutartigen Niederschlägen. Doch die Aussicht auf Neuigkeiten ließ ihn fast Frieden schließen mit dem schlechten Wetter.

Diesmal wählte er den Weg durch Trastevere, über die Via dei Penitenzieri. Von dort bog er in die Via della Lungaretta. Ein paar Kutschen und wenige Dienstboten kamen ihm entgegen oder überholten ihn. Wer es sich erlauben konnte, blieb lieber zu Hause.

Plötzlich überfiel ihn die Erinnerung an jenen frühen Morgen vor über einem halben Jahr, als er mit Deborah hier entlanggegangen war. Es war das erste Mal, dass sie sich nähergekommen waren.

Er versuchte die Erinnerung abzuschütteln und sich auf seinen Besuch bei Spigola zu konzentrieren. Hoffentlich hatte der alte Untersuchungsrichter etwas herausbekommen, das ihn weiterbringen und seine Gedanken im Zaum halten würde.

14.

Seine Ungeduld bezwingend klopfte er zurückhaltend an. Doch kaum hatte sein Fingerknöchel das Holz der Tür berührt, hörte er schwere Schritte im Korridor dahinter, die sich schnell näherten. Das Knarren der Treppendielen schien seinen Besuch angekündigt zu haben.

»Ich komme, ich komme!«, rief Spigolas Haushälterin aufgeregt. Prospero wunderte sich. Diese Eile kannte er nicht von ihr. Bei seinem Anblick machte sich sofort Enttäuschung auf dem erwartungsvollen Gesicht breit.

»Ach, Sie sind's nur!«

»Wo ist der Auditor?«

»Was weiß ich?! Noch nicht zurück.« Und dann berichtete die Haushälterin in einer Mischung aus Ärger und Sorge, dass der Monsignore nicht zum Abendessen erschienen war.

»Niemals ist das bei ihm vorgekommen. Nicht ein einziges Mal in den vierzig Jahren, die ich schon bei ihm bin. Monsignore Spigola ist ein regelmäßiger Mensch!« Sie bekreuzigte sich, als habe sie etwas gedacht, dessen sie sich gleich darauf schämte. Der Anblick dieser von Sorgen geplagten, sonst so robusten Frau, die so manchen das Fürchten gelehrt hatte, rührte Prospero. Sie schwieg kurz, dann sprach sie weiter.

»Der Monsignore war heute Morgen schon so seltsam. Er betete sehr viel länger als gewöhnlich und frühstückte so gut wie gar nicht. Als er sich von mir verabschiedete ...«, sie hob die Schultern, als wollte sie einen Gedanken abschütteln, der sie gerade befiel, »... da schaute er mich so seltsam an. So als dächte er darüber nach, mir noch irgendetwas anzuvertrauen. Ich kann es nicht sagen. Madonna mia, strafe eine arme alte Sünderin, aber ich dachte einen Moment lang: Den Mann siehst du nicht wieder.«

»Den Auditor bedrückt ein Verbrechen, das wir noch nicht aufklären konnten. Deshalb hat er länger gebetet. Wir hatten gestern noch darüber gesprochen. Machen Sie sich also keine Sorgen. Monsignore Spigola ist ein erfahrener Mann und bestimmt bald zurück.«

Prospero spürte ihre Skepsis, und auch er selbst empfand ein gewisses Unbehagen. Doch sicher lag das an der Sorge um seinen Freund Velloni und dessen kleine Schwester und an all den unangenehmen Erkenntnissen, die der bisherige Tag gebracht hatte. Was sollte Spigola schon widerfahren sein? Wahrscheinlich hatte er sich mit einem der Präfekten verplaudert und die Zeit vergessen. Es gab für alles ein erstes Mal. Er hob entschuldigend die Hände.

»Wenn ich die Zeit dazu hätte, würde ich liebend gern hier auf ihn warten. Aber es geht leider nicht. Grüßen Sie ihn, gute Frau, im Namen Gottes von mir. Ich komme morgen früh wieder, sehr früh. Er soll mich bitte empfangen, ganz gleich, wann er nach Hause kommt. Ich muss dringend mit ihm sprechen.«

»Er kommt doch sicher zurück? Es wird ihm doch nichts zugestoßen sein?« Die Angst verwandelte diese stimmgewaltige Matrone auf einmal in das kleine Mädchen, das sie sicher einst war.

»Ja. Natürlich kommt er zurück«, sagte Prospero und versuchte dabei so zuversichtlich wie möglich zu klingen.

Dann war er wieder auf der Straße. Und atmete erstmal tief durch. Zwischen Himmel und Erde bestand kein Unterschied mehr, alles war nur ein einziges schmutziges Grau, undurchdringlich. Die Sorgen der Haushälterin wirkten in ihm nach. Er beruhigte sich aber damit, dass der alte Spigola beileibe kein junges, unerfahrenes Mädchen war. Nicht einmal ein blinder Teufel könnte das verwechseln. Plötzlich kam ihm eine Idee. Er machte kehrt und begab sich auf den Weg nach Regola.

In einer Seitengasse der Via Giulia hielt er vor einem kleinen einstöckigen Haus an und hämmerte mit der Faust gegen die Tür. Ihm öffnete eine Frau, deren schwarzes Haar vorzeitig ergraut war. Sie wirkte eigentlich nicht unglücklich, doch hatte sich in einem Augenwinkel eine stille Trauer eingenistet, die sie bis zum letzten Tag ihres Erdenlebens nicht mehr verlassen würde. Und er wusste auch, welcher Art diese Trauer war.

»Dottore Lambertini! Was treibt Sie durch diesen fürchterlichen Regen?«, rief sie freudig überrascht aus.

»Gelobt sei Gott, Renata. Ich muss deinen Mann sprechen.«

»Aber gewiss doch, kommen Sie bitte herein, Dottore.«

Während sie ihm Platz machte, rief sie ins Haus: »Wir haben Besuch, Dottore Lambertini ist da.«

Kaum waren die Worte verhallt, da tollten ihm zwei Kinder, ein Junge und ein Mädchen, entgegen. Er fuhr durch die dichten schwarzen Haare der beiden und lächelte sie an. So sehr sich Renata über sie auch freuen mochte, so würde sie doch niemals über den Verlust ihres Sohnes Angelo hinwegkommen.

Sicher, Prospero Lambertini hatte für Gerechtigkeit gesorgt. Aber welchen Trost stellte das schon dar, wenn einem ein Kind genommen wurde? Es diente lediglich dazu, dass die Dinge nicht völlig aus dem Lot gerieten.

Prospero betrat ein recht großes längliches Zimmer. Vermutlich war es, sah man von einem kleinen Verschlag ab, der die Küche beherbergte, der einzige Raum der Wohnung. Renatas Mann erhob sich von seinem Schemel, kam auf ihn zu und gab ihm etwas unbeholfen die Hand.

»Essen Sie doch mit uns zu Abend, Dottore«, lud Renata ihn ein.

Und ihr Mann drängte sogleich: »Lassen Sie sich nicht lange bitten, Monsignore. Sie sind uns der liebste Gast.«

In Prosperos Nase stieg der verführerische Duft von Pasta und Fisch, die in der Pfanne gebraten wurden. Ein einfaches Fischeressen.

»Es riecht so gut, da kann ich nicht nein sagen. Aber ich warne dich Renata, ich habe den ganzen Tag noch keine Zeit gefunden, etwas zu essen.«

»Umso besser«, meinte der Fischer vergnügt. Dann zog er ihn zu dem großen runden Tisch. »Während Renata das Essen aufdeckt, sagen Sie mir, wie ich Ihnen helfen kann? Ich bin Ihr ewiger Diener!«

»Sei nicht mein Diener, Giovanni, sondern sei mein Freund. Darum bitte ich dich. Und sag du zu mir!« Der Fischer nickte. Man sah ihm an, dass er sich geehrt fühlte.

»Zuvor muss ich dich aber bitten, niemandem etwas über unser Gespräch zu erzählen.«

»Ich schwöre es bei der Jungfrau Maria!«

»Ein siebzehnjähriges Mädchen, die Tochter eines Notars, ist verschwunden. Sie ist nicht die Erste und wird auch nicht die Letzte sein, wenn wir keinen Erfolg haben. Hör dich doch bitte bei den anderen Fischern um, ob einem von euch irgendetwas Merkwürdiges, nicht Alltägliches, im Fluss oder am Ufer aufgefallen ist. Ob ihr etwas in euren Netzen hattet, was dort nicht hingehört. Alles, hörst du, alles kann wichtig sein. Selbst das kleinste und scheinbar belangloseste Detail.«

Der Fischer nickte. »Sie können ...« Prospero warf ihm einen strafenden Blick zu, und der Fischer errötete leicht, bevor er sich berichtigte: »... du kannst auf mich zählen, Dottore.«

Prospero lächelte, dann neigte er sich vertraulich zu ihm vor. »Noch eins, Giovanni, sei vorsichtig. Wir haben es mit einem Teufel zu tun. Riskiere nichts. Vor allem stelle keine Nachforschungen an. Am besten ist es, wenn du wie nebenbei in einem Gespräch über anderes fragst. Fang wegen dieses Themas keine Unterhaltung an, sondern prahle damit, dass du einen Goldring oder was dir sonst noch an Ungewöhnlichem einfällt, gefunden hast, um die anderen dazu zu verleiten, mit ihren ungewöhnlichen Funden anzugeben.«

Giovanni lächelte breit über sein wettergegerbtes Gesicht und lachte dann vergnügt. »Ich habe dich verstanden, Dottore, ich soll einen Schwatz halten, wie er unter Fischern üblich ist.« Prospero stimmte in Giovannis Lachen ein. »Genau das meine ich.«

In diesem Moment kam Renata in den Raum, mit einer großen Schüssel voller dampfender Spaghetti, zwischen denen sich Fischstücke rekelten. Die Kinder, die sie mit in die Küche genommen hatte, folgten ihr.

»Na, ihr amüsiert euch ja prächtig. Ich hoffe, dass ihr nicht über Dritte herzieht. Das wäre eine Sünde.«

»Wo denkst du hin, Renata. Ich bin ein Geistlicher und kenne die Gebote des Herrn«, erwiderte Prospero mit gespielter Empörung.

»Einen Wein?«, fragte Giovanni. Renata hob warnend die Hände: »Aber er ist sehr einfach, Dottore, er stammt vom Campidoglio.«

»Was euch schmeckt, wird auch mir munden.«

Während Renata den Wein holte, raunte der Fischer seinem Gast zu: »Komm morgen Nachmittag vorbei. Vielleicht habe ich dann schon etwas für dich.«

»Sprich das Tischgebet, Giacomo!«, wies Renata ihren etwa siebenjährigen Sohn an, schaute dann aber noch einmal fragend zu Prospero: »Wenn der Signor Dottore nicht will.«

Doch der Dottore wollte nicht. »Wer könnte es besser als Giacomo?«

15.

Am darauffolgenden Tag regnete es immer noch in Strömen, und der Tiber schwoll unaufhaltsam und bedrohlich an. Prospero Lambertini stieß kurz vor 11 Uhr morgens völlig durchnässt im Eingang des Quirinalpalastes auf den Grafen Silvio Valenti Gonzaga und den Philologen und Bibliothekaren Velloni, die nicht weniger vor Nässe troffen. Sie berichteten ihm auf dem Weg zum Archiv der Ritenkongregation kurz und bündig, dass sie zwar noch nicht alle Hospitäler besucht, aber bisher keinen Hinweis auf Cäcilia gefunden hätten.

»Was hat Spigola gesagt?«, drängte Velloni den Hilfsauditor. Prospero konnte ihn unmöglich über das ungewöhnliche Ausbleiben des Untersuchungsrichters informieren. Velloni würde sofort vermuten, dass auch der Auditor entführt worden war. Und dann wahrscheinlich in seine Depression zurückfallen. Das durfte Prospero keinesfalls riskieren.

»Noch nichts. Wir wurden unterbrochen«, antwortete er deshalb vage. Bevor der Bibliothekar nachhaken konnte, griff Prospero nach der Türklinke und betrat den Leseraum.

Dort wartete der Archivar bereits mit einem Mann, der auf den Namen Bianco Bertollini hörte und einer Familie entstammte, die seit Jahrhunderten Papier herstellte. Von den Bertollinis hieß es, dass sie bereits die Pergamente schufen, auf denen Papst Gregor der Große die *Vita des Heiligen Benedict* niederschrieb. Aber unabhängig davon, ob man geneigt war, diesen Familienlegenden Glauben zu schenken oder eben nicht, galten die Bertollinis seit jeher als die besten Papiermüller der Ewigen Stadt. Biancos Haut sah aus, als hätte sie über die Jahrzehnte der Beschäftigung mit diesem Handwerk die Farbe von Bütten angenommen und dabei jegliches Alter verloren.

Nachdem man sich kurz bekanntgemacht hatte, stieß ein mittelgroßer Mann im Habit der Jesuiten zu ihnen, der über die Kutte aus feiner Mohairwolle, die ihm bis zu den Füßen fiel, einen eleganten Mantel mit Kragen trug. An seiner langen Nase bildete sich von Zeit zu Zeit ein Tropfen, der in aufregender Langsamkeit nur höchst widerwillig der Schwerkraft nachgab. Prospero fühlte sich an eine Sanduhr erinnert und musste sich zwingen, den Blick von der Nasenspitze des Jesuiten zu nehmen. Der schmale, knochige Kopf des Ordensmannes schien in einer schwarzen Mütze die ideale Verlängerung gefunden zu haben. Prospero brauchte einen Moment, um zu begreifen, was ihn an dem Jesuiten irritierte. Es waren die fehlenden Augenbrauen.

»Fra Arnaldo«, stellte der Mann sich mit brüchiger Stimme vor. Er ging wie selbstverständlich davon aus, dass ihn jeder kannte, und das zu Recht. Er war der berühmteste Chemiker Roms. Man tuschelte über ihn, dass er die Chemie mehr liebte als Gott. Offenbar hatte er sich die Brauen bei einem Experiment verbrannt.

Trotz der illustren Versammlung von Sachverständigen mussten sie sich mit dem Beginn der Untersuchung noch gedulden, denn aus unerfindlichen Gründen fehlte Alessandro Caprara. Da der Auditor auf Pünktlichkeit hielt, erklärte Prospero sich die Verspätung seines Vorgesetzten mit den Schwierigkeiten, einen Kardinal beizubringen, wie er es versprochen hatte. So schwiegen sie einander an, was einer gewissen Peinlichkeit Auftrieb verlieh. Der Jesuit nieste kräftig, und Valenti wischte sich mit dem Daumenrücken einige Tropfen, die seine Stirn getroffen hatten, ab.

»Sauwetter!«, brummte Fra Arnaldo halb erklärend, halb entschuldigend. »Wenn uns das Leben nicht umbringt, dann murkst uns vorher der Regen ab.«

»Er dringt sogar bis hier her!«, bemerkte der Graf spitz und wischte sich noch einmal demonstrativ über die Stirn.

»Perdono, Signor, aber als Mensch kann ich nichts für das Wirken der Naturgesetze«, brummte Fra Arnaldo verärgert.

»Und als Jesuit?«, stichelte Valenti.

»Steh ich auch nicht über den Naturgesetzen!« Er hatte kaum ausgesprochen, da stürmte Alessandro Caprara ohne Kardinal, ohne Hut, dafür mit offenem Mantel und rot leuchtendem Kopf herein. Alle Augen richteten sich auf ihn.

Prospero befürchtete schon, dass seinen Mentor der Schlag treffen würde. Er war ganz offensichtlich außerordentlich erregt. Nach Luft japsend begrüßte er flüchtig die Anwesenden. Dann zog er, ohne sich mit einer Erklärung oder einer Entschuldigung aufzuhalten, seinen Assistenten unsanft hinaus auf den Flur. Dort blieb er indes nicht im Kreuzgang stehen, sondern ging weiter in die Mitte des Innenhofs, obwohl es aus allen Himmelseimern schüttete. Caprara schien gar keine Notiz vom Regen zu nehmen. Prospero begriff, dass sein Vorgesetzter sicher sein wollte, dass sie niemand belauschen konnte. Der Mann, der in seiner langen Dienstzeit schon so ziemlich alles an Verbrechen, Intrigen und Gemeinheiten gesehen haben dürfte, was das menschliche Gehirn zu ersinnen in der Lage war, rang mühsam um Fassung. »Wenn du vernommen hast, was ich dir zu sagen habe, Landsmann, gehen wir beide, so als ob nichts geschehen wäre, hinein und beginnen in aller Ruhe mit der Untersuchung. Verstanden?«

»Ja, Auditor. Aber was in Gottes Namen ist denn vorgefallen?«

»Spigola ist tot!«

16.

Prospero war immer noch fassungslos. Sein Verstand weigerte sich zu akzeptieren, dass der Untersuchungsrichter Spigola tatsächlich tot sein sollte. Keine vierundzwanzig Stunden lagen zwischen ihrem letzten Gespräch. Und jetzt stand er zwischen dem Pathologen Professor Fermi und dem jüdischen Arzt Benjamin im anatomischen Theater der römischen Universität und wartete auf den Leichnam des Kollegen, um der Obduktion beizuwohnen und Protokoll zu führen.

Große Fenster sorgten dafür, dass ausreichend Licht in den trichterförmigen Saal fiel. Wenn Vorlesungen in Anatomie und Pathologie gehalten wurden, saßen die Studenten auf den nach oben ansteigenden Reihen im Halbrund. Wie bei einem antiken Theater lag die Bühne, auf der für alle sichtbar Leichen seziert wurden, mittig in der Tiefe. An den Enden der Bankreihen standen Holzeimer für die empfindlicheren Gemüter unter den Erstsemestern.

Die Tür wurde von einem Wagen aufgestoßen, auf dem von zwei Universitätsdienern der tote Körper des alten Auditors hereingefahren wurde. Sein Leib wirkte aufgequollen und bleich. Und er stank so sehr, dass Prospero schlecht wurde und er kurz erwog, einen der Eimer zu benutzen, um sich Erleichterung zu verschaffen.

»Der faulige Geruch rührt von den Leichengasen«, kommentierte Benjamin. Prospero kämpfte tapfer gegen die Übelkeit an. »Ich will alles wissen, was ihr herausfinden könnt«, sagte er, um von seinem höchst unprofessionellen Unwohlsein abzulenken.

Fermi verzog nur das Gesicht über die Ignoranz des jungen Untersuchungsrichters, würdigte ihn aber keiner Antwort. Der Anatom war berühmt und gefürchtet dafür, dass seine wissenschaftliche Neugier keine Grenzen kannte.

»Keine Sorge, Prospero«, versicherte Benjamin, um Prospero Lambertini nicht bloßzustellen.

Das war heute bereits die zweite Analyse, der Prospero beiwohnte, denn sie hatten am Vormittag das Alter der Akten im Fall der Heiligsprechung der seligen Elisabeth von Bartaszoly untersucht. Und sie hatten tatsächlich festgestellt, dass einige Bögen und auch die Tinte auf diesem Papier nicht älter als ein Jahr, eher jünger, waren, wie bereits der Archivar am Vortage vermutet hatte. Genaueres ließ sich ohne langwierige Analysen nicht ermitteln, zu denen Arnaldo und auch Bianco Bertollini verpflichtet worden waren. Prospero sollte nun die Inhalte der Dokumente in Abhängigkeit zu ihrer Entstehungszeit stellen, um daraufhin ein Memorandum für die Ritenkongregation und für den Papst zu verfassen, denen er die Expertisen als Appendixe beifügen würde.

Der sonst so diplomatische Caprara kannte nun kein Halten mehr. Er war zornig, und Prospero gegenüber machte er diesem Zorn auch Luft. Ein Bubenstück nach dem anderen spielte sich vor seinen Augen ab! Erst sollte er hinsichtlich des Dossiers getäuscht werden, und als ob das nicht genügte, hatte man den Auditor Spigola getötet, bei dem einst der junge Alessandro Caprara nach Abschluss seiner Studien in die Lehre gegangen war. Freilich hatte Prospero das erst jetzt von seinem Vorgesetzten erfahren. Der stinkende Kadaver dort war also einmal der Lehrmeister, der dem Jungsporn Caprara das Einmaleins des Untersuchungsrichters beigebracht hatte. Wie klein doch die Welt war.

Die blasiert näselnde Stimme Fermis riss Prospero aus seinen Gedanken. »Was wir hier an den Händen sehen, sind Schnitte, die typisch für die Abwehr eines Messerangriffs sind. Wir werden jetzt dem Toten die Kleidung ausziehen, um den Leichnam auf anatomische Besonderheiten hin zu untersuchen, nach Leichenflecken und weiter nach Zeichen äußerer Gewalteinwirkung...« Weiter kam der Professor mit dem Kommentar seiner Beobachtungen nicht. Denn in diesem Moment wurde erneut die Tür aufgestoßen, und zwölf Sbirren marschierten ein. Das Klappern der Stiefel auf dem Steinboden, ihre Helme, ihre Bewaffnung wirkten wie eine Entweihung der Ruhmeshallen des Geistes. Niemals zuvor hatten es die Sbirren gewagt, die Sapienza zu betreten, weil die Universität eine eigene Gerichtsbarkeit besaß. Ihre Anwesenheit bedeutete nichts weniger als einen Rechtsbruch und zudem eine unerhörte Provokation. Wären genügend Studenten in der Universität anwesend gewesen, dann hätten sie die dreisten Polizisten einfach verprügelt und aus den Fenstern gleichgültig welchen Stockwerks geworfen. Niemand wäre dafür belangt worden, denn es war ihr Privileg, dass nur die Büttel des Rektors auf dem Campus für Ordnung sorgen durften. Kein Sbirre und kein Schlüsselsoldat. Doch kurz nach dem Karneval mussten sich die Burschen erst einmal ausruhen. Deshalb herrschte auf den Fluren und in den Hörsälen gähnende Leere.

Ein junger Hauptmann mit einem Dutzendgesicht baute sich vor dem Arzt auf und herrschte ihn an: »Gehen Sie von dem Toten weg. Sie haben kein Recht, ihn auszuweiden.«

»Es heißt obduzieren«, gab Fermi uneingeschüchtert zurück.

»Es ist mir egal, wie Sie die Fledderei nennen.« Der

Hauptmann gab seinen Leuten einen Wink. Zwei Sbirren breiteten ein großes Stück Segelstoff am Boden aus.

»Ich protestiere! Ich bin anerkannter Gutachter und von Monsignore Caprara, dem Auditor des Tribunal Rotae Romanae, mit der medizinischen Untersuchung des Leichnams des Auditors Alfredo Arcimboldo Spigola beauftragt.«

»Wer uns behindert, wird festgenommen!«, drohte der Polizeioffizier.

Prospero stellte sich den Sbirren in den Weg, die den Toten auf die Segeltuchplane legen wollten. »Verlassen Sie unverzüglich das Gelände der Universität!«, forderte er. Die Sbirren wichen ratlos zurück.

Der Hauptmann hingegen scherte sich nicht weiter um den Einspruch. »Nehmt den Spinner mit!«, polterte er.

Bevor Prospero sich versah, hatten zwei Männer seine Arme nach hinten gerissen und fesselten ihn.

»Was erlauben Sie sich? Ich bin Hilfsauditor der Rota«, brüllte er.

»Was geht's mich an. Meine Befehle sind eindeutig!«, erwiderte der Hauptmann kalt.

»Und von wem kommen Ihre Befehle?«

»Von Seiner Eminenz dem Kardinalvikar von Rom, Guido Ganieri.« Als Fermi sah, wie die Sbirren sogar mit einem Mitarbeiter der Rota umsprangen, trat er von dem Leichnam zurück. Er war Wissenschaftler und kein Märtyrer. Die Polizisten verpackten währenddessen die Leiche Spigolas. Der Hauptmann nahm Prosperos Protokoll an sich.

»Ich werde mich über Sie beschweren. Wer sind Sie?«, fragte er den Offizier.

»Das geht Sie nichts an!«

»Wohin bringen Sie mich?«

Der Hauptmann schaute zu seinen Leuten, legte den Kopf schief und befahl zwei Bewaffneten: »Schafft ihn in den Stadtkerker in der Via Giulia.«

Brutal schleiften die Männer Prospero aus dem Anatomischen Theater. Er sah noch Benjamins schreckgeweitete Augen, dann hatten sie ihn in den Gang hinausgeschleift.

»Wenn Sie über das reden, was hier vorgefallen ist oder über den Zustand der Leiche, dann leisten Sie dem da bald Gesellschaft«, dröhnte die leiser werdende Stimme des Hauptmanns hinter ihm her.

17.

Die beiden Männer, ein alter und ein junger, traten aus der Synagoge auf die Straße, die in unmittelbarer Nähe zum unbefestigten Ufer des Tibers lag. Der Rabbiner warf einen sorgenvollen Blick zum Fluss hinüber und dachte, dass sehr bald schon, wenn Jahweh den Wassern des Himmels nicht endlich Einhalt gebot, mit einer Überschwemmung zu rechnen war. Mit all den unangenehmen Begleiterscheinungen wie einer Ruhrepidemie und einstürzenden Häusern.

»Ach, dieser ewige Regen. Es ist, als würde man mit offenen Augen durch den Tiber tauchen«, schimpfte Tranquillo Vita Corcos und sah dabei nachdenklich seinen jungen Begleiter an. Er überlegte, wie er das Gespräch geschickt auf das Duell bringen könnte. Dem jungen Mann tropfte das Wasser mittlerweile schon vom Dreispitz.

»Du hast Recht, eine wahre Sintflut«, erwiderte David missmutig. Er seufzte und tauchte vorsichtig tastend wie ein Kind einen Fuß in die Pfütze. »Bei uns zu Hause liegt dafür jetzt schöner, weißer Schnee. Weißt du, wie still Schnee ist? Und wenn er dazu noch die Spitzen des Hradschins und der Synagoge umhüllt und den Figuren auf der Karlsbrücke lustige weiße Kappen aufsetzt, dann ist Prag die schönste Stadt der Welt«, schwärmte er. Und dann erzählte er seinem zukünftigen Schwiegervater, wie in seiner Kindheit einmal sogar die Moldau zugefroren war und sie mit Rinderknochen unter den Füßen auf dem großen Strom schlitterten. Während er plauderte, bemerkte Corcos, wie sich ein knabenhafter Zug in die harten Gesichtszüge des jungen Mannes stahl, und er dachte gerührt, wie jung David eigentlich noch war, dass hinter dem betont männlichen Auftreten letztlich nur Prahlerei steckte. Er mochte den jungen Mann, wenngleich ihm nur allzu gut bewusst war, dass sich dessen glänzende Anlagen noch nicht im Gleichgewicht befanden. Dafür besaß Corcos ein fast melancholisches Verständnis, denn der Rabbinersohn aus Prag erinnerte ihn in vielem an sich selbst, als er ein ebenso feuriger junger Heißsporn war. Aber das Leben hatte ihm seine Lektion aufgegeben, und er hatte sie schwer genug gelernt. Gott wollte ernst genommen werden, doch er war auch gnädig, denn er hatte ihm die beste Frau der Welt geschenkt. Deshalb wollte er dem Jungen Deborah zur Frau geben, dass auch sie, wie ihre Mutter einst bei ihm, aus dem mit Talenten gesegneten Wirrkopf einen Menschen machte … vielleicht sogar einen Rabbiner.

Sie hatten die Mitte des Platzes erreicht, da wollte sich David verabschieden, doch Tranquillo Vita Corcos hielt ihn am Ärmel fest. Sein gütiges Gesicht nahm einen strengen Ausdruck an. »Was ist das für eine Sache mit dem Duell?« Er beobachtete, wie ein hämisches Lächeln das schöne Gesicht des jungen Mannes entstellte. »Hat der Graf also doch Angst vor der eigenen Courage bekommen und sich bei dir ausgeheult?«

Deborahs Vater seufzte. »Diese Äußerung ist unter deinem Niveau!« David errötete, und der Rabbiner fuhr fort. »Nein, ich fürchte Graf Gonzaga würde sich lieber heute als morgen mit dir schlagen. Er ist ein genauso unbedachter Kampfhahn wie du. Was hoffst du, bei dem Duell zu gewinnen? Deine Ehre? Wenn du sie dadurch beweisen musst, dass du auf Tod oder Leben mit einem anderen die Säbel kreuzt, dann hast du keine Ehre, dann ist da nichts, was den Waffengang rechtfertigt. Ihr Toren, ihr setzt aus einer Eitelkeit heraus eure Zukunft, ja euer ganzes, verheißungsvolles Leben aufs Spiel und fühlt euch dort gut, wo man euch nur noch bemitleiden kann.«

»Danke für dein Mitleid, aber es kommt zu früh. Erbarm dich meiner, wenn ich ehrlos bin. Du nennst es Eitelkeit? Ich nenne es Ehre. Ganz recht. Ich lasse mich von einem Christen nicht beleidigen!«

»Ach David, David, kann ein Christ uns denn beleidigen? Sind wir denn nicht von Gott auserwählt? Seine Gesetze müssen wir befolgen; vor seinem strengen Urteil müssen wir bestehen. Strebe deshalb nicht nach Ehre, sondern nach Weisheit. Sie wird dich alles lehren, was nötig ist. Unser Leben ist wahrlich nicht einfach, und seit Jahrhunderten schon überlebt unser Volk nur durch Weisheit. Sie ist unsere einzige Waffe.

Ich wünsche, dass du verantwortungsbewusst handelst. Meine Tochter soll keinen tumben Raufbold zum Manne bekommen. Denk nicht nur an dich, denk an deine Familie: an die, die du jetzt hast, und an die, die du gründen willst. Und denke an dein Volk.«

David schwieg. Corcos nahm das als Bestätigung, denn er wusste, dass der junge Mann sich seinen Argumenten nicht verschließen konnte. Aber niemand, der diesen Widerstreit in seiner Seele nicht durchlitten hatte, gelangte zur Weisheit. Zur Klugheit vielleicht, aber nicht zur Weisheit. Das war etwas anderes. Der Ältere legte jetzt vertraulich seinen Arm um den Jüngeren.

»Worum ging es eigentlich?«, hakte er nach, bekam aber keine Antwort. Es war offensichtlich, dass der Prager Rabbinersohn nichts über den Grund des Duells zu verraten gedachte, und Corcos akzeptierte es, denn er wollte den jungen Mann nicht demütigen.

»Gut, wir machen es so. Ich werde zu Valenti Gonzaga gehen und ihm mitteilen, dass die Ältesten der jüdischen Gemeinden Roms dir verboten haben, dich zu duellieren.«

Der Rabbiner wusste nur zu gut, welche Kämpfe in David nun vorgingen – dass er befürchtete, als feige dazustehen, weil sein Gegner denken könnte, er verstecke sich hinter dem Rücken der Gemeindevorsteher –, gleichzeitig kannte er aber auch die bindende Wirkung dieses Verbotes. Wut verfärbte Davids Gesicht.

»Gonzaga soll schwören, dass er mich deshalb niemals einen Feigling nennen wird. Wenn er meine Ehrenhaftigkeit nicht anerkennt, findet das Duell statt. Und er soll den Schwur vor meinen Augen leisten«, presste er hervor.

»Einverstanden, aber du, mein lieber Freund, schwörst hier auf der Stelle, dass du Gonzaga nicht provozieren wirst.«

Corcos zog die dichten Brauen zusammen und funkelte den jungen Mann mit biblischem Zorn an, aber sein Herz lachte dabei, denn er hatte erreicht, was er wollte.

18.

Als Prospero Lambertini endlich am Stadtkerker in der Via Giulia angelangte, war er bis auf die Knochen nass. Hörte der Regen denn gar nicht mehr auf? Anfangs kochte er noch vor Wut über die Verhaftung, aber der Zorn wich allmählich der Neugier, was nun mit ihm geschehen würde. Ihm war fast, als beobachtete er einen Fremden.

Einer seiner Bewacher, ein Walross mit hängendem Schnauzer und Glupschaugen, klopfte an, woraufhin sich ein kleines Fensterchen in der Tür öffnete. »Ich bringe Kundschaft«, brummte der Polizist, wobei sich ein paar Barthaare im Luftzug seines Atems bewegten. Prospero hörte, wie der Riegel zurückgeschoben wurde. Gleich darauf öffnete sich die Pforte und gab den Blick in einen schmuddeligen Vorraum frei, von dem links eine Treppe in die obere Etage führte. Möbliert war das Vestibül nur mit einer groben Holzbank und einem abgewetzten Tisch, auf dem eine Öllampe trist vor sich hin glummerte. Dem Eingang gegenüber versperrte eine massive Bohlentür die Sicht.

»Was bringst du uns da für ein Vögelchen? Ist der etwa echt oder nur ein Betrüger?«, fragte der dürre Gefängniswärter, dessen hohle Wangen teils von fettigen Strähnen verhangen wurden, grinsend. Er spielte auf Prospero Lambertinis Kleidung an, die diesen als Kirchenmann verriet.

»Was geht's mich an? Nimm den Mann einfach auf Befehl des Kardinals Ganieri in Verwahrung und gut ist.«

Der Strick, mit dem Prospero gefesselt war, schnitt inzwischen schmerzhaft in seine Handgelenke. »Benachrichtigen Sie den Auditor Caprara, dass ich hier bin«, forderte Prospero.

Der Spacke schaute ihn jedoch nur mitleidig an. »Ich kann auch den heiligen Vater herbitten. Er ist nämlich ein Verwandter von mir. Wir stammen sozusagen beide von Adam und Eva ab.« Dann wandte er sich kichernd über seinen Scherz an die Sbirren. »Was soll ich mit dem komischen Vogel machen?«

Das Walross zuckte nur mit den Achseln. »Nichts. Einsperren und auf weitere Anweisungen warten.«

»Davon habe ich schon mehr als genug hier«, moserte der Wärter, bohrte anschließend genussvoll in der Nase, schaute sich das Ergebnis seiner Bohrung interessiert an und wischte sich schließlich die Finger an der Hose ab, bevor er die schwere Bohlentür aufzog. Prospero starrte in den geöffneten Höllenschlund.

»Na dann komm mal, Freundchen«, sagte der Wärter und rempelte seinen Gefangenen derb an. Mit dem Stoß hatte Prospero nicht gerechnet. Er geriet ins Stolpern und wäre beinah die fünf Steinstufen, die in die Unterwelt führten, hinabgefallen. Es gelang ihm gerade noch, im letzten Moment die Balance zurückzugewinnen.

Unten angekommen blieb er stehen. Die Decken waren so niedrig, dass er sich unwillkürlich ein wenig gebeugt hielt, um nicht zufällig mit dem Kopf das spinnwebenverhangene Gewölbe zu berühren. Als er noch einen Blick zur Tür zurückwarf, kam ihm unwillkürlich Dante in den Sinn. Wie hatte doch der Florentiner sein großes Gedicht, die *Göttliche Komödie,* eröffnet:

»Durch mich geht man hinein zur Stadt der Trauer,
Durch mich geht man in der Verlorenen Zelle,
Durch mich geht man zum Leiden ewiger Dauer,
… Lasst jede Hoffnung, die ihr mich durchreitet.«

Er benötigte einen Moment, bis sich seine Augen an das

Halbdunkel gewöhnt hatten. Zum ersten Mal in seinem Leben sah er ein Stadtgefängnis von innen. Nur leider nicht aus dem Anlass einer Besichtigung.

Dante hatte Recht: Wenn man die Pforte zur Hölle durchschritt, ließ man alle Hoffnung hinter sich. Die feuchten Kellermauern waren bedeckt von Moos und Dreck, selbst die Luft fühlte sich schmutzig an. Gitter teilten in dem großen Saal Gemeinschaftszellen ab, die etwa zwanzig mal zehn Fuß maßen. Die Insassen, die sich jetzt neugierig zum Gitter drängten, wirkten wie die Attraktionen einer Monstrositätenschau oder wie die Ausstellungsobjekte im anatomischen Theater. Ihre Mienen waren so starr und unbelebt wie Masken. Spärliches Licht von den vergitterten Fenstern, die sich kurz unter der Decke befanden, und ein paar flackernde Fackeln an den Wänden beleuchteten den schmuddeligen Raum mehr schlecht als recht und modellierten mit ihren kräftigen Schatten die derben Gesichter nach.

Der Gestank von Fäkalien, Erbrochenem und menschlichen Ausdünstungen raubte Prospero fast den Atem. Alle Gerüche der Hölle hatten sich hier versammelt, der Mief der Armut und Gemeinheit. Auf die Schnelle geschätzt mochten zwanzig bis dreißig Menschen in einer Zelle zusammengepfercht worden sein.

Der Wärter schloss nun eine davon auf, band Prospero die Arme los und schob ihn hinein. »Lass dir gar nicht erst einfallen, zu rufen oder zu brüllen! Essen gibt es heute nicht mehr.« Dann schloss er die Tür hinter ihm.

Gefangen, eingekerkert. Mit vielem hatte Prospero heute Morgen gerechnet, aber damit nicht. Er glaubte sich ausgeliefert und allein gelassen für alle Ewigkeit. Obwohl er wusste, wie übertrieben das war, kam er gegen die Empfindung, die jetzt wie eine große, schwarze Welle über ihn schwappte, nicht an. Eine schwere Bohlentür trennte ihn von seinem Leben. Das Knirschen des Schlosses glich dem trockenen Geräusch, welches das Handschwert verursachte, wenn es die Halswirbel eines Delinquenten durchtrennte, der schneidende Laut der Endgültigkeit. Die Kerkertür war zu. In diesem Loch könnte auch er verfaulen, wenn niemand an ihn dächte. Prospero spürte, dass er dringend wieder Boden unter den Füßen benötigte und klar denken musste, wenn er der Hölle mit heiler Haut zu entrinnen hoffte. Keinesfalls durfte er sich seinen Gefühlen überlassen. Er senkte den Kopf, spannte die Fäuste an, bis die Knöchel weiß wurden, und schloss langsam die Augen. Er sammelte seine Kräfte. Alles Denken, alles Fühlen, alles Wollen versammelte sich in seinem Herzen. Ganz auf sich allein gestellt, suchte er Zuflucht in seinem Innern, und fand dort schließlich den Gedanken, den er gesucht hatte und der ihn jetzt wie ein schützender Mantel umgab: Er durfte sich nicht aufgeben, denn Gott tat es nicht! Gleich darauf schwor er, dass er dem Kerker entkommen und dann Ganieri für die Willkür und die Schmach bestrafen würde. Es kam ihm nicht einmal in den Sinn, wie lächerlich es war, einem der höchsten Vertreter des Kirchenstaates Strafe anzudrohen. Irgendjemand begann mit unnatürlich hoher Stimme ein irres Lied ohne zusammenhängenden Text zu singen: *»Kyrie eleison, eleison diabolos …«* Begleitet wurde der Gesang von einem dumpfen, rhythmischen Stöhnen.

Prospero versuchte die verstörenden Laute zu ignorieren und in seinem Kopf die Ereignisse des Tages zu ordnen. Auf einmal durchfuhr ihn eine Eingebung. Er hatte überhaupt keinen Beweis für diese kühne Behauptung, aber sein sechster Sinn verriet ihm, dass der Kardinalvikar von Rom den Mörder von Monsignore Alfredo Arcimboldo Spigola deckte. Geheiligt sei der Name des Märtyrers, denn das war der alte Mann, der für die Gerechtigkeit gestorben war, jetzt für ihn.

Prospero öffnete die Augen und schaute sich entschlossen um, mit immer noch gesenktem Kopf von unten nach oben blickend. Er registrierte, dass gleichgültige und auch feindselige Blicke ihn musterten. Sein Köper war bis zum Bersten gespannt. Allmählich ebbte das Interesse der anderen Gefangenen ab. Bis auf eine kleine Gestalt, die nur aus Muskeln zu bestehen schien. Sie ließ ihn nicht aus den schielenden, eng stehenden Augen. Prospero fühlte sich unbehaglich. Er versuchte die penetranten Blicke zu ignorieren und konzentrierte sich darauf, weiter die Zelle zu erkunden.

Auf dem Boden lag fauliges Stroh. In einer Ecke stand ein überfüllter Kübel. Irgendwann, dachte er angeekelt, würde er sich dort in den Dreck setzen und, was Gott verhüten möge, den Kübel vor aller Augen benutzen müssen. Plötzlich stand der Schielende vor ihm.

»Hast du Moneten?«

»Das geht dich nichts an!«, fuhr Prospero den Ganoven an.

»Steht mir zu! Ist meins. Rück raus! Nehm' es auch von 'nem Toten«, bellte der.

Die niedrige Stirn ließ den Hilfsauditor keinen Moment daran zweifeln, dass der Kriminelle es ernst meinte. Er besaß nicht die Intelligenz, um zu bluffen. Prospero wusste, dass Zurückweichen den Tod bedeutete, deshalb nahm er ihn fest in den Blick.

»Du drohst mir? Hast du etwa schon einmal einen Menschen getötet?«

»Was?«

»Hast du schon mal einen erstochen?«

»Einen erstochen? Quatsch nicht! Geld her!«

Prospero erschrak. Der andere hielt jetzt einen Dolch in der Hand. Wo immer er den auch her haben mochte.

»Hab keine Angst vor nassen Sachen.« Schon wollte der kleine Muskelprotz zustoßen, da wurde er von hinten an den Oberarmen gepackt und gegen die Wand geschleudert. Benommen drehte er sich um, aber da trat der Angreifer ihn schon mit aller Kraft zwischen die Beine. Der Schielende bekam immer größere Augen, was einigermaßen komisch wirkte, weil es so aussah, als beobachteten seine beiden Augäpfel sich gegenseitig beim Anschwellen. Gleich würden sie aus den Höhlen treten. Dann blies er die Backen auf und ging in die Knie. Seine Kniescheiben hatten das schmierige Gestein noch nicht ganz erreicht, da traf ihn die Faust des anderen so hart am Kinn, dass er mit einem Glucksen hintenüberfiel. Obwohl keiner direkt zu ihnen schaute, konnte Prospero doch spüren, dass die Aufmerksamkeit aller bei ihnen war.

Prosperos Retter bückte sich, hob das Messer auf, begutachtete es kurz und wandte sich dann dem Hilfsauditor zu.

»Eigentlich sollten wir ihm die Arme brechen, dann kann er keinem mehr was antun.«

Aber er rang sich nicht zu der Drecksarbeit durch. Das übernahmen andere, die im Dunkeln der Zelle gekauert hatten und plötzlich zum Vorschein kamen, weil sie die Chance, sich zu bereichern, witterten. Fressen und gefressen werden, so lautete hier das simple Gesetz des Lebens. Wer schwach war, starb. Von rechts und links näherten sich dem bewusstlosen Mörder je zwei Lumpengestalten, die alle Münzen aus den Taschen klaubten, sich den Inhalt seines Beutels, der am Gürtel hing, teilten und dann seine Arme über ihren Knien brachen. Die beiden kurzen knackenden Geräusche lösten in Prospero Übelkeit aus. Er umfing unwillkürlich wie zum Schutz mit den Händen seine Ellenbogen und rang um Beherrschung. Der Mörder stieß einen gellenden Schrei aus und riss die Augen auf. Sein Gesicht war schmerzverzerrt. Flink wie Asseln flitzten die Diebe wieder in die Tiefe der Zelle zurück. Er schrie und heulte wie ein Wolf in einer Eisenfalle und wollte schon auf Prospero losgehen, den er für den Täter hielt. Doch dann spürte er, dass er seine Arme nicht mehr benutzen konnte. Es war schrecklich mitanzusehen, wie er langsam begriff, was man ihm angetan hatte und in welcher Hilflosigkeit er sich plötzlich befand. Tränen rannen über seine Wangen. Wieder heulte er auf, nichts Menschliches war in seinem Gebrüll, und dennoch rührte es an. Es war der Laut einer Kreatur, die verstand, dass sie verloren war. Dann kehrte Ruhe ein. Stumm glotzte er mit offenem Mund, den Kopf leicht schräg nach oben gerichtet, vor sich hin. Schließlich zog er sich in eine Ecke zurück und wimmerte wie ein Kind, denn mit seiner physischen Stärke hatte er zugleich sein Leben verloren. Die Muskeln nutzten ihm nichts mehr, wo die Knochen gebrochen waren. Wenn er nicht daran verendete, würden sie schief wieder zusammenwachsen. Aber von nun an war er, der nie Mitleid gekannt hatte, auf das Mitleid der anderen angewiesen. Darauf angewiesen, dass sie ihn nicht totschlugen und ihm etwas zu essen übrigließen.

Prospero wunderte sich, wie ungerührt er diesen elementaren Vorgang des Lebens beobachtet hatte. In der Hölle galten die Gesetze der christlichen Nächstenliebe nicht mehr. Hier ging es nur um das nackte Überleben.

Der Fremde, der ihn gerettet hatte, räusperte sich. Prospero blickte auf. Der Mann besaß eine athletische Figur und ein ebenmäßiges Gesicht. Er trat sehr selbstsicher auf, überzeugt davon, dass jeder seinen Wert auf Anhieb erkennen musste. Oberlippen- und Kinnbart bestachen durch ihre penible Pflege, auch die Frisur glich einem Kunstwerk des Coiffeurgewerbes. Ein Franzose, vermutete Prospero.

»Ignaz Edler von Poelschau, Reit- und Fechtlehrer der Gräfin Stamitz«, stellte sich der Unbekannte vor. Kein Franzose, ein Österreicher also. Prospero pfiff durch die Zähne. Wen man so alles in einem gewöhnlichen römischen Stadtkerker antreffen konnte. Ein durchaus illustrer Ort, dachte er sarkastisch.

»Was hat Sie denn hierher verschlagen?«, fragte er den Österreicher.

»Eine viel zu lange Geschichte für einen kurzen Aufenthalt. Aber mit wem habe ich die Ehre? Sie sehen mir nicht wie ein Hochstapler aus.«

»Oh, vor Gott sind wir alle Hochstapler. Aber im Ernst, ich bin Prospero Lambertini, Mitarbeiter der Rota.«

»Das sollten Sie hier vielleicht nicht allzu laut sagen. Die hochedle Belegschaft dieses feinen Etablissements steht, vorsichtig ausgedrückt, mit den Gerichten auf Kriegsfuß. Ich bitte um Entschuldigung, aber es sieht nicht so aus, als ob Sie zu einer Besichtigung hergekommen sind.«

»Eine viel zu kurze Geschichte, als dass es sie zu erzählen lohnte.«

Poelschau lächelte. Er hatte verstanden. Sie verspürten beide keine Lust, über das Missgeschick zu reden, das sie hierher verschlagen hatte. Vom Eingang drang Lärm und lenkte ihre Aufmerksamkeit zur Tür.

Der dürre Wächter dienerte einem besser gekleideten

Herrn hinterher, auf den er ohne Atempause beschwichtigend einredete. Der Bessergekleidete fühlte sich offensichtlich durch das Geschwätz des Wärters belästigt und rief dem Österreicher, sobald er ihn entdeckt hatte, schon von weitem zu: »Mein lieber Poelschau, Sie sehen mich untröstlich, untröstlich, dass den Polizeibehörden diese monströse Eselei unterlaufen konnte, unterlaufen konnte, Sie zu diesem Abschaum hier zu stecken, zu stecken.« Der Mann hatte offenbar die absurde Angewohnheit, nach jedem Halbsatz seine letzten Worte zu wiederholen.

Der Österreicher steckte Prospero heimlich das Messer zu und fragte ihn leise, ob er noch etwas für ihn tun könnte, bevor er gleich aus diesem Loch befreit sein würde.

»Wenn Sie so liebenswürdig sein wollen, dann informieren Sie bitte Monsignore Caprara von der Rota darüber, dass man mich hier gefangen hält.«

Prospero konnte nur hoffen, dass die Botschaft seinen Mentor so schnell wie möglich erreichte.

19.

Zur gleichen Zeit stürmte Caprara in den Vatikan. Benjamin hatte die Drohung des Sbirrenhauptmanns, niemandem gegenüber ein Wort über die Geschehnisse zu verlieren, ignoriert und Prosperos Vorgesetztem Bericht erstattet.

Im Vatikan teilte man Caprara allerdings mit, dass sich Seine Heiligkeit im Quirinalpalast befänden. Schimpfend ließ sich der Auditor quer durch die Stadt kutschieren. Wenn nur einmal dieser fürchterliche Regen nachlassen würde. War der Teufel inzwischen sogar fürs Wetter zuständig? Nicht mehr lange, und ihnen allen würden Schwimmhäute wachsen.

Er wartete nicht einmal ab, bis die Kutsche stand, sondern sprang während des Anhaltens aus dem Gefährt. Dabei unterschätzte er die Restgeschwindigkeit, so dass er in der schlammigen Auffahrt, die inzwischen durch das Wasser und die schweren Räder der Fuhrwerke zu einem einzigen Morast geschlagen worden war, ausglitt und im hohen Bogen auf dem Hosenboden landete. Caprara erhob sich fluchend, sah auf seine beschmutzte Soutane und betrat den Palast. Die verdreckte Kleidung versetzte seinem Bedürfnis nach Reinlichkeit einen empfindlichen Schlag, doch die Zeit, umzukehren und sich umzuziehen, besaß er nicht.

Schnellen Schrittes eilte er durch die Flure des Palastes und markierte seinen Weg dabei mit Matschabdrücken. Für nasse Sohlen glichen die glatten Bodenplatten allzu sehr einer Eisbahn, so dass der Auditor Obacht geben musste, nicht erneut auszugleiten. Es gelang ihm, ohne einen weiteren Sturz zum Audienzsaal des Papstes vorzudringen.

»Ich muss sofort den Heiligen Vater sprechen«, herrschte er den Kammerdiener des Papstes, Ruggiero, an.

Der Diener bedauerte, aber der Heilige Vater gewährte gerade dem Gesandten seiner Majestät Kaiser Leopold I. eine Audienz, einem gewissen Grafen Stamitz. Knurrend lief der Auditor wie ein gefangener Tiger den Gang auf und ab. Als er wieder ins Straucheln geriet, fing ihn Ruggiero geistesgegenwärtig auf.

In dem Moment öffnete sich die große Tür des Audienzsaals. Alessandro Caprara befreite sich aus Ruggieros Armen und beobachtete den Grafen. Würdevoll im dunkelblauen mit Goldstickereien verzierten Justacorps, gleichfarbigen Beinkleidern und einem Kavaliersdolch aus purem Silber betrat er den Flur. Seine Bewegungen vermittelten den Eindruck, dass er sich nach den Klängen einer Sarabande, die nur er hören konnte, bewegte. Den großen Federhut, den er in der Hand trug, setzte er nun mit elegantem Schwung auf. Von Caprara nahm er keine Notiz. Unter einem Kardinal machte es der Herr Gesandte offenbar nicht. Ihm folgte der sich schlängelnde Kardinal Ottoboni, der als Dichter und Förderer der Künste einen großen Ruf genoss. Der Kardinal war verhältnismäßig jung und unverhältnismäßig reich, seine Dichtung mittelmäßig, was ihm aber nicht zu Bewusstsein kam, weil die vielen, deren Mäzen er war oder die seine Unterstützung zu erringen hofften, nicht müde wurden, sein Loblied zu singen. Geld schafft Schmeichler.

Stamitz blieb stehen und nahm eine Prise Schnupftabak aus einer goldenen Dose. Sein lautes, explosionsartiges Niesen hallte im hohen Flur wieder. Tränen des kleinen Glücks waren ihm in die Augen getreten. Man tuschelte spöttisch, dass er seine Tabakdose lieber mochte als seine

Frau, die bei weitem jünger war als er. Er zog ein Seidentuch aus der Jackentasche und schnäuzte sich genießerisch. Dann wandte er sich dem schmächtigen Kardinal zu. »Seine kaiserliche Majestät würde sich gern für ein paar Monate euren Protegé ausleihen.«

Ottoboni nickte bedächtig. »Scarlatti ist superb. Aber ob ich ihn für so lange Zeit entbehren kann? Wie wäre es mit Mascitti?«

»Ich habe noch nichts von ihm gehört«, erwiderte der Österreicher reserviert, fast feindselig.

»Dann kommen Sie heute in mein Theater. Mascitti hat ein kleines Libretto von mir vertont. Es wird heute in kleiner Besetzung gegeben.«

Der Kardinal beschrieb dem Gesandten schwelgerisch seine Dichtung, während sie den Flur entlangwandelten, als befänden sie sich auf einer Bühne.

Caprara sah den beiden kurz nach, dann stürmte er, ohne auf den Kammerdiener zu achten, in den Audienzsaal. Klemens XI. näherte sich im Gespräch mit dem geheimen Sekretär der Breven dem Ausgang auf der gegenüberliegenden Seite der Sala Regia. Öllampen und Kerzen tauchten den langgestreckten Saal in ein warmes Licht. Der Audienzsaal gehörte schon bei Sonnenlicht nicht zu den hellsten des Palastes, aber wenn schwarze Regenwolken aufzogen, entstand in dem dunklen Saal schnell so etwas wie Weltuntergangsstimmung. Der vergoldete Deckenstuck und die dunkel gehaltenen Wände taten ihr Übriges. Caprara, der den Papst entschwinden sah, griff in seiner Not zu einem Mittel, das die Etikette schwer verletzte. Er brüllte: »Eure Heiligkeit, Eure Heiligkeit, ich muss Euch unbedingt sprechen.«

Der Papst drehte sich zunächst verärgert um – den Pontifex rief man nicht wie irgendeinen Bauernburschen – und musterte den Auditor dann mit einem mitleidigen Blick.

»Wurdest du mit Schmutz beworfen, Caprara?«

»Nein, Eure Heiligkeit, ich bin ausgerutscht...«

»... und gefallen«, ergänzte der Papst und fügte missbilligend hinzu: »Da du dich nicht angemeldet hast, muss es ja sehr dringend sein.«

»Das ist es in der Tat.«

Der Pontifex machte dem Brevensekretär ein Zeichen, dass er sich entfernen konnte, dann wandte er sich wieder Caprara zu.

»Sprich, aber schnell.«

»Auf Befehl des Kardinals Ganieri wurde mein Hilfsauditor Prospero Lambertini verhaftet und in den Stadtkerker zum Lumpengesindel geworfen.«

Albani verdrehte die Augen. »Immer dieser Lambertini.« Dann befahl er, dass man unverzüglich den Kardinalvikar herbeischaffen sollte und ließ sich inzwischen von Caprara über das Vorgefallene, begonnen mit der widerrechtlichen Konfiskation der Leiche Spigolas, unterrichten.

Wenig später stand Ganieri gut gelaunt vor dem Papst und begrüßte auch den Auditor ausgesucht freundlich. Klemens XI. setzte seinen Vikar über Capraras Beschwerde kurz in Kenntnis, verschwieg aber die Verhaftung des Hilfsauditors, und bat um Aufklärung bezüglich des Leichnams Spigolas.

»Nichts lieber als das«, leitete Ganieri seine Stellungnahme ein. Caprara witterte Gefahr. Der Kirchenfürst schien bestens vorbereitet zu sein. Er verlieh seinem Gesicht einen unnachahmlich schmerzlichen Ausdruck. »Denn es ist eine große Last, die auf meiner Seele liegt, und ich ersuche Euch, Heiliger Vater, Nachsicht mit einer armen sündigen

Seele walten zu lassen, die nicht mehr unserer Gerichtsbarkeit untersteht. Und Sie, mein lieber, guter Caprara, bitte ich über das, was Sie jetzt hören werden, zu schweigen. Für das Andenken des verstorbenen Auditors Alfredo Arcimboldo Spigola, der sich so große Verdienste erworben hat, wäre es nur gut, wenn wir die Decke barmherzigen Schweigens über seine dunkle Seite und die höchst bedauerlichen Umstände seines Todes breiten würden. Denn der verdienstvolle Mann litt in der Tat unter einer düsteren Leidenschaft, die sein Leben verschattet und es ihm schließlich genommen hat.«

»Was war mit ihm?«, fragte Klemens ungeduldig. Darauf schien der Vikar nur gewartet zu haben. Caprara glaubte immer mehr einer Schmierenkomödie beizuwohnen, in der man ihm die Rolle des einfältigen Pantalone zugedacht hatte. Ganieri hatte unterdessen einen Ausdruck erschrockenen Bedauerns auf sein teigiges Gesicht gezaubert. Wie er das nur so perfekt hinbekam, ein echter Tartuffe, dachte Caprara in einer Mischung aus Verachtung und Bewunderung.

»Wie soll ich es, wie kann ich es sagen? Nur zu gern schwiege ich von dem Abgrund, der sich mir auftat. Der Auditor begeisterte sich für die kleinen Jungs bei weitem mehr, als es seinem Seelenheil zuträglich war. Und so war er leider am Colosseum und an den Caracalla-Thermen, wo sich die kleinen sündigen Knaben feilbieten, nur allzu bekannt. Onkel Panflöte nannten sie ihn dort nur.«

Caprara schloss gequält die Augen. Dass dieser schmierige Bürokrat es wagte, das Andenken seines Lehrers in den Schmutz zu ziehen, stach ihm mitten ins Herz. Dazu besaß er kein Recht – aber offensichtlich die Macht. Jedes Wort glich einem glühenden Draht, den man durch seine

Adern zog. Ganieri fuhr indessen unbeirrt fort. »Deshalb unterdrückte ich ausnahmsweise eine Untersuchung …«

»Ausnahmsweise?«, brüllte Caprara den Kardinal an und merkte, dass er mit dieser Unbeherrschtheit in die Falle gelaufen war. Ganieri musterte den Auditor kalt. »Wir können, wenn Sie darauf bestehen, auch gern eine Untersuchung einleiten und Spigolas frivolen Lebensstil öffentlich machen. Vielleicht legen die Fakten auch nahe, ihn zu exkommunizieren. Wenn der Auditor Caprara, was ihn zweifellos ehrt, ohne Ansehen der Verdienste verfahren will, so wird sich der Kardinalvikar von Rom dem nicht verschließen. Ich habe es wirklich nicht nötig, mir nachsagen zu lassen, dass ich die Justiz behindere. Und ich habe wahrlich schon genug riskiert, indem ich den Leichnam von den Sbirren aus der Universität habe abholen und ins Hospital St. Michele bringen lassen, damit er auf dem dortigen Friedhof begraben werde.«

Das Teiggesicht hatte den Ausdruck der verfolgten Unschuld angenommen, nur die kleinen Augen blitzten böse. Klemens seufzte vernehmlich.

»Es betrübt mich mehr, als ich sagen kann, dergleichen über unseren treuen Diener Spigola hören zu müssen. Aber wie sagt doch der Herr: Wer ohne Sünde ist, der werfe den ersten Stein. In Sorge um das Ansehen des armen Sünders bist du zweifellos zu weit gegangen, Ganieri, aber dir sei verziehen, weil deine Motive ehrenvoll waren. Was schlägst du vor, Caprara, wie wollen wir in dieser delikaten Angelegenheit weiter verfahren? Welchen Rat gibt in einer so schwierigen Situation ein erfahrener Richter wie du dem Heiligen Vater?«

Der Auditor saß in der Falle, und er wusste es. Jetzt hatte ihn der byzantinische Hofintrigant dort, wo er ihn haben wollte, mit dem Rücken an der Wand. Eindeutig, Ganieri war ihm überlegen, zwar nur aus einem, dafür aber sehr wirkungsvollen Grund: weil er keine Skrupel kannte.

Forderte er nun eine Untersuchung, würde man das Andenken Spigolas mit Schmutz bewerfen. Selbst wenn es ihm gelänge, alle Anschuldigungen zu widerlegen, würde dennoch genug hängenbleiben. Selbst die offensichtlichste Lüge ließ sich, einmal in die Welt gebracht, nicht mehr aus ihr entfernen. Verzichtete er hingegen auf die Untersuchung, würde er Ganieri niemals vorwerfen können, eine Ermittlung unterlassen zu haben – wie im Fall der verschwundenen Mädchen.

»Auditor, dein Rat?«, drängte der Pontifex.

»Was wird mit meinem Hilfsauditor?«

»Was ist mit dem trefflichen Lambertini?«, fragte Ganieri etwas zu bestürzt.

»Ihre Leute haben ihn verhaftet«, brummte Caprara.

»Und wissen Sie, wo er sich jetzt befindet?« Ganieri wirkte aufrichtig besorgt.

»Ja, im Stadtkerker in der Via Giulia.«

»Welch dummer Übereifer. Das tut mir aufrichtig leid«, versicherte der Kardinal souverän. »Er wird gleich auf freien Fuß gesetzt.«

»Und der Verantwortliche für den Übergriff bestraft!«, fügte Caprara hinzu.

Statt des Kardinalvikars antwortete der Papst. »Na, ein kleiner Dämpfer wird dem jungen Mann sicher nicht schaden. Wir alle benötigen von Zeit zu Zeit so eine kleine Lektion, nicht wahr, Alessandro? Aber wir warten immer noch auf deine Antwort.«

Caprara kannte die städtischen Gefängnisse gut genug, um zu wissen, dass ein Aufenthalt in ihnen keinen »kleinen Dämpfer« darstellte, sondern vielmehr lebensgefährlich war, aber er durfte dem Papst nicht widersprechen und rechthaberisch wirken. Im Gegenteil, er musste sich beeilen, um Prospero Lambertini so schnell wie möglich aus der Gefahr zu befreien. Und was seinen alten Lehrmeister betraf, er brachte es nicht übers Herz, dessen Andenken in den Schmutz ziehen zu lassen. »Ich danke dem Kardinalvikar für sein lobenswertes Vorgehen in der Causa Spigola.« Jedes Wort brannte in seiner Kehle wie Säure.

»Ach was, keine Ursache«, strahlte der siegreiche Ganieri, »wir sind doch alle gute Freunde, die wir Tag und Nacht und unter großen persönlichen Opfern uns um das Gedeihen unserer Mutter Kirche sorgen.«

»Recht so, Ganieri, und das wollen wir alle auch niemals vergessen. Unter uns gibt es keine Feindschaften. Wer dem anderen Gram ist, betreibt die Geschäfte des Teufels«, schloss der Papst die erzwungene Audienz.

Alessandro Caprara hatte die deutliche Warnung nur allzu gut verstanden. Wem nachgewiesen wurde, dass er im Auftrag des Teufels handelte, der wurde verbrannt. Der Pontifex hatte ihm mit der Inquisition gedroht. Dort wartete der Großinquisitor Sperello Sperelli nur auf seine Chance, sich an seinem Todfeind Caprara zu rächen. Schließlich hatte dieser dem eitlen, aber geistig beschränkten Kardinal eine der schmachvollsten Niederlagen seines Lebens beigebracht. Zwar hatte lange kein Feuer mehr auf dem Campo dei Fiori gelodert, aber das hieß nicht, dass es nicht irgendwann mal wieder Zeit für eine kleine Ketzerverbrennung sein könnte.

20.

Wenn er überleben wollte, musste er sich Respekt verschaffen, jetzt, wo sein Retter weg war. Prospero hielt das Messer vor sich und blickte seine Mitgefangenen herausfordernd an. Wer ihm Übles wollte, sollte sich erheben. Es war riskant, doch er setzte auf seinen geistlichen Stand. Er wusste, wie der Poppolo dachte. Der junge Geistliche, der noch dazu jetzt mit einem Messer bewaffnet war, kam ihnen unheimlich vor, zumindest als ein Quell an Ärger, von dem jeder hier schon genug hatte. Mit den hohen Herren konnte es auch ganz schnell wieder anders kommen. Heute eingesperrt, morgen in Purpur gewandet. Aus den Intrigen der Oberen hielt man sich besser raus. Man gewann dabei selten etwas, verlor aber nur allzu oft alles, weil es immer eines Sündenbockes bedurfte.

Prospero beschloss, das Beste aus seiner Situation zu machen, indem er seine Zwangslage für seine Zwecke nutzte. Wenn ein teuflischer Verbrecher auf Roms Straßen sein Unwesen trieb, wusste man nirgends besser als im Gefängnis darüber Bescheid, denn in der Langweile des Arrestes sammelten sich die Nachrichten von draußen. Die Mentalität seiner Mitgefangenen würde Prospero hierbei zum Vorteil gereichen: Selbst in der Welt der Verbrecher existierte eine gewisse Normalität. Was an Gemeinheit und Brutalität darüber hinausging, erschreckte den gewöhnlichen Kriminellen.

Der Hilfsauditor stellte sich in die Mitte der Zelle. »Hört mir zu!«, rief er laut in die Runde. »Ich will, dass ihr mir helft! Keiner wird es bereuen. Euch erwartet eine Belohnung!« Er wartete darauf, dass sich die Häftlinge ihm zuwandten. Prospero spürte, dass er ihre Aufmerksamkeit erregt hatte, auch wenn sie sich noch vorsichtig zurückhielten.

Spigola war tot, er musste keine Rücksicht mehr nehmen. Der Mord an dem alten Untersuchungsrichter entband ihn von dem Verspechen, das er ihm gegeben hatte.

»In Rom verschwinden blutjunge Mädchen. Der Auditor Spigola, den der ein oder andere hier kennen dürfte, wurde getötet, weil er den Fall untersucht hatte …« Weiter kam er nicht, denn die Nachricht vom Mord an dem alten Untersuchungsrichter, den viele hier kannten, löste heftige Reaktionen aus, die von Freude bis Bedauern reichten. Prospero hatte alle Mühe, eine Prügelei zu verhindern, die zwischen denjenigen, die den Tod des Auditors bejubelten, und denen, die ihn beklagten, auszubrechen drohte. Mancher verzieh ihm nicht, dass er ihn hierher gebracht hatte, andere fanden, dass der Alte ein gerechter Mann gewesen war. Das konnte man von vielen seiner Kollegen nicht behaupten.

Prospero hob die Stimme, um die lärmenden Gefangenen zu übertönen. »Wen von euch der Raub der Mädchen nicht aufregt, der gehört zum Drecksgesindel und soll hier für alle Ewigkeit vermodern wie ein Tier, weil er ein Tier ist. Aber wer trotz seiner Verfehlungen tief im Herzen drin noch ein Mensch ist, muss mir helfen! Und ich werde ihn dafür belohnen, weil es für den, der noch ein Mensch ist, nicht zu spät ist, auch wenn er gesündigt hat. *Ich bin gekommen, die Sünder zu rufen, nicht die Gerechten,* sagt Jesus, unser Herr.«

»Haben Sie etwa nicht gesündigt, Hochwürden, wenn Sie hier sind?«, fragte einer, der sich in einer dunklen Ecke verbarg.

»Gesündigt habe ich, wie jeder Mensch sündigt, aber nichts war darunter, was meinen Aufenthalt hier rechtfertigt. Und wie jeder Christ habe ich meine Sünden gebeichtet und Vergebung gefunden. Aber darum geht es hier nicht. Die Verbrecher, die nicht wollen, dass ich ihnen das Handwerk lege, haben mich hierher gebracht. Aber wahrlich, ich sage euch, noch bevor der Hahn kräht, werde ich das Gefängnis wieder verlassen haben! Und dann Gnade ihnen Gott, denn ich werde ihnen weder Schonung noch Vergebung angedeihen lassen.«

»Große Töne! Erstmal müssen Sie hier rauskommen, Hochwürden.« Prospero sprang zu dem dürren Spötter mit dem großen Adamsapfel und hielt ihm blitzschnell das Messer an die Kehle.

»Zweifele noch einmal an meinen Worten, und deine Seele wird in der Hölle meiner Befreiung zuschauen.«

»Ist ja schon gut, man wird ja wohl noch einmal einen Scherz machen dürfen.«

Prospero ließ den Spötter los und blickte ruhig um sich. »Noch jemand, der Lust auf Späße hat? Mein Messer lacht gern mit!« Durch entschlossenes Handeln hatte er den Respekt der Gauner, Diebe und Mörder gewonnen. Er hasste es, wenn er den Zornigen geben musste, aber er wusste inzwischen aus Erfahrung, dass ein guter Untersuchungsrichter wie ein guter Schauspieler die ganze Klaviatur menschlicher Ausdrucksformen beherrschen musste. Jetzt durfte er nicht mehr lockerlassen. »Also, wer hat den Mut, mir zu helfen?«

Ein Grauhaariger mit einer gebrochenen Nase stand auf. »Wer sagt uns, dass Sie nicht im Dienst der Bestie stehen?«

»Ich sage es dir, ich, Dottore Prospero Lambertini.«

»Ich kenne ihn. Ich kenne ihn!«, jubelte ein anderer. »Ihr

müsst euch doch an ihn erinnern. Er hat den Mörder des kleinen Angelo zur Strecke gebracht!«

»Ja, natürlich, das Schwein, das den Sohn des Fischers Giovanni abgemurkst hat!«

Das erstaunte Prospero. Selbst der menschliche Abschaum, der hier versammelt war, achtete ihn, weil er dafür gesorgt hatte, dass auch armen Menschen Gerechtigkeit widerfuhr.

»Gut, Dottore Lambertini«, lenkte der Grauhaarige ein, »seit einiger Zeit entführt also ein Teufel die schönen Töchter des Poppolo. Unseren ganzen Besitz. Unsere Töchter sind Freiwild. Ja, wenn es die Töchter der Reichen wären, würde jeder Stein in Rom nach ihnen umgedreht, aber wer kümmert sich schon um unsere Kinder?«

»Ich, ich kümmere mich um sie. Werden sie in ganz Rom geraubt?«

»Soviel ich weiß nur in Monti, in Pigna, Parione, Regola, San Angelo und San Eustachio.«

»Niemand aus Trastevere? Aus dem Borgo?«

»Nein, nur diesseits des Flusses.«

Zwar vermochte er dieses Detail noch nicht einzuordnen, aber er merkte es sich.

»Sie hätten den Polizeipräfekten von San Angelo danach fragen können. Er weiß es doch besser als wir hier. Drei Mädchen sind allein aus seinem Rione verschwunden.«

»Der Präfekt war hier?«, fragte Prospero überrascht.

»Ja, das Schweinchen, das Schweinchen, das gerade den Cavaliere abgeholt hat, abgeholt hat«, ahmte ein habichtnasiger Spötter die eigentümliche Sprechweise des Polizeipräfekten nach. Er imitierte ihn so gut, dass er damit nicht wenige zum Lachen brachte.

Der Österreicher war also von einem Polizeipräfekten

persönlich aus dem Kerker befreit worden. Das fand Prospero interessant. Er nahm sich vor, dem Mann einen Besuch abzustatten, sobald er das Gefängnis verlassen hatte. Doch jetzt wollte er die Quelle, die nun einmal zu fließen begonnen hatte, auch nutzen. »Die Opfer sollen sittsame Mädchen sein?«

»Aber ja doch. Aus dem Grund verschwanden sie ja auch am hellen Tage. Oder glauben Sie, dass ein Vater seine Tochter am späten Nachmittag noch allein auf die Straße lässt? Mancher lässt sie ohnehin nicht allein in die Öffentlichkeit. Geholfen hat das wenig.«

»Dottore! Die Mädchen, die Sie abends noch allein auf der Straße treffen, sind käuflich. Worauf Sie einen lassen können!«, krähte ein anderer.

Der mit dem großen Adamsapfel geiferte nun: »Schweigt doch, ihr Narren, sonst holt uns alle der Teufel!«

»Wieso der Teufel?«, hakte Prospero nach.

»Denken Sie doch mal nach, Dottore. Wer hätte denn die Macht, diese Mädchen, die unter Aufsicht ihrer Eltern stehen, mitten am Tage zu entführen? Nichts auf der Welt ist gefährlicher als ein guter römischer Hausvater, der die Ehre seiner Tochter bewacht. Ohne Zauberei ist das nie und nimmer abgegangen. Nie und nimmer, ich sage es euch«, erklärte der Grauhaarige.

»Von einigen, die weg sind, kann man auf das Kreuz schwören, dass ihre Familien die jungen Dinger wie ihre Augäpfel gehütet haben!«, rief einer aus dem Dunkel der Zelle.

»Wer also außer dem Teufel würde das zustande bringen?«, fragte der mit dem großen Adamsapfel Zustimmung heischend.

»Ist denn eins dieser Mädchen wieder aufgetaucht, zumindest ihre Leiche?«, fragte Prospero weiter.

Stille breitete sich aus. Er hatte den Punkt berührt, der sie alle ängstigte, vom Taschenspieler bis zum abgebrühten Meuchelmörder. Fast konnte Prospero ihre Gedanken hören, ihre Zweifel, ob sie reden oder besser schweigen sollten, denn eine alte Volksweisheit besagte, dass der Satan den holt, der über seine Taten spricht. Prospero ließ ihnen die Zeit, mit sich ins Reine zu kommen.

Nach einer Weile rang sich der Grauhaarige zu einer Antwort durch: »Nein! Von keiner eine Spur!«

Furcht lag in seinem Blick. Dass jemand ermordet wurde, entsprach ihrer Erfahrung, auch dass er gequält oder vergewaltigt wurde. Aber selbst der entstellteste Leichnam tauchte irgendwann einmal wieder auf und brachte die Angelegenheit zum Abschluss.

»Könnten sie nicht entführt und in die Sklaverei verkauft worden sein?«, mutmaßte Prospero.

»Nee«, hustete ein wettergebräunter, kräftiger Typ.

»Warum nicht?«

Der Wettergebräunte lächelte nachsichtig. »Wir Schmuggler wüssten es als Erste, wenn ein solches Unternehmen ablaufen würde. In ganzen Teilen haben die Mädchen Rom bestimmt nicht verlassen!«

»Njet … Neeein?«, brüllte eine dunkle Männerstimme aus der Tiefe der Zelle. »Nix Leiche von nix Mädchen?«

Der Mann mit dem schweren slawischen Akzent hatte sich erhoben und trat nun verwirrt zu Prospero vor. Struppig wie Antonius, der Vater der Mönche, dachte Prospero. Der Mann trug ein langes Gewand, das einmal schwarz gewesen sein musste; nun wirkte es eher grau. Sein Gesicht war kaum zu erkennen, so sehr hatten es Haar- und Bartwuchs überwuchert. Um seinen Hals hing ein orthodoxes Kreuz. Ein Grieche? Es lebten einige Griechen in Rom, die vor den Türken geflohen und sich hier niedergelassen hatten. Aber sein Akzent klang nicht danach. Ein Serbe? Ein Bulgare? Oder ein Russe? Prospero fragte sich, was den Orthodoxen hierher verschlagen hatte. Dieser streckte ihm nun bittend seine zitternden Hände entgegen.

»Muss weg! Schnell weg von hier! Du mir helfen und ich rede?«

»Warum bist du hier?«

Der Orthodoxe stieß nur verächtlich die Luft zwischen den Zähnen aus. »Ist das wichtig? Nein! Wichtig, was ich dir sage! Oschen ocobjeno. Die Stadt ist verflucht! Verflucht!«, dröhnte sein Bass und ließ den ganzen Kerker verstummen. Selbst in der letzten Ecke der fernsten Zelle verstummten die Gespräche, und die Gefangenen drängten sich zum Gitter, um das Gespräch mitzubekommen. Ein Raunen schwappte durch den Kerker. Verflucht? Sie wollten wissen, was der Pope damit meinte, denn sie spürten auf einmal, dass es sie alle anging.

»Hilf, dass er freikommt«, bat der Grauhaarige. »Der Pope ist nur ein ehrlicher Mörder. Er hat beim Spiel einen erschlagen. Na und? Keine große Sache. Schauen Sie ihn sich an, Dottore, er ist kein Mann, der sich vor einem Fliegendreck fürchtet.«

Prospero gab dem Grauhaarigen innerlich Recht. Der Orthodoxe wirkte in der Tat nicht wie ein Angsthase; auch schien er ihm nicht einfach etwas vorzugaukeln, nur um dem Kerker zu entrinnen. Der Mann fürchtete wirklich um Leib und Seele.

»Einverstanden, aber jetzt sag, was du zu sagen hast.«

»Satan schickt Seuche. Sie geht aus von Diener.«

»Was für ein Diener?«

»Vampir, Upir!«

»Vampir – was meinst du damit?«

»Ungeheuer, Diener von Satan. Vampir trinkt Blut von Mensch.«

»Also bitte, das ist doch der reinste Aberglaube!«, entgegnete Prospero Lambertini streng. »Für Ammenmärchen lassen wir dich nicht laufen!«

Doch der Pope ließ sich nicht von seiner Überzeugung abbringen.

»Nix Skaski. Eto prawda. Hast du Leiche gefunden?« Prospero schüttelte widerwillig den Kopf.

»Ich sagen Dir, warum. Potomu schto! Vampir überfällt Mensch, trinkt Blut, Mensch wird Vampir. Alles in Serbien passiert. Ich gesehen. Nix Leiche, dafür neuer Vampir. Ich sagen, eine Seuche! Radi boga! Werden mehr Menschen verschwinden und so mehr Vampire in Rom sein. Stadt voll Vampire!«

21.

Aus dem traumlosen Schlaf der Erschöpfung weckten Cäcilia flehende Laute, leise wie ein Hauch. Es wunderte sie, dass dieses Flehen in die Tiefen ihres Schlafes vorgedrungen war. Es bat nicht um Rettung, sondern verlangte nur kraftlos am Ende eines Leidensweges, dass es endlich vorüber sein sollte und Gott, der Herr die misshandelte Kreatur aufnehmen würde. Dann war Stille. Eine unheimliche Ruhe.

Cäcilia war, als sei die Zeit stehen geblieben. Dem Schweigen folgte ein einziger Seufzer, so leise, dass man ihn hätte überhören können, kein Ruf und kein Schrei, und doch ging er ihr durch Mark und Bein. Denn was sie vernommen hatte, war die Seele eines Menschen, die auf dem letzten Atem den Körper verließ.

»Zu früh, zu schnell!«, schimpfte ein Mann. »Die Dinger halten nichts aus. Zu schlecht ernährt. Wir müssen gründlicher auswählen. Ach, schafft mir den Kadaver aus den Augen! Sein Anblick deprimiert mich.«

Jetzt erinnerte sich Cäcilia, dass sie die Stimme schon einmal gehört hatte, in der Nacht, als sie entführt worden war. Sie schloss wieder die Augen aus Furcht, dass man sie töten würde, wenn ihre Entführer sie für eine Zeugin der Verbrechen hielten. Besser sie sah nichts, doch dann wurde ihr bewusst, wie absurd der Gedanke war. Denen schien es egal zu sein, ob sie etwas mitbekam, was nur bedeuten konnte, dass man nicht vorhatte, sie jemals wieder laufen zu lassen.

Ihr Verstand arbeitete jetzt ganz klar. Zwar wäre es schrecklich zu wissen, wie es zu Ende gehen würde. Aber vielleicht nutzte ihr die Kenntnis des Schicksals, das man ihr zugedacht hatte, um sich zu retten. Sie riss die Augen auf und spitzte die Ohren, um sich nicht das kleinste Detail entgehen zu lassen. Alles konnte zu ihrer Rettung beitragen. Sie beschloss, nicht länger auf den Prinzen, der sie befreien würde, zu warten, sondern ihre Flucht selbst zu planen. Wie sagte doch ihr Bruder immer: Vor dem autonomen Geist hat kein Gefängnis Bestand. Freilich, der war auch Platoniker. Ihr Vater hingegen hatte sein Lebensmotto von dem römischen Anwalt und Berufskollegen Cicero übernommen: *Fortes fortuna adjuvat:* Den Mutigen hilft das Glück. Und sie war ganz die Tochter ihres Vaters.

Zwei Knechte in grobem Hemd, Hose und Wams zogen ein junges nacktes Mädchen an den Armen über den Boden hinter sich her. Die Tote wirkte zerbrechlich wie Porzellan. Ihr ging das Aussehen des Mädchens nicht aus dem Sinn. Etwas war seltsam an ihr.

Einer der Knechte kam auf ihren Käfig zu. Sie erschrak, aber er stellte ihr nur Rotwein und Blutwurst hin. »Iss das, und du bekommst auch Brot.« Dann ging er wieder.

Wenn ihr Magen nicht leer gewesen wäre, hätte sie sich erbrochen. Der Würgereiz im Hals wollte noch eine Weile nicht nachlassen. Wenig später aber überwand sie sich und griff nach der Wurst. Sie aß sie Stück für Stück, Krümel für Krümel, auch wenn sie die Bissen lieber herausgespien als heruntergeschluckt hätte. Wenn die Flucht glücken sollte, musste sie bei Kräften bleiben und durfte nicht vom Fleisch fallen.

Während sie sich wie eine Gans stopfte, wurde ihr plötzlich klar, was sie an der Toten so verwundert hatte: Sie hatte blutleer ausgesehen. Die purpurnen Flüsse waren ausgetrocknet. Was hatten sie mit dem armen Mädchen nur angestellt? Sicher das Gleiche, was sie auch ihr zugedacht hatten. So weit durfte sie es nicht kommen lassen. Sie musste eine Möglichkeit zur Flucht finden. So schnell wie irgend möglich.

22.

Alessandro Caprara ließ es sich nicht nehmen, Prospero höchstpersönlich aus dem städtischen Gefängnis zu befreien. Auf Drängen seines Hilfsauditors verfügte er zugleich die Freilassung des orthodoxen Priesters Wassilij. Prospero konnte es sich nicht verkneifen, den Wärter, als er die Zelle aufschloss, zu fragen, ob er den Papst von ihm grüßen solle, schließlich seien sie ja verwandt. Der Wärter erbleichte und bat den Monsignore vielmals um Verzeihung. Prospero wandte ihm demonstrativ den Rücken zu. Ein wenig Angst, ob da noch etwas nachkommen würde, konnte dem Wärter zur Strafe nicht schaden.

Auf dem Weg zum *La Grassa* bekamen die beiden Angestellten der Rota nach geduldigem Befragen mühsam den Grund heraus, der Wassilij nach Rom verschlagen hatte. Ob er ihnen allerdings die Wahrheit gesagt oder hin und wieder gelogen hatte, entzog sich der Nachprüfung. Der Geistliche stammte seinen Angaben nach aus der Gegend von Upirov in Weißrussland. Eines Tages hatte er sich im Auftrag seiner Glaubensgemeinschaft auf den Weg gemacht, um zu missionieren und seinen Brüdern, wo immer sie auch lebten, zu helfen, das weiße Pferd zu reiten. Sie konnten mit dem Ausdruck »das weiße Pferd reiten« nichts anfangen, aber Wassilij weigerte sich, die mysteriöse Umschreibung zu enthüllen. Er war ein Skopze, was den beiden Katholiken ebenfalls nichts sagte und worüber sie auch von Wassilij beim besten Willen nicht mehr herausbekamen. Überhaupt tat der Russe mit allem sehr geheimnisvoll. Außer der Überzeugung, dass die Rettung der Welt vor den Werken des Satans allein auf den Schultern seiner

Bruderschaft lastete, war dem Sektierer nichts zu entlocken. Die Katholiken und die Protestanten hätten dabei jämmerlich versagt, stellte er abschließend fest.

Prospero nahm sich vor, Velloni damit zu beauftragen, Recherchen über die Skopzen anzustellen.

Auf seiner Wanderschaft durch Rumänien, Ungarn, Serbien und Istrien war Wassilij immer wieder auf Dörfer gestoßen, die verflucht waren, in denen Vampire ihr Unwesen trieben. Er hatte den verzweifelten Kampf der Bauern gegen diese Untoten erlebt, die ganze Familien und sogar Ansiedlungen auslöschten. Eine Spur von Geisterdörfern hatten diese Bestien in Siebenbürgen, im Banat, in der Dobrudscha, in Serbien und Istrien hinterlassen. Ihr Vorgehen verfolgte den immer gleichen grausamen Ritus. Nach Anbruch der Dunkelheit verließen sie ihre Gräber und überfielen die Menschen im Schlaf. Sie saugten ihnen das Blut aus. Wochen-, manchmal monatelang. Bis ihren Opfern kein Tropfen des Lebenselixiers mehr in den Adern floss. Aber diejenigen, die auf diese Weise starben, gingen nicht etwa zu Gott und fanden Erlösung in der Ewigkeit, sondern sie verwandelten sich in Untote, die ebenfalls jede Nacht aus ihren Särgen stiegen, um das Heer der Vampire noch zu vergrößern. So griff das Grauen um sich. Das Perfide daran aber war, dass die Opfer keinerlei persönliche Schuld an der Verdammnis trugen. Warum also hatte Gott sie aufgegeben?

»Weil wir der Schlange dienen!«, erklärte Wassilij. »Mit Verführung kam Satan in die Welt. Wir alle schuldig. Keiner leidet unschuldig. Werdet zu Weißen Tauben, nehmt das kleine Siegel, und ihr verliert die Schlüssel zur Hölle.«

Caprara indes schien sich nicht weiter für die mystischen Anwandlungen des Russen zu interessieren und lenkte das

Thema wieder auf die Untoten. Es existierte nur ein Mittel, so erfuhren sie, das gegen diese Landplage half. Man musste bei Tage ihre Gräber öffnen, ihnen einen Holzpfahl durchs Herz treiben und anschließend den Leichnam verbrennen. Der Auditor und sein Assistent warfen sich leicht echauffierte Blicke zu. Sollten sie sich etwa die Nächte um die Ohren schlagen, um Leichen zu fleddern? Prospero musste bei der Vorstellung, wie sie Tote ausbuddelten und Alessandro Caprara den Halbverwesten einen Holzpflock ins Herz schlug, wider Willen schmunzeln. Was für ein abscheulicher Aberglaube! Düster, skurril, slawisch eben.

Wassilij beschwor die beiden Richter, so schnell als möglich die Gräber der Untoten zu finden und ihrem Treiben ein Ende zu bereiten, bevor sie die Herrschaft über Rom erlangten. Prospero ertappte sich bei der Vorstellung, dass Ganieri zu den Blutsäufern gehörte. Das würde zumindest vieles erklären. Dann schüttelte er innerlich lachend den Kopf über seine Geisterseherei. Ließ er sich jetzt schon vom puren Aberglauben eines russischen Sektierers einfangen?

So sehr Prospero Lambertini und Alessandro Caprara an dem, was Wassilij ihnen radebrechend mitteilte, auch zweifelten, so konnten sie sich doch der logischen Stringenz der Interpretation nicht entziehen. Es bot eine Erklärung, die zwar unwahrscheinlich, aber dennoch plausibel war, weil sie keinem der bekannten Fakten widersprach. Und war es nicht das, was man Wissenschaft nannte, eine Erklärung zu finden, die den Fakten nicht widersprach? Konnte die Wissenschaft zu einem Ergebnis führen, das man eher dem weiten Felde der Spinnerei zuzurechnen pflegte?

Weil sie nicht gesehen werden wollten, betraten sie das Wirtshaus nicht durch die Gaststube, sondern klopften am

Seiteneingang an. Caterina öffnete. Als die Männer an ihr vorbei eintraten, verzog sie das Gesicht und hielt sich demonstrativ die Nase zu.

»Puh, du stinkst nach Kerker! Deine Sachen müssen dringend gewaschen werden«, rügte sie Prospero. Dann begrüßte sie Caprara und den Unbekannten, der ihr – ihrer skeptischen Mimik nach zu urteilen – höchst sonderbar vorkam.

»Velloni und Graf Gonzaga warten schon auf euch.« Sie hatte die Klinke zur Tür, die vom Gang aus in die Gastwirtschaft führte, schon in der Hand, als Prospero sie stoppte. »Es ist besser, wenn uns keiner sieht und kein ungebetener Lauscher unser Gespräch verfolgen kann.«

»Dann kommt in die Küche.«

Sie führte sie an einen runden Tisch in einer Ecke, die der Verbindungstür zum Gastraum gegenüberlag und an dem sich die Familie zum Essen zu versammeln pflegte. Sie wies den Koch an, Valenti und Velloni aus der Wirtschaft hierher zu bitten, die Gäste zu verköstigen und auch für den Dottore ein Gedeck aufzulegen. Danach zog sie Prospero mit in den ersten Stock. Sie gab sich erst zufrieden, nachdem er seine Sachen ausgezogen und dafür Unterwäsche, Hose und Hemd eines ihrer Brüder angezogen hatte.

»Jetzt siehst du wirklich wie mein Bruder aus und nicht mehr wie ein Priester!«, scherzte sie.

»Ich bin aber Priester!«, erwiderte Prospero gespielt empört.

»Leider, denn es ist offenbar ein sehr gefährlicher Beruf«, entgegnete Caterina jetzt wieder ernst. »Diesmal haben sie dich eingesperrt. Was werden sie das nächste Mal mit dir machen? Ich will es mir erst gar nicht vorstellen.«

»Jetzt sprichst du aber wie eine Mutter, nicht wie eine

Schwester. Ich bitte dich um eins.« Sie schaute ihn fragend an.

»Bleib meine Schwester.« Sie lachte und umarmte ihn ungestüm.

»Halt ein und lass den Bösewichtern noch etwas über!«, protestierte er vergnügt. Caterina mit ihrem freundlichen Wesen vermochte es, all die Düsternis mit nur einem herzlichen Lächeln aus seinem Herzen zu vertreiben. Doch dann fiel ihm wieder ein, dass die Mädchen, die dieser Teufel verschleppt hatte, in Caterinas Alter waren. Und dass auch sie in Gefahr schwebte. Schlagartig trübte sich seine Stimmung wieder. Er musste die Bestie stoppen. So schnell wie möglich, bevor sie wieder zuschlug. Prospero nahm die Hand des Mädchens und sah ihr fest in die Augen.

»Hör mir gut zu! Da draußen jagt ein Unhold Mädchen in deinem Alter. Verlasse also nicht das Haus. Schwöre mir, dass du nicht rausgehen wirst, bis ich ihn zur Strecke gebracht habe.«

»Aber am Tag …«

»Nein, er entführt sie ja gerade am hellen Tage.«

»Mit Pepe kann mir nichts passieren.« Prospero wusste aus eigener Erfahrung, dass der Hausdiener sich bestens aufs Kämpfen verstand. Dennoch schüttelte er energisch den Kopf. »Caterina, bitte. Ein Teufel ist unterwegs, er hat auch Mädchen in seine Gewalt gebracht, die in Begleitung ihrer Väter oder Brüder oder Diener waren. Bitte bleib zu Hause, mir zuliebe.«

»Warum?«, fragte sie etwas provokant.

»Weil ich es nicht überleben würden, wenn dir etwas passiert, Schwesterherz.« Sie strahlte, und Prospero musste darüber lächeln, dass seine Sorge und seine brüderliche Zuneigung das Mädchen offensichtlich so glücklich machten. Wenn auch niemals die Liebe, wie sie zwischen Mann und Frau üblich war, zwischen ihnen sein durfte, so immerhin die zwischen Bruder und Schwester.

»Schwöre es!«

»Ich schwöre es.«

»Ich muss nun zu den anderen.« Er nickte ihr zu und deutete auf seine Wäsche. »Und irgendwann würde ich auch gern wieder meine Sachen tragen.«

»Ja, natürlich«, lachte sie, hob das Häuflein schmutziger Wäsche auf und lief die Treppe herunter. Er folgte ihr und bog im Flur angekommen in die Küche ab. Dort warteten in der Tat bereits der Auditor, Velloni, Gonzaga, der orthodoxe Priester und Gioacchino, der es nicht lassen konnte, bei seinem Eintreten spöttisch auszurufen. »Ah, unser Knastbruder.«

»Ihr wartet hier«, befahl Caprara, der aufstand, zu Prospero ging und ihn in den Flur zog. Dort informierte er ihn im Flüsterton über die Audienz beim Papst, was er in Wassilijs Beisein nicht für geraten gehalten hatte, und über die verlorene Auseinandersetzung mit Ganieri.

»Ich kann in der Angelegenheit der verschwundenen Mädchen nichts mehr unternehmen«, schloss Caprara.

»Aber Ganieri weiß doch nicht, dass wir ermitteln.«

»Oh doch!«

»Aber woher?«

»Spigola hat Nachforschungen angestellt, und wir haben uns mit seinem Tod beschäftigt, was nicht in unsere Zuständigkeit fällt. Ganieri ist nicht dumm. Er kann eins und eins zusammenzählen.«

Prospero seufzte tief. Zum zweiten Mal musste er Spigola Recht geben. Eine Ermittlung ließ sich nicht geheim halten. Jetzt verstand er die Bedenken des alten Untersuchungsrichters, die er zunächst für übertrieben gehalten hatte.

»Sie erpressen Sie also mit der Ehre des Auditors Spigola«, sagte Prospero.

»Und mit der kleinen Rente für Spigolas Haushälterin. Die müssten sie nämlich nicht mehr zahlen, wenn sie den verdienstvollen Mann exkommunizieren, aus dem Grab reißen und seinen Körper auf den Schindanger werfen würden.«

Der Kardinalvikar war gefährlicher, als Prospero gedacht hatte, zumal er dem Papst sehr nahestand. »Wollen wir also die Augen verschließen?«

Caprara schüttelte den Kopf. »Ausgeschlossen. Du musst weitermachen. Ich kann es dir nicht befehlen, ich bitte dich nur darum.« Dann fügte er hinzu: »Ein möglichst geräuscharmes Vorgehen ist allerdings vonnöten, wenn du verstehst, was ich meine. Sachte, vorsichtig, leise, auch wenn all diese Begriffe für dich Fremdworte sind.«

»Ich bemühe mich.«

»Bemühen wird nicht ausreichen, Prospero. Ringe, kämpfe darum! Glaub mir, ich habe es Ganieri heute angesehen. Der Aufenthalt im Kerker war weder ein Zufall noch ein Missgeschick.«

»Was dann?«

»Ein Schuss vor den Bug!«

»Zeit, dass wir den Schuss erwidern!«

»Zu früh, wir wissen noch zu wenig. Ich kümmere mich weiter um Hintergrundinformationen über die Schwierigkeiten, in denen unser verehrter Heiliger Vater steckt.« Caprara grinste. »Ich bin ja nur verpflichtet, mich aus der Causa Spigola herauszuhalten. Und das tue ich! Aber was die Kanonisation der seligen Elisabeth von Bartaszoly betrifft und den Fall der gefälschten Akten: In der Angelegenheit bin ich durch den Auftrag des Papstes geradezu zum Handeln verdonnert.«

Prospero war erleichtert, dass Caprara dort weitermachte, denn er wurde das Gefühl nicht los, dass die beiden Angelegenheiten irgendwie zusammenhingen. Sowohl der Papst als auch Ganieri standen ihnen in beiden Ermittlungen gegenüber und auch im Weg. Sicher, es konnte Zufall sein. Aber Prospero Lambertini war kein Agnostiker, der den Zufall dort bemühte, wo ihm die Erklärung nicht behagte. Ja, die Dinge hingen zusammen. Es galt nun herauszufinden, auf welche Weise sie miteinander verquickt waren.

Caprara bat seinen Assistenten, den Vorwurf der Fälschung einstweilen noch ruhen zu lassen. Es sei besser, auf alle Gutachten zu warten und ihn im günstigen Moment zu erheben, in einem Moment, wo man den Skandal nicht einfach unter den Tisch kehren und er vielleicht sogar in dem anderen Fall nützlich sein konnte.

»Von dem, was ihr jetzt besprechen werdet, möchte ich offiziell nichts mitbekommen«, verabschiedete er sich anschließend von seinem Assistenten. »Pass gut auf dich auf, Landsmann! Wir wissen noch nicht, wer oder was uns wirklich gegenübersteht. Wir wissen nur, dass es sehr mächtig ist und dass ich dir nicht helfen kann!«

Caprara ging, und Prospero verfügte sich nachdenklich zu den anderen in der Küche. Während er hungrig eine Minestrone verschlang, hörte er Gonzagas Bericht an. Velloni und der Graf hatten die restlichen Krankenhäuser der Stadt und alle Friedhöfe aufgesucht, aber keine Spur von Cäcilia gefunden. Der Philologe wirkte trotz des Misserfolges nicht mehr ganz so niedergeschlagen wie noch am

Morgen. Wie Prospero es sich erhofft hatte, hatte das Tätigwerden Velloni gutgetan. Wenn man ihre Leiche nicht gefunden hatte, hieß das, dass sie durchaus noch am Leben sein konnte. Prospero merkte ihm deutlich an, dass er für sein Empfinden noch viel zu wenig tat. Wie gut, dass er jetzt Hilfe bei einer Recherche benötigte, die nur der Philologe zu leisten verstand.

»Hör zu, Velloni, ich habe eine sehr wichtige Aufgabe für dich. Trage alles zusammen, was sich an Wissen über Vampire herausfinden lässt.«

»Über Vampire?«

»Ja, alles, selbst das absurdeste. Aber bereite mir das Material auf.«

»Streng wissenschaftlich?«

»Ja.«

»Ohne Theologie?«

»Ohne Bewertung! Es ist nicht wichtig, ob wir an ihre Existenz glauben oder nicht und wie sie sich im großen Heilsplan rechtfertigen, hilfreich ist nur, was wir über sie in Erfahrung bringen können. Und vor allem, was die Menschen über sie annehmen!«

»Das wird nicht leicht. Ich habe von Vampiren zwar schon gehört, allerdings weiß ich nichts Genaueres über sie.«

»Wenn ich Wassilij richtig verstanden habe, sind Vampire so etwas wie die Lamien.«

»Die Lamien? Interessant. Vielleicht weisen sie auch Ähnlichkeiten mit dem Ghul auf«, spekulierte Velloni.

»Oder mit den altrömischen Totengeistern, wie den Lemuren«, riet Prospero weiter.

»Stimmt. Die Lemuren saugen vor allem Kinder aus. Das würde erklären, warum junge Mädchen, die wie Kinder im

Stand der Unschuld sind, gejagt werden. Ah, das könnte was sein. Die Lemuren werden doch auch Larven genannt. Ein anderes Wort für Larve ist Maske. Und während des Karnevals, in der Zeit der Masken oder auch der Larven, verschwand Cäcilia.« Prospero sah dem Freund an, dass es in ihm heftig arbeitete. Der Philologe zog die rechte Augenbraue hoch. »Glaubst du etwa, dass meine Schwester von einem Vampir entführt worden ist?«

»Vorerst glaube ich gar nichts. Ich überprüfe lediglich jede Spur, so absurd sie sich im Anfang auch darstellen mag. Und das Gleiche würde ich auch dir empfehlen. Alles führt zu etwas!«

»Und es existiert kein Zufall«, setzte der Philologe fort.

»Weil der Zufall Gottes Handeln ausschließt. Und wenn Gott nicht handelt, existiert er nicht«, führte Valenti den Gedanken weiter.

»Und da Gott existiert, kann es keinen Zufall geben!«, beendete Prospero die Argumentationskette.

Man konnte förmlich sehen, wie Leben in Velloni drang, neues, frisches Leben. Prospero atmete erleichtert auf. Sein Freund hatte die Bedeutung seines Auftrages begriffen. In der ganzen Verzweiflung und der Angst um seine Schwester konnte er endlich tätig werden auf seinem ureigensten Gebiet, denn niemand verstand sich besser auf die Geheimnisse der schriftlichen Überlieferungen als der Philologe. Die vertrauten Arbeitsweisen seines Gehirns drängten die ihn erstickenden Gefühle weg. Bei der Suche nach seiner Schwester waren endlich seine besonderen Fähigkeiten und Kenntnisse gefragt. Er war nicht länger der nutzlose Intellektuelle, der Bücherwurm, der weltfremde Narr, der, wenn es ernst wurde, nur allen im Wege stand. Es kam nun auch auf ihn an. Prospero sah den Ehrgeiz in Vellonis Augen blitzen. Darauf hatte er gesetzt. Er würde das beste Dossier über Vampire bekommen, das jemals ermittelt und zusammengestellt worden war.

»Unterhalte dich mit Wassilij. Er ist mit Vampiren in Kontakt gekommen«, riet Prospero dem Bibliothekar.

»Habe nur gesehen Dörfer, wo Vampir wüten!«, wehrte der Skopze ab.

»Ich bitte dich. Erzähl Velloni alles, was du darüber weißt. Lass nichts aus. Danach bist du frei und kannst gehen, wohin du willst.«

»Bolschoje spassibo«, antwortete Wassilij.

»Was so viel wie danke heißt«, erklärte Velloni. Prospero neigte sich zu seinem Freund und flüsterte ihm auf Lateinisch ins Ohr: »Finde außerdem heraus, was ein Skopze ist. Der da ist nämlich einer. Und was der Ausdruck ›das weiße Pferd reiten‹ bedeutet.«

Der Philologe bat den Wirt um Papier und Tinte und um einen ruhigen Ort, an dem er den Russen befragen konnte. Gioacchino führte ihn in sein Studiolo, in dem er für gewöhnlich seine Abrechnungen machte.

Prospero wandte sich nun Valenti zu, berichtete ihm von dem seltsamen Österreicher im Kerker und bat den Grafen, Erkundigungen über den Mann einzuziehen. Vielleicht ergäbe sich dabei auch eine Gelegenheit, den Gesandten des Kaisers unauffällig über die Gerüchte auszuhorchen, denen zufolge Vampire ihr Unwesen in den habsburgischen Landen trieben.

Der Hilfsauditor aß die Suppe auf, ließ sich zur Stärkung noch ein Glas Rotwein munden und wollte schon aufbrechen, als ihn Gioacchino aufhielt.

»Du kannst gehen, mein Sohn, aber Pepe nimmst du mit.«

»So gefährdet bin ich nicht. Aber ich sage dir Bescheid, wenn ich Schutz benötige.«

Zuerst zog es ihn nach Hause, um sich der Kleider des Gastwirtsohnes zu entledigen, denn in diesem Aufzug konnte er unmöglich dem Polizeipräfekten von San Angelo unter die Augen treten.

Auf dem Weg nach Trastevere würde er aber an der Via Giulia vorbeikommen. Er beschloss, Giovanni einen Besuch abzustatten. Vielleicht gab es bei den Fischern Neuigkeiten? Ohne es zu wissen, geschweige denn, es zu beabsichtigen, hatte Ganieri, als er ihn in den Kerker werfen ließ, ihm sogar einen Gefallen getan, denn er hatte ihn mit Informationen versorgt. Wenn er von den Fischern genauso viel erfahren würde, dann wüchse ihm langsam Boden unter den Füßen. Er konnte den Teufel zwar noch nicht sehen, aber er begann ihn zu spüren. Und das freute und beunruhigte ihn gleichermaßen, denn er wusste: Wenn er selbst Witterung aufnahm, dauerte es nie lange, bis er umgekehrt auch von dem alten Feind wahrgenommen wurde und in sein Visier geriet. Ein tödlicher Kampf stand kurz vor seinem Beginn, bei dem Jäger und Gejagter ständig wechseln würden. Wie hieß sein Feind? Luzifer? Beelzebub? Satan? Vampir? Wer stand ihm gegenüber?

Das Auge des Feindes, das konnte Prospero Lambertini fühlen, hatte sich bereits auf ihn gerichtet. Für einen Rückzug war es nun zu spät. Einer musste siegen und der andere verlieren.

23.

Graf Sylvio Valenti Gonzaga, der sein Priesterhabit noch nicht wieder angelegt hatte und immer noch wie ein Aristokrat gekleidet war, beschloss, keine Zeit zu verschwenden und dem Botschafter des Kaisers, Graf Berthold von Stamitz, gleich einen Besuch abzustatten. Ein Diener führte ihn in den Audienzsaal des Palastes, in dem der Gesandte der österreichischen Habsburger residierte. Fast gleichzeitig kam der alte Diplomat durch die Tür auf der gegenüberliegenden Seite. Valenti erstaunte die Eile nicht, denn einen Angehörigen seiner Familie ließ man nun mal nicht warten. Schließlich war eine Gonzaga die Stiefmutter des Kaisers Leopold gewesen.

»Ah, mein lieber Valenti, schön, dass Sie mich besuchen. Ich erinnere mich gut an Ihren Vater, mit dem ich zu mancher Jagd ausgeritten bin. Waren das schöne Zeiten! Die Gicht verdirbt mir den ganzen Spaß und nicht nur diesen. Glauben Sie mir, diese Krankheit bringt Sie dazu, lieber Ihre Erinnerungen als Ihre Knochen zu strapazieren. Aber womit kann ich dienen?«

»Exzellenz, es ist sehr freundlich von Ihnen, mich zu empfangen.«

Der Gesandte hob die Arme. »Ich bitte Sie …« Er ließ den Satz unvollendet, was eine indirekte Aufforderung beinhaltete, zur Sache zu kommen.

»Mein Vater hat mich beauftragt, einen Reit- und Fechtlehrer für meine Schwester Isabella zu suchen«, log Valenti unbekümmert. Stamitz schaute ihn überrascht an. Offensichtlich fragte sich der Gesandte, was er damit zu tun hatte.

»Wie ich höre, steht ein vortrefflicher in Mann Ihren Diensten«, fuhr Valenti fort.

Jetzt begriff Stamitz. »Ja, von Poelschau. Meine Frau hat ihn leider vollkommen okkupiert. Eifersüchtig, wie sie über ihr neues Spielzeug wacht, kann ich mir nicht vorstellen, dass sie Werbung für ihn gemacht hat. Sehen Sie einem alten Mann, der nur noch von Berichten und Gerüchten lebt, bitte die Neugier nach. Wie haben Sie von Poelschau erfahren?«

»Es gibt drei Dinge auf der Welt, die sich nicht verheimlichen lassen: Reichtum, Schönheit und Tüchtigkeit. Mag Ihre Gemahlin auch über Ihren trefflichen Diener schweigen, die Spatzen Roms pfeifen sein Loblied längst von allen Dächern.«

»Nun, wenn das so ist …« Dem österreichischen Grafen war nicht anzusehen, ob er Valenti seine Erklärung abgenommen hatte oder nicht.

»Fragen wir doch einfach die Gräfin selbst nach Poelschau«, schlug der Gesandte vor. Ohne eine Antwort abzuwarten, zog er an einer Kordel, die an einem dicken hellblauen Seidenband hing. Irgendwo im Palast schlug ein Glöckchen an, und gleich darauf stand ein Diener in einer Livree, die in den Farben der Habsburger gehalten war, im Saal. Der Gesandte ließ nach seiner Gemahlin schicken, damit sie den erfreulichen Besuch begrüßen könne. Dann holte er seine Tabakdose hervor, öffnete sie und hielt sie Valenti hin. »Eine kleine Erfrischung? Es ist erstklassiger Tobak. Befreit die Nase und belüftet das Hirn. Möchten Sie einmal probieren?« Valenti lehnte höflich ab. Stamitz sog durch jedes Nasenloch eine Prise ein. Eine Sekunde später brach er in eine ganze Kaskade von heftigen Niesanfällen aus, die seinen Köper durchrüttelten. Mit Tränen in den Augen lächelte er einen Moment lang glücklich wie ein Kind. Dann nahm Valenti das herannahende Rauschen eines Kleides wahr.

Die Gräfin Maria Konstanza von Stamitz, die jetzt den Saal betrat, war eine erblühte Frau um die vierzig, die noch immer einen Mann um Sinn und Verstand bringen konnte. Valenti hatte Mühe, sich nicht von dem Dekolletee der fast doppelt so alten Frau einfangen zu lassen. Er ertappte sich bei dem Gedanken, dass er nichts dagegen einzuwenden hätte, ihr Reitlehrer zu sein. Teufel eins, was für eine Frau, dachte er, während der alte Stamitz seiner Gemahlin erklärte, wer Valenti war und was ihn hergeführt hatte.

»Wirklich ein erfreulicher Besuch. Umso mehr tut es mir leid, dass ich Ihnen eine abschlägige Antwort erteilen muss: Wir können den guten Poelschau nicht entbehren.«

»Das muss ich natürlich akzeptieren, Gräfin.« Valenti verneigte sich artig. Sie bot ihm die rechte Hand zum Kuss. Er nahm sie lächelnd und beugte sich elegant vor. Während sein Mund, wie es die Etikette verlangte, kaum wahrnehmbar über dem Handrücken verharrte – nur Rohlinge und Parvenüs quetschten ihre feuchten Lippen auf die Haut der Dame –, umspielte seine Riechnerven der verführerische Duft eines Rosenwassers, dem aber noch eine andere Substanz beigemischt war. Dieser andere Duft irritierte ihn; er empfand ihn als erregend, vermochte ihn aber nicht zu deuten. Nichts Blumiges, eher etwas Animalisches. Er musste ihre Hand wieder freigeben, aber der Geruch ging ihm nicht aus dem Sinn. Nur eine Winzigkeit stärker wäre er abstoßend gewesen, so aber wirkte er aufregend.

Als er sich wieder aufrichtete, trafen sich ihre Blicke. Ihre blauen Augen nahmen einen grünen Schimmer an, und er meinte, darin einen Befehl zu entdecken und gleichzeitig ein Versprechen. Mit einem einzigen fordernden Blick hatte sie ihn gepackt. Ihm war, als hielte sie sein Geschlecht in der rechten Hand und drückte mit ihren grazilen Fingern stetig zu. Valenti schwindelte. Ein überwältigendes Verlangen erfüllte ihn, mit ihr zu schlafen, einmal, zweimal, dreimal, so oft es ging. Die Vorstellung, sich mit dieser Frau im Schmutz zu wälzen, raubte ihm den Atem. Fast schon aggressiv war diese Lust. Er wusste: Diese Frau würde ihn völlig enthemmen und über Grenzen jagen, von deren Existenz er heute noch nicht einmal zu träumen wagte.

Er schlug kurz die Augen nieder und setzte ein höfliches Lächeln auf. Sie kräuselte leicht die vollen Lippen. In ihren Augen blitzte Triumph auf. Sie hatte gewonnen. Er hatte sich erhitzen lassen. War es etwa möglich, die Lust kalt zu genießen? Mit kühler Berechnung brachte die Gräfin seine Gefühle zum Sieden. Was war diese Frau nur, fragte sich Valenti. Und ein zweiter, ein unheilvoller Gedanke gewann in ihm jetzt die Oberhand. Er verlangte Revanche.

Diesmal hatte sie gesiegt, weil sie ihn überrumpelt hatte, doch das nächste Mal wollte er es sein, der den Sieg davontrug. Der Höhepunkt der Lust war kurz, doch siegen würde, wer das Vorspiel anheizte und es gleichzeitig vollbrachte, keine eigene Schwäche zuzugeben. Sie hatte ihm den Fehdehandschuh hingeworfen, und er hatte ihn aufgehoben.

Valenti dankte dem Grafen Stamitz und natürlich auch der Gräfin, wenngleich er bedauerte, weitersuchen zu müssen, was den Reitlehrer für seine Schwester betraf. Der Gesandte hob bedauernd die Schultern. Die Gräfin legte ihre Hand in einer aufreizenden Geste voller Sinnlichkeit auf den Oberarm ihres Mannes.

»Berthold, ich glaube fast, der Graf überschätzt meine

Reitkünste und meint, dass ich keines Lehrers mehr bedarf. Es ist nicht böser Wille, sondern die schiere Not, dass ich Poelschau nicht abtreten kann. Erlaube, dass ich ihn von meiner Lauterkeit überzeuge.«

»Nur zu, wenn der junge Abate Zeit für einen Ausritt hat?«

»Der Herrgott hat ihm vielleicht die Frauen, aber sicher nicht das Reiten verboten«, stichelte sie zweideutig.

»Gewiss nicht«, antwortete Valenti nun kurz angebunden.

»Aber meine Liebe«, wandte der Graf ein, »das Reiten im Regen ist nicht jedermanns Sache. Man holt sich leicht den Tod.«

»Fürchten Sie den Regen, Graf?«, fragte sie, und ihre Augen blitzten so spöttisch, dass er sie am liebsten am Schopf gepackt hätte.

»Ich fürchte nichts, Gräfin«, antwortete Valenti sachlich.

»Brav – eine Antwort, wie sie nur ein Gonzaga geben kann«, kommentierte Stamitz, wobei Valenti nicht ausmachen konnte, ob es ernst oder ironisch gemeint war. Aber er wollte ohnehin nur noch weg, er hatte keine Lust mehr, weiter vorgeführt zu werden. Er kannte die Geschichten, die über junge Aristokratinnen kursierten, die sich von Reitlehrern und Stallburschen beschlafen ließen, während ihre zwar impotenten, aber immer noch geilen Männer zuschauten. So kam er sich vor. Als ob er zum Reitknecht degradiert werden sollte. Sie hatte ihn gedemütigt, sein Stolz verlangte Rache. Die Gräfin klatschte jetzt, offensichtlich zufrieden mit sich, wie ein kleines Mädchen in die Hände und rief erfreut aus: »Gut, morgen gegen 11 Uhr. Möge es regnen oder schneien oder die liebe Sonne scheinen.« Dann fügte sie an ihren Mann gewandt hinzu: »Ein Ausritt mit einem tugendhaften Priester, wie es der Graf ist, wird meiner armen Seele gut tun. Pax vobiscum – et cum spiritu tuo.«

»Die Gnade unseres Herren, Jesus Christus, wird mit Ihnen sein. Amen.« Valenti verneigte sich zum Abschied und ging.

Als wäre der Besuch nicht schon verwirrend genug gewesen, stieß er in der Tür auf David von Fünen, den er hier nicht erwartet hatte. Der Sohn des Rabbiners warf ihm einen kalten Blick zu, bevor er an ihm vorbei das Innere der Gesandtschaft betrat. Valenti sah dem Rivalen nach und beobachtete erstaunt, wie er den Dienern, die sich vor ihm verbeugten, kurz zunickte und dann weiterging, als sei er im Palast zu Hause. Deborahs Bräutigam schien sich hier bestens auszukennen.

24.

Auf dem Esstisch des Fischers Giovanni lag ein nasser, unansehnlicher Schleier, der voller Gras und Dreck und alles in allem von schmutzig grüner Farbe war. Der Schleier hatte sich mit einem künstlichen Haarkranz verheddert. Etwas glitzerte darin. Eine kleine Perle. Sie weckte Prospero Lambertinis Aufmerksamkeit.

»Wegen dem Ding hat Carlo das Zeug herausgezogen. Die muss ein Vermögen wert sein«, sagte Giovanni, der Prosperos Blick gefolgt war.

»Sieht ganz so aus. Wo hat er sie gefunden?«

»In Ponte. In der Nähe von Tordinona«

»Wann?«

»Vorgestern.«

»Warum hat er sie noch nicht verscherbelt?«

»Aus Angst. Er wollte keine Scherereien bekommen. Wer weiß, wem die gehört.«

Der Hilfsauditor verstand die Angst des Fischers. Eine so reiche Beute konnte nicht ohne Interessenten bleiben. Mit Sicherheit würde sich irgendjemand bei ihm melden, im schlimmsten Fall die Sbirren oder die Inquisition. Und wenn ein Verbrechen damit im Zusammenhang stand und man gerade einen Sündenbock brauchte, weil man sich an den wahren Täter nicht wagte oder keinen fand, aber einen Erfolg vorweisen musste, dann kam der einfältige Fischer gerade recht, um die bittere Suppe auszulöffeln. Prospero schaute sich enttäuscht den Haarkranz, die Perle und den Schleier an.

»Sonst nichts?«

Der Fischer verneinte.

»Mit Cäcilia kann das alles nichts zu tun haben. Wie wir wissen, war sie als Pulcinella verkleidet.«

Anderseits, dachte der Hilfsauditor weiter, wirft niemand einen goldenen Haarkranz und eine Perle solchen Wertes freiwillig weg.

»Wurde eine Ertrunkene gefunden, zu deren Kleidung diese Sachen gehören könnten?«

»Nicht dass ich wüsste.« Der Fischer zuckte die Achseln.

Vielleicht gehörten diese Accessoires einem anderen Mädchen, das auch vermisst wurde und von dessen Verschwinden sie nur nichts wussten? Aber außer Vellonis Schwester kannte er keines der vermissten Mädchen mit Namen – wenn Cäcilias Verschwinden überhaupt mit dem der anderen in Zusammenhang stand. Niemand würde sich um diese Verbrechen kümmern, gestand er sich die empörende Wahrheit ein, wenn nicht Velloni die Schwester verloren hätte.

Spigola hatte der Versuch, Erkundigungen über die anderen Opfer einzuziehen, das Leben gekostet. Obwohl der Mord an Spigola ihm zur Warnung dienen müsste, machte ihn diese Gewalttat entschlossener und grimmiger, weil sie seine Ehre und seinen Intellekt beleidigte. Er musste mehr über die anderen Mädchen in Erfahrung bringen. Es galt Übereinstimmungen zu suchen, um Muster festzustellen.

Höchste Zeit, mit dem Präfekten zu reden, beschloss Prospero. Doch zuvor wollte er noch versuchen, etwas über die Fundstücke herauszubekommen, auch wenn seine Hoffnung, dass sie eine Spur ergeben würden, gering war. Andererseits stellte die Perle in ihrer Goldeinfassung gewiss keine Dutzendware dar, der goldene Haarkranz dürfte einem armen Mann die Sorgen nehmen, und man konnte ja schließlich nie wissen, wohin einen diese Stücke führten.

Sie besaßen ohnehin kaum Hinweise, da konnten sie es sich nicht leisten, wählerisch zu sein. Prospero nahm den Fund an sich und versprach, dass Carlo eine ansehnliche Belohnung für seine Ehrlichkeit erhalten würde. Woher das Geld dafür kommen sollte, wusste er zwar noch nicht, aber das würde sich schon finden.

Er dankte dem Fischer und machte sich auf den Weg nach Hause, um sich für den Besuch bei dem Präfekten entsprechend zu kleiden. Unterwegs fiel ihm plötzlich ein, dass der Trödler Raphael delle Rose nicht weit von hier im jüdischen Ghetto sein Geschäft führte. Und wenn jemand etwas von Mode, Accessoires und Schmuck verstand, dann war es der jüdische Kaufmann, der an Sachverstand alle Modehändler Roms übertraf.

Er brauchte zum Glück nicht lange, bis er die Piazza delle Azimele erreicht hatte, denn es gab bei weitem Schöneres, als im Regen durch Rom zu laufen. Die Gassen und Straßen hatten sich in eine träge Masse aus Unrat und Dreck verwandelt. Inzwischen empfand Prospero sogar einen leichten Ekel vor sich selbst, weil er das Gefühl nicht loswurde, dass der Regen schon schmutzig vom Himmel fiel. Er sehnte sich nach einem warmen Bad.

Neben dem Bogen, der der Piazza den Namen gab, befand sich das düstere Alkovenhaus aus dem Mittelalter, in dem das Geschäft des Kleiderhändlers Raphael delle Rose Quartier gefunden hatte. Prospero erkannte es schon von weitem, auch wenn der Händler die bunten Stoffe, die sonst verlockend vor dem Eingang flatterten, wegen des Regens nicht herausgehängt hatte. Schnell stieg er die vier von dem Alkoven überdachten Stufen in den Laden hinab. Er musste daran denken, wie Deborah und er einmal in diesen Räumen eine jüdische Hochzeit nachgespielt hatten.

Das schönste Spiel seines Lebens, das nur Minuten gedauert und sich dennoch in sein Herz gebrannt hatte. Seufzend drängte er die Erinnerung weg. Es brachte nichts, sich damit zu quälen.

»Ah, unser Schlomele! Verzeihen Sie, Monsignore, ich muss ja jetzt Dottore sagen. Wieder eine Verkleidung gefällig?« Raphael, wie immer mit demselben schwarzen Kaftan bekleidet, begrüßte ihn freundlich.

»Wenn es unter uns bleibt, dann nennen Sie mich ruhig Schlomele«, erwiderte Prospero und warf den Kopfschmuck auf den Tresen. »Was können Sie mir dazu sagen?«

Der Händler beugte sich sogleich darüber und untersuchte die Stücke eingehend. »Diese Sachen sind einmal durch meine Hände gegangen. Sie stammen aus Florenz. Schauen Sie nur diesen Schleier an! Dieses wunderbar lichte Gewebe. Das können nur wenige. Gegen diesen Schleier sind viele andere grob und schwer wie Kerkerketten. Oh je, wie hat er gelitten, welche Barbaren!«

»Ja, er schwamm im Tiber.«

Der Jude schlug die Hände über den Kopf zusammen. »Sie hätten ihn vorher sehen müssen. Ein Stoff, den Schmetterlinge gewebt haben müssen, so leicht und luftig war er. Auf die Idee, das Wunderwerk in den Fluss zu werfen, können nur Christen gekommen sein.« Dann schluckte er und bat Prospero um Verzeihung.

»Reiche Christen«, ergänzte Prospero und überging damit einfach Raphaels Fauxpas.

»Der Kranz und die eingefasste Perle erinnern an Arbeiten von Cellini, die er für den Kardinal Bibiena, das heißt für eine seiner Mätressen, angefertigt hatte.«

Er prüfte wieder die Einfassung der Perle und den Kranz aus getriebenem Gold. »Kein Zweifel. Das ist die Arbeit seines Schülers Francesco.« Dann nahm er eine Lupe und prüfte die Innenseite des Kranzes. »Da, schauen Sie. FiB«

»FiB?«, fragte der Hilfsauditor

»Er war ein Teufel«, schmunzelte der Händler voller Bewunderung.

»Was meinen Sie damit?«

»Für besondere Anfertigungen verwandte Cellinis Schüler das sarkastische Signum FiB: Francesco il Bastardo. Francesco der Bastard. Man sagt, er sei der Sohn einer Magd und eines Kardinals gewesen. Na ja, hat ihm schließlich nichts genutzt. Ist verbrannt worden. Hier in Rom. Zusammen mit dem armen Pietro Carnesecchi.«

»Kennen Sie auch den Besitzer?«

»Ich habe diese Sachen aus dem Nachlass einer Kurtisane. Habe sie dem Giuseppe Romano verkauft. Was dann damit geworden ist, weiß ich allerdings nicht.«

Prospero bedankte sich bei Raphael und machte sich ungeachtet seines Aufzuges gleich auf den Weg zu Roms führendem Modisten. Giuseppe wollte gerade schließen, als er dessen Salon im Viccolo della Volpe pitschnass erreichte.

»Wie sehen Sie denn aus, Dottore?«, fragte der Modehändler, dem die Missbilligung deutlich anzusehen war. Ein Mann von Stand, ein Gelehrter, ein Untersuchungsrichter gar, durfte sich in der Kleiderfrage nicht einfach so gehen lassen. Prospero legte ohne Umschweife die Sachen auf Giuseppe Romanos Ladentheke.

»Kennen Sie das?«

Giuseppe riss die Augen auf. »Aber natürlich. Oh Gott, wie sehen die schönen Sachen denn aus! Den Schleier kann man wegwerfen«, jammerte er. Es war fast, als machte er Prospero für den erbarmungswürdigen Zustand der Stücke verantwortlich.

»Sagen Sie mir, was Sie wissen!«, herrschte Prospero den Modehändler ungeduldig an. Er spürte, dass die Spur langsam warm wurde. Endlich! Aus Giuseppe sprudelte es nur so heraus. Er berichtete davon, wie der Cavaliere von Fünen am Karnevalsmontag mit einem schönen Mädchen, das als Pulcinella verkleidet war, sein Geschäft betreten hatte. Prospero war überrascht, den Namen von Deborahs Bräutigam in diesem Zusammenhang zu hören. Der Modehändler verschwand in die hinteren Räume und kam kurz darauf mit dem Kostüm zurück. Auf von Fünens Bitte hin habe er das Mädchen wie eine Principessa gekleidet. »Und sie war auch eine Prinzessin. Jung und rein. Und schön! Eine Madonna, eine wahrhaftige Madonna. Niemand konnte sich ihrem Charme entziehen. Wissen Sie, diese verführerische Mischung aus Geheimnis und Unschuld.«

»Weiter, Giuseppe, weiter!« Prospero sah Cäcilia vor sich; das erste Mal hatte er in diesem deprimierenden Fall ein Bild vor Augen. Er konnte sich lebhaft vorstellen, wie sie fröhlich das Geschäft des Modehändlers betrat und sich wie in einem Märchen fühlte. Während Giuseppe Romano ihm Kleid und Ausstattung des Mädchens beschrieb, verfolgte er in seiner Fantasie die Verwandlung einer einfachen Notarstochter aus der Provinz in eine Königin. Wie von fern brandete Giuseppes Erklärung an sein Ohr, dass der Cavaliere eine stattliche Summe gezahlt habe. Wie passte Deborahs Bräutigam in dieses Bild?

»Wieso David von Fünen? Sind Sie sicher?«, hakte er bei Giuseppe Romano nach.

»Ja, aber ja«, bestätigte dieser eifrig.

»Woher kennen Sie ihn?«

»Er kauft seine Kleidung bei mir.«

»Besitzt er denn so viel Geld?«

»Nun, arm ist er nicht.«

Allerdings hatten sie in dieser Angelegenheit vereinbart, dass Giuseppe das Pulcinellenkostüm aufbewahren würde, und wenn das Mädchen zurückkäme, um das Kleid im Tausch mit dem Kostüm wieder abzugeben, würde der Signor von Fünen einen Teil des Geldes zurückerhalten.

»Sie kam aber nicht zurück.«

»Nein.«

»Und der Cavaliere?«

»Sagte mir, dass sie mit der teuren Garderobe durchgebrannt sei.«

»Hat Sie das nicht verwundert?«

»Verwundert? Ich habe an meiner Menschenkenntnis gezweifelt, Dottore. Ich habe das Mädchen nämlich für ehrbar gehalten. Nicht für eine solche, Sie wissen schon, was ich meine.«

»Sie haben sich nicht getäuscht. Sie ist ehrbar.«

Der Modehändler wies erschrocken auf die Fundstücke. »Ist ihr denn etwas Schlimmes widerfahren?«

»Wir wissen es nicht«, antwortete Prospero abwesend. Seine Gedanken überschlugen sich. Der Prager Rabbinersohn also. Wieso bändelte er kurz vor seiner Hochzeit mit einem wildfremden Mädchen, mit Cäcilia, an? Wer war dieser David von Fünen wirklich? Steckte er womöglich hinter Cäcilias Entführung?

Und dann traf ihn mit voller Wucht der Gedanke, dass Deborah vielleicht in Lebensgefahr schwebte.

25.

Sie waren gekommen, um sie abzuholen. Zwei kräftige Kerle, die in ihren Bewegungen an Paviane erinnerten, schleppten Cäcilia einen dunklen Gang entlang. Sie zwang sich trotz aller Angst, auf den Weg zu achten. Vielleicht gelang es ihr herausfinden, wo sie war. Obwohl die Wahrscheinlichkeit gering war, denn sie kannte sich in Rom nicht aus. Aber das spielte keine Rolle. Solange sie aufmerksam blieb, bestand Hoffnung, einen Weg zur Flucht zu finden. Sie durfte sich nur nicht von der Panik, die langsam die Wirbelsäule hochkrabbelte, die Sinne vernebeln lassen.

Am Ende des dunklen Ganges flackerte Licht und beschwor die unheimliche Vorstellung einer unterirdischen Schmiede in ihr herauf. Sie erreichten einen Saal, in dem Wasserdampf waberte und ihr die Sicht erschwerte. Wo war sie nur hingeraten? Existierte das alles wirklich oder verlor sie langsam, aber sicher den Verstand. *Ach Herr, du Sohn Davids, erbarme dich unser!* Sie wunderte sich, dass sie sich ausgerechnet jetzt an dieses alte Gebet erinnerte. Hoffte sie wirklich noch, dass der Cavaliere David von Fünen kommen und sie retten würde? Sie zwang sich zur Aufmerksamkeit und versuchte, ihre Gefühle zu unterdrücken. Die konnten ihr am allerwenigsten helfen.

Ihre Augen gewöhnten sich allmählich an die Umgebung. In der Mitte des Saales loderte ein Feuer in einer großen runden Esse. An den Längsseiten des Raumes befanden sich Kamine, in denen ebenfalls Feuer prasselten. Es erstaunte sie, dass sich nicht nur über den Kaminen, sondern auch über der Esse ein Rauchabzug befand. Die Feuerstellen erwärmten die roten Klinker des Fußbodens. Überall schienen Bronzekessel mit Wasser im Boden eingelassen zu sein. Diese waren die Quellen des Dampfes und des feuchtwarmen Klimas. Wie in des Teufels Rachen, dachte sie erschrocken.

Rechts und links an den Wänden erkannte sie Fresken, die von Reliefbändern eingefasst waren. Auf den Wandmalereien hielten sonderbare schwarze Wesen mit rotglühenden Augen Rat. Sie glichen Menschen, ähnelten aber gleichzeitig auch Fledermäusen. Das Bild zu Cäcilias Linken zeigte eine Frau, die sich ekstatisch aufbäumte. Obwohl sie halbnackt war, erinnerte sie Cäcilia an die heilige Theresa, die Gian Lorenzo Bernini erschaffen und die sie am Sonntag in der Kirche Santa Maria della Vittoria, keine zehn Minuten vom Quirinalpalast entfernt, gemeinsam mit ihrem Bruder betrachtet hatte. Er hatte ihr verraten, dass eine Vision der heiligen Theresa von Avila den göttlichen Bildhauer zu dieser Plastik inspiriert hatte. In der Vision der Heiligen stand ein heiterer Engel mit einem langen goldenen Pfeil in der Hand vor ihr, dessen Spitze aus Feuer war. Doch auf dem Wandgemälde näherte sich anstelle des Engels ein junger Mann mit Feueraugen der halbnackten Frau. Seine Blicke schienen die Frau zu durchbohren. In ihren Augen fand sich Schmerz, aber auch Lust. Diese Gleichzeitigkeit verstörte Cäcilia. Es bestand kein Zweifel daran, dass der Mann der Frau Leid zufügen wollte. Das Verwirrende war, dass die Frau auf dem Gemälde sich danach zu sehnen schien und sich ihrem Peiniger bereitwillig darbot. Wie hatte Cäcilias Bruder die heilige Theresa zitiert: *»Der Schmerz war so stark, dass ich klagend aufschrie. Doch zugleich empfand ich eine so unendliche Süße, dass ich dem Schmerz ewige Dauer wünschte.«*

Diese Worte hatten sich ihr eingeprägt, weil sie ihren

Sinn nicht verstanden hatte, dennoch aber von der Gewalt der Vision ergriffen worden war. Auch das Gemälde vor ihr strahlte eine Gewalt aus. Ja, reine Gewalt, nichts anderes war es, was der Maler auf diesem Bild festgehalten hatte. Was sie sah, war keine Kunst wie die Skulptur Berninis, sondern das Leben, ein fremdes, dunkles Dasein, von dem sie bisher nichts gewusst hatte und das sie auch lieber nicht kennenlernen wollte. Cäcilia erschauerte. Der junge, bleiche Mann war kein Engel, sondern der Teufel, und kein himmlisches, sondern ein rein körperliches Verlangen hielt die halbnackte Frau in seinem Bann. Schlagartig überfiel Cäcilia die Erkenntnis, dass sie sich in der Hölle befinden musste, im Erdinnenraum der Sünde. Sie rang um Fassung und betete:

Agnus Dei, qui tollis peccata mundi, miserere nobis.
Agnus Dei, qui tollis peccata mundi, dona nobis pacem.
Lamm Gottes, du trägst die Sünde der Welt, erbarme dich unser.
Lamm Gottes, du trägst die Sünde der Welt, gib uns deinen Frieden.

Und wenn es mein letzter Weg ist, oh Herr, lass mich nicht schwach werden. Amen.

26.

Prospero hatte sich von Giuseppe Romano neue Kleidung ausgeborgt, wie üblich schwarze Hose, weißes Hemd, dunkler Justacorps, Dreizack. Die Sorge trieb ihn zu Deborah. Möglicherweise lebte sie in unmittelbarer Nähe eines Verbrechers. Oder eines Vampirs? Das Schlimmste war, dass er die Gefahr nicht definieren konnte.

Beim Anblick des Palastes der Cenci, der dem Ghetto gegenüberlag, beschloss er trotz seiner Eile, dem Polizeipräfekten von San Angelo einen Besuch abzustatten. Er musste einfach mehr wissen.

Als Antwort auf sein Pochen vernahm er das heisere Bellen eines Hundes. Durch das wütende Gekläff drang eine bellende Stimme. »Kusch, Bambino.« Dann hörte er, wie der Riegel zurückgeschoben wurde, und eine Bohnenstange in der Uniform der Sbirren und mit nur etwa drei Haaren auf dem Kopf öffnete das Tor. Bemerkenswert an der faden Physiognomie waren ansonsten nur die extrem großen Nasenlöcher, ein einziger Steinbruch. Prosperos Blick fiel auf den gelblichen Hund, der ihm bis zu den Kniekehlen reichte und ihn mit gebleckten Zähnen anstarrte.

»Was wollen Sie?«, kläffte der Polizist.

»Ich bin der Auditor der Sancta Rota Romana, Dottore Prospero Lambertini, und ich verlange, unverzüglich den Polizeipräfekten des Rione San Angelo zu sprechen.« Ein wenig angemaßt, aber manchmal erforderte die Situation eben die Unterschlagung der kleinen Vorsilbe »Hilfs-«.

»Der ehrenwerte Signore Cavalcanti empfängt heute niemanden mehr.«

»Es eilt, ein Notfall.«

»Kommen Sie morgen wieder.«

Die Bohnenstange wollte die Tür schließen, doch Prospero hatte seinen Fuß bereits dazwischengestellt. Der Hund knurrte böse.

Prospero hasste diese Rolle, aber er wusste nur zu gut, dass man ihn auch morgen abweisen würde. Wenn er verhindern wollte, dass man künftig auf ihn herabsah, dann musste er jetzt seine Autorität durchsetzen. Viel zu viele Menschen ähnelten in ihrem Verhalten leider den Hunden. Bevor man mit ihnen vernünftig reden konnte, musste man ihnen zeigen, wer das Sagen hatte. Außerdem hatte er wirklich keine Zeit, um sie mit diesem Dummkopf zu vertrödeln.

»Wie heißt du!«, fragte er den Sbirren in herrischem Ton.

»Das geht…«

»Wie heißt du, Kerl?!«

»Stronzio.«

»Dann sperre deine verdreckten Lauscher auf, und hör mir gut zu, Stronzio. Wenn du mich nicht gleich zu deinem Herrn bringst, dann lass ich dir Nase und Ohren abschneiden. Hast du Kläffer mich verstanden?«

Stronzio schluckte. Man konnte dabei zusehen, wie Verunsicherung sich auf seinem dümmlichen Gesicht breitmachte.

»Die Ohren, weil du nicht auf deine Obrigkeit hörst, und die Nase, weil durch ihre großen Löcher offensichtlich der Teufel in dich gefahren ist!«

Der Hund jaulte kurz auf, wie passend, dachte Prospero, bevor Stronzio ihn in den Palast ließ und ihn schweigend die Treppe hinauf in den ersten Stock führte. Bambino folgte mit eingezogenem Schwanz.

Zwar nicht das Domizil eines Kardinals, aber für den

Präfekten eines Stadtbezirkes recht beachtlich, stellte Prospero anerkennend fest. Die Fresken stammten auch nicht von den großen Meistern Roms, aber immerhin von den Schülern ihrer Schüler. Als er die oberste Stufe nahm, umspielte sanft der Klang einer Laute sein Ohr. Das einsame Zupfinstrument schmachtete ein altes Liebeslied vor sich hin. Der Polizeipräfekt schien in sentimentaler Stimmung zu sein. Prospero schritt über den Steinfußboden auf eine große Flügeltür zu. Ein Diener, der davorstand, öffnete sie.

Vor ihm lag ein Salon, der von Kerzen erhellt wurde. Der Lautenspieler stand am Fenster und zupfte Schnulzen, wie man sie noch vor etwa zehn Jahren, als Prospero in die Ewige Stadt gekommen war, auf allen Plätzen und Straßen hatte hören können. An einem langgezogenen, rechteckigen Tisch saßen sich der Polizeipräfekt Cavalcanti und ein etwa fünfzehnjähriger Junge gegenüber. Cavalcanti war groß und schlank, seine ergraute Tolle keck in bubenhaftem Charme gescheitelt. Obwohl er in Figur und Haltung markant wirkte, widerlegten die schlaffe Gesichtshaut und die verschwommenen Hamsteraugen diesen Eindruck. Die plumpe Nase verdarb die längliche Eleganz der Gesichtskonturen. Der ihm gegenübersitzende Knabe – zwar noch jung an Jahren, aber vom Leben verdorben, vorzeitig gealtert – gaffte mit dem durchtriebenen Blick des Strichjungen Prospero an. Dass der Dreck, in dem man lebt, zuallererst im Antlitz Spuren hinterlässt, vor allem in den Augen, die etwas Unstetes, Verschlagenes bekamen, war ein Phänomen, dem Prospero nicht das erste Mal in seinem Leben begegnete. Cavalcanti durchbohrte mit wütenden Blicken den Eindringling.

»Wer sind Sie, sind Sie und was wollen Sie, wollen Sie?« Prospero stutzte, erinnerte sich aber sogleich daran, dass der Präfekt die Angewohnheit hatte, willkürlich Worte zu wiederholen.

»Wir haben zu reden, Signore. Sofort!«

»Haben Sie sich angemeldet, einen Termin bekommen …«

»Langweilen Sie mich nicht. Ich kann Sie auch vorladen lassen!«

»Mich? Vorladen lassen?« Cavalcanti fiel der Löffel in die Suppe. Spritzer befleckten das Tischtuch und das Hemd des Präfekten.

»Glauben Sie nicht, dass Ihr kleiner Freund dort, wenn ich ihn mit glühenden Eisen anpacke, mir schnell Ihre sodomitischen Neigungen bestätigen wird? Sie wissen so gut wie ich, dass man in keiner Stadt der Welt freier lebt als in Rom. Sie können bespringen, was oder wen Sie wollen, das interessiert niemanden – solange es nicht aktenkundig wird. Ich habe es sehr eilig. Also verschwenden Sie bitte nicht meine kostbare Zeit.«

Cavalcanti lief rot an vor Zorn. »Ich lasse dich in den Tiber werfen, Tiber werfen! Stronzio!«, presste er zwischen den Zähnen hindurch.

»Wie den Auditor Spigola etwa?« Prospero hatte keinerlei Rechtfertigung für diese Frage, aber der Bluff, auf den er intuitiv setzte, besaß einen gewissen provokativen Charme. Und Leute wie Cavalcanti, die glaubten, ihre Position gäbe ihnen das Recht zu allem, erzeugten in ihm nur eine ungeheure Wut. All die kleinen Bürokratenseelen, die sich hochgedient hatten, nach oben kuschten und nach unten traten und sich herausnahmen, was sie irgend konnten, widerten ihn an, umso mehr, als er inzwischen wusste, dass jedes System auf ihrer despotischen Mittelmäßigkeit beruhte.

Stronzio war auf den Ruf seines Herrn hin herbeigeeilt

und glotzte ihn groß an. Der Präfekt machte aber nur noch eine zornige Handbewegung, die dem Diener befahl, sich wieder zurückzuziehen. Cavalcanti kochte ganz offensichtlich vor Wut, versuchte sich aber zu beherrschen. Prospero sah ihm an, dass er sich den Kopf darüber zerbrach, wer dieser Mann vor ihm eigentlich war. Er wusste seine Stellung und seine Macht schlicht nicht einzuschätzen.

»Sodomie, Rechtsbeugung, Mord, Häresie«, zählte Prospero mit der kalten Präzision eines Anklägers auf, »die Liste ist beeindruckend! Finden Sie nicht, Signor Präfekt?« Schweiß perlte von Cavalcantis Stirn.

»Verschwinde«, fauchte er seinen Strichjungen an. Der stand erschrocken auf und trollte sich. Der Präfekt wies auf den frei gewordenen Platz. »Einen Wein? Rot oder weiß?«

»Ich sagte es schon, ich habe keine Zeit«, entgegnete Prospero kühl, nahm sich einen Stuhl von der Stirnseite des Tisches, stellte ihn in einigem Abstand hinter Cavalcanti auf und setzte sich. Das war zwar ausgesprochen kindisch, aber sehr wirkungsvoll. Von Caprara hatte er bereits bei ihrer ersten Begegnung gelernt, dass man sich niemals die Sitzposition zuweisen lassen durfte, sondern sie unter allen Umständen selbst aussuchen musste. Es ging dabei einzig um Macht.

»Wollen Sie mir auf den Haarschopf starren?«, brummte Cavalcanti ärgerlich. Da Prospero nur eisig schwieg, blieb dem Präfekten nichts anderes übrig, als sich mit seinem Stuhl umzudrehen. Er sah jetzt erschöpft aus.

Prospero beschloss, die Katze nicht gleich aus dem Sack zu lassen, sondern den Präfekten noch ein wenig hinzuhalten. »Weshalb war eigentlich der Herr von Poelschau im Stadtgefängnis?«, erkundigte er sich in beiläufigem Ton.

»Poelschau?« Cavalcanti schien ehrlich verwirrt.

»Ich weiß, dass er dort war, und ich weiß, dass Sie ihn herausgeholt haben.«

Cavalcantis Mimik entspannte sich. »Das meinen Sie. Es war nichts von Belang, Belang. Sie kennen doch die Leute. Irgendein Neider hat ihn verleumdet, verleumdet.«

»Womit denn?«, beharrte Prospero.

»Er soll Mädchen auf offener Straße unsittliche Anträge gemacht haben, gemacht haben.«

»Was für Anträge? Und was für Mädchen?«, fragte Prospero wie aus der Pistole geschossen.

»Mit derlei Angelegenheiten beschäftige ich mich nicht, mich nicht!«, brauste der Präfekt auf. »Kommen Sie zur Sache. Was wollen Sie von mir?«

»Sie wissen es.«

Der Präfekt riss entnervt die Augen auf. »*Was* weiß ich?«

»Der ehrenwerte Monsignore Spigola hat Ihnen doch gestern einen Besuch abgestattet.« Cavalcanti nickte.

»Ich habe die gleiche Frage, die er gestellt hat.«

»Der Kardinalvikar ...«

»... wird dir das Händchen halten, wenn du verbrannt wirst.«

Der Präfekt erbleichte. Prospero konnte hinter seiner schwitzenden Stirn förmlich die Gedanken rattern hören. War Ganieri etwa in Ungnade gefallen, vielleicht schon verhaftet, und er wusste nur noch nichts davon? So etwas konnte in Rom schnell gehen. Die Gunst des Papstes erwies sich hier nicht selten als allzu flüchtiges Gut.

Prospero dachte indes still bei sich, dass das doch ein wenig starker Tobak war, den er da aufbot. Was hatte Caprara gesagt: leise, geräuschlos ... Na ja, das kam wohl nicht so ganz hin, vielleicht war es sogar eher das Gegenteil, aber man erfuhr nichts, wenn man nicht gehörig auf den Busch klopfte. Er beschloss, noch etwas schärfer heranzugehen, und war selbst gespannt, wie weit er das Spiel würde treiben können.

»Also Dreckskerl, erzähl mir von den Mädchen.« Prospero mochte die Ausdrucksweise zwar nicht, aber wenn er nicht wollte, dass sein Bluff aufflog, dann musste er den Präfekten immer weiter demütigen, so dass dieser erst gar nicht auf die Idee käme, ihn zu fragen, wer er war und was ihn überhaupt zu diesem Verhör berechtigte. Denn in dem Augenblick, in dem er eingestehen müsste, dass er nur Hilfsauditor war, bräche seine ganze Drohkulisse zusammen, und er würde nichts mehr erfahren. Vielleicht würde er sogar das Schicksal Spigolas teilen, denn welchen Präfekten der Rioni der alte Auditor zuletzt besucht hatte, wusste Prospero nicht. Er spielte in mehrfacher Hinsicht ein riskantes Spiel. Noch schien es zu funktionieren. Der Polizeipräfekt rutschte wie ein Verdächtiger unsicher auf dem Stuhl hin und her. »Es tut mir aufrichtig leid, was dem alten Alfredo widerfahren ist, widerfahren ist. Er war der Beste, der Beste. Das hat er nicht …«

»Die Mädchen, Dreckskerl!«

Cavalcanti wand sich wie eine Schlange, wobei seine Finger vor seinem Körper flatterten, als wären sie Insektenschwärme.

»Gut, ich habe aber niemals offiziell darüber geredet, darüber geredet.«

Prospero spürte, dass der Präfekt ihn einlullen wollte. Er beschloss, den Druck zu erhöhen, und sprang deshalb zum Schein so zornig auf, dass der Stuhl scheppernd zu Boden fiel.

»Ich lass dich auf einen glühenden Sporn setzen, du verschwendest nur meine Zeit!« Er strebte auf die Flügeltür zu und hoffte inständig, dass seine Finte Wirkung zeigen und der Präfekt ihn zurückrufen würde. Jetzt würde sich entscheiden, ob er etwas erführe oder unverrichteter Dinge wieder abziehen müsste. Heilige Jungfrau Maria, es ist nicht fein, aber bitte verzeih mir die Sünde und hilf mir, Madonna mia, betete er stumm.

»Bitte, kommen Sie zurück«, kapitulierte der andere. Prospero atmete unhörbar auf. Nun wusste Cavalcanti, dass Prospero Lambertini das Verhörhandwerk beherrschte. In seinem Rücken vernahm Prospero Geräusche, die darauf schließen ließen, dass der Präfekt aufgestanden war und den umgestoßenen Stuhl wieder hinstellte.

»Bitte!«, wiederholte Cavalcanti. Jetzt hatte er den Präfekten genau dort, wo er ihn haben wollte. Er kehrte gnädig zurück, ließ sich erneut auf dem Stuhl nieder und sah den Präfekten kalt und emotionslos an.

»Wir haben die strikte Anweisung des Kardinalvikars …« Prospero deutete an, dass er aufstehen würde.

»Sieben!«, rief der Präfekt hastig.

»Sieben?«

»Sieben Mädchen im Alter zwischen fünfzehn und achtzehn, zwischen fünfzehn und achtzehn sind im letzten halben Jahr aus meinem Rione verschwunden, verschwunden.«

»Die Namen.«

»Stronzio!«, brüllte der Präfekt. Es war, als ob der Sbirre an der Tür gelauscht hatte, er war auf jeden Fall unverzüglich zur Stelle.

»Hol die Liste der Entführungen des Teufels.«

»Des Teufels?«, echote Prospero.

»Ja, weil nur ein Teufel es fertigbringt, diese Töchter am helllichten Tag, am helllichten Tag unter der Aufsicht ihrer

Väter zu rauben. Marcello ist ein kräftiger und gewitzter Tischler, gewitzter Tischler. Keiner im Viertel würde es wagen, mit ihm auch nur den geringsten Strauß anzufangen, Strauß anzufangen. Weg, seine Tochter, einfach so von der Rechten ihres Vaters entführt, entführt. Und Claudio, ein ehemaliger Landsknecht, Landsknecht, meinen Sie, dass seine Tochter auch nur einer ungestraft anstarren durfte, anstarren durfte mit auch nur einem Funken Lust im Augenwinkel? Verschwunden. Und dabei war auch sie mit ihrem Vater unterwegs, unterwegs.« Cavalcanti schüttelte mit übertriebener Fassungslosigkeit den Kopf. »Ich bin kein Schwein, Monsignore, kein Schwein, nur weil ich keine Familie gegründet habe. Ich fühle mit den Vätern, mit den Familien mit, die dieser Fluch getroffen hat, Fluch getroffen hat.«

»Haben Sie ermittelt?«

»Sie wissen doch, dass es verboten …« Prospero schnitt ihm mit einer Handbewegung das Wort ab.

»Nun gut, erst ja, dann wurde ich gerüffelt, und schließlich wurde Alfredo viehisch umgebracht, viehisch umgebracht. Uns allen zur Warnung! Damit wurde allen Präfekten und Untersuchungsrichtern vorgeführt, was demjenigen widerfährt, der Untersuchungen in dieser Causa anstellt. Was glauben Sie? Wenn die Verbrecher sogar einen Mann wie Spigola ermorden können, wer ist dann noch sicher vor ihnen, sicher vor ihnen. Darum ging es. Um nichts anderes. Vielleicht hat er etwas in Erfahrung gebracht, vielleicht auch nicht. Das ist nicht wichtig. Er hat begonnen, in diesem Fall zu ermitteln, zu ermitteln. Darin bestand seine Schuld, das allein genügte, genügte.«

Prospero steckte die Liste, die Stronzo gebracht hatte, ein. Er fühlte sich auf einmal sehr allein. Er hatte keine

Fragen mehr, oder doch, eine noch. »Wer hat Alfredo Arcimboldo Spigola getötet? Er hatte an dem fraglichen Tag nur die Präfekten der Rioni einen nach dem anderen befragt, niemanden sonst. Nur sie wussten demnach, dass er Nachforschungen anstellte. Wer also?«

»Kein Präfekt.«

»Sicher?«

»Wer kann sicher sein, sicher sein, wenn der Teufel die Karten mischt?«

Prospero erhob sich. »Ach, wann haben Sie eigentlich zuletzt mit dem Auditor gesprochen?«

»Wir haben zusammen zu Mittag gegessen, gegessen, bei Rospoli.« Auch der Präfekt war aufgestanden. Prospero wandte sich zum Gehen. Cavalcanti hatte zu seiner alten Selbstbeherrschung zurückgefunden und rief ihm hinterher: »Wer immer Sie auch sein mögen, Signor, passen Sie sehr gut auf sich auf, auf sich auf!«

Prospero fragte sich, ob das eine Warnung oder eine Drohung war.

27.

Er wollte gerade aus der Tür in den strömenden Regen hinaustreten, da drückte eine kompakte Gestalt ihn in den Hausflur zurück. Der Fremde triefte vor Nässe. Schnell bildete sich eine kleine Lache um seine Füße. Erst jetzt erkannte Valenti Gonzaga den Rabbiner Tranquillo Vitali Corcos, dessen Gesicht von einem breitkrempigen Hut verschattet wurde.

»Sie? Bei diesem Regen? Ist etwas passiert?«

»Ich muss dringend mit Ihnen reden.«

»Kommen Sie!« Der Graf ging voraus und führte den unerwarteten Besucher in seine Wohnung. Er wies seinen Diener an, eine heiße Milch mit Honig für den Gast zuzubereiten. Dem Rabbiner wurde der nasse Mantel abgenommen und ein Tuch gereicht, mit dem er sich Gesicht und Hände abtrocknen konnte. Dann gingen sie in die Bibliothek des Grafen. Während Corcos sich mithilfe der heißen Honigmilch aufwärmte, schaute er sich neugierig um, was Valenti nicht ohne Stolz beobachtete.

»Eine schöne Bibliothek. Wie ich sehe, sind Sie mit Philo von Alexandria vertraut – über ihn sollten wir uns mal unterhalten.«

»Sind Sie deswegen gekommen?«

»Nein, obwohl mir der Anlass mehr Freude bereitet hätte.«

Dann fiel der würdige Mann plötzlich ohne Vorwarnung vor ihm nieder und hob bittend die Arme. »Ich beschwöre Sie …«

»Was tun Sie da? Erheben Sie sich!«, fiel ihm der Graf fassungslos ins Wort und griff nach seinen Armen, um ihm aufzuhelfen. Doch der Rabbiner wehrte ab. »Nein, lassen Sie. Bitte hören Sie mich an!« Valenti verdrehte die Augen, nickte dann aber, so unangenehm es ihm auch war.

»Ich komme als Bittsteller in einer Ehrensache! Verzichten Sie auf das Duell mit meinem Schwiegersohn. Er bittet Sie um Entschuldigung. Wir, die Ältesten der jüdischen Gemeinden zu Rom, haben David von Fünen das Duell verboten. Und er muss sich daran halten. Erachten Sie ihn darob nicht als feige, und verzeihen Sie ihm. Ich bitte Sie als Vorsteher der Gemeinde, als Vater der Braut und als Ihr Freund, mein lieber Valenti. Ich habe wahrlich genug Leid gesehen, als dass es für viele Leben reichen würde. Machen Sie mich nicht zum Zeugen dieser Katastrophe, denn ich verliere einen Schwiegersohn oder einen Freund, wenn der unselige Zweikampf stattfinden würde. Sie sind ein mutiger Mann, seien Sie deshalb auch so mutig, auf die Genugtuung zu verzichten!«

Graf Sylvio Valenti Gonzaga war so überrascht wie gerührt. Gern hätte er darüber nachgedacht, weil er sich überrumpelt fühlte, doch es beschämte ihn, dass der weise Jude, zu dem er aufblickte, vor ihm kniete wie ein Bettler. Ihn drängte es, so schnell wie möglich diesen Zustand zu beenden.

»Ja, ja, ich verzichte ja schon auf die Satisfaktion, aber erheben Sie sich um Gottes willen. Erheben Sie sich, Verehrtester! Bestellen Sie dem Signor von Fünen, dass ich keinen Grund für den Waffengang sehe. Wenn er mir nicht Feigheit unterstellt, so will ich es umgekehrt auch nicht tun.« Valenti half dem Rabbiner beim Aufstehen, was dieser nun zufrieden geschehen ließ.

Plötzlich musste der junge Graf lachen. Er begriff, dass er ausgetrickst worden war. »Teufel eins! Prospero Lambertini und Sie, Sie sind ein unschlagbares Gespann. Nicht wahr? Ein Enkel aus dieser Zucht könnte den Lauf der Welt komplett ändern!« Er merkte, dass er mit dieser Bemerkung zu weit gegangen war. Nie würden Prospero und Deborah gemeinsame Kinder haben. Der Graf errötete vor Scham. »Verzeihung, Signor, Verzeihung. Ich hab mich hinreißen lassen.«

Der Rabbiner hob in unnachahmlicher Schicksalsergebenheit die geöffneten Hände in die Luft und legte die Stirn in Falten. »Nun ja, Gott hat so entschieden. Wie könnten wir zweifeln an der Weisheit des Höchsten?«

In die Kirche Santa Maria della Pace, genauer gesagt in die Chigi-Kapelle, kam der Graf immer, wenn er nicht mehr weiter wusste oder sich im heftigen Zwiespalt befand. Die Begegnung mit der Gräfin Stamitz ließ ihn nicht mehr los. Nicht vor der Frau fürchtete er sich, sondern vor sich selbst, vor dem heißen Blut der Gonzagas. Höchste Zeit also, Zwiesprache mit Gott zu halten.

Wenn man sich die Zeit nahm, nicht durch den Haupteingang, sondern durch den Kreuzgang die Kirche zu betreten, dann öffneten sich einem die Tore zu einer anderen, einer besseren Welt.

Er liebte diesen Gang, dem nichts Enges anhaftete, sondern der mit seiner Klarheit und zugleich Verspieltheit die Ungebundenheit des Geistes feierte. Der große Donato Bramante hatte den zweistöckigen Innenhof als einen Ort der Freiheit geschaffen. Pilaster, die an ionische Säulen erinnerten, verzierten die Pfeiler der Arkaden. Das Lichte und Luftige der Anlage zerstob wie mit einem Zauberstab die ganze Kleinlichkeit und die Beschwernisse der Welt. Nichts Schöneres existierte für Valenti, als von Bramantes

Kreuzgang aus die Sakristei zu betreten und von dort aus die Capella Chigi aufzusuchen.

Aber noch etwas anderes hatte hier sein Herz im Sturm erobert. Ein Fresco von Raffaels Hand, das die Sibyllen zeigte und die Engel, die den weisen Frauen die Prophezeiungen eingaben. In die Tiburtinische Sibylle hatte er sich regelrecht verliebt. Sie symbolisierte die Weisheit, den Intellekt. Einst hatte sie dem mächtigsten Mann der Welt, Kaiser Augustus, geweissagt, es werde ein Kind geboren werden, das mächtiger sein würde als er, nämlich Jesus Christus.

Rechts auf dem Fresko lehnte die prophetische Frau aus dem heutigen Tivoli beinah lässig an einem Bogen und blickte zu einer Tafel, die ihr ein Engel entgegenhielt. Auf der Tafel stand das Orakel verzeichnet. Er verehrte diese junge Frau von ganzem Herzen, weil sie nicht dem Genre entsprechend entrückt wirkte, sondern eine normale Römerin zu sein schien, mit streng hinter die Ohren gekämmten Haaren. Durch den harten Mittelscheitel kam das rundliche, fast ein wenig derbe Gesicht zur Geltung, die mandelförmigen Augen, aus denen Vorsicht und Skepsis sprachen. Das war es im Grunde, was ihn begeisterte, die Nüchternheit, die Zurückhaltung, die vom gesunden Menschenverstand ausging, das Irdische in Betrachtung des Überirdischen, wobei es sich nicht weihevoll unterwarf, sondern sich die Freiheit herausnahm, kritisch zu prüfen. Deshalb fragte er nun die Sibylle um Rat, ob er zu dem Ausritt mit der Gräfin gehen oder sich besser entschuldigen lassen sollte. Der Teufel hatte es höchstpersönlich darauf angelegt, ihn zu verführen, wie einst den heiligen Benedikt von Nursia im Gebirge. Dieser war dem Satan nur entkommen, indem er seinen sündigen Körper so lange in die Disteln geworfen hatte, bis der Schmerz die Lust ausgebrannt hatte.

Die Tiburtinische Sibylle schwieg. Es musste auch ohne Disteln gehen, entschied Valenti. Unmöglich für einen Gonzaga, nicht zu siegen, unmöglich, der Begegnung auszuweichen und feige die Verabredung abzusagen. Er wollte den Kampf gegen sich selbst wagen. Also kniete er vor dem Hauptaltar nieder, um vor dem Bild der Madonna zu beten, dass sie ihm die Kraft verliehe, das heiße Blut der Gonzagas zu bezwingen und der Verführung zu widerstehen wie der heilige Benedikt vor ihm. Der Legende nach hatte das von Carlo Maderno geschaffene Altarbild einmal geweint, als ein Stein nach ihm geworfen worden war. Es galt seitdem beim Volk als Wunder wirkend.

28.

Prospero schwirrte immer noch der Kopf von dem Tic des Präfekten, als er endlich an die Tür des Rabbiners klopfte. Deborah öffnete, und ihr Anblick zauberte ein erleichtertes Lächeln auf seine Lippen.

»Wenn du zu meinem Vater willst, muss ich dich leider enttäuschen. Er ist bei Valenti.«

Prospero schüttelte nur den nassen Kopf. Ein paar Tropfen fielen dabei auf ihr Gesicht, und sie wischte sie mit einer sanften Handbewegung weg.

»Na komm erstmal rein.« Sie führte ihn in das Wohnzimmer und bot ihm einen Platz an. Es tat so gut, bei Deborah zu sein. Am liebsten wäre er einfach nur schweigend sitzen geblieben, um sie anzuschauen und wie ein Hase mit offenen Augen zu träumen.

»Kann ich dir helfen?«

»Ja, ich meine, nein. Ich muss mit dem Signor von Fünen reden.«

»Was willst du von ihm?«, fragte sie scharf. Ihr Gesicht nahm einen distanzierten Ausdruck an. Er hatte sich auf verbotenes Terrain vorgewagt und musste nun besonders vorsichtig sein.

»Ich habe nur ein paar Fragen.«

»Was für Fragen?«

Er hatte nicht vor, mit der Frau, die er liebte, über ihren Bräutigam zu diskutieren. »Zu einem Fall«, wiegelte er ab, erreichte aber damit nur das Gegenteil. Zwei wache Augen, in die sich Misstrauen geschlichen hatte, fokussierten ihn. Er spürte, dass sich der Prager Rabbinersohn zwischen sie gedrängelt hatte und sie in einem Konflikt wohl seine Partei ergreifen würde. Diese Vorstellung schmerzte. Ach Deborah, was macht das Leben bloß aus uns?, dachte er traurig, während sie mit kalter Stimme weiterfragte: »In welchen Fall könnte David verwickelt sein, dass du ihn verhören musst?«

»Es geht um keine Verwicklung und auch um kein Verhör. Es handelt sich lediglich um eine Aussage. Keine große Sache. Ich erwarte ihn morgen um neun Uhr in der Cancelleria.«

»Willst du mir nicht sagen, worum es geht?«, bat sie. Ihre Stimme war wieder sanft, und sie wirkte jetzt sehr ernst. Er wusste, dass es ein Fehler wäre, ihr von den vermissten Mädchen zu erzählen, dennoch konnte er ihren Wunsch nicht ignorieren. Prospero hatte seinen kurzen Bericht kaum beendet, da schüttelte Deborah den Kopf. »Wie kommst du bloß auf den Gedanken, David in diesem Fall verhören zu wollen?«, fragte sie tadelnd, als wäre es in der Tat das Dümmste und Gemeinste, was man sich ausdenken könnte.

»Darüber kann ich mit dir nicht reden!«

»Du kannst oder du willst nicht?«

Vor allem wollte er diese Frage nicht beantworten. Ihr Gesicht nahm wieder diesen abweisenden Ausdruck an, der ihn provozierte, weil er deutlich machte, wie fern sie einander inzwischen waren. Wenn sie ihn mit diesem Blick anschaute, glaubte er eine Fremde vor sich zu haben. Sie schwiegen. Man hörte das Wickelkind drei Häuser weiter schreien. Beide lauschten sie dem Kindergeschrei, das schwächer wurde und bald in anderen Geräuschen unterging. Schließlich meinte sie nachdenklich: »Oder bist du etwa eifersüchtig?«

»Was hat das eine mit dem anderen zu tun?«, wehrte er ab.

»Vielleicht sogar alles?«

»Es ist doch ganz einfach. Er beantwortet meine Fragen, und das war's«, versuchte er das Thema zu beenden. Er war plötzlich unendlich müde. Mühlsteine drückten auf seine Lider.

Deborah lächelte ironisch. »Es ist nie einfach, wenn du Fragen hast. So gut kenne ich dich. Natürlich reizt Davids unabhängiges Wesen die Menschen. Das macht ihn zum idealen Opfer für Klatsch, Tratsch und Verleumdung. Einem stolzen Menschen traut man alles zu, nicht wahr? Stolz gilt doch bei euch Christen als Todsünde?«

Ihren Vorwurf empfand er als ungerecht. Sie verhielt sich jetzt genauso, wie man es den Frauen gern herabsetzend nachredete, dachte er ärgerlich. Weil ihr die Fakten nicht passten, wechselte sie einfach die Ebene und unterstellte ihm private Motive und persönliche Antipathien, um ihn ins Unrecht zu setzen.

Aber lag sie damit so falsch? Beurteilte er David von Fünen wirklich objektiv? Auf diese Frage fand er beim besten Willen keine Antwort, zumal er sich nicht belügen wollte. Die ganze Situation war völlig verfahren, und jeder weitere Satz würde die Sache nur noch verschlimmern. Deshalb ging er, statt zu antworten, zur Tür. »Wie gesagt, ich erwarte den Signor David von Fünen morgen um neun Uhr im Palazzo della Cancelleria. Wenn er nicht freiwillig kommt, lasse ich ihn von den Sbirren vorführen. Gute Nacht.«

Zu gern hätte er Deborah vor dem Mann gewarnt, der mit ihr unter einem Dach wohnte und den sie bald heiraten würde. Aber was konnte er ihm vorwerfen, außer dass er einem fremden Mädchen eine kostbare Garderobe spendiert hatte? Dass er selbst ein ungutes Bauchgefühl hatte und sich Sorgen um Deborah machte, war kein Argument.

Er wollte sich nicht vorwerfen lassen, dass er ihre Hochzeit hintertreiben wollte. Einsam schritt er durch die Nacht und durch den Regen. Vielleicht weinte ja der Himmel um die Mädchen, die geraubt worden waren, und um die, die das Scheusal noch rauben würde, und würde erst wieder die Schleusen schließen, wenn er, Prospero, den Unhold zur Strecke gebracht und dem Spuk ein Ende gesetzt hätte. Sein Herz hingegen weinte um seine Liebe. Was war das nur zwischen ihm und Deborah? Sie hatten sich doch einmal blind vertraut.

In seinem Zimmer angekommen verzichtete er darauf, eine Kerze anzuzünden. Er wollte sich nur ein paar Minuten aufs Bett setzen, um auszuruhen, bevor er sich ausziehen und waschen würde. Doch kaum berührte sein Gesäß die Bettdecke, da streckte er sich auch schon behaglich aus und fiel in einen tiefen, todesähnlichen Schlaf. Hätte er geträumt, dann gewiss von der Chiesa di San Rocco in dem Kaff, dessen Name ihm immer noch nicht wieder eingefallen war.

29.

Pünktlich um neun Uhr betrat David von Fünen, frech in strahlend gelben Beinkleidern und einem eleganten Rock von der gleichen Farbe, das Büro des Hilfsauditors. Sicher hatte er eine Kutsche benutzt, denn im Gegensatz zu Prospero, der sich von seiner Wohnung in Trastevere durch den strömenden Regen hierher gequält hatte, waren Hut und Kleidung des Rabbinersohns trocken. Wie aus dem Ei gepellt, dachte Prospero schlecht gelaunt.

»Kann ich Ihnen also doch helfen?«, fragte David herablassend.

»Schauen Sie sich die Fundstücke an, und sagen Sie mir, ob Sie die kennen.«

Von Fünen warf einen auffällig gelangweilten Blick auf den Haarkranz, den Schleier, die Perle. »Für diese Frage musste ich so früh aufstehen? Hätte das nicht noch Zeit gehabt? Nein, ich kenn die Sachen nicht.«

»Giuseppe Romano hat sie wiedererkannt und mir gesagt, dass Sie dafür bezahlt haben. Wer lügt?«

Die Augen des Prager Juden funkelten vor Zorn. »Nehmen Sie das zurück! Ich lüge nicht!«

Prosperos Gesicht zeigte keine Regung. Er war jetzt nur ein Untersuchungsrichter, der einen Verdächtigen vernahm. Deborah hatte mit all dem nichts zu tun, versuchte er sich einzubläuen.

»Wenn ich Sie recht verstehe, schlagen Sie eine Gegenüberstellung vor?«, fragte er ruhig. Er signalisierte damit seinem Gegenüber, dass er die Geduld für alle Spielchen der Welt aufbringen würde, weil er ihn ja doch im Netz hatte.

Davids Miene verriet wachsenden Unwillen. »Vielleicht

schläft meine Erinnerung ja noch. Ich kann mir das Zeug ja nochmal anschauen.«

Er trat an den Tisch heran und begutachtete die Gegenstände provozierend genau. »Wenn es das ist, wofür ich es halte, hat es mich eine hübsche Stange Geld gekostet. Ein Engelsgesicht mit verderbtem Herzen.«

»Das Engelsgesicht mit dem verderbten Herzen ist verschwunden.«

»Richtig. Mit der Ausstattung einer Prinzessin, die ich bezahlt habe.«

»Ich meine, sie wird vermisst.«

»Ja, auch von mir«, kommentierte David von Fünen böse und fügte einen Satz auf Hebräisch hinzu.

»Bitte?«, fragte Prospero und spürte, dass es ihm scheinbar gelungen war, Deborahs Bräutigam in die Ecke zu treiben, wenn er schon zu so billigen Mitteln griff.

»Die Sprache ›Ihres‹ Alten Testaments.« David lächelte und wiederholte die Stelle auf Griechisch.

Prospero blieb ungerührt. Der Rabbinersohn wollte ihn offensichtlich verärgern, doch er hatte die Rechnung ohne Prosperos Sprachkenntnisse gemacht. »Ich verstehe. *Der HERR hat's gegeben, der HERR hat's genommen.* Hiob, Kapitel 1, Vers 21. Glauben Sie wirklich, das Mädchen hätte die wertvolle Perle und den teuren Haarkranz einfach in den Tiber geworfen, wenn sie damit durchbrennen wollte?«

»Nein, das wäre nicht logisch. Was ist mit ihr?« Für den Bruchteil einer Sekunde wirkte David von Fünen überrascht.

Entweder weiß er wirklich nichts, oder er spielt die Komödie perfekt, dachte Prospero. »Das will ich ja gerade von Ihnen wissen.«

»Wieso von mir? Ich habe sie auf dem Corso getroffen und ins Teatro di Tor di Nona eingeladen. Vorher haben wir ihr Pulcinellenkostüm bei Giuseppe Romano gegen das einer Principessa eingetauscht.«

»Und dann?«

»Vergnügten wir uns im Theater.«

»Weiter!«

»Es gibt kein weiter. Als ich ihr noch ein Glas Champagner bringen wollte, war sie auf einmal verschwunden. Ich habe das ganze Theater nach ihr abgesucht. Nichts.«

»Das soll ich Ihnen glauben?«, fragte Prospero skeptisch.

»Es ist die Wahrheit.«

»Eben musste ich Ihnen noch eine Gegenüberstellung mit dem Modehändler androhen, bevor Sie mir mit der ›Wahrheit‹ kamen.« Prospero ließ ihn nicht aus den Augen, doch in von Fünens Gesicht regte sich nichts. Deborahs Bräutigam hatte seine Aura der Überlegenheit zurückgewonnen und schaute ihn wieder kalt an.

»Hören Sie, in einer Woche bin ich ein verheirateter Mann. Da redet man nicht allzu gern über seine allerletzten Junggesellenabenteuer. Das können Sie natürlich nicht verstehen. Wie auch?«

»Als Untersuchungsrichter geht es mich nichts an, wie Sie es mit der Ehrlichkeit und der Treue Ihrer Braut gegenüber halten.« Prospero musste sich zur Ruhe zwingen, als er das sagte, wo er doch am liebsten den Kerl, der Deborah so schamlos hinterging, geohrfeigt und aus Rom vertrieben hätte. Er durfte sich nicht verzetteln. Seine Aufgabe bestand einzig darin, Cäcilia wiederzufinden und einen abscheulichen Verbrecher zu fangen. Damit hatte er mehr als genug zu tun. Außerdem, solange er Deborah keine gemeinsame Zukunft bieten konnte, hatte er sich in allem, was ihr Leben, besonders aber ihre Heirat betraf, zurückzuhalten, auch wenn es seine ganze Selbstbeherrschung forderte.

»Wo ist Cäcilia?«

»Ich sagte doch schon, ich weiß es nicht. Wir haben uns im Theater aus den Augen verloren.«

»Welches Kostüm haben Sie eigentlich getragen?« Prospero wollte sich die Situation vorstellen können, und dazu musste er auch ihn sehen, so wie er Cäcilia vor Augen hatte. Sie hatten sicher ein schönes Paar abgegeben, so wie Deborah und von Fünen es am Tag ihrer Hochzeit tun würden. Was war das nur für ein Schmerz, der tief aus den Eingeweiden nach oben stach?

»Agrippa von Nettesheim«, antwortete der Rabbinersohn. Prospero machte sich Notizen. Er würde Velloni nach diesem Namen fragen, der ihm irgendetwas sagte, er wusste nur nicht was.

David von Fünen grinste jetzt wieder selbstsicher. »Ein sonderbarer Zufall.«

»Das Kostüm?«

»Ja, und dass sich unsere Wege kreuzten, meine und Cäcilias.«

»Nichts ist ein Zufall, das Kostüm nicht und nicht Ihr Zusammentreffen. Halten Sie sich zu meiner Verfügung, Signor von Fünen.«

»Stimmt, Ihre Religion redet Ihnen ein, dass wir alle schuldig geboren sind. Da kann es keinen Zufall geben, denn alles, was geschieht, ist das Werk schuldiger Menschen.«

»Ach Signor, so weit würde ich jetzt gar nicht gehen wollen. Ich habe hier nur über die individuelle Schuld zu befinden, der simplen Frage nachzugehen, ob Sie zum Verbrecher geworden sind. Das hat eigentlich nichts mit der Religion zu tun.«

»Meinen Sie, ich hätte es nötig, junge Mädchen zu entführen? Warum sollte ich das tun?«

»Ja, warum? Stolz? Eitelkeit? Sagen Sie's mir!«

David von Fünen erstarb das Lächeln auf dem schönen, hochmütigen Gesicht. Er stand auf. »Wenn Sie keine Fragen mehr an mich haben, darf ich mich zurückziehen.«

Er wandte sich zum Gehen, drehte sich aber noch einmal um und fügte mit spöttischer Verbeugung hinzu: »Ach ja, und wenn mir noch ein Detail einfällt, melde ich mich selbstverständlich bei Ihnen. Habe die Ehre!«

Er lächelte Prospero schief an und verließ das Arbeitszimmer, die Tür hinter sich zuschlagend. Prospero spürte, dass Deborahs Bräutigam ihm mehr verheimlicht als gesagt hatte. Ob er deshalb der Entführer war, blieb allerdings mehr als zweifelhaft. Aber wer kannte sich schon aus in den Abgründen der menschlichen Seele außer Gott und der Teufel natürlich? Vielleicht war auch das Gegenteil der Fall, und er behandelte ihn zu nachsichtig, weil er Deborahs Vorwurf fürchtete. Er wollte unter allen Umständen objektiv bleiben, doch ging das? Prospero dachte über Cäcilia und Fünen nach. Der junge Prager musste dem Mädchen gefallen und, als er sie vom ersten Modisten Roms so königlich ausstaffieren ließ, ihr Herz erobert haben. Im Teatro Tordinone verlor sich ihre Spur fürs Erste. Die Spur einer Königin. Er fühlte, was sie empfunden hatte, als ihr plötzlich die Welt zu Füßen lag. Welcher Schuft hatte es gewagt, sie da herauszureißen?

Prospero nahm sich die Liste vor, die er von Cavalcanti bekommen hatte. Vielleicht gelang es ihm, eine Topografie der Orte zu erstellen, an denen die Mädchen wohnten.

Auch wenn sie unvollständig war, da er nur die Namen der sieben Vermissten aus San Angelo hatte, ergab das mit etwas Glück einen Anhaltspunkt, ein Muster, das erste in dem Fall. Weitere würden folgen.

In seine Überlegungen platzte Valenti hinein, der inzwischen wieder die Kleidung eines Kurialen trug.

»Sehnsucht?«

»Und wie! Hast du was Neues?«

»Ich habe gestern Stamitz besucht unter dem Vorwand, einen Reitlehrer für meine Schwester zu suchen. Doch die Gräfin kann und will nicht auf Poelschau verzichten. Ich gehe nachher mit ihr reiten.«

»Mit der Gräfin?«

»Ja, dann erfahre ich mehr.«

Prospero schlug den Freund spöttisch auf die Schulter. »Meinst du, du hast die richtige Kleidung für einen Ausritt gewählt?«

»Die perfekte Kleidung«, antwortete Valenti mit hintersinnigem Lächeln. Der Graf war eigentlich schon aus der Tür, steckte aber noch einmal den Kopf herein. »Ach übrigens, Prosperino. Deborahs Bräutigam geht im Palazzo des österreichischen Gesandten ein und aus, als ob er dort zu Hause wäre. Seltsam für den Sohn eines Rabbiners, oder?«

Mit diesen Worten verschwand Valenti, und Prospero schlug zornig mit der Faust auf den Tisch. Diese Information kam ein paar Minuten zu spät. Das hätte er sich doch zu gern vom Signor von Fünen erklären lassen. Der Prager Jude wurde immer undurchsichtiger.

30.

Nachdem Prospero Lambertini so ausgiebig wie ergebnislos das Teatro Tordinone inspiziert hatte, begab er sich zu dem Vater des vermissten Mädchens, dessen Name als Erster auf der Liste stand.

Marcello, der Tischler, wohnte in der Via dei Funari im Schatten der Kirche von Santa Caterina, gegenüber vom Palazzo Caetani. Sich sorgfältig umschauend betrat Prospero Lambertini die im Souterrain liegende Werkstatt des Tischlers. Die Lehrlinge sägten Holz und schnitten Leisten zu, während die Gesellen Särge zusammensetzten. Es war Prospero, als könnte er das helle Lachen eines Mädchens hören, das den Gesellen Wasser in einem Tonkrug brachte. Aber die Vorstellung verflüchtigte sich schnell, und zurück blieben nur die gleichförmigen Arbeitsgeräusche der Männer und Jünglinge. Der Hilfsauditor fragte einen backenbärtigen Gesellen mit schwarzen Telleraugen und struppigem Haar, das bis in den Nacken hinabtanzte und sich dort kringelte, wo sein Meister wäre.

»Bei seiner Tochter«, seufzte der Backenbärtige.

»Wie? Was? Ist seine Tochter zurück?«, rief Prospero erstaunt aus.

»Ich sagte nicht, dass sie bei ihm ist, sondern dass er bei ihr ist, zumindest sein Geist. Wenn sie aber seinen Körper suchen, Monsignore, dann finden Sie ihn dort in der Ecke.« Der Geselle wandte sich wieder seinem Sarg zu und nuschelte etwas in seinen Bart, das ungefähr wie: »Was für ein Jammer« klang. »Wenn das so weitergeht, wird das hier sein Sarg«, fügte er bitter hinzu und blickte auf den Holzkasten, den er gerade zusammensetzte. Ohne zu antworten schritt

Prospero in Richtung der finstersten Ecke der Werkstatt. Er fühlte, wie sich zwei glühende Augen auf ihn richteten.

»Schickt Sie Gott, mich alten Sünder zu holen?«, drang eine brüchige Männerstimme aus der Dunkelheit.

Das musste der Tischler sein. »Nein, Marcello, es ist noch nicht so weit«, antwortete Prospero. Seine Augen gewöhnten sich allmählich an die Lichtverhältnisse in dem düsteren Winkel. Auf dem Boden saß ein weißbärtiger Mann mit grauen Haaren, die wild und wirr von seinem Kopf hingen. Der in sich zusammengesunkene Körper bot ein Bild des Jammers. Prospero konnte den Fusel riechen, mit dem sich der Tischler zu betäuben suchte.

»Wie? Ist es etwa nicht Zeit? Habe ich nicht genug gelitten? Was will Gott noch von mir?«

»Es steht geschrieben: *Umgürte wie ein Mann deine Hüften!*

Und ich werde dich fragen, du aber: Antworte mir.« Prospero setzte sich zu ihm auf dem Boden. »Ich arbeite für die Rota. Meine Name ist Prospero Lambertini, und ich will deine Tochter finden.«

»Ist sie denn nicht weggelaufen?«, lachte der Alte bitter auf.

»Wer sagt das?«

»Der Präfekt. Sie ist weggelaufen. ›Wie eine läufige Hündin‹, hat er mir ins Gesicht gesagt! Da könne er nichts machen. Wenn er auch noch die Herumtreiberinnen suchen müsste … Wie eine läufige Hündin!« Der Tischler geriet immer heftiger in Zorn.

»Ruhig, ruhig, Marcello. Deine Tochter ist nicht läufig. Sie ist eine gute Tochter!«

»Warum verhöhnt er dann einen armen Mann, den er doch eigentlich zu schützen hätte?«

Weil, beantwortete Prospero still die Frage, Cavalcanti sich weder für Mütter noch für Väter und auch nicht für Familien interessierte, sondern sich mit einer groben Beleidigung dem Verlangen der Eltern entziehen wollte, nach ihren Kindern zu suchen. Laut aber antwortete er: »Finden wir erst deine Tochter. Um Cavalcanti kümmern wir uns später.«

Der Tischler warf ihm einen skeptischen Blick zu. »Sie wollen also tatsächlich nach ihr suchen?«

»Sonst wäre ich nicht hier. Aber zuerst einmal, wie heißt deine Tochter?«

»Francesca. Francesca heißt sie.«

»Ab heute sucht die Rota nach Francesca, guter Mann!«

»Wehe, wenn Sie sich über mich lustig machen!«

»Nein, gewiss nicht. Wir sind alle Kinder Gottes und haben ein Anrecht auf Gerechtigkeit. Und dieses göttliche Anrecht darf uns kein Mensch vorenthalten. Aber du musst mir helfen.«

»Wie?« Der Körper des Alten straffte sich. »Verfügen Sie über mich! Über meine Werkstatt. Über …«

»Erzähle mir einfach von dem Tag, an dem Francesca entführt worden ist. Lass nichts aus, die kleinste Nebensächlichkeit kann hilfreich sein.«

»Dieser verfluchte Tag geht mir nicht mehr aus dem Sinn! Immer wieder frage ich mich, welchen Fehler ich begangen habe.«

»Keinen, mein guter Marcello. Seit wann vermisst du deine Tochter?«

»Es liegt jetzt eine Woche zurück. An jenem Morgen bat mich ein Diener des Grafen Stamitz in die Via Giulia.«

»In den Palast der Gesandschaft?«

»Ja. Ich sollte Regale und Möbel für das Studiolo der

Gräfin bauen. Francesca begleitete mich. Sie hatte doch noch keinen Palast von innen gesehen. Also nahm ich sie mit. Der Auftrag selbst war ein großes Glück. Gut bezahlte Arbeit für ein Jahr. Mir sprang vor Freude das Herz im Leib, als wir uns auf den Rückweg machten, Monsignore. Na ja. Wir waren keine zweihundert Meter gegangen, als in einer Straßenwirtschaft auf der rechten Seite eine heftige Prügelei begann.«

»Weiter«

»Irgendetwas schlug derb an meinen Kopf.«

»Und dann?«

»Wurde es schwarz vor meinen Augen. Als ich wieder zu mir kam, war sie weg. Ich wollte sie suchen, Leute befragen, wurde aber nur in die Wirtshausschlägerei verwickelt.«

»Zweihundert Meter vom Palast der Gesandschaft, sagst du?«

»Ja.«

Prosperos Gehirn arbeitete fieberhaft. Der Entführer hätte das Mädchen nicht mitten auf der Straße gegen ihren Willen mit sich schleifen können. Das wäre aufgefallen.

»Hast du eine Kutsche gesehen oder gehört?«

»Nein.«

»Kurz vor der Prügelei vielleicht?« Der Tischler schüttelte den Kopf. Er schien sich sicher zu sein. Prospero beschloss, sich den Ort anzusehen.

Wie hatte der Entführer es bloß geschafft, das Mädchen, das sich gewehrt haben dürfte, von der Straße zu bekommen, ohne Aufsehen zu erregen? Die Schlägerei stellte natürlich eine wirkungsvolle Ablenkung dar. Insofern empfahl es sich, daran zu zweifeln, dass sie zufällig ausgebrochen war. Der Hilfsauditor bat den Tischler, genau darüber nachzudenken, ob ihm jemand bekannt vorgekommen war, ein Passant auf der Straße, einer von denen, die sich in der Wirtschaft prügelten, ob er ein Gesicht, auch wenn er es nicht kannte, kurz zuvor schon gesehen hatte. Marcello dachte eine Weile nach, dann verneinte er bedauernd.

Auf der einen Seite musste er weitere Befragungen vornehmen, auf der anderen Seite trieb es Prospero zum Tatort. Und niemand da, der helfen könnte. Dabei verfügte der Kirchenstaat wahrlich nicht über zu wenig Staatsdiener. Er beschloss, aus der Not eine Tugend zu machen. Wenn schon nicht die Behörden ihren Aufgaben nachgingen, würden sicher die Betroffenen selbst helfen. Prospero bat Marcello, sich drei Namen von den anderen sechs auf der Liste einzuprägen und sie in seinem Auftrag nach Ort sowie Art und Weise des Verschwindens ihrer Töchter und nach bekannten oder schon einmal kurz zuvor gesehenen Gesichtern zu befragen. Außerdem sollte er in Erfahrung bringen, ob jemand noch andere Opfer kannte. Sie mussten so viele Details wie möglich zusammentragen.

»Sei vorsichtig, Marcello, wir haben es mit einem sehr gefährlichen Gegner zu tun.«

»Was kann er mir denn noch anhaben?«, erwiderte der Tischler seufzend. »Das Leben hat er mir doch schon genommen!«

Wenig später befand sich Prospero auf der Via Giulia. Den Palast des Gesandten des Kaisers hatte er bereits hinter sich gelassen. Auf der rechten Seite entdeckte er die erwähnte Gastwirtschaft. Zwei Pfähle ragten einige Schritte vor dem Haus noch in den Himmel, wenngleich der schwarze Stoff, der zwischen der Häuserwand und den Pfählen befestigt als eine Art Dach diente, in den Straßenkot eingesunken war. Irgendwann war das Wasser, das sich in dem schäbigen Baldachin gesammelt hatte, zu schwer geworden und die Schlaufen waren gerissen. Es schien den Wirt nicht zu interessieren. Bei dem Regen saß ohnehin niemand draußen. Er folgte einer kleinen sich windenden Treppe hinauf zur Gastwirtschaft. Die Tür stand offen. Eine üble Spelunke. Dreckig und stinkend. Über der Tür befand sich ein Fenster. Selbst wenn die Sonne geschienen hätte, wäre durch den Schmutz, der auf der Scheibe klebte, nur wenig Licht in den Raum gedrungen. An einem groben Tisch saßen zwei Gestalten, die offensichtlich zum Inventar gehörten, und spielten Morra. Auf ihrem Tisch stand ein Öllämpchen.

Ein schmächtiger Wirt kam Prospero entgegen und beäugte ihn misstrauisch. Der Mann konnte sich an die Schlägerei erinnern, obwohl eine solche Wirtshausrauferei nichts Besonderes darstellte. Handgemenge brachen hier ziemlich regelmäßig aus. Aber an diesem Tag war es anders gewesen. Zwei Streithähne hatten sich unter die Gäste gemischt, die unter dem Baldachin vor der Wirtschaft saßen, und hatten die anderen in ihren Streit hineingezogen. Schließlich prügelten sich alle. Als die Rauferei nach einer Stunde endete, wusste niemand, worum es eigentlich gegangen war. Die Streithähne indes konnte man nicht mehr fragen, denn die hatten sich längst aus dem Staub gemacht.

»Kannst du die beiden beschreiben, ist dir etwas aufgefallen? Denk gut nach!«

Der Wirt legte die Stirn in Falten und kratzte sich mit den Fingern der rechten Hand angestrengt am Hinterkopf. »Nee. Eigentlich nicht. Wie sollen die schon ausgesehen haben? Kräftig. Wie Knechte, die einen spendablen Herrn haben. Denn sie standen gut im Futter und trugen saubere Kleidung.«

Sie hatten es demnach nicht mit einem, sondern mit mehreren Entführern zu tun, die ihr Verbrechen gut geplant hatten. Wie ein Blitz durchfuhr Prospero ein Gedanke. »War auch ein Cavaliere dabei? Schlank, schwarzhaarig, mit blauen Augen?«

Die Frage amüsierte den Wirt offensichtlich, denn ein breites Grinsen überzog sein stoppliges Gesicht. »Ein Cavaliere? Nee, ganz bestimmt nicht.«

Der Ablauf stand jetzt klar und deutlich vor Prosperos Augen. Zumindest in groben Zügen. Die Entführer provozierten eine Wirtshausschlägerei, um Verwirrung zu stiften, dann schlugen sie den Tischler nieder und verschleppten dessen Tochter. So weit, so gut. Wenn man eine Kutsche ausschloss, dann stellte sich die Frage, wie sie das Mädchen unbemerkt von hier fortgeschafft hatten. Prospero warf dem Wirt eine Münze zu, die der behänd auffing, bevor er sich zum Dank verbeugte.

»Wenn man jemanden von hier unbemerkt und schnell wegschaffen will, ohne eine Verfolgung befürchten zu müssen, wie ließe sich das bewerkstelligen?«

»Mit der Kutsche!«

»Ohne Kutsche.«

»Dann mit dem Boot! Ist vielleicht sogar noch besser. Wenn sie aus der Wirtschaft kommen, ist gleich links ein Durchgang zum Fluss.«

»Besten Dank, Freund!« Prospero lächelte. Dass er da nicht gleich drauf gekommen war. Natürlich. Die Mauer der Via Giulia zum Tiber hin besaß dutzende Tore, durch die Händler und Fischer vom Fluss aus die Straße erreichen konnten. Sie hatten Marcello niedergeschlagen und seine Tochter dann zum Tiber gezerrt und mit dem Boot fortgeschafft.

Prospero lief die Treppen hinunter, wandte sich nach links und stand vor dem Durchgang. Er schritt durch den Bogen, sah sich aber gezwungen, weitere Nachforschungen einzustellen, denn der Tiber war durch den ständigen Regen bereits so weit angeschwollen, dass er an manchen Stellen über die Ufer getreten war. An dieser Stelle neben dem Wirtshaus reichte das Wasser schon bis zum Durchgang. Der Hilfsauditor sah nur noch schmutziges Graugelb, in dem wie in Aquarellen gezeichnet die Silhouetten von Häusern und Kirchen flirrten.

Mit dem Blick auf den Tiber, der inzwischen schon wie ein kleines Meer wirkte, kam ihm ein Gedanke. Lag das Teatro Tordinone, von wo Cäcilia spurlos verschwunden war, nicht auch unmittelbar am Fluss?

31.

Wenn er eine Femme fatale erwartet hatte – die in einen weiblichen Körper gefahrene leibhaftige Verruchtheit –, dann befand er sich eindeutig auf dem Holzweg. Die Gräfin kam kichernd und glucksend wie ein Backfisch die Treppe heruntergesprungen. Sie trug ein Kleid aus braunem Leder und ein halblanges Cape über den Schultern, dazu einen schwarzen Hut mit Fasanenfeder, der schräg auf dem Kopf saß. Wie ein Mädchen bei ihrem ersten Rendezvous, schoss es ihm durch den Kopf.

»Ah, Valenti. Ich darf Sie doch so nennen?« Sie stand vor ihm und hielt ihm die Hand hin.

»Aber natürlich.« Er hauchte einen formvollendeten Kuss auf ihren Handrücken.

»Sie scheuen das Wetter nicht. Ein echter Mann, wenngleich in Priesterkleidern.«

Hörte er da eine frivole Spitze oder leises Bedauern heraus? Als hätte sie gar nichts gesagt, lächelte sie ihn jetzt vollkommen unschuldig an. Nein, er konnte beim besten Willen keine Zweideutigkeit entdecken.

»Man muss ein echter Mann sein, wenn man Priester sein will«, hielt er ernst gegen. Sie schlug sittsam die Augen nieder. »Wohl gesprochen. Wissen Sie, ich habe noch das Vergnügen gehabt, Fra Marco d'Aviano persönlich kennenzulernen.«

»Den berühmten Karmeliter-Prediger?«

»Ja. Seine Reden, Wort für Wort, und die Truppen des Kaisers, Bataillon für Bataillon, haben die Türken vor Wien vertrieben.«

»Er war sicher ein beeindruckender Mann.«

»Oh ja«, schmunzelte die Gräfin. »Wissen Sie was? Sie erinnern mich an ihn.«

Erschrocken fuhr sich Valenti mit der rechten Hand durch seine dichten Haare, als wollte er prüfen, ob sie ihm plötzlich ausgefallen waren, und schaute sie fragend an. Reines Vergnügen, das er zunächst für Spott hielt, explodierte in ihren Augen. Ihr Lachen klang hell und ansteckend im ganzen Vestibül wieder. Sie berührte, immer noch um Fassung ringend und mit Tränen der Heiterkeit in den Augen, entschuldigend seinen rechten Unterarm. »Nein, nein, mon cher, nicht vom Aussehen. Der Mann hatte einen finsteren Vollbart und eine unübersehbare Glatze und kleine Mäuseaugen. Schön war er wahrlich nicht. Das Gegenteil von Ihnen. Nein, Graf, Sie ähneln ihm in anderer Hinsicht. Sie haben das gleiche Feuer in den Augen wie er!«

Wieder hatte sie ihn an der Nase herumgeführt. Seine Ohren begannen zu glühen, doch der dichte Haarschopf verbarg Gott sei Dank ihre Röte.

Sie traten scherzend in den Innenhof. Dort wartete bereits Ignaz von Poelschau mit drei aufgezäumten Pferden, eines davon mit einem Damensattel. Valenti bemerkte, dass ihn der Reitlehrer kühl musterte. Wie einen Rivalen – da kann der Ausritt nur vergnüglich werden, dachte er ironisch. Doch die Gräfin hegte andere Vorstellungen. Sie wandte sich liebenswürdig an ihren Bediensteten. »Mein lieber, guter Poelschau, ruhen Sie sich heute einmal aus. Sie haben es sich wahrlich verdient.« Valenti registrierte das Fünkchen Spott, das kurz in ihrem Blick aufloderte. »Der Graf und ich reiten allein aus«, fügte sie sachlich hinzu. Valenti hatte das Gefühl, dass in ihrer Stimme eine kleine Boshaftigkeit mitschwang, ein Vergnügen, den anderen zu piesacken. Offensichtlich wusste sie nur zu gut, wo sie die kleinen Spitzen anzusetzen hatte, denn die Augen des Reitlehrers verengten sich, und sein Blick wurde starr. Doch bevor Poelschau etwas erwidern konnte, beugte sie sich zu ihm vor und tätschelte ihm die Wange, wie man einem Pferd begütigend den Hals klopfte: »Keine Sorge, mein guter, lieber Ignaz. Ich reite mit einem Priester. Was soll mir schon passieren? Gott ist mit uns.«

Valenti rechnete fast damit, dass der Reitlehrer zum Dank für die Streicheleinheit wiehern würde. Dann fragte er sich erneut, ob die Anspielung auf Gott ernst gemeint oder ein Scherz war. Aber mit Gott spaßte man nicht. »Der Herr ist mit jedem Menschen, Gräfin«, belehrte er sie.

»Natürlich, mon cher. Ein aufregendes Leben, mit jedem zu sein, finden sie nicht? Nur Gott kann das verkraften.« Mit diesen Worten ließ sie sich von dem Reitlehrer in den Sattel heben und gab ihrer Stute die Sporen. Hinter ihr spritzte nur noch der Schmutz in die Höhe. Valenti sprang aufs Pferd und gab seinem Rappen die Sporen. Er hatte den Eindruck, als bestünde zwischen der Gräfin und ihrem Reitlehrer eine etwas zu große Vertraulichkeit. Es konnte nicht schaden, auf der Hut zu bleiben. Das scharfe Tempo zwang ihn, sich zu konzentrieren. Sie jagte dahin, als trüge sie den Teufel im Leib. Wozu brauchte diese Frau eigentlich noch einen Reitlehrer?

Zuerst ging es im Galopp die Via Giulia hinunter. Die wenigen Menschen, die trotz des Regens unterwegs waren, mussten zur Seite springen und wurden dennoch vom Dreck, den die Pferdehufe aufwarfen, getroffen. Angesichts der hochadeligen Dame schluckten die Beschmutzten die Flüche lieber hinunter.

Valenti gewann Gefallen an dem Galopp. An dem Regen.

An dem Tempo! Was für ein Weib! Teufel auch! Wieder forderte sie ihn heraus.

Inzwischen jagten sie bereits über die wunderbar gebogene Tiberbrücke, die nach Papst Sixtus IV. Ponte Sisto getauft worden war, hinüber nach Trastevere. Das Donnern der Hufe auf dem Brückenpflaster hatte etwas Unheilvolles, Schicksalhaftes. Wo wollte sie nur mit ihm hin? Er kannte immer noch nicht das Ziel ihres Ausrittes. Der gestreckte Galopp hinderte ihn allerdings daran, sie zu fragen. Er versuchte, sie einzuholen. Doch erst hielt sie sich rechts, dann wieder links. Endlich zog er mit ihr gleich.

»Wo reiten wir hin?«, brüllte er aus Leibeskräften. Sie schaute ihn fragend an. Im gleichen Moment blies ihr eine Böe den Hut vom Kopf, und ihr Haar flatterte befreit im Wind.

»Wohin?«, rief er wieder.

Sie antwortete ihm, doch er verstand sie nicht, hörte nur aus dem prasselnden Regen und dem Wind etwas heraus, das so klang wie: »Wie Ina«. Er schüttelte den Kopf. Kurz sah sie nach vorn, wandte sich ihm aber sofort wieder zu. Ihre Augen weiteten sich vor Schreck, sie gestikulierte und schrie. Valenti folgte ihrem Blick. Kurz vor ihm versperrte ein Ochsenkarren, der quer stand, seine Straßenseite. Zu nah, um das Pferd noch anhalten zu können. Ausweichen war unmöglich, denn links standen Häuser, und rechts ritt sie. So richtete sich Valenti im Sattel auf und trieb den Hengst an. Er kannte den Rappen, den er ritt, nicht. Er hoffte, dass er weder scheute, noch ausrutschte, sondern einfach kräftig genug für das tollkühne Unterfangen war. »Madonna Mia«, betete er, während er zum Sprung ansetzte und auf dem Rücken des Tieres der Schwerkraft trotzend über den hohen Ochsenkarren flog. Er lag jetzt dicht am

Hals des Hengstes und spürte dessen Leben, dessen Kraft, die über alle Widerstände siegte. Er war ganz eins mit dem Tier. Schon kamen sie hinter dem Karren wieder auf dem Straßenpflaster auf. Er zog an den Zügeln, tätschelte ihm den Hals und sagte fast zärtlich: »Halt, mein Guter, halt, brrrr.«

Der Rappe schnaubte und wieherte. Stolz reckte er seinen Kopf und tänzelte auf der Stelle. Die Gräfin klatschte begeistert in die Hände.

»Wissen Sie, was sie gemeinsam haben, Leonidas und Sie?«

Der Graf schüttelte den Kopf.

»Sie kommen beide aus einem guten Stall!«, rief sie. Ihre Augen strahlten vor Vergnügen und vor Bewunderung.

»Verkaufen Sie mir Leonidas, Gräfin! Ich muss ihn haben«, rief Valenti voller Übermut. Sie hatten einander das Leben gerettet, Leonidas und er.

»Degoutant! Sie müssen mich mit einem Pferdehändler verwechseln, Graf!«, entgegnete sie entrüstet. »Aber vielleicht schenke ich Ihnen das Tier.« Erneut gab sie ohne Vorwarnung ihrem Pferd die Sporen, und er wusste immer noch nicht, wohin der Ausritt ging, nur dass sie ihn bisher durch halb Rom getrieben hatte.

Doch dann bog sie trabend in den Park der Villa Farnesina ein. Trotz des Regens leuchtete das rötliche Gelb der Palastfassade freundlich und lebendig. Er ritt links, sie rechts an dem Rasenrondell mit dem weißen Marmorbrunnen vorbei. Vor der breiten Treppe, die in die Loggia führte, trafen sie sich wieder. Ein Diener, der die Pferde gehört hatte, fiel von Neugier getrieben förmlich aus dem Palast. Valenti sprang ab und half der Gräfin vom Pferd. Dabei kamen sie sich kurz nahe. Es schien ihm, als lehnte sie sich beim Absteigen aus dem Sattel stärker an ihn an, als es unbedingt notwendig gewesen wäre. Ihr Odeur verscheuchte diesen Gedanken. Die Zartheit der Rose, die das Animalische bedeckte und milderte, ohne es jedoch zu leugnen, wirkte wie kostbare Seide, die den Körper nicht versteckte, ihn aber auch nicht nackt erscheinen ließ. Valenti fühlte sich benommen. Der Diener verbeugte sie ehrerbietig vor der Gräfin, die er offensichtlich kannte.

»Mein teurer Alvaro, wir bitten um freundliche Aufnahme.«

»Ihr Wunsch ist uns Befehl.«

»Wir brauchen dich erstmal nicht. Wenn du unsere guten Pferde versorgst und uns später einen kleinen Imbiss servierst, fühlen wir uns wie im siebenten Himmel. Oder was meinen Sie, Graf.« Sie stieß ihn leicht an. »Kommen Sie. Der gute Francesco gestattet mir, die Villa von Zeit zu Zeit zu nutzen.« Der »gute Francesco« war Francesco Maria Farnese, der Herzog von Parma und Piacenza und nebenbei der Hausherr des schönen Palastes. Dieser ausgesprochen dicklippige und sehr barocke Fürst liebte den Palast nicht sonderlich und residierte, wenn er sich schon in Rom aufhielt, eher im *Würfel,* dem prächtigen Palazzo Farnese in Regola. Valenti kannte den Herzog flüchtig. »Ein großzügiger Mann.«

»Oh ja«, hauchte die Gräfin. Dann hüpfte sie leichtfüßig die Treppe hinauf. Er schaute ihr bewundernd hinterher, denn ihre Sohlen schienen kaum die Stufen zu berühren. Oben angekommen wandte sie sich fast tänzerisch um. »Was ist, Graf? Angst vor der reinen Kunst?«

Er wusste, dass Raffael und Sebastiano del Piombo hier großartige Fresken geschaffen hatten, aber er hatte bisher noch keine Gelegenheit gehabt, sie in Augenschein zu nehmen. Dabei lag ihm wie allen Gonzagas die Liebe zur Malerei im Blut. Neugier und Freude packten ihn.

Und dann stand er plötzlich inmitten der in blauen Farben gehaltenen Loggia. Eine merkwürdige Atmosphäre, kalt und sinnlich zugleich, umhüllte ihn wie ein Mantel. Die Wände erzählten die Geschichte der Königstochter Psyche, die viele Prüfungen zu bestehen hatte, ehe sie den Liebesgott Amor zum Manne bekam. Valenti schmunzelte, er erinnerte sich daran, dass diese Fresken letztlich eine Allegorie auf das lange Warten der Francesca Ordeaschi darstellten, ehe sie der märchenhaft reiche Bankier Chigi – der Vater ihrer Kinder und der Bauherr der Villa – geheiratet hatte. Wie eng Liebe und Tod beieinanderlagen, zeigte eine zweite Begebenheit. Eine andere Frau hatte sich hier in der Villa sieben Jahre zuvor das Leben genommen. Die große Kurtisane Imperia, schön, gebildet, angebetet und dennoch todunglücklich. Valenti Gonzaga vergaß völlig seine Kleidung, die ihn als Mann der Kirche auswies, seinen Rang und seine Stellung. Die Fresken der Loggia ergriffen ihn wie eine Offenbarung. Er konnte sich an den sinnlichen Körpern, an den kühnen Schwüngen der Rundungen, der Brüste, Gesäße und Hüften nicht sattsehen, nicht genug bekommen von den schwindelnden Drehungen der Figuren und den frivolen Spielen der Perspektiven. Die ganze Loggia stellte ein einziges Fest der Leiber dar. Kaum zu glauben, dass hier Päpste ein und ausgingen, die bestimmt nicht züchtig die Augen von der »Kunst« abwandten.

Plötzlich umschloss ihre Hand seine Rechte. Er ließ es, immer noch betäubt von den Tänzen der Lüste, geschehen. Die Gräfin zog ihn wortlos mit sich, einen Saal weiter, in die östliche Loggia. Und da traf ihn wie ein Beil die Schönheit von Raffaels *Triumph der Galatea.* Und während er geradezu in der Welt des Gemäldes versank, hörte er ihre leise Stimme, leicht hauchend, kalkuliert elegisch, nicht zu viel, nicht zu wenig.

»Zwei schöne Define ziehen einen Wagen;
auf ihm ist Galatea, die die Zügel führt;
und jene schwimmen und blasen zugleich;
während sich rund um sie die unzüchtige Herde
tummelt…«

Er wusste, dass der Vers von Angelo Poliziano stammte. Die unzüchtige Herde, besser konnte man es nicht ausdrücken. Da stand sie auf einer Muschel, die schöne Unschuld, und wurde von zwei scharfzähnigen Delfinen durch das Meer des Lebens gezogen. Mit einer kühnen Drehung wandte sie sich ab von dem Tosen der Verführungen, während sich Nymphen und Tritonen den Fieberschüben des Verlangens hingaben. Wie hungrige Wespen kreisten Amoretten über ihnen, die einen Liebespfeil nach dem anderen abschossen. Galatea triumphierte darüber. Sie schaute stattdessen zu dem platonischen Amor hoch oben am linken Rand des Bildes, der seine Pfeile im Köcher hielt. Abseits und über den schießwütigen Amoretten triumphierte er über die körperliche Liebe, wie Galatea, die sich aus dem Strudel der Lust zu ihm erhob.

Plötzlich durchfuhr Valenti die Erkenntnis, dass er diese Galatea bestens kannte, sie war nämlich niemand anderes als seine Tiburtinische Sybille. Das gleiche runde Gesicht, die gleichen Haare, nur diesmal nicht mehr streng gescheitelt, sondern aufgelöst, im Winde flatternd, der kleine Mund, die mandelförmigen Augen. Sein römisches Mädchen war auf einmal in den Orkan der Wollust geraten. Valenti kannte den Ausgang der Geschichte. Der Triumph blieb nur von kurzer Dauer, und der Pfeil der irdischen Liebe traf Galatea dennoch. Während sie von dem Kyklopen Polyphem verfolgt wurde, verlor sie ihr Herz an den Jüngling Acis. Polyphem erschlug den Nebenbuhler. Aber Galatea verwandelte das frische Blut, das aus dem Körper des toten Geliebten rann, in einen kraftstrotzenden Fluss, der sich ins Meer ergoss. Blut, das die Welt erneuerte.

Valenti verwirrte das Gemälde, es war voller Anspielungen und vor allem voller Warnungen. Der engelsgleiche Raffael hatte es erkannt, dachte Valenti, Liebe war Krieg und Gewalt. Er war erschüttert, wollte nur den Ort so schnell wie möglich verlassen und wandte sich von dem Bild ab. Sein Blick fiel auf die Gräfin. Sie stand vor ihm, nackt, wie Gott sie erschaffen hatte. Mit aufgelöstem Haar. Leicht geöffnetem Mund. Vollen, wohlgeformten Brüsten. Obwohl sie es war, die nichts am Leibe trug, fühlte er sich plötzlich nackt und ausgeliefert. Sie lief los, und obwohl er gerade noch hatte fliehen wollen, folgte er ihr wie magisch angezogen über eine Treppe in den ersten Stock. In die Sala delle Nozze, das Schlafzimmer mit dem bemerkenswert großen Himmelbett. Sodomas Fresko *Krönung Roxanes durch Alexander den Großen* hinter dem Bett peitschte seine Sinne hoch. Alexander reichte der orientalischen Schönheit die Krone, während ein Engel sie entblößte. Als ob das nicht schon irritierend genug wäre, hatte der Maler, der sich wegen seiner Zügellosigkeit nicht umsonst nach dem biblischen Ort Sodom nannte, am rechten Rand einen schwarzen Diener gezeichnet, der die erotische Szene mit voyeuristischer Lust betrachtete.

Valenti spürte den heißen Atem der Gräfin an seinem Ohr und ihre Hand, die seine Hose aufknöpfte. Hatte er sich nicht geschworen, in diesem Kampf zu gewinnen? Valenti griff nach ihrer Hand, riss sie hoch. Dann warf er die

Gräfin aufs Bett. Sie stöhnte. Wie in einem Rausch entledigte er sich der Kleidung und genoss das Wachsen seiner Erektion. Es war, als ob sich seine ganze Existenz dort konzentrierte. Er sah sie nicht mehr, er drang nur noch in sie ein, wieder und immer wieder. Um sie zu besitzen, um ihr seinen Willen aufzuzwingen. Ihr Stöhnen trieb ihn an. Er wollte sie plötzlich dazu bringen, vor Lust zu schreien. Ihr Schweiß vermischte sich. Dann explodierte er und glaubte, in die ganze Welt zu verströmen. Doch kaum war er wieder zu sich gekommen, da fühlte er, wie kräftige Finger sein erschlafftes Genital massierten, und neue Kraft floss in ihn. Sie versuchte ihn auf den Rücken zu drücken. Doch das ließ er nicht zu. Er packte sie an Schulter und Gesäß, und ehe sie noch etwas sagen oder tun konnte, war er bereits wieder in ihr. Seine Hände umschlossen ihre Brüste. Sie waren fest und rund, und ihre Warzen pressten sich herausfordernd gegen seine Handflächen. Jetzt endlich hörte er sie vor Lust schreien. Irgendwo in seinem Hinterkopf rief eine Stimme ihm verzweifelt zu, dass es falsch war, was er tat. Aber er konnte nicht aufhören. Er hatte jede Kontrolle, jedes Gefühl für Raum und Zeit verloren.

Plötzlich lagen sie nebeneinander. Erschöpft, in ihrem Schweiß. Sie rang nach Luft, dann lächelte sie zufrieden. »Wusste ich's doch: Du kommst aus einem guten Stall!«

Da begriff er, dass er verloren hatte. Was immer er auch mit ihr im Bett angestellt hätte, nie hätte es etwas anderes als seine Niederlage bedeutet. Nur durch Keuschheit hätte er siegen können.

Valenti stand auf. Er nahm seine Sachen und zog sich an. Dann ging er, ohne ein Wort zu sagen.

Er stahl sich durch die Dunkelheit nach Hause. *Post coitum omne animal triste praeter gallum, qui cantat.* –

Nach der Vereinigung sind alle Tiere unglücklich, außer dem Hahn, der kräht, erinnerte sich Valenti an die berühmte Stelle im Pseudo-Aristoteles über die *Probleme der Körper.* Und er war in diesem Kampf der Gier gewiss nicht der krähende Hahn gewesen. Er hatte sein Gelübde gebrochen. Die Kleidung des Geistlichen brannte wie Nesseln auf seinem Leib. Wie sollte es jetzt weitergehen?

32.

Zur gleichen Stunde, als der Priester Graf Sylvio Valenti Gonzaga durch die Stadt irrte und verzweifelt versuchte, mit sich ins Reine zu kommen, saß Prospero mit Velloni im Lesesaal der Vaticana. Auf dem Tisch standen zwei Öllämpchen. Um sie herum lagen ein paar Handschriften und Bücher, die Illustrationen enthielten. Der Bibliothekar war sehr aufgeregt.

»Es ist ein großes, ein dunkles Gebiet, zu dem du mich geführt hast. Wenn es wirklich Vampire in Rom gibt, dann haben wir ein riesiges Problem. In dem Fall muss umgehend gehandelt werden. Denn gegen den Vampirismus ist die Pest ein Witz.«

»Zum Thema!«

»Zunächst kurz zu Wassilij. Seine Sekte glaubt, dass ein Mann Reinheit und Gottgefälligkeit nur durch sexuelle Enthaltsamkeit gewinnen kann.«

»Kommt mir bekannt vor«, bemerkte Prospero mit einem Lächeln, »nur nennen wir diese Männer Priester.«

»Oh, ich glaube nicht, dass du das miteinander vergleichen möchtest, denn sie erreichen diese Enthaltsamkeit, indem sie das weiße Pferd reiten, dass heißt, indem sie sich kastrieren.«

Prospero lief tiefrot an. Der Philologe sprach ungerührt weiter. »Sie entfernen entweder das kleine Siegel, die Hoden, oder das große Siegel, Hoden und Penis zusammen.« Unwillkürlich verschränkte der Hilfsauditor wie zum Schutz seine Hände vor seinem Schoß. »Nein, das möchte ich in der Tat nicht miteinander vergleichen«, stotterte er. Es wollte ihm nicht in den Kopf, dass Wassilij, dieser Bär von einem Mann, ein Kastrat war. Wie sich jemand selbst verstümmeln konnte, blieb ihm ein Rätsel. Während Prospero Lambertini sichtlich um Fassung rang, war Velloni nicht mehr zu bremsen.

»Noch eins ist interessant an unserem seltsamen Weißrussen. Er sagt, er stammt aus Upirow.«

»Ja und?«

»Upirow leitet sich von Upir, also von Vampir, her.«

»Wassilij ist ein ...«

»Nein, bestimmt nicht, aber er ist voller Geschichten über diese Spezies. Vampire sind Zwischenwesen, nicht mehr lebend, aber auch noch nicht tot. Deshalb nennt man sie auch Untote.«

»Wie Gespenster«, schloss der Hilfsauditor.

»Nein, das wird häufig verwechselt. Gespenster sind Produkte unserer Rechtsordnung.« Prospero Lambertini sah seinen Freund verwirrt an. Er mochte zwar Jurist sein, aber er verstand nun gar nichts mehr.

»Das Gespenst ist ein Wiedergänger, einer, der im Grab keine Ruhe findet, weil er im Leben einen Frevel verübt hat. Er hat ein Gesetz gebrochen, und er wird erst Ruhe finden, wenn dieser Rechtsbruch geheilt ist. Die ganze Problematik von Verbrechen und Strafe ist nur über die Grenze des biologischen Lebens ins Jenseits getrieben. Stell es dir vor wie bei einem Verbrecher, der von Ort zu Ort hetzt, weil er von den Polizisten oder Rachegöttinnen gejagt wird. Er wird nicht entkommen, sondern die Flucht erst beenden können, wenn er sich der gerechten Strafe stellt.«

»Originell, aber logisch. Und wie ist es bei den Untoten?«

»Sühne ändert nichts, und Vergebung haben sie nicht zu erwarten. Hier spielt das Recht keine Rolle. Sie entstammen einer wesentlich tieferen, wenn du so willst, vorrechtlichen Schicht der Historie und sind vielleicht sogar älter als der Mensch. Das ist das wirklich Beunruhigende. Prospero, wenn es stimmt, was ich in der Literatur und den Quellen gefunden habe, haben wir es mit den ältesten Wesen der Welt zu tun.« Velloni ließ seine Worte auf Prospero wirken.

»Was ist der Stoff des Lebens?«, fragte er dann.

»Die Seele?«

»Falsch, die Seele ist der Hauch Gottes, der Geist, der dem Fleisch eingehaucht wird.«

Prospero ahnte, worauf sein Freund hinauswollte, und ihn schauderte. »Und alles Fleisch ist Blut.«

»Ja. Wie heißt es bei Moses: … *esst das Fleisch nicht mit seinem Blut, in dem sein Leben ist!* Ich lass es dabei bewenden, könnte aber viele Belegstellen aus der Bibel, auch aus dem Koran, auch aus den Veden und anderen sehr alten Büchern anführen. Überall wirst du den gleichen Gedanken finden. Ohne Blut kein Leben. Blut ist heilig, weil es Leben ist und weil Gott im Alten Testament seinen Bund mit den Söhnen Jakobs durch das Blut macht. Das ist der Sinn der Beschneidung, der durch Blut besiegelte Bund mit Jahweh. Nicht umsonst taucht in diesem Zusammenhang auch der Begriff *Blutbräutigam* auf. Du verstehst, wie wichtig das Blut ist? Das sind die beiden Elemente, die unsere Welt beleben: die Seele und das Blut.«

Das erste Mal seit Cäcilias Verschwinden waren seine Augen nicht von Verzweiflung und Trauer verschattet, sondern sprühten vor Energie. Er hatte die Gegenwart vergessen und war vollkommen in das Wissen und den Erfahrungsschatz vergangener Jahrtausende eingetaucht. Beim Anblick des Freundes durchfuhr Prospero der Gedanke, dass die Zeit eigentlich gar nicht verging, sondern die Tage,

Jahre und Jahrtausende sich parallel zur menschlichen Existenz ablagerten und dort das bildeten, was man Gott nannte, eine einzige Gleichzeitigkeit, von der der Mensch nur einen winzigen Teil wahrnahm? Ihm schwindelte bei dieser Vorstellung, und er konzentrierte sich lieber auf Vellonis Darstellung, die schon beunruhigend genug war.

»Wir dürfen«, setzte der Philologe fort, »uns zunächst nicht von den flüchtigen Erscheinungen verwirren lassen – Lamien, Empusen, Strigae, Ghule, Larven, Preta, Ch'ing Shi, Lilith, Vampir, Upir und Dhampir, um nur einige zu nennen –, sondern müssen uns dem Wesen an sich zuwenden. So sehr sie sich in Gestalt und Vorlieben unterscheiden, ernähren sie sich doch alle von Blut. Und Blut ist die ursprüngliche Form des Lebens. Was bedeutete es also, wenn man sich vom Blut ernährt?« Ohne Prospero Lambertini zu Wort kommen zu lassen, sprach Velloni weiter. »Ich will's dir sagen: Blut zu trinken, stellt eine Verhöhnung des Lebens dar. Es heißt, Jahweh oder auch Jesus, denn beider Bünde mit den Menschen basieren auf dem Blut, ins Handwerk zu pfuschen.«

»Wer Blut trinkt, fordert also Gott heraus?«

»Ja, er stellt seine Herrschaft in Frage. Deshalb hat die Kirche die Vampire den Teufeln zugeordnet und damit die alten Blutsäuferdynastien sträflich unterschätzt. In der Offenbarung des Johannes heißt es dazu: *Und ich sah die Frau, betrunken von dem Blut der Heiligen und von dem Blut der Zeugen Jesu.* Der Seher Johannes muss Vampiren begegnet sein oder von ihnen Kenntnis erlangt haben. Das ist mehr als deutlich. Aber er denkt noch viel zu naiv von ihnen, wenn er sie dem Teufel zuordnet. Für den Teufel existiert Gott, für den Vampir nicht. Oder lass es mich so ausdrücken: Wer Blut trinkt, führt seine Existenz nicht auf Gott zurück. Deshalb kann ein Blutsauger nicht sterben, deshalb bleibt er un-tot, ist aber auch nicht lebendig, er ist un-tot, wie er un-lebendig ist, weil er sich den Tatsachen des Lebens nicht unterordnet. Er unterliegt auch nicht der göttlichen Ordnung, Sünde und Sühne spielen für ihn keine Rolle, auch die mosaischen Gesetze nicht. Er steht selbst außerhalb der ältesten Rechtsordnung. Verstehst du, worauf ich hinauswill?«

Prospero dämmerte es, doch er hoffte inständig, dass er den Philologen falsch verstanden hatte. »Sie sind also keine Diener Satans?«

»Nein, weil Satan der göttlichen Ordnung, wenn auch in negativer Weise, angehört. Sie sind älter als der Teufel. Wir rechnen sie zu seinen Heerscharen, weil Satan oder der Teufel oder Luzifer oder der Scheitan, wie die Mohammedaner sagen, eine Metapher für alles Böse darstellen, eine Maske ohne Gesicht. Jeder kann hinter der Larve vermuten, was er will. Doch Vampire sind im Gegensatz dazu das Ur-Böse schlechthin. Sie sind schlimmer als der Teufel, weil sie im wahrsten Sinne des Wortes a-moralisch sind, regellos. Sie antworten nicht spiegelverkehrt auf Gott, weil sie mit Gott nichts zu tun haben. Frag mich bitte nicht, wie man das theologisch einordnen soll. So weit bin ich noch nicht. Wenn Moses schon vehement dagegen angeht, Blut zu essen, weil Blut das Leben ist, dann streitet er gegen die Blutsauger und Blutesser, die er vor Augen hat. Als er das heilige Volk durch die Wüste führt, wurden sie offenbar von Ghulen, von Vampiren, angefallen. Und es muss ein mächtiger Kampf stattgefunden haben, den man später aus der Bibel gestrichen hat. Lies das äthiopische und das slawische Henoch-Buch! Nicht umsonst heißt es im Psalm: *Errette mich von den Übeltätern und hilf mir von den Blutgierigen.* Auch in den Akten der persischen Märtyrer finden wir eine erschreckende Episode, in der die Heiligen in ein Dorf von Bluttrinkern geraten. Dem weisen Isidor verdanken wir die Mitteilung, dass Lamien gespenstische Frauen sind, die Kindern und besonders Jünglingen das Blut aussaugen. Saxo Grammaticus berichtet über die Untaten, die sie in Fünen verübten …«

Prospero glaubte sich verhört zu haben. »Wo?«, fiel er dem Philologen ins Wort.

»Hoch im Norden herrschte der heidnische Gott Odin. Doch in seiner Abwesenheit riss der Zauberer Mid-Odin die Macht an sich. Odin kehrte zurück, und Mid-Odin versteckte sich auf der Insel Fünen, *wo ihn Einwohner nach einem Angriff erschlugen. Selbst nach seinem Tod beging er noch Schandtaten: Wer sich seinem Grab näherte, wurde durch plötzlichen Tod hingerafft.* Da gruben ihn die Bewohner aus dem Hügel, schlugen ihm den Kopf ab und durchbohrten die Brust mit einem spitzen Pfahl; das brachte Abhilfe.«

»War der Füne Mid-Odin ein Vampir?«, fragte Prospero aufgeregt. Konnte es ein Zufall sein, dass der Name von Deborahs Bräutigam in diesem Zusammenhang auftauchte? Der Philologe zuckte mit den Schultern. Er wusste es nicht, auch hegte er gegen Saxos Bericht einige Vorbehalte. »Lass mich einen großen Sprung machen. Der deutsche Arzt Philipp Rohr nennt in seiner Historisch-philosophischen Abhandlung vom Kauen und Schmatzen der Toten, die vor wenigen Jahren erschienen ist, eine große Anzahl von Fällen schmatzender Toten. Diese Geräusche, so meint er, werden vom Teufel verursacht. Andere machen dafür Azazel verantwortlich.

»Den Todesengel.«

»Ja. Ich habe angefangen, eine Liste von Orten zusammenzustellen, die laut meinen Quellen von Vampiren überfallen und schließlich vernichtet worden sind. Nur ein paar Beispiele: Atlantis, Susa, Thule, Arkadd, Gomorrha, Aphrodisias, Kislovka in Serbien – ich komme bis jetzt auf zwanzig Orte. Sie sind bis heute Geisterstädte, nie wieder wagten es Menschen, sich dort niederzulassen. Die Plätze sind verflucht. Nacht für Nacht erschufen die Vampire dort immer neue Untote, bis sie schließlich aus Nahrungsmangel weiterziehen mussten.«

»Woran erkennt man sie?«

»Ich weiß es leider noch nicht. Alle Beschreibungen, die ich gelesen habe, kommen mir wie Fantasieprodukte vor. Manche Gelehrte behaupten, dass sich die Vampire in Fledermäuse verwandeln können, andere sind der Auffassung, dass sie immer wieder die Gestalt von Werwölfen annehmen. Einig sind sich nur alle darin, dass sie sich in menschlicher Form äußerlich nicht von normalen Menschen unterscheiden, auch wenn sie übermenschliche Kräfte besitzen. Nicht einmal Wassilij, der die Opfer der Blutsauger gesehen hat, hat so ein Biest je zu Gesicht bekommen. Man weiß nur, dass sie in Grüften und Särgen ruhen.«

»Wie kann man sie bekämpfen?«

»Da gehen die Meinungen ebenfalls auseinander. Die Adepten stimmen nur in der Vorstellung überein, dass man sie aufsuchen muss, wenn sie in ihrem Grabe liegen, weil sie dort wehrlos sind. Dann kommt es darauf an, dass man schnell handelt, ihnen einen Pfahl ins Herz treibt, einen Stein zwischen die Kiefer schiebt, den Kopf abschlägt und zwischen die Beine legt oder den Leichnam verbrennt.«

»Wir müssen also zu Leichenfledderern werden, wenn wir Rom schützen wollen?«, resümierte Prospero Lambertini düster.

»Im Grab zumindest kann man den Vampir erkennen.

Der Un-Tote sieht in seiner vermeintlich letzten Ruhestätte frisch aus, er riecht nicht nach Verwesung, seine Finger- und Fußnägel wachsen ständig neu nach, und aus den Ohren dringt frisches Blut.«

Prospero dachte nach. Wenn wirklich ein Vampir in Rom sein Unwesen trieb, dann ergäbe es einen Sinn, dass sie keine Leichen, nicht einmal eine Spur der vermissten Mädchen finden konnten. Die Mädchen hätten sich in Untote verwandelt. Zweifelnd sah er seinen Freund an. »Glaubst du wirklich, dass Vampire existieren? Könnte das nicht auch alles nur Aberglauben sein?«

»Viele Autoritäten sind davon überzeugt, dass es Vampire tatsächlich gibt. Warum sollten sie sich irren?«

Prospero schüttelte sich, um die Bilder loszuwerden, die sich ihm aufdrängten. Ihm schwirrte der Kopf. Eine tiefe Sehnsucht nach wissenschaftlich nachprüfbaren Fakten übermannte ihn.

»Niemand«, fuhr der Philologe fort, »zweifelt an der Existenz des Teufels, und die Exorzisten führen seit Alters her im Dienst der Kirche den Kampf gegen ihn. Warum zweifeln wir dann an der Existenz von Vampiren, wenn wir uns einig sind, dass es das Grundböse gibt, sogar in physischer Präsenz.«

Velloni hatte Recht. Aber die Frage ließ sich nicht theoretisch entscheiden. So kamen sie nicht weiter.

»Wir brauchen eine Leiche!«, stöhnte Prospero. Er bereute seine unbedachte Äußerung sofort, als er in die schreckgeweiteten Augen Vellonis blickte, der jetzt wieder in der Gegenwart angekommen war. Dann kam Prospero ein anderer Gedanke, und dieser ließ ihn erschauern.

»Oder«, fügte er stockend hinzu, »wir müssen einen Vampir finden!«

33.

»Endlich«, rief ihm schon von weitem Giovanni entgegen, als er völlig aufgeweicht – wie immer in den letzten Tagen – zu Hause eintraf. Der Fischer hatte, wer weiß, wie lange schon, im Dauerregen auf ihn gewartet. »Du musst mit mir kommen, Prospero, schnell!« Giovanni wirkte vollkommen außer sich, und der Hilfsauditor folgte ihm, ohne noch Zeit mit Nachfragen zu verschwenden.

Die Müdigkeit saß Prospero bleischwer in den Gliedern, doch nach dem, was ihm Velloni eröffnet hatte, hätte er wahrscheinlich ohnehin keinen Schlaf gefunden. Es war der Stoff, aus dem Alpträume gemacht wurden, zutiefst verstörend und verwirrend zugleich. Fiel eine Horde Vampire über Rom her, oder spielte ein Teufel ein grausames Spiel mit ihnen? Alles schien mittlerweile möglich. Auf dem Heimweg hatte er die dunklen Orte gemieden und überall Frauen und Männer mit erstaunlich langen Eckzähnen vermutet. Auf alle Fälle schwebten Schatten über Rom, ob sie aber natürlichen oder übernatürlichen Ursprungs waren, blieb ihm ein Rätsel. Wenn Wassilij Recht hatte und in Rom tatsächlich Vampire ihr Unwesen trieben, dann stand der Kampf aller gegen alle unmittelbar bevor, denn wer würde schon in der Lage sein zu erkennen, wer noch Mensch war und wer sich bereits in einen Untoten verwandelt hatte?

Er musste so bald als möglich mit Alessandro Caprara über die Wendung in dem Fall reden, obwohl ihn die Furcht, sich mit seinen neuen Theorien lächerlich zu machen, noch zurückhielt.

»Komm, Prospero!« Der aufgewühlte Fischer packte ihn am Arm und trieb ihn zu größerer Eile an.

»Wo laufen wir überhaupt hin? Was willst du mir zeigen?«

»Verzeih einem ungebildeten Mann, aber ich habe einfach keine Worte dafür. Du musst es mit eigenen Augen sehen.« Dann verstummte er wieder und setzte nur noch geschwinder die Füße voreinander.

Als sie die Mitte des Ponte Sistos erreichten, hörte der Regen plötzlich auf. Damit hatte schon niemand mehr gerechnet. Durch die Wolken brach der Vollmond, der den Fluss und die Häuser der Stadt in einen bläulich kalten Silberschein tauchte. Auf der Brücke tanzten die Lichtpartikel in den Pfützen wie verspielte Elfen. Prospero blickte nach rechts. Die Oberfläche des Tibers ähnelte jetzt einem riesigen Opal. Schwarz glänzend und leblos. Wie der Styx, dachte Prospero schaudernd.

»Da«, sagte der Fischer neben ihm leise und zeigte nach links. Prospero folgte mit seinem Blick dem ausgestreckten Arm. Vom Schwarz des Wassers hoben sich schwimmende weiße Flächen wie Seerosen ab. Es dauerte einige Zeit, bis sein schockierter Geist bereit war zu erkennen, was seine aufgerissenen Augen schon die ganze Zeit anstarrten.

Vor ihm lag das Ende der Welt. Der Anblick, den der Teufel eigens für ihn arrangiert zu haben schien, ließ Prospero schwindeln. Er stolperte vorwärts und stützte sich kraftlos auf dem Brückengeländer ab. Mit der rechten Hand schlug er wieder und wieder auf die steinerne Balustrade ein. Den Schmerz nahm er gar nicht wahr.

Auf den Wassern des Tibers schwammen weiße Madonnen, zehn oder zwölf. Sie schienen sich aneinander festzuhalten, als hätte die Gewalt, die man ihnen angetan hatte, sie für immer vereint. Wie ein Kranz, den Mädchen gern aus Butterblumen flochten. Getötete Unschuld.

War dies eine Botschaft? Warum heute? Warum jetzt? Hatte der Täter etwa gewusst, dass der Mond hervorbrechen und seine Inszenierung beleuchten würde?

Die Körper der Mädchen bildeten einen Kreis, den die sanften Wellen wiegten. Das Weiß der Leibchen und Unterkleider, die ihre verwesenden Leiber nur schlecht verdeckten, kam einem stummen Vorwurf gleich. Wieso hatte niemand den Tod dieser unschuldigen Geschöpfe verhindert? Die Gesichter blickten zum Himmel. Unbewusst tat Prospero es ihnen gleich. Aber das Firmament war leer. Prospero Lambertini suchte verzweifelt nach Gott, aber er fand ihn nirgends, an keiner Stelle des Himmels, in keiner Faser seines Denkens und keiner Kammer seines Herzens. Noch nie hatte er den Herrn in seinem Leben verloren. Doch jetzt war es so gekommen. Prospero gab die Suche auf und wandte seinen Blick wieder den Mädchen zu. Eine von ihnen war möglicherweise Cäcilia, eine andere Francesca. Sie schwammen da draußen gemeinsam mit ihren Schwestern im Leid, weil sich jemand an ihnen vergangen hatte, weil derjenige meinte, er dürfe sich an den Menschen bedienen, frei nach seiner Laune, frei nach seinen perversen Bedürfnissen. Er hatte seine Macht demonstriert, kalt und erbarmungslos.

In diesem Moment wusste Prospero, dass er den Täter – ganz gleich, ob er ein Mensch oder ein Untoter war – vernichten musste. Koste es, was es wolle. Prospero Lambertini empfand das Arrangement vor sich als persönliche Kampfansage. Bitterkeit drang in sein Herz, eine Bitterkeit, wie er sie noch nie zuvor empfunden hatte.

»Hast du das gewollt, Gott?«, rief er hinauf in den Himmel, der auf einmal schrecklich weit weg war. Wozu gab es den Herrn, wenn er das zuließ? Wo hielt sich der gute Hirte auf, als seinen Lämmern Gewalt angetan wurde? Warum griff Gott nicht ein? Ja, warum ließ er es zu, dass dieser Wolf seine Herde verheerte und mit den Wehrlosen blutigen Spott trieb? Er fand keine Antwort, so verzweifelt er auch danach forschte. Apathisch stierte er auf die Mädchen. In diesem Moment hasste er sogar Gott.

Als er sich schließlich von dem Anblick löste, war Prospero Lambertini ein anderer. Er schaute auf seine Hand, die aufgehört hatte, gegen die Balustrade zu schlagen. Sie blutete. In diesem Moment setzte der Regen erneut ein.

Ein letztes Mal blickte Prospero zum Himmel, dann lachte er bitter und voller Wut auf. Jetzt hatten sie ihre Leichen. Er fühlte, dass sich damit etwas fundamental veränderte. Zuallererst musste er die toten Körper bergen und sie untersuchen. Und obwohl sie längst verstorben auf dem Wasser trieben, hatten sie ihm sicher noch viel zu sagen. Er beschloss, ihnen zuzuhören. Sehr bald schon würde er wissen, ob die Mädchen Opfer eines Vampirs oder eines vom Teufel besessenen Menschen geworden waren.

34.

Bergen wir die Leichen«, sagte er mit hohler Stimme zu Giovanni. Der Fischer hatte ein Stück abseits stumm gewartet, um Prospero Zeit zu geben, die schrecklichen Eindrücke zu verarbeiten. Prospero wusste das zu schätzen, doch jetzt galt es, so schnell als möglich zur Tat zu schreiten. »Wir müssen sie untersuchen. Ich hole Benjamin, trommele du die Fischer zusammen. Wir treffen uns an der Posterule Tiberine in der Via Giulia«

»Nahe der österreichischen Gesandtschaft?«

»Ja, unweit der Gesandtschaft.« Dann beschrieb er Giovanni den Weg zu Velloni und und zu Valenti Gonzaga und trug ihm auf, die beiden ebenfalls in die Via Giulia zu bitten.

Sie hatten sich gerade am Ende der Brücke getrennt, als Prospero einen stechenden Blick in seinem Nacken verspürte. Blitzschnell drehte er sich um. Durch den Regenvorhang konnte er die düstere Gestalt auf der Brücke eher erahnen als sehen. Sie erinnerte ihn an einen auf den Hinterläufen stehenden Wolf, bereit zum Sprung. Zeigte sich hier sein Gegner, stand ihm der Täter gegenüber? Prospero wollte gerade entschlossen auf die Erscheinung zugehen, als zwei Knechte zu dem unheimlichen Wesen traten. Sie hatten überlange Arme und schienen sich leicht gebückt zu halten, so dass sich ihm der Vergleich mit Pavianen aufdrängte. Die Gestalt wies mit dem Arm auf Prospero, als gäbe er seinen beiden Gehilfen Befehl, ihn zu fassen. Prospero wandte sich instinktiv zur Flucht. Er rannte die menschenleere Via Giulia entlang, bog ab und versuchte, seine Verfolger in den verwinkelten Gassen Regolas abzuschütteln. Es war ungewiss, ob er im Palazzo della Cancelleria noch jemanden antreffen würde, deshalb beschloss er, Schutz bei Gioacchino zu suchen.

Mitten im Laufen durchschoss ihn der Gedanke, dass ihm weder Pepe noch Gioacchino mit allen seinen Söhnen helfen könnten, wenn es sich bei seinen Verfolgern um Vampire handeln sollte. Niemals durfte er diese Familie in Gefahr bringen. Er blieb stehen, unschlüssig, wohin er sich retten könnte.

Die Frage erledigte sich indes von selbst, denn vom anderen Ende der Gasse kam ihm einer der beiden Paviane entgegen. Er drehte sich um und entdeckte den zweiten hinter sich. Prospero machte sich damit Mut, dass man kein übernatürliches Wesen sein musste, um den Verlauf der Gassen zu kennen und ihm den Weg abzuschneiden. Aber dennoch wirkte jeder der beiden stärker als er und vor allem bestens vertraut mit dem schändlichen Handwerk des Tötens. Es waren ganz sicher Bravi – Meuchelmörder. Wie zur Bestätigung zog der vor ihm blank. Prospero konnte davon ausgehen, dass der hinter ihm das Gleiche tat. Er saß in der Falle. Was nun?

Es mangelte ihm nicht nur an Ausbildung und Erfahrung im Kampf, er war zudem auch noch unbewaffnet. Ganz deutlich sah er vor sich, wie der Auditor Alfredo Arcimboldo Spigola ums Leben gekommen war. Vermutlich waren die beiden Spießgesellen die Mörder des Untersuchungsrichters. Dieser Gedanke half ihm paradoxerweise, weil er ihn mit Zorn erfüllte. Er sah sich nach einer potenziellen Waffe um. Wenige Schritte vor sich entdeckte er auf der Straße einen handlichen losen Pflasterstein. Jetzt kam es darauf an, alles auf eine Karte zu setzen. Er sprintete los, bückte sich im Laufen, hob den Stein auf und nutzte den Schwung zum Wurf. Der Stein flog so überraschend auf den Angreifer zu, dass dieser nicht mehr auszuweichen vermochte und am Kopf getroffen wurde. Er schrie vor Schmerz auf, riss die Hände hoch an die Stirn und taumelte rückwärts. Prospero rempelte ihn im Vorbeilaufen an, sodass er vollends ins Straucheln geriet und stürzte. Dabei hatte der Hilfsauditor kurz in die Augen des Meuchelmörders geblickt, sie waren gelb, jedenfalls schien es ihm so. Schnell bückte er sich, riss den langen Dolch seines Verfolgers an sich und versetzte ihm damit einen Schnitt in die Wange, um ihn zu zeichnen. Der Bravo schrie auf und presste eine Hand an die Wunde. Der zweite Verfolger hatte ihn fast eingeholt, blieb nun aber unschlüssig stehen. Der am Boden Liegende versuchte, sich zu erheben. Prospero stieß ihm den Dolch in die Schulter, zog ihn wieder raus und rannte los. Auf Höhe der nächsten Seitengasse stoppte er und wandte sich kurz um. Der zweite Spießgeselle half seinem verletzten Kumpan. Prospero setzte seine Flucht fort.

Außer Atem traf er mit dem blutverschmierten Dolch in der Hand im *La Grassa* ein. Gioacchino riss bei seinem Anblick erschrocken die Augen auf und setzte ihm rasch einen Grappa vor. »Du siehst aus, als ob du dem Teufel von der Schippe gesprungen bist.«

»Vorher aber habe ich das Werk des Teufels gesehen«, erwiderte Prospero und berichtete von den Mädchen, die auf dem Tiber schwammen.

»Jetzt reicht es!« Gioacchino fuhr mit zornrotem Gesicht hoch. Dann verschwand er in die hinteren Räume und kehrte mit Rapieren und Messern zurück. Er bemühte sich, auch Prospero einen Degen anzudienen, doch der verwies darauf, dass er Priester war. Aber einen Dolch musste er annehmen und unter dem Justacorps verstecken. Der Wirt wollte mitkommen, doch Prospero bestand darauf, dass er dablieb und die Familie schützte. Sie einigten sich darauf, dass Pepe ihn begleiten würde. Der Katalane nahm den Dolch, den Prospero dem einen Pavian abgenommen hatte, und begutachtete ihn.

»Teufel«, fluchte Gioacchino. »Gott weiß, dass ich meine Familie liebe, aber dass ich deshalb zum Feigling werde!«

»Du bist kein Feigling, Vater, du bist der mutigste Mann, den ich kenne!«, entgegnete Prospero.

»Wirklich?«, fragte der Wirt streng.

»Der allermutigste, wirklich, denn niemand ist tapferer als der, der seine Familie vor allem Unbill schützt!«

»Ein Dutzendstück«, brummte Pepe enttäuscht und warf den Dolch auf den Tisch. »Immerhin werden wir den einen erkennen, den du damit gezeichnet hast«, fügte er hinzu.

An der Posterule Tiberine hatten sich ein paar Fischersfrauen versammelt, unter ihnen auch Renata, während ihre Männer mit den Booten auf dem Fluss waren und die Leichen bargen. Gern hätte Prospero auch Alessandro Caprara hergerufen, doch er musste ihn aus der Untersuchung heraushalten. Er würde ihn morgen von den Ereignissen der Nacht in Kenntnis setzen. Ein Fuhrmann mit einem Ochsenkarren, den der umsichtige Giovanni bestellt hatte, holperte die Straße entlang auf sie zu. Sie würden ihn für den Abtransport der Leichen benötigen.

Die Frauen stießen immer wieder klagende Laute aus, und manche weinten, während sie ihren Männern halfen, die toten Mädchen an Land zu bringen. Man sah ihnen die Trauer und den Zorn an. Es hätten auch ihre Töchter sein können. Sie legten sie behutsam, fast zärtlich auf den nassen Pflastersteinen der Via Giulia ab, eine neben die andere.

Die römischen Tiberfischer waren bei weitem keine zartbesaiteten Wesen, im Gegenteil, sie bildeten eine derbe Berufsgenossenschaft. Jeder von ihnen hatte schon nahezu alles gesehen, was man im Fluss finden konnte, zerstückelte Leichen, ersäufte Embryos, erschlagene Kleinkinder, Selbstmörder und alles in allem jede Menge Wasserleichen, doch dieser Anblick griff an ihre Herzen. Die Männer blickten steinern, und um ihre Münder hatte sich ein harter Zug gelegt. Die beileibe nicht maulfaulen Gesellen, deren große Klappen nur von den Schandmäulern ihrer Weiber übertroffen wurden, schwiegen düster vor sich hin. Sie konnten niemandem, auch nicht einander, in die Augen sehen, als schämten sie sich dafür, was mit den Mädchen vor ihnen geschehen war. Auch Pepes Gesicht hatte sich, was eigentlich unmöglich war, noch verdüstert.

Jetzt lagen sie alle nebeneinander aufgereiht. Elf Leichen. Bei manchen war der Verwesungsprozess schon sehr weit fortgeschritten. Kein schöner Anblick. Manche Leiber und Gesichter waren aufgedunsen, blau, schwarz, grün, andere kaum mehr zu erkennen, weil die Ratten bereits begonnen hatten, sich über sie herzumachen. Wieder andere waren von einer scheinbar unvergänglichen Schönheit, doch nie mehr würden sich ein stolzes Elternpaar oder ein junger Verehrer daran erfreuen können. Der Tod hatte den Mädchen den Fluss zum Bräutigam gegeben. Neben Prospero Lambertini entstand eine Unruhe, die seine Aufmerksamkeit ablenkte. Er entdeckte eine asketische Figur, die von Leiche zu Leiche hetzte. Es war Velloni. Sein Gesicht hellte sich auf.

»Sie ist nicht dabei, Prospero. Sie ist nicht dabei«, rief er erleichtert aus, lief aber sogleich rot an, als ihm bewusst wurde, was er da tat.

»Entschuldige, entschuldigt bitte«, fügte er kleinlaut hinzu.

Giovanni kam nun vom Fluss hoch. Er war vollkommen durchnässt. »Das sind alle Leichen. Wir haben auch einen Holzzaun gefunden. Einen von denen, womit die Eingänge der Kloaken gesichert werden. Das Hochwasser hat ihn scheinbar weggerissen.«

Prospero zog nachdenklich die Augenbrauen zusammen. »Heißt das, der Mörder wollte vielleicht gar nicht, dass wir sie finden?«, fragte er.

»Sieht für mich so aus«, gab Giovanni zurück. »So als hätte er sie in einen Abwasserkanal geworfen, damit sie dort vermodern. Womit der Teufel eben nicht gerechnet hat, war das Hochwasser, das den Schutzzaun wegspülte …«

»… und die Leichen auf den Fluss hinaustrieb«, vervollständigte Prospero. Alles in ihm empörte sich gegen den Teufel, der die Leichen der Mädchen wie Abfall in die Kanalisation geworfen hatte. Er wusste nach wie vor nicht, ob ihm Vampire gegenüberstanden oder menschliche Bestien, aber er wusste, dass der Feind keine Skrupel kannte und kein Mitgefühl. Er hatte es mit dem schlimmsten Verbrecher zu tun, dem er bis jetzt begegnet war.

»Kannst du die Kloake finden, in der die Leichen lagen?«, fragte er Giovanni.

»Ich will es morgen bei Tagesanbruch versuchen.«

»Nimm dir ein paar kräftige Begleiter mit!«

Kaum war der Fischer gegangen, merkte Prospero, wie jemand anderes neben ihn trat. Es war Benjamin, den Gioacchinos Sohn Claudio in Prosperos Auftrag herbeigerufen hatte.

»Wir müssen sie untersuchen«, sagte Prospero.

»Ich weiß. Fermi wird auch da sein und helfen«, antwortete der Arzt. Seiner Stimme war anzuhören, wie sehr es selbst ihm als erfahrenem Pathologen vor dieser Arbeit graute. Sie sahen sich kurz in die Augen, dann fingen sie an, die toten Körper vorsichtig auf den Wagen zu laden. Velloni half ihnen tapfer, während die Fischer und ihre Frauen betreten dabeistanden.

Sicher hätten sie diese Arbeit auch die Fischer erledigen lassen können, doch sie wussten, dass es ihre Aufgabe war. Sie hatten die Mädchen jetzt in ihre Obhut zu übernehmen. Davor durften sie sich nicht drücken.

Sie benutzten eine derbe Sackplane, damit ihnen die vom Wasser aufgeweichten Leichen nicht auseinanderbrachen.

Es überraschte Prospero, wie schwer so ein schlankes Mädchen als Wasserleiche sein konnte. Der süßlich-faulige Gestank der Verwesung verschlug ihm den Atem. Er würde den Geruch des Todes die nächsten Tage nicht mehr loswerden.

Nachdem sie alle elf Mädchen auf dem Wagen hatten, blickte der Hilfsauditor fragend zum Arzt. »Zur Universität!«, befahl dieser dem Fuhrmann.

Prospero wandte sich noch einmal an die Fischer. »Ich danke euch, gute Leute. Wir werden unser Bestes tun, diese schrecklichen Verbrechen aufzuklären. Kommt morgen Nachmittag zum Palazzo della Cancelleria, und ihr sollt alle eine Belohnung für eure Hilfe erhalten.«

»Wir wollen kein Geld! Nicht dafür«, antwortete einer, und die anderen pflichteten ihm bei. Prospero hatte weiß Gott keine wohlhabenden Leute vor sich. Er nickte zum Zeichen, dass er sie verstanden hatte.

»Gott schütze Sie, Dottore«, sagte eine Frau, und andere wiederholten es. »Gott schütze Sie, Dottore.«

Während sie hinter dem Wagen hergingen, wandte Prospero sich an Benjamin. »Wie kann Gott das nur zulassen?«

»Was hat Gott damit zu tun?«, gab der Arzt zurück.

»Er hätte es verhindern können.«

»Wir müssen dem Bösen wehren, nicht er. Er hat das Böse geschaffen, damit wir im Kampf dagegen jeden Tag besser werden. So furchtbar es auch ist, Prospero, ohne das Böse ist keine Erlösung zu haben.«

Prospero wollte etwas erwidern, da hielt der Karren plötzlich an. Sie gingen nach vorn, um den Grund herauszufinden, und sahen sich einem Trupp Sbirren gegenüberstehen, bestehend aus vierzehn, fünfzehn Polizisten. »Alte Bekannte«, knurrte Prospero mit Blick auf den Hauptmann. Er entdeckte auch das glupschäugige Walross mit dem hängenden Schnauzer, das ihn ins Gefängnis gebracht hatte.

»Ab hier übernehmen wir die Fuhre!«, dröhnte der Hauptmann.

»Nur über meine Leiche!« Mit diesen Worten stellte sich Prospero vor den Zugochsen.

»Wenn es weiter nichts ist!«, gab der Hauptmann gelassen zurück und trat drohend einen Schritt auf Prospero zu. Doch dieser wich nicht zurück. Benjamin hatte Recht: Es war Aufgabe des Menschen, das Böse in der Welt auszumerzen. Und wenn er, Prospero, es dafür mit einem Haufen bewaffneter Sbirren aufnehmen musste, dann würde er das auch tun.

35.

Cäcilia fühlte sich schwach und ausgelaugt, als sie erwachte. Sie fühlte einen Schmerz am Hals. Wie von einem blauen Fleck. Langsam kam die Erinnerung. Man hatte ihr die Augen verbunden und sie in ein Becken mit angenehm temperiertem Wasser getaucht. Zunächst hatte sie sich aus Angst, ertränkt zu werden, mit Händen und Füßen gewehrt. Sie bekam eine Ohrfeige, dass ihr Hören und Sehen verging, und man fesselte ihre Hände. Im Becken wuchs ihre Panik zunächst. Doch die Hysterie wich bald schon einer merkwürdigen Ruhe. Cäcilia versuchte, so viel wie möglich von dem, was mit ihr und um sie herum geschah, mitzubekommen.

Sie wusste nicht, wie lange sie bereits in der Gewalt ihrer Entführer war. Man hielt sie in einem Zustand ewigen Dämmers. Die Zeit stand still. Niemals zuvor hatte sie auch nur geahnt, wie sehr der Wechsel von Helligkeit und Finsternis den Menschen zur Orientierung diente. Wenn sie wenigstens eine Ahnung hätte, was man mit ihr vorhatte. Und jetzt auch noch dieses aberwitzige Bad.

Völlig unerwartet stach sie etwas in den Hals, und sie fühlte, wie warmes Blut herausdrang. Panisch schrie sie auf und trat um sich, was eine weitere Ohrfeige und Fußfesseln zur Folge hatte. War nun ihre letzte Stunde gekommen? Wollte man sie töten?

Doch nichts weiter geschah. Cäcilia spürte, wie das Blut langsam, aber stetig aus ihrem Hals quoll. Wenn man sie umbringen wollte, warum hatte man ihr nicht einfach die Kehle durchgeschnitten? Wieso ließ man sie stattdessen langsam verbluten? Sie empfand die Vorstellung, dass man ihr mit dem Blut das Leben entwenden wollte, als düster und befremdlich.

Allmählich fielen ihr vor Schwäche die Augen zu. Gnädig wie das Leben oder der Tod sein konnten, sah sie in einer ungekannten Intensität Bilder von einer bunten, vertraut wirkenden Sommerwiese vor sich. Dann erkannte sie den Ort, und ihr Herz sprang vor Freude. Sie war in Sicherheit. Sie befand sich im Garten hinter dem Landhaus, das ihre Familie in der Nähe von Orvieto besaß. Wer hatte sie gerettet? Wie kam sie hierher? Unwichtig.

Nichts war geschehen. Der Karneval und die Entführung schienen nur ein Alptraum gewesen sein, aus dem sie nun langsam erwachte. Wahrscheinlich war sie auf der Wiese in der prallen Sommersonne eingenickt, und die Hitze hatte ihr im Schlaf heftige Halluzinationen verursacht. Cäcilia stand auf und streifte durch das Gras, wobei sie ihre rechte Hand über die sonnengelben Margariten und das Rosa und Orange der Wicken gleiten ließ. Sie liebte diese Wiese, die der schönste Ort auf der ganzen Welt sein musste. Oft fuhren sie an den Wochenenden hinaus, und selten blieb bei diesen Ausflügen die Familie unter sich. Verwandte, Freunde, Bekannte fanden sich ein und fielen als ausgelassene Schar erholungswilliger Städter über das Landgut her. Stets schlossen sich ein paar Musiker der Gesellschaft gegen ein gutes Entgelt an.

Auf einmal hörte sie eine vertraute Stimme. »Cäcilia, Liebes.« Ihre Mutter. Wahrscheinlich traf gerade der ehrenwerte Guido Galani ein, der zwar erst Mitte dreißig, aber bereits Mitglied der Signoria, des Stadtrates von Orvieto war. Sein beruflicher Erfolg stand im krassen Gegensatz zu seinem Äußeren. Denn er wirkte wie ein zu groß gewordenes Wickelkind. Aber sie begrüßte ihn gern, denn sie mochte seine zuweilen linkische Art. Es bereitete ihr eine diebische Freude, dass der erfolgreiche und selbstsichere Mann nur im Zusammentreffen mit ihr in Verlegenheit geriet. So naiv war sie denn doch nicht, dass sie nicht wusste, was das zu bedeuten hatte. Der gute Stadtrat war bis über beide Ohren in sie verliebt und begehrte sie zum Weibe. Sie mochte ihn, aber sie liebte ihn nicht. Auf seinem kurzen Hals saß unverrückbar ein Kalbskopf, gutmütig, aber nicht erotisch. Man konnte Galani weder dick noch schlank nennen, er war irgendwas dazwischen. Er kam nicht deshalb voran, weil er entschlossen zugriff, sondern weil er warten konnte, weil er immer noch da war, zuverlässig, ehrsam, wenn die anderen längst gescheitert waren und sich im Konkurrenzkampf gegenseitig ausgelöscht hatten.

Das machte Cäcilia manchmal Angst, denn auch ihr gegenüber gab er denjenigen, der warten konnte. Er verlangte nichts, er forderte nichts, er stellte sie nicht auf die Probe oder drängte sie. Er besaß die Zurückhaltung des Fallenstellers, der irgendwann zum Zuge kommen würde. Wenn irgendwann alle, die um ihre Hand buhlten, abgelehnt worden wären, würde er immer noch da sein mit seinem Eheversprechen wie ein geöffneter Vogelbauer, in den sie unweigerlich hineinflattern musste. Auch wenn sie dieser Gedanke deprimierte, imponierte Cäcilia seine Gewissheit, seine Geduld. Er hatte wirklich an alles gedacht, nur nicht daran, dass sie mitten im römischen Karneval entführt werden würde. Mit Rom hatte er nicht rechnen können.

Die Finsternis der Ewigen Stadt tropfte jetzt in dicken Klecksen schwarzer Farbe auf das Bild der bunten Wiese und breitete sich aus wie vergossene Tinte auf einem Blatt Papier. Dann verschlang sie die Dunkelheit. Bis sie in ihrem Käfig wieder aufwachte. Was bedeutete der Schmerz am Hals? Warum das warme Bad und der Stich?

Irgendetwas geschah mit ihr, das sich ihr nicht erschloss. Keine Vergewaltigung, keine Folter. Was ihr zustieß, fand völlig außerhalb ihrer Vorstellungskraft statt. Cäcilia verlor jeden Halt. Alles um sie herum schien sich zu bewegen, als ob sie in einem Karussell säße. Sie musste das Karussell anhalten, bevor es immer schneller rotierte. Mit aller Kraft der Erinnerung stemmte sie sich dagegen. Im Geist ging sie alle Bücher durch, die sie jemals gelesen hatte, versuchte sich jede Geschichte, die ihr jemals erzählt worden war, ins Gedächtnis zu rufen. Irgendwann in ihrem Leben musste sie doch schon einmal von etwas Ähnlichem gehört haben. Irgendwo auf dieser Welt hatte sich so etwas doch mit Sicherheit bereits zugetragen, und wenn es so war, dann bestand doch die Chance, dass sie Kenntnis davon besaß und sich tief in ihrem Gedächtnis die Lösung dieses lebensgefährlichen Rätsels befand. Vielleicht verborgen unter irgendeiner anderen Geschichte. Sie musste sie nur aufstöbern.

Und dann hatte Cäcilia eine Erkenntnis, für die ihr Bruder sicher stolz auf sie gewesen wäre. Sie schwor sich, ihm davon zu berichten, sobald sie sich erst aus diesem Kerker befreit hätte.

36.

Prospero sah dem Hauptmann unbeirrbar in die Augen, und der winkte den walrossartigen Polizisten herbei. Der Sbirre wollte Prospero schon am Arm packen, da stach er mit dem Dolch zu. Er traf die Hand des Schergen, der vor Schmerz aufjaulte. Pepe stellte sich mit gezogenem Rapier neben Prospero.

»Sie haben es so gewollt!«, drohte der Hauptmann. Er zog blank.

»Steck das wieder weg, Bürschchen!«, drang eine tragende Stimme aus dem Dunklen. Prospero erkannte sie. Es war die Stimme des Tischlers. Entschlossene Männer, manche mit einem Messer, andere mit einem Rapier und wieder andere mit einem groben Knüppel bewaffnet, traten aus der Dunkelheit. Es waren die Väter der Mädchen, die das Gerücht, dass ihre Töchter gefunden worden waren, zur Posterule getrieben hatte. Es existierte keine Stadt auf der Welt, in der ein Gerücht sich schneller verbreitete als in Rom, denn hier waren die Häuser und Straßen aus viererlei Material gebaut: aus Steinen, Mörtel, Ohren und Mündern.

Als die Väter merkten, dass sie zu spät gekommen waren, hatten sie die Richtung eingeschlagen, aus der sie noch die Geräusche des davonfahrenden Karrens auf dem Kopfsteinpflaster hören konnten.

»Wagt es nicht, mich an der Ausübung meiner Pflicht zu hindern! Oder es wird euch schlecht ergehen!«, schnauzte der Hauptmann die Männer an.

»Willst du uns etwa töten? Spar dir die Mühe. Wir sind schon tot.«

»Wo warst du Held denn, als man unsere Mädchen raubte?«

»Wo warst du, als sie ermordet wurden?«

»Wo?«

»Du Maulheld!« Die Männer riefen zornig durcheinander.

Der Hauptmann lief rot an. Er wollte mit seinem Degen nach dem Tischler stechen, da landete eine eisenharte Faust auf seiner Nase. Ein knirschendes Geräusch verriet, dass sie unter dem Druck des Hiebes gebrochen war. Blut schoss heraus. Vor Schmerz ließ der Hauptmann das Rapier fallen. Er hielt sich das Gesicht und jammerte in den höchsten Tönen. Zwei Sbirren führten ihn fort, ein dritter hob das Rapier seines Kommandeurs auf und trug es ihm, rückwärts vor den Vätern der Mädchen zurückweichend, hinterher.

»Wenn noch jemand die Bekanntschaft mit der Faust von Claudio, dem Landsknecht, machen will, dann soll er sich melden!« Claudio blickte wild wie ein gefährliches Tier in die Runde. Die Sbirren zogen ab.

»Wir sind gekommen, unsere Töchter zu holen!«, sagte Marcello.

»Das geht leider nicht. Wir müssen sie mitnehmen«, erklärte Prospero sanft.

»Vorsicht!«, grummelte es aus der Gruppe.

»Ihr wollt doch auch, dass wir den Teufel fassen und verhindern, dass er weiter sein Unwesen treibt. Sollen etwa noch mehr Mädchen sterben?«

Die Männer schwiegen. Prospero konnte sich lebhaft vorstellen, was in ihnen vorgehen musste. Da lagen ihre Töchter wie Tierkadaver auf dem groben Ochsenkarren. Und anstatt dass sie wenigstens jetzt ihre Kinder zurückbekamen, wollte dieser Priester, den sie nicht kannten, sie ihnen wegnehmen.

»Was willst du mit unseren Töchtern?«

»Ihr seid Männer. Was ihr jetzt hören werdet, wird euch nicht gefallen, und es wird euch schmerzen, aber ich kann es euch nicht ersparen.«

»Raus mit der Sprache!«

»Red nicht um den heißen Brei herum!«

»Also gut. Wir fahren jetzt in die Pathologie. Wir werden uns die Mädchen genau anschauen, einige vielleicht obduzieren. Wir müssen sie befragen, sie müssen uns sagen, was ihnen widerfahren ist. Und sie werden uns in der Sprache der Toten antworten.«

Unruhe packte die Väter. »Das ist Leichenschändung«, rief einer. Andere pflichteten ihm bei. Doch Marcello hielt unerwartet gegen: »Der Dottore hat Recht. Ich will, dass das Schwein dafür bezahlt! Und wenn meine Tochter im Tod noch verhindern kann, dass es einem anderen Mädchen ähnlich ergeht, dann bin ich auf mein kleines Mädchen stolz.«

Prospero bewunderte den Tischler in diesem Moment. Die Männer schwiegen und dachten nach. Dann gingen sie zum Ende des Karrens, um Abschied von ihren Kindern zu nehmen. Wie gern hätte er ihnen diesen Anblick erspart. Sie, die diese Mädchen nur in voller Blüte kannten, sahen nun das groteske Spiel der Natur, ein Stück Biologie, aufgelöst in chemischen Prozessen. Wie gerne hätte er ihnen Trost gespendet, wie es einem Priester zukam.

Er blickte in ihre Gesichter: der eine äußerlich unbewegt und mit leerem Blick, doch innerlich ganz sicher von Qual zerfressen; der andere zusammengebrochen, auf dem Boden strampelnd wie ein Säugling. Der Dritte streichelte voller Zärtlichkeit über das faulende Fleisch des Geschöpfes, das einmal sein ganzer Stolz gewesen war. Der Vierte stand da, ohne eine Miene zu verziehen, zur Salzsäule erstarrt. Der Fünfte brüllte und brüllte und schwor Rache. Der Sechste verfluchte Gott. Und einer rammte sich still, ohne ein Wort, seinen Stahl ins Herz. Im Moment des Todes wurden seine Augen plötzlich heiter, so als schaute er bereits ins Paradies und entdeckte auf einer Wiese seine spielende Tochter.

Nein, Prospero Lambertini konnte diese Männer, die alle älter waren als er und mehr erlebt hatten, die wie der Landsknecht etliche Male durch Tod und Gefahr gegangen waren, nicht trösten. Womit sollte er ihnen denn kommen. Mit Hiob? *Der Herr hat es gegeben, der Herr hat es genommen?* Mit dem seligen Widertreffen in der Ewigkeit, ihnen, die auf Erden unverschuldet die Hölle erlebten? Er konnte nichts rückgängig machen, vermochte nichts zu ändern. Aber eines stand in seiner Macht, und wenn es auch nicht viel war, so würde es den Männern vielleicht helfen.

Er nahm alle Kraft zusammen und rief: »Hört mich an. Ich kann euch eure Töchter nicht zurückgeben. Sie sind gestorben, ohne dass den gottesfürchtigen Mädchen der letzte Segen erteilt werden konnte. Aber ich verspreche euch, wenn unsere Untersuchungen beendet sind, werde ich jeder Einzelnen die letzte Ölung erteilen. Sie erhalten das Sterbesakrament kraft der Macht, die mir von Gott und der Heiligen Mutter Kirche verliehen wurde. Und niemand, das schwöre ich euch, wird mich daran hindern! So wahr ich Priester bin! Auch dieser Mann dort wird das Sterbesakrament erhalten.« Prospero zeigte auf den Vater, der sich selbst umgebracht hatte. »Denn er ist vor Gott kein Selbstmörder, sondern ein Opfer wie diese getöteten Engel Gottes.«

Die Männer blickten ihn ernst an. Keiner sagte etwas, aber er konnte sehen, dass sie ihm vertrauten. Tief im Innern seines Herzens wusste Prospero, dass er es nicht nur für sie tat, sondern auch für sich. Denn nur dadurch, dass er ihnen das letzte Sakrament spendete, konnte er seinem Priestertum einen Sinn verleihen, nur dadurch konnte er den Glauben an Gott zurückgewinnen. Nicht nur die toten Mädchen mussten Frieden finden, auch er.

Noch einmal wandte er sich an die Männer: »Wir haben sie zusammen gefunden, wir sollten sie nicht mehr trennen. Morgen Mittag will ich ihre Körper in geweihter Erde bestatten, damit auch ihre armen geschundenen Seelen Ruhe finden.«

»Amen«, sagte einer und die anderen stimmten ein.

»Kennt einer einen Begräbnisplatz, wo das geschehen kann?«, fragte Prospero in die Runde.

»Auf dem Campo Verano«, kam die Antwort von Marcello. »Ich kenn den Friedhofspräfekten gut.«

»In Ordnung, so soll es sein. Geht hin, hebt die Gräber aus, und bereitet alles vor. Und du, Marcello, kannst du elf Särge zur Verfügung stellen und in die Sapienza bringen?«

»Sechs Särge habe ich in meiner Werkstatt, die anderen leihe ich mir bei Zunftgenossen.«

»Ich danke dir.« Dann wandte Prospero sich an den Philologen. »Hier hast du die Liste mit den Namen der Mädchen. Ruf sie nacheinander auf, und lass dir von den Männern die Leichen ihrer Töchter zeigen. In der Morgue musst du das Protokoll anfertigen. Meinst du, du stehst das durch?«

»Wenn es dir hilft, Cäcilia zu finden, dann ja«, antwortete Velloni tapfer, obwohl er doch recht blass um die Nase war. Er rief alle der Reihe nach auf, begonnen bei Marcello, dem Tischler, bis hin zu Domenico, dem Besenbinder. Dann traten die, die nicht in San Angelo, sondern in Regola oder Parione oder Ponte wohnten, zu ihm. Sie gaben ihren Namen an und zeigten auf ihre Töchter, oder auf das, was die Elemente und die Verwesung von ihnen übrig gelassen hatten. Gegen seine Erschütterung kämpfend, notierte der Philologe alles pedantisch genau. Er wusste, dass ihm kein Fehler unterlaufen durfte. Nachdem er fertig war, standen die Männer unschlüssig und verloren vor dem Hilfsauditor. Prospero schlug das Kreuz über sie: »*Der Herr lass leuchten Sein Antlitz über euch.* Geht hin und geht in Frieden.«

Dann setzte sich der Ochsenkarren wieder in Bewegung. Prospero Lambertini, Velloni, Benjamin und Pepe folgten ihm wie Verurteilte, denn sie wussten, dass ihnen Schlimmes bevorstand.

37.

»Diese Mädchen sollten nicht auf meinem Tisch liegen!«, knurrte Professor Fermi Prospero an, als wäre der für den Anblick verantwortlich. Und in gewisser Weise war er es ja auch, nicht für die Morde natürlich, aber für die Obduktion. »Sie sollten ihrer Mutter zur Hand gehen, mit Freundinnen von ihren Traumprinzen schwärmen, Sing- und Tanzstunden haben. Oder was weiß ich, was Mädchen in dem Alter so alles treiben, nur eben eins nicht, auf meinem Tisch liegen. Was haben sie hier verloren?«

Da Prospero die Empfindungen des Pathologen in dieser Sache voll und ganz teilte, erübrigte sich jeder Kommentar. Wenn das Grauen am Verstand rüttelte, dann halfen nur noch die festen Regeln vorgeschriebener Vorgehensweisen.

»Signor Velloni wird Protokoll führen. Fangen Sie Ihr so trauriges wie wichtiges Werk an, meine Herren!«, befahl Prospero sanft.

Die Morgue befand sich im Keller der Universität. Auf elf Eisentischen, die von Rinnen umsäumt waren, damit Blut und andere Körperflüssigkeiten ablaufen konnten, lagen die Mädchen nebeneinander wie Rettiche auf dem Gemüsemarkt. Der Hilfsauditor schämte sich für die Assoziation, aber er vermochte sich ihr nicht zu entziehen. Fackeln loderten und Öllampen blakten. Zuweilen verpufften Faulgase in einer Leiche oder schien ein Bauch zu implodieren. Prospero erschrak, weil er ein zunächst dumpfes, dann flatschendes Geräusch gehört hatte, wie von einer gefüllten Schweineblase, die zu Boden fiel und dann zerplatzte. Er hoffte, dass es nicht das war, was er vermutete. Übelkeit stieg in ihm auf. Es war genau das, was er vermutet hatte.

Von der Leiche des Mädchens, das schon am längsten tot war, hatte sich der rechte Arm gelöst, war zu Boden gefallen und auf dem Stein aufgeplatzt. Auf dem Boden breitete sich eine weiße Masse aus, die einmal ein Arm gewesen war. Er kämpfte darum, sich nicht zu übergeben. Als Benjamin sich beeilte, den Knochen mit dem Fleischgallert möglichst vollständig wieder auf den Tisch zu bekommen, war es mit seiner Beherrschung vorbei. »Hinten, in der Ecke!«, rief ihm der Professor noch zu, aber es war schon zu spät. Er spuckte und spuckte, es kam jedoch nur Galle. Wie lange hatte er eigentlich schon nichts mehr gegessen? Ein Besuch bei Gioacchino wäre höchst angebracht. Dieser Gedanke war so unpassend wie fahrlässig, denn der Würgereiz begann erneut zu wüten, umso heftiger, weil er nur noch Magensäure die Speiseröhre hinaufbefördern konnte. Fermi hielt ihm ein kleines Glas mit einer klaren Flüssigkeit hin. »Austrinken!«, befahl er. Prospero gehorchte. Plötzlich hob es ihm die Fußsohlen an, und er glaubte zu schweben, während seine Kehle wie Feuer brannte. Er wollte etwas fragen, aber seine Stimmbänder versagten den Dienst. Es kam nur ein Krächzen heraus.

»Reiner Alkohol«, erklärte der Professor. »Für die Nerven!«

Tränen traten in Prosperos Augen, aber er fühlte sich besser. »Verzeihung.«

»Entschuldigen Sie sich nicht. Wenn Sie nicht gekotzt hätten, wären Sie ein gefühlloses Schwein«, brummte der Pathologe. Prospero hörte eine gewisse Freundlichkeit heraus.

Die elf Mädchen in der Morgue waren das Schlimmste, was er jemals in seinem Leben gesehen hatte. Nichts schien ihm grausamer zu sein als Biologie, wenn sie sich der Chemie bediente und das Organische ins Anorganische wandelte. Wie tröstlich kam ihm dagegen die Theologie vor. *Stirbt aber ein Mann, so ist er dahin; kommt ein Mensch um – wo ist er? Wie Wasser ausläuft aus dem See, und wie ein Strom versiegt und vertrocknet, so ist ein Mensch, wenn er sich niederlegt, er wird nicht wieder aufstehen; er wird nicht aufwachen, solange der Himmel bleibt, noch von seinem Schlaf erweckt werden.* Aber Hiob sprach nur davon, dass ein Mensch sich *niederlegt* und *versiegt,* nicht aber davon, dass er grünlich wird, bevor sich der Körper marmoriert, sich Blasen auf der Haut bilden und die Organe aufquellen. Er sagte nichts von den Gasen, die in einem toten Körper entstehen, und nichts von dem süßlich-fettigen Gestank, der von ihm ausgeht, nichts von den Körperflüssigkeiten, die aus Mund und Nase treten, und er warnte auch nicht vor dem Zerfließen des Gewebes, der schrittweisen Zersetzung, die von der Natur in grausam-pedantischer Routine vorgenommen wird. Und selbst die Begriffe *Versiegen* und *Niederlegen* stimmten nicht, denn die Mädchen hatten sich nicht so einfach hingelegt, wie sie hier vor ihm aufgebahrt worden waren. Auch das Kohelet ging großzügig über die wesentlichen Details hinweg, wenn es sagte: *Es ist alles aus Staub geworden und wird wieder zu Staub.* Es verheimlichte die Chemie, die zwischen Staub und Staub wütete, den schleichend voranschreitenden Zerfall des Körpers. Da zwischen dem ersten und dem letzten Mord Monate lagen, demonstrierten die Leichen auf grauenvolle Weise die verschiedenen Phasen der Verwesung.

Fermis immer etwas nörgelig wirkende Stimme drang in seine Überlegungen ein. »Gut, Signor Benjamin, beginnen Sie links, ich rechts, und dann arbeiten wir uns voller Entzücken bis zur Mitte vor.«

»Wir beginnen mit den äußeren Merkmalen?«

Fermi zog die Brauen hoch. »Was davon noch zu erkennen ist, ja, selbstverständlich.«

»Die unterschiedlichen Todesdaten geben geradezu lehrbuchartig die verschiedenen Stadien des Zerfalls an«, stellte Benjamin nüchtern fest.

»Wollen Sie etwa die Studenten hinzubitten?«, entgegnete Fermi spitz. Er hielt in der Betrachtung inne und schaute mutlos über die Obduktionstische. Eine Zornesfalte teilte seine Stirn. »Das hat doch alles gar keinen Sinn!«

Prospero verstand ihn nicht und wollte ihn schon zu Ordnung rufen.

»Stimmt«, gab Benjamin dem Kollegen Recht. »Manche Wasserleichen werden uns zerbrechen, bei anderen werden wir kaum noch etwas erkennen können. Lassen Sie uns gemeinsam mit den Leichen anfangen, die im besten Zustand sind.« Fermi nickte.

»Die letzte Vermisste ist Francesca«, sagte Prospero und bat sie und ihren Vater Marcello stumm um Verzeihung.

Sie wollten gerade anfangen, da hörten sie, wie sich jemand mit ohrenbetäubendem Lärm dem Kellerraum näherte. Der Klang seiner Stiefel hallte in dem tunnelartigen Kellergang wider. Sie schauten sich fragend an, denn der Besucher trug vernehmbar Eisen unter seinen Sohlen.

»Der gespornte Teufel. Hab mich schon gefragt, wann er uns endlich besucht«, spottete Fermi.

»Diabolo!«, quetschte Pepe durch die Zähne. Er schien zu hoffen, dass es der Mörder war, damit er mit ihm abrechnen könnte. Prospero verstand den Katalanen nur zu gut. Dann überlegte er, ob das Kreuz oder das Messer im Notfall hilfreicher sein würde und griff zum Knauf des Dolches. Die Augen der fünf Männer und des Pathologiegehilfen richteten sich gespannt auf den Eingang der Morgue. Was man hochtrabend Eingang oder Tür nannte, stellte eigentlich nur eine Unterbrechung in der Wand dar. Die Toten konnten nicht weglaufen, und freiwillig kam kein Mensch hierher. Beschläge klackten mit der rhythmischen Regelmäßigkeit marschierender Soldaten auf den Boden. Prospero blickte zu Velloni. Der Philologe stand da und hielt mit Entschlossenheit seine Feder in die Höhe, als trüge er eine Rüstung und hätte ein Beidhänder in der Hand. Der Anblick rührte ihn. Wenn es tatsächlich der Vampir sein sollte, dann würde Prospero darauf achten müssen, dass der Philologe nicht auf das Ungeheuer losging, um ihm die Schreibfeder ins Herz zu treiben.

Auf den Boden vor dem Eingang fiel der Schatten des nächtlichen Besuchers. Angespannt warteten alle darauf, dass das unheimliche Geräusch sich materialisieren würde.

Eine mittelgroße Gestalt, vom Hut bis zu den Stiefeln in schwarz gewandet, eine runde Hornbrille mit dicken Gläsern auf der langen Nase, die sich aus einem schmalen, fleckigen Gesicht erhob, trat durch den Eingang und stellte behutsam einen riesigen Koffer ab. Der Mann wirkte wie der Kardinalstaatsekretär des Todes. Ohne ein Wort zu verlieren, musterte er ruhig und professionell eine Leiche nach der anderen. Seine Miene verriet nicht die kleinste Gefühlsregung. Prospero glaubte zu träumen. Wer war die absonderliche Gestalt? Scheinbar standen alle im Raum Anwesenden wie unter einem Bann, denn keiner traute sich zu fragen. Vielleicht war das Ganze auch nur eine Halluzination.

»Leopoldo Lacriano«, stellte die Halluzination sich wie nebenbei vor und entblößte dabei ihre Zahnstummel. Sie waren so schwarz wie die Kleidung des Mannes.

»Wer bezahlt Sie denn?«, fragte Fermi, der den merkwürdigen Kerl offensichtlich kannte.

»Die bedauernswerten Väter haben zusammengelegt. Sie wollen, dass ihre Töchter so gut wie möglich aussehen, wenn sie beerdigt werden.«

»Sie müssen sich gedulden!«

»Ich weiß. Die guten Leute haben mich ordentlich bezahlt. Aber wenn ich mir das hier so ansehe, dann werde ich doch an die Grenzen meiner Kunst geraten. Ich tu, was ich kann!« Lacriano nahm seinen Koffer und suchte sich eine Ecke, wo er den Kasten aufklappte. Danach begann er routiniert sein Werkzeug herauszunehmen. Zangen, Nadeln, Skalpelle, Bohrer, Pinzetten, Fläschchen und Phiolen kamen zum Vorschein. Prospero kam aus dem Staunen nicht mehr heraus. Fermi raunte ihm zu, dass Lacrianos Arbeit darin bestand, die Toten zu verschönern, eine Art Raffael der Verblichenen. Für gewöhnlich entstammte seine Kundschaft dem Adel, auch hatte er dem vom Todeskampf gezeichneten Gesicht Papst Innozenz XII. für die Aufbahrung zu einem freundlichen und vor allem gelösten Ausdruck verholfen, wie es einem Stellvertreter Christi zukam, der unmittelbar davorstand, dem Herrn zu begegnen.

»Fangen wir also mit Francesca an!«, sagte Fermi.

»Länger als zwei bis drei Tage ist sie noch nicht tot. Die Fäulnis hat gerade eingesetzt«, stellte Benjamin mit leiser Stimme fest.

»Die Hautfarbe ist unnatürlich bleich, die Totenflecken geringer, als man erwarten dürfte. Was denken Sie, Herr Kollege?«

Benjamin schüttelte den Kopf. Er ging einmal um die Leiche herum und untersuchte die Handgelenke. »Hätte ich eine Selbstmörderin vor mir, würde ich denken, sie hätte sich die Pulsadern aufgeschnitten.«

»Und dann ist die Selbstmörderin, um ganz sicherzugehen, noch in den Tiber gesprungen?«, spottete Fermi.

»Nein, natürlich nicht. Außerdem kann ich keine Schnitte entdecken.«

»Was halten Sie denn hiervon?« Der Pathologe wies mit seinem Skalpell auf eine aufgeplatzte Stelle am Hals.

Benjamin staunte. »Das Blut floss also aus ihrer Halsschlagader.«

»Ja, aber sehen Sie sich bitte den Riss in der Haut genau an. Und sagen Sie mir, ob Sie auch sehen, was ich sehe.« Benjamin beugte sich über den Hals des Mädchens. Mit dem Griff seines Skalpells fuhr er vorsichtig in die unweit voneinander entfernt liegenden Enden des Spaltes.

»Ursprünglich hat man die Halsaorta nur an zwei Stellen angestochen. Die Perforation erfolgte post mortem.«

Der Hilfsauditor hatte mit wachsender Spannung zugehört. »Könnte sie gebissen worden sein?«, platzte er heraus. Damit handelte er sich aber nur die mitleidigen Blicke der beiden Mediziner ein.

»Wer sollte das Mädchen denn gebissen haben?«, fragte Fermi verständnislos. »Nur ein Raubtier verfügt über Zähne, die eine solche Wunde verursachen könnten. Und soweit mir bekannt ist, hausen in der römischen Kanalisation nur Ratten.«

Velloni war indessen aufgestanden und sah sich die Stelle an Francescas Hals genau an.

»Nach den Abbildungen, die ich gesehen habe, ist die Wunde eindeutig!«, sagte er mit fester Stimme.

»Ach ja? Was ist es denn Ihrer fachkundigen Meinung nach, Herr Kollege?«, entgegnete Fermi in sarkastischem

Ton. Velloni indes ließ der Spott des Pathologen kalt. Er war sich seiner Sache sicher.

»Diese beiden ›Einstiche‹ am Hals des Mädchens wurden von den Eckzähnen eines Blutsäufers verursacht. Es handelt sich hier eindeutig um einen Vampirbiss!«

38.

Um in einer Kirche Trost und Sühne zu suchen, war er zu unentschlossen, vielleicht auch zu feige. Wenn er sonst in schwierigen Situationen zu Rafaels Tiburtinischer Sibylle gepilgert war, um im stillen Zwiegespräch mit ihr einen Weg zu finden, wagte er es diesmal nicht, ihr unter die Augen zu treten. In der Loggia der Villa Farnese hatte sie ihn schließlich noch ermahnt, aber er hatte ihre stumme Warnung in den Wind geschlagen. Valenti fühlte sich besudelt. Er hatte sein Gelübde gebrochen. Er hatte Gott hintergangen.

Der andere Ausweg, die Beichte, stand für ihn nicht zur Debatte. Der Graf verspürte nicht die geringste Lust, einen geifernden Priester mit Details seiner sexuellen Verfehlung zu füttern. Dafür kannte er die Durchschnittsgeistlichen in Rom zu gut. Die Sünden, die sich auf das Geschlechtliche bezogen, liebten sie besonders. Es genügte ihnen nicht, dass man gestand: Ich habe mit einer Frau oder der Frau meines Nachbarn geschlafen. Stellung und anatomische Besonderheiten der Frau unterlagen ihrer Auffassung nach der theologischen Begutachtung. Sie opferten sich förmlich auf, alle Einzelheiten anzuhören, und fragten auch gezielt nach, wenn der Sünder meinte, ihnen ein Detail vorenthalten zu dürfen. Schließlich galt es, den ganzen fürchterlichen Abgrund der Sünde zu ermessen. Valenti zweifelte daran, ob bei allen Beichtvätern während der Schilderung die Hände zum Gebet gefaltet blieben oder ob das, was sie stattdessen umfasst hielten, wirklich das Kreuz war. Beichteten diese Priester dann ihrerseits bei anderen Gottesmännern, um Absolution zu erhalten, würde Valentis Abenteuer schnell seinen Weg von Beichtstuhl zu Beichtstuhl durch ganz Rom machen und dabei mit jedem Mal wilder, abgründiger und wollüstiger werden.

Allenfalls seinen Freunden Michele und Prospero konnte er den Bruch des Gelübdes gestehen, aber der eine weilte zur Hochzeit der Schwester in Neapel, und den anderen fand er nicht. Er hatte vergeblich an seine Wohnungstür geklopft, und auch Velloni hielt sich weder daheim noch im Vatikan auf.

Allmählich beschlich Valenti das Gefühl, dass sich etwas Außergewöhnliches ereignet hatte. So klopfte er ungestüm den guten Gioacchino aus dem Bett. In Nachthemd und Nachtmütze berichtete der Wirt von den Leichen der Mädchen, die auf dem Tiber schwammen, und von dem Mordanschlag auf Prospero. Gioacchino konnte nicht ahnen, dass der Graf jedes seiner Worte als Anklage empfand.

Während sich Valenti mit der Gräfin im Bett gewälzt und Gott dabei betrogen hatte, hatte der Freund sein Leben in Gefahr gebracht, um die Schwester ihres gemeinsamen Freundes Velloni den Klauen eines Monsters zu entreißen. Anstatt die ihm übertragenen Aufgaben zu erfüllen, hatte er diese nur als Vorwand für ein Schäferstündchen genutzt. Was hatte er denn herausgefunden? Nichts! Weder über das Treiben der Vampire in den Habsburger Landen noch über Poelschau und den Grund seines Aufenthaltes im Stadtgefängnis, aus dem ihn ausgerechnet Cavalcanti befreit hatte. Außer einem gebrochenen Keuschheitsgelübde war nichts dabei herausgesprungen. Zum ersten Mal in seinem Leben schämte sich Sylvio Valenti Gonzaga für etwas. Schlimmer als das Versagen selbst brannte der Grund dafür auf seiner Seele, denn der bestand in nichts anderem als Eitelkeit. Aus der einen Todsünde, der Superbia, folgte die zweite, die Luxuria, die Wollust. Und das Feuer der Scham, das nun in ihm brannte, war nur ein Vorgeschmack auf die Hölle.

Valenti wollte sich nicht länger mit sich selbst und seinen Sünden beschäftigen, und er hatte auch Wichtigeres zu tun. Er musste Prospero finden und seinen Freunden zur Seite stehen. Gioacchino wusste nur, dass Prospero mit Pepe zur Posterule Tiberine in der Nähe der österreichischen Gesandschaft aufgebrochen war, um die Leichen zu bergen.

Als Valenti außer Atem dort ankam, traf er niemanden mehr an. Es war dunkel, es war still, und der Regen prasselte traurig auf die menschenleere Straße. Das Hochwasser stand bereits in dem Tor zum Tiber. Er kam gar nicht näher heran. Mitten auf dem Fluss meinte er ein flaches, breitbäuchiges Boot zu bemerken, wie es die kleinen Händler benutzten. Es schien von Trastevere zu kommen und auf die Gesandschaft zuzuhalten. Gleich würde es rechts in seinem toten Winkel verschwinden.

Das Boot erregte seine Neugier. Wer war um diese Zeit und bei diesem ungemütlichen Wetter noch auf dem Fluss unterwegs? Das kam ihm verdächtig vor. Schließlich war es lebensgefährlich. Mit gerümpfter Nase watete er Schritt für Schritt in das Hochwasser hinein, um das Boot im Auge zu behalten. Die Hose war bald triefnass und klebte kalt an seinen Beinen. Er begann zu zittern. Inzwischen stand ihm der Fluss bis zur Taille. Es half nichts, er musste noch weiter hineinlaufen, wenn er herausfinden wollte, wo der Kahn schließlich anlegen würde. Valenti erreichte den Baum, der, wie er sich erinnerte, auf einer kleinen Uferzunge stand. Dahinter begann das eigentliche Flussbett. Tiefen und Untiefen wechselten sich im Tiber heimtückisch ab. Weiter durfte er also nicht gehen, wenn er nicht riskieren wollte, plötzlich zu versinken.

Aber das war zum Glück auch gar nicht nötig. Dank der Uferzunge, die in den Fluss hineinragte, hatte er jetzt freie Sicht. Tatsächlich legte das Boot an der Hinterfront des düsteren Gesandtschaftspalastes an. Drei Männer, einer davon hochgewachsen und zwei eher gedrungen, mit hängenden Armen und gebückter Haltung, stiegen aus. Einer der affenartigen Kerle vertäute das Boot.

Valenti watete zurück zur Via Giulia. Ungeachtet der triefenden Hose und des durchweichten Justacorps lief er in Richtung des Ponte Quattro Capi. Plötzlich stand er vor einem großen See, aus dem grau und trist wie Felsen Häuser ragten. Der Teil des jüdischen Ghettos, der sich zum Tiber neigte, war überschwemmt. Das war insofern nichts Besonderes, als dass es immer mal wieder vorkam. Dennoch bedeutete das Wasser Gefahr, weil es die Häuser unterspülte. Der Papst hatte die Juden ins Ghetto gezwungen, ihnen aber nicht genug Wohnraum überlassen. Nun wuchsen zwar die Familien, aber die Wohnungen vermehrten sich nicht, so dass Stockwerk um Stockwerk auf die Häuser gesetzt wurde. Zahllose An-, Um- und Aufbauten wurden vorgenommen, ungeachtet der Statik. Diese ungeordnete Ausbautätigkeit hatte die Häuser im Laufe der Jahrzehnte und Jahrhunderte in lebensgefährliche Fallen verwandelt, und es war ein Wunder Gottes, dass sie nicht schon längst in sich zusammengebrochen waren. Kam jetzt allerdings das Hochwasser hinzu, konnte man mit Einstürzen rechnen. Außerdem folgten dem Wasser mit tödlicher Sicherheit die Seuchen: Ruhr und Diphtherie.

Valenti machte fluchend kehrt und eilte zum Ponte Sisto, um über den Tiber nach Trastevere hinüberzukommen.

Dann rannte er die Via della Lungara entlang bis zum Ponte Cestio. Diese Brücke führte auf die Tiberinsel, und von dort aus erreichte man über den Ponte Quattro Capi, der wie eine Verlängerung des Ponte Cestios wirkte, das Ghetto im Rione San Angelo. Normalerweise zumindest.

Valenti ließ die Brücke links liegen, weil sie ins Hochwasser führte, und ging auf der Insel zum Fluss hinunter. Aber auch hier war der Tiber über die Ufer getreten. Seine schmutzigen Wellen brandeten an eine halbhohe Mauer.

Der Graf sah an sich hinab. Seine Kleidung war ohnehin schon nass, also begab er sich beherzt ein weiteres Mal ins Wasser und watete zur Mauer. Er verzichtete darauf, die Holztür aufzustoßen, denn das hätte das alte Mauerwerk angesichts der drückenden Wassermassen zum Einsturz bringen können. Stattdessen kletterte er über die Umfassung. Der Boden stieg an, so dass er mit wenigen Schritten das Trockene erreichte. Dann stand der Graf vor einem Häuschen, das sich wie eine Hundehütte an eine alte Kirche lehnte. Er klopfte an die Tür. Eine alte Frau öffnete. Verschrumpelt, undeutbaren Alters, aber mit immer noch sehr wachen Augen.

»Ah, der Marchese. Was bringen Sie nur für ein Wetter mit?«, krächzte die Alte.

»Ich brauche das Boot, Lydia.«

»Was sonst.« Ihre Stimme klang wie ein Reibeisen. »Wird wohl mein letztes Hochwasser.«

»Seit wie vielen Überschwemmungen behauptest du das schon?«

»Ach du, Hosenscheißer!«

Wenige wussten, dass die Alte Lydia hieß, und noch weniger, dass sie vor einer Ewigkeit einmal Roms berühmteste Kurtisane gewesen war. Nachdem die Zeit endgültig vorbei war, ihr kleines Feld zu beackern, hatte sie sich aufs Kuppeln verlegt. Es war ein Gonzaga, der aus einer alten Dankesschuld heraus die ergraute Kupplerin vor dem Galgen gerettet und ihr diese mehr als bescheidene Wohnung mit freier Verköstigung in der Kirche San Bartolomeo besorgt hatte. Das Gotteshaus war auf den Ruinen eines alten Heiligtums errichtet worden, das dem Gott der Medizin, Äskulap, gewidmet war. Und so hatte am Ende auf verschlungene Weise alles seine Richtigkeit, denn wie das Wirken des Gottes Äskulap, so stand auch Lydias Tätigkeit einst im Dienste am menschlichen Körper.

Die Alte ging wortlos wieder ins Haus, während Valenti die kleine Barke, die an der Häuserwand lehnte, umdrehte, die beiden Ruder hineinpackte und das Ganze zur Umfriedung zog. Dann schob er ächzend das Boot über den Mauersims auf den Fluss, kletterte hoch und stieg ein. Er paddelte flussaufwärts unter dem unheimlich wirkenden Bogen des Ponte Quattro Capi hindurch. Ihm zur rechten erstreckte sich ein Bild der Trostlosigkeit. Wie sagte man in Rom? Der Tod kommt leise wie das Hochwasser.

Valenti dankte seinem Schöpfer, dass er in der Dunkelheit das Ausmaß der Katastrophe nur erahnen konnte. Es war ein seltsames Gefühl, allein auf dem Fluss zu sein. Ob es stimmte, dass einen in diesen Stunden die Flussgeister holten, gefräßige Wasserfrauen, die ihre Opfer bis auf den Knochen abnagten? Er legte sich kräftig in die Ruder, was ihm guttat, denn es verscheuchte die Kälte. Bald schon hatte er die Rückseite des Gesandtschaftspalastes erreicht. Vorsichtig und leise tauchte er die Ruder ins Wasser, um keine Aufmerksamkeit auf sich zu ziehen. Er steuerte die Barke behutsam zu dem großen vertäuten Boot und band sie an einer der beiden Rudergabeln fest. Fast lautlos glitt er hinüber und durchsuchte das Boot, so gut es eben im Dunkeln ging. Seine Hände tasteten den Boden ab, überprüften jede Unebenheit. Er fasste in etwas Schleimiges, wahrscheinlich Rotz. Angewidert wusch er sich die Hand im Fluss sauber. Dann untersuchte er weiter den Schiffsboden, mit der gleichen Akribie, auch wenn er sich jetzt dazu zwingen musste. Plötzlich berührte seine rechte Hand etwas Warmes, Metallisches. Unter allen Metallen fühlte sich nur Gold warm an. Vorsichtig griff er nach dem Gegenstand, hob ihn auf und hielt ihn sich dicht vor die Augen. Es war ein goldenes Kreuz an einer gerissenen, dünnen Kette. Valenti steckte es ein, suchte noch eine Weile geduldig weiter, fand aber nichts mehr. Dann erklomm er den Kai, öffnete die Tür an der schmucklosen Rückseite des Palastes und gelangte in einen dunklen Flur. Es roch muffig, und er sah die Hand vor Augen nicht.

Der Graf stieß mit dem Fuß gegen eine Stufe und schlich die vor ihm liegende Wendeltreppe mehr tastend als sehend hinauf. Was, wenn man ihn entdeckte? Dann würde er etwas von dunklen Gestalten stammeln, die er dabei beobachtet hatte, wie sie in den Palast einbrachen. Eine Tür versperrte ihm den Weg. Er öffnete sie vorsichtig und stand plötzlich Poelschau gegenüber. Das Gesicht des Reit- und Fechtlehrers drückte erst Erstaunen, dann Genugtuung aus. Valenti wusste, was das bedeute. Sein Ende. Er begriff in Sekundenschnelle, dass Poelschau in diesem Augenblick dem Schicksal für die Chance dankte, den verhassten Nebenbuhler zu töten. Später würde er sich damit herausreden können, dass er einen Einbrecher vermutet hatte. Wie sollte er denn ahnen, dass der Priester Graf Gonzaga bei Nacht vom Fluss her ins Haus eindringen würde? Ein bedauerliches Versehen.

Geistesgegenwärtig schlug Valenti die Tür zu. Dann hastete er die Treppe hinunter. Er hörte, wie die Tür wieder aufgerissen wurde und Poelschau etwas brüllte, das er nicht verstand, wahrscheinlich auf Deutsch. Dann setzten ihm eilige Schritte nach. Valenti trieb sich zu größerer Eile an, aber es war immer noch stockfinster. So trat er auf einmal ins Leere und stürzte. Vom Knöchel aus schoss ihm ein Schmerz das Bein hoch. Er rappelte sich dennoch auf und rannte weiter, wobei jeder Schritt mit dem linken Fuß höllisch wehtat. Verstaucht, Gott sei Dank nicht gebrochen, sonst hätten Flucht und Leben ein jähes Ende gefunden. Es wunderte ihn, dass die Treppe kein Ende nehmen wollte. Da wurde ihm schlagartig bewusst, dass er zu weit gelaufen war. Was für ein dummer Fehler! Er hatte die Stufen, die zum Kai führten, längst hinter sich gelassen. Jetzt konnte er nur hoffen, dass diese Treppe nicht in einer Sackgasse enden würde.

39.

Die Morgendämmerung drang zögernd durch die Fenster der Morgue. Als wollte selbst das Licht nicht hier sein. Öllämpchen waren aufgefüllt und Fackeln ersetzt worden. Prospero saß übernächtigt und völlig bleich auf einem Schemel. Er fühlte sich wie durchgeprügelt. Sie hatten Francesca und zwei weitere Mädchen vollständig obduziert. Die Oberkörper lagen geöffnet vor ihnen, Haut und Fleisch des Bauches und der Brust auseinandergeklappt wie das breite Revers eines Uniformrocks, während die Organe in Wannen schwammen. Es sah grotesk aus, grotesk und falsch. Benjamin und Fermi legten die Organe in die Körper zurück, dann nähten sie die Rümpfe wieder zu. Menschenschneider, dachte Prospero. Wie können sie das nur? Bewunderung nicht, aber Achtung empfand er für sie.

Lacriano arbeitete unauffällig, aber emsig an der Verschönerung der Leichen – sofern man eben noch von Verschönerung sprechen konnte. Manchen Körpern hatte das Wasser so sehr zugesetzt, dass ihm nur übrigblieb, die Leiber fest in mörtelbenetzte Tücher einzuwickeln, um zu verhindern, dass sie auseinanderfielen. Sie wirkten wie übergroße Wickelpuppen. Er arbeitete mit allen Tricks, mit Schminke, mit Knetmasse, mit Farbe, mit Drähten, mit Tüchern und Gips. Bei Prospero entstand der Eindruck, dass der Mann ein Bildhauer war, der mit Fleisch modellierte. Lacriano glaubte an seine Kunst. Nicht Raffael der Verblichenen, sondern Michelangelo der Toten wäre der passende Name für ihn gewesen.

Die beiden Pathologen glichen nun eher Metzgern als Medizinern. Sie banden sich die blutbesudelten Schürzen ab, dann wuschen sie sich gründlich die Hände, die Arme und die Gesichter in zwei Trögen. Ein Gehilfe brachte noch einmal frisches Wasser. Jetzt erst waren die beiden Ärzte zufrieden und kamen zu Prospero. Hätte er nicht wie sie die ganze Nacht in der Morgue zugebracht, wäre ihm der Leichengeruch, der von ihnen ausging, aufgestoßen. Velloni hatte ein Konvolut von Blättern mit dem Protokoll gefüllt. Dabei war er so eifrig und gewissenhaft zu Werke gegangen, dass es ihm gelungen war, seine Umgebung völlig zu verdrängen und im Vergleich zu Prospero erstaunlich frisch auszusehen. Cäcilia blieb zwar verschwunden, aber sie befand sich nicht unter den Leichen. Das flößte ihm ganz offensichtlich Hoffnung ein und spornte ihn an. Er setzte einen Punkt, nahm ein neues Blatt und wartete auf das Resümee.

»Widersprechen Sie mir, Herr Kollege, wenn Sie etwas anders sehen«, begann Fermi an Benjamin gewandt, bevor er sich zu Prospero drehte. »Fest steht, dass die Mädchen an hohem Blutverlust gestorben sind. Wir vermuten, dass dieser Blutverlust nicht auf einmal eintrat, sondern sich über einen längeren Zeitraum hinzog und bewusst herbeigeführt wurde.«

»Woraus schließen Sie das?«, fragte der Hilfsauditor.

»Wir haben an der Wunde die Reste einer Substanz festgestellt, die der Gerinnung des Blutes entgegenwirkt.«

»Ich verstehe Sie nicht, Professor.«

»Es ist ganz einfach. Wenn unser Blut nicht gerinnen und die Wunde durch das Gerinnsel verschließen würde, müssten wir verbluten. Will ich das Blut aber zum Fließen bringen, muss ich dieser natürlichen Eigenschaft entgegenwirken, beispielsweise durch Verwendung einer bestimmten Substanz«, dozierte Fermi.

»Was für einer Substanz?«

»Schlangengift beispielsweise verdünnt das Blut und hemmt die Gerinnung.«

»Wie lange wurden die Mädchen zur Ader gelassen?«

»Tage? Wochen? Das müssen Sie herausfinden. Ich kann Ihnen auf den Tag genau den Todeszeitpunkt nennen. Setzen Sie den zum Tag der Entführung des Opfers in Beziehung, dann erhalten Sie einen Anhaltspunkt, wie lange das Martyrium des Mädchens gedauert haben dürfte.«

»Wie ist der Täter vorgegangen?«

»Mit einer Nadel oder einer Lanzette wurden zwei Löcher in die Halsschlagader geschnitten. Die Haut zwischen den Einstichen platzte nur durch die Einwirkung des Wassers und die Entwicklung von Faulgasen auf. Wie etwas, das porös ist, schließlich bricht.«

»Könnten es auch zwei Zähne gewesen sein? Wie bei einem Biss?« Velloni blickte gespannt von seinem Blatt Papier auf. Fermi lächelte müde. »Ich weiß, Sie hatten vorhin schon einmal die Theorie, dass die Mädchen gebissen worden seien. Nein, wenn das der Fall gewesen wäre, hätten wir auch Gebissabdrücke finden müssen.«

»Wenn aber die beiden Eckzähne sehr viel länger als die dazwischen stehenden wären, würden sie einen Biss dann vielleicht nicht ausschließen?«, warf Velloni ein.

Man sah Fermi an, dass sich die Frage seiner Vorstellungskraft entzog, deshalb antwortete Benjamin für ihn. »Die Idee ist zwar sehr bizarr, aber durchaus denkbar. Was hast du im Kopf, eine Art Werwolf?«

»Lilith?«

»Ein Inkubus? Bei Mädchen?« Benjamin zog zweifelnd die Stirn kraus.

»Bereits der Kirchenvater Augustinus erzählt, dass der

Teufel seiner eigenen Zeugung in Babylon als Inkubus beiwohnte. So gesehen ...«

»Signori«, mahnte der Professor ärgerlich. »Können wir uns bitte wieder auf den Boden der exakten Wissenschaften zurückbegeben. Der Abstand zwischen den Löchern beträgt eine halbe Handbreit.«

Das entsprach in etwa dem Abstand zweier Eckzähne beim Menschen, dachte Prospero, sagte aber laut: »Haben Sie weitere Spuren einer Gewaltanwendung an den Leichen feststellen können: Folter? Misshandlungen? Vergewaltigung?«

»Nein. Sie wurden weder misshandelt noch vergewaltigt. Die Todesursache ist eindeutig ein zu hoher Blutverlust.«

»Ich habe alle Mädchen auf Anzeichen einer Vergewaltigung untersucht. Dabei ist mir aufgefallen, dass jede von ihnen *virga intacta* ist«, mischte sich Benjamin ein.

»Jungfrauen«, wiederholte Prospero nachdenklich. »Was glauben Sie, Professor Fermi? Weshalb hat man die Leichen versteckt?«

Der Pathologe zuckte mit den Achseln. »Bedaure. Ich kann Ihnen nur sagen, was geschehen ist, nicht aber, warum es dazu kam. Das ist Ihr Geschäft. Nicht meins.«

»Es ist ja durchaus nicht unüblich, dass ein Mörder die Leiche seines Opfers versteckt, um sein Verbrechen zu vertuschen. Aber vielleicht möchte der Täter hier noch etwas anderes verbergen. Etwas, das mit ihm selbst zu tun hat und uns auf seine Fährte bringen würde«, warf Benjamin ein.

»Die Leichen liefern uns sein Motiv. Er hat es auf das Blut der Mädchen abgesehen«, stellte Prospero fest. Er spürte, dass er sich der Lösung des Falls näherte. Alles kam jetzt darauf an, dass er sich konzentrierte und in der Spur blieb, weder abschweifte noch erlahmte. »Wie viel Blut hat der Mensch?«

»In etwa fünf bis sechs Liter«, antwortete der Professor.

»Und bei welchem Blutverlust stirbt er?«

»Schwer zu sagen....«

»Drei Liter, denke ich«, warf Benjamin ein und Fermi nickte zustimmend.

»Denken Sie bitte einen Moment nach, ob es eine Krankheit gibt, bei der der Erkrankte auf frische Blutzufuhr angewiesen ist.«

Die beiden Ärzte schauten sich nachdenklich an.

»Da gibt es einige. Das Problem ist nur, wie sollte man das Blut in den Körper des Kranken bekommen?«, erklärte Benjamin.

»Ich bitte um Entschuldigung. Die Frage ist naiv, doch ich muss sie zur Sicherheit stellen: Könnte man es nicht trinken?«

»Nein«, antwortete Fermi kategorisch. »Was man trinkt, scheidet man aus. Getrunkenes Blut geht nicht in den Blutkreislauf über. Jemandem, der beispielsweise an einer Blutanämie leidet, würden Sie damit nicht helfen können.«

»Etwas anderes ist es«, wandte Benjamin ein, »wenn man sich von Blut ernährt wie Mücken oder Egel beispielsweise. Ein Mensch, der versucht, sich ausschließlich von Blut zu ernähren, würde allerdings sterben. Menschen sind keine Blutsäufer.«

Menschen nicht, aber Vampire, fügte Prospero in Gedanken hinzu. Er rekapitulierte, was er wusste. Das Motiv der Entführungen lag zweifelsfrei vor ihm. Der Verbrecher benötigte das Blut der Jungfrauen. Und da er es scheinbar regelmäßig brauchte, war der Tod der Opfer ein Nebeneffekt, dem er nicht allzu viel Bedeutung beimaß. Andererseits wollte er offenbar nicht, dass seine perverse Leidenschaft bekannt wurde. Die Geheimhaltung war für ihn so wichtig, dass er nicht einmal vor einem Mordanschlag zurückgeschreckt war, um Prospero daran zu hindern, die Leichen zu bergen und ihre Untersuchung in die Wege zu leiten.

Dank des Hochwassers hatten sie endlich einen Zipfel des Geheimnisses in die Hand bekommen. Der Mörder gierte so sehr nach Jungfrauenblut, dass er vor keinem Verbrechen zurückzuschrecken schien. Was für eine Bestie war hier nur am Werke?, fragte sich Prospero schaudernd. Und wozu benötigte sie das Blut? Warum Jungfrauen? Was war das Besondere an ihrem Blut?

»Signori, bitte, eine letzte Frage!« Die Pathologen wandten sich bereitwillig noch einmal Prospero zu. »Unterscheidet sich das Blut von Jungfrauen von dem anderer Menschen?«

»Nicht, dass ich wüsste. Oder nur insofern, wie sich das Blut einzelner Menschen ohnehin voneinander unterscheidet: Manche haben dickeres, manche haben dünneres Blut. Aber mir ist nicht bekannt, dass es etwas mit der geschlechtlichen Unbeflecktheit zu tun hat«, antwortete der Professor ein wenig ratlos. Er erklärte bedauernd, dass sie in der Erforschung des Blutes noch ganz am Anfang stünden. Eigentlich wüsste man erst seit knapp einhundertfünfzig Jahren, dass es einen geschlossenen Blutkreislauf gab. »Das haben wir Servetus zu verdanken, aber den mussten die Protestanten in Genf ja unbedingt verbrennen. Idioten«, fluchte Fermi.

»Lieber Kollege, das Blut von Jungfrauen hat doch eine Besonderheit«, warf Benjamin ein, der die ganze Zeit geschwiegen und gegrübelt hatte. Alle Augen richteten sich auf ihn.

»Wenn man vermeiden will, dass das Blut durch eine Geschlechtskrankheit, durch eine sogenannte venerische Krankheit, verseucht ist, dann ist man bei Jungfrauen sicher, bei Jünglingen schon nicht mehr«, fuhr der Jude fort. Prospero hätte ihn umarmen können. Das war zumindest eine Erklärung.

»Wer also braucht Blut?«

»Vampire«, warf Velloni ein.

»Kommen Sie, Herr Kollege«, sagte Fermi zu Benjamin, »das ist nicht mehr unser Fachgebiet.«

»Wenn deine Theorie stimmen würde, müssten die Mädchen frisch aussehen und bereits selbst zu Untoten, zu Vampiren geworden sein«, hielt der Hilfsauditor dagegen.

Velloni ließ sich nicht beirren. »Spiel dich nicht als Experte auf. Vor zwei Tagen wusstest du noch nicht einmal, dass es diese Untoten gibt. Was habe ich dir gesagt: Klebe nicht an den äußeren Erscheinungen. Wir wissen nicht, wer uns gegenübersteht: ein Ghul, eine Lamie, ein Vampir oder ein Wesen, von dem wir bisher noch nichts gehört haben. Kennen wir denn die Arten und die alten Geschlechter der Blutsauger? Nein. Oder genauer: kaum.«

»Bisher wissen wir nur, dass jemand in Rom scharf auf Jungfrauenblut ist! Nicht mehr und nicht weniger!«, bekräftigte Prospero seinen Einwand. Von Berufs wegen war er erst bereit, an Wunder oder übernatürliche Erscheinungen zu glauben, wenn alle naturwissenschaftlichen Erklärungen ausgeschöpft waren.

»Aber wer bitte benötigt Blut, wenn nicht ein Blutsäufer, ein Vampir? Wer, Prospero?!«

Darauf hatte Prospero Lambertini allerdings auch noch keine Antwort.

40.

Am Fuße der Treppe öffnete sich vor ihm ein Gang, der sich in Dunkelheit aufzulösen schien. Er konnte nicht mehr zurück. Seine Verfolger waren ihm so dicht auf den Fersen, dass er schon meinte, ihren Atem im Nacken zu spüren. Sie trieben ihn immer tiefer in die unterirdischen Gänge des Palastes hinein. Valentis Fuß schmerzte immer stärker. Er biss die Zähne zusammen und rannte schneller.

Zu spät erkannte er die Tür vor sich und krachte mit voller Wucht dagegen. Mit einem Aufschrei fiel er auf den Hosenboden, war aber sofort wieder auf den Füßen, riss die Tür auf und spürte im gleichen Moment eine Hand an seinem Kragen. Reflexartig drehte er sich um seine eigene Achse und rammte sein Knie in Poelschaus Unterleib. Der brüllte auf und stolperte zurück. Valenti wandte sich wieder um, öffnete die Tür, die inzwischen zugefallen war, erneut und floh in einen großen Raum.

Ein Blick verriet ihm, dass er jetzt auf der Straßenseite des Palastes sein musste, denn durch die Fenster, die unerreichbar hoch für ihn kurz unter der Decke eingelassen worden waren, brach erstes Morgenlicht. Überall standen Bottiche mit Wasser, in einigen schwamm Wäsche. Kleidungsstücke, Bettlaken und Decken lagen in Haufen daneben. Vor sich entdeckte er einen Holzkessel mit einer halbflüssigen, schmierigen Substanz. Innerlich jubelte er. Seife. Er stieß den Kessel um, und die gallertartige Masse verteilte sich auf dem Boden.

Er hatte jetzt fast das Ende des Waschraumes erreicht. Vor ihm befand sich eine weitere Tür. Er wandte sich zu seinen Verfolgern um, und der Anblick erheiterte ihn. Poelschau und seine beiden Spießgesellen waren ins Rutschen gekommen, vollführten die komischsten Figuren und aberwitzigsten Verrenkungen, bevor sie schließlich doch auf dem Hintern oder auf dem Bauch landeten. Sie fluchten und schimpften.

»Auf Wiedersehen Signori, hat mich gefreut, Ihre Bekanntschaft gemacht zu haben«, rief er übermütig. Aber kleine Sünden straft der liebe Gott sofort, denn diese Tür war verschlossen. Valenti rüttelte mit aller Kraft daran, doch sie wollte nicht nachgeben. Der Reitlehrer hatte es geschafft, sich zu erheben und die Schmierseifenzone zu verlassen. Seine Augen funkelten vor Wut, als er seinen Degen zog.

»Machen Sie Ihren Frieden mit Gott, Reitknecht!«, fuhr er den Grafen an.

»Reitknecht?«

»Sind wir das nicht alle vor der Gräfin! Oder vielmehr«, fügte er schmierig lächelnd hinzu, »unter der Gräfin.« Daher wehte der Wind also, dachte Valenti, er hatte sich nicht getäuscht. Der Mann kochte vor Eifersucht. Zum ersten Mal sah Valenti die beiden Gehilfen des Reitlehrers, die links und rechts von Poelschau ein Stück hinter ihm zum Stehen kamen. Den einen zierten eine furchterregende Wunde an der Wange und eine taubeneigroße Beule am Kopf. Poelschau hob seine rechte Hand.

»Lasst es gut sein. Der gehört mir. Ihr könnt gehen. Oder bleibt, wenn ihr das Schauspiel nicht verpassen wollt, wie ich den Priester ins Jenseits befördere.«

Die beiden Gehilfen suchten sich in einiger Entfernung einen Platz. »Geben Sie mir ein Rapier!«, forderte Valenti wie selbstverständlich.

»Wozu?«

»Wollen Sie sich denn nicht mit mir duellieren?«

»Träumen Sie weiter, Graf Gonzaga! Die vermeintlichen Regeln Ihres Standes gelten hier nicht. Es geht einzig und allein darum, dass ich Sie jetzt in Fetzen schneiden werde. Bedaure.«

»Dann nenne ich Sie einen Schuft, einen ehrlosen Ganoven, einen Hundsfott, einen Dreckskerl ...«

»Sie können mir so viele Schimpfworte an den Kopf werfen, wie Ihnen beliebt. Mich interessiert nur Ihr Tod, nicht meine Ehre. Die Ehre ernährt mich nicht, die Spitze meines Rapiers hingegen schon.«

Da wusste Valenti, dass Ignaz Edler von Poelschau nicht von Adel war und er sich das »von« nur angemaßt hatte, wenn der Name überhaupt stimmte.

»Wer sind Sie wirklich? Sie können es mir doch sagen, wenn Sie mich ohnehin ins Jenseits schicken werden.«

»Warum soll ich Ihnen den Tod erleichtern? Sie werden von der Hand eines Mannes sterben, über den Sie nichts, aber auch gar nichts wissen. Doch vielleicht tröstet es Sie zu erfahren, dass Sie diese Reise nicht allein antreten werden. Ihr Freund Prospero Lambertini wird Ihnen bald schon, sehr bald schon, folgen!«

»Was hat Prospero damit zu tun?«

»Er steckt seine große Nase zu gern in Angelegenheiten, die ihn nichts angehen. Dabei wurde er gewarnt!«

Damit verstummte der Reitlehrer und hob mit eiskaltem Blick sein Rapier. Nichts stand nun mehr zwischen Valenti und der bösartig funkelnden Spitze des Degens.

41.

Als sie auf die Straße hinaustraten, nieselte es zwar noch, aber der Regen hatte an Intensität verloren. Prospero kam es so vor, als sei nur sein Körper aus der Unterwelt aufgetaucht, während sein Geist noch in der Morgue weilte. Zwei Frauen liefen laut redend und heftig gestikulierend an ihm vorbei – Römerinnen eben. In der Ferne holperte ein Fuhrwerk über die Straße. Das Leben geht einfach weiter, egal was passiert, dachte er. Er wandte sich Velloni zu und spürte sofort die ungeheure Verlassenheit des schmalen Mannes, der dort neben ihm im Regen stand. Der Philologe schien unfähig zu sein, sich zu bewegen. Mitleid überkam Prospero, gleichzeitig glaubte er an die Wirksamkeit seiner Beschäftigungstherapie. »Such in den Quellen nach allem, was du zum Thema Jungfrauenblut finden kannst«, wies er den Freund an.

»Jungfrauenblut«, wiederholte dieser mechanisch.

»Ja, vor allem welche besonderen Wirkungen ihm zugeschrieben werden. Vampire ernähren sich von Blut, so viel wissen wir. Aber was hat es mit dem Jungfrauenblut auf sich, wozu kann es dienen? Vielleicht wird es bei satanischen Ritualen eingesetzt, beispielsweise zur Beschwörung von Beelzebub oder Azazel oder Pazuzu. Was weiß denn ich? Und wie immer, es eilt.«

Prospero hatte sich nichts Böses dabei gedacht, aber dieses eine Wort ließ Vellonis Kopf rot anschwellen. »Es eilt? Ja, und wie es eilt! Jagen wir endlich diesen verfluchten Blutsäufer!«, brüllte der Philologe. Zum ersten Mal in den sechs Jahren, in denen sie nun schon befreundet waren, sah Prospero den sanftmütigen Bibliothekar wütend.

»Es ist noch zu früh, um sich auf eine Hypothese festzulegen«, sprach er begütigend auf den Freund ein.

»Für dich mag es ja zu früh sein, aber für Cäcilia vielleicht schon zu spät. Ich sag dir, wen Jungfrauenblut magisch anzieht: Vampire. Lass uns diese Ungeheuer endlich zur Strecke bringen! Ich will nicht, dass meine Schwester zu einer Untoten wird!« Velloni zitterte jetzt heftig am ganzen Leib. Seine Augen indes loderten, als hätte ein Fieber von ihm Besitz ergriffen.

»Wie willst du sie denn jagen?«, fragte Prospero sanft.

»Du bist doch der große Ermittler! Aber du schleichst ja nur feige um die Wahrheit herum. Und soll ich dir sagen, weshalb? – Weil du Angst hast. Und du dich am liebsten verkriechen würdest. Dann verkriech dich doch! Los! Suche ich sie eben allein. Am Ende hat man nur sich!«

Die letzten Worte trafen Prospero mitten ins Herz. Velloni straffte die Schultern und wandte sich zum Gehen. Doch Prospero packte ihn am Arm und sah ihn eindringlich an. »Ich werde der Vampirspur nachgehen. Ich gebe zu, die Vorstellung, dass ein Vampir in Rom Menschen anfällt, bereitet mir Angst. Große Angst sogar. Aber wenn wir uns in diese Theorie verbeißen und uns irren sollten, dann hätten wir viel Zeit verloren. Deshalb lass uns getrennt marschieren. Ich folge der Hypothese, dass wir es mit einem Untoten zu tun haben, der sich von Blut ernährt, und du prüfst, ob noch andere Erklärungen in Betracht kommen. Abgemacht?«

Velloni hatte Prosperos Blick kurz erwidert, bevor seine Augen einen leeren Ausdruck annahmen und er schließlich durch ihn hindurchzuschauen schien. »Das Blut, das viele Blut, die armen toten Mädchen. Riechst du es? Dieser Gestank, überall ist er, der Totengestank. Wir werden ihn nicht mehr los, Prosperino, unser ganzes Leben wird er uns begleiten …«

Wie wirr und doch wie wahr zugleich der Freund redete, dachte Prospero, denn der Geruch und die Bilder würden sie tatsächlich ein ganzes Leben nicht mehr loslassen. So glaubte auch er. Das wusch keine Seife und keine Zeit ab. Jetzt begriff er, dass der Philologe, der so tapfer durchgehalten hatte, das ganze Grauen in der Morgue wie ein Schwamm aufgesogen hatte, ohne sich damit auseinanderzusetzen. Und nun waren die unverarbeiteten Eindrücke in der engen Hülle seines Körpers und seines Geistes explodiert.

»Prospero, werden wir Cäcilia finden?«, fragte er leise.

»Ja.«

»Werden wir sie etwa so finden?« Er deutete mit dem Kopf hinter sich in Richtung Universität, in Richtung Morgue. »Tot und verunstaltet wie die anderen Mädchen?«

»Ich weiß es nicht«, antwortete Prospero wahrheitsgemäß. »Aber lass uns alles tun, damit es nicht so kommt. Und nun geh und befrage deine Quellen. Wir brauchen alle Hinweise, die wir kriegen können.«

Wenig später trat Prospero Caprara in dessen komfortablem Arbeitszimmer in der Cancelleria gegenüber.

»Wie siehst du denn aus?«, fragte der Auditor seinen Schützling.

Der Richter hörte sich Prosperos Bericht über die jüngsten Ereignisse an, ohne eine Zwischenfrage zu stellen. Seine freundliche Miene verfinsterte sich indessen zunehmend.

»Das ist ja ganz schön starker Tobak, lieber Landsmann«, fasste er schließlich zusammen. »Aber auch ich war nicht untätig. Ich weiß jetzt, warum der Papst in der Klemme steckt, und ehrlich gesagt, ich würde um alles Geld der Welt nicht mit ihm tauschen wollen.« Und dann begann er, seinen Assistenten in die Geheimnisse des großen Spiels mit Namen Politik einzuweihen.

42.

Die scharfe Klinge seines Gegners näherte sich Valenti bedrohlich. Doch Gefahr kühlte sein erhitztes Blut ab. Aus dem Augenwinkel entdeckte er auf dem Rand eines Zubers ein nasses Laken. Schnell griff er danach, nahm beide Enden in seiner rechten Hand zusammen, brachte es zum Rotieren, und ehe der Reitlehrer reagieren konnte, traf ihn der schwere Stoff hart am Kopf. Er taumelte. Mit dem nächsten Schlag erwischte Valenti die rechte Hand des Feindes. Poelschau schrie auf, und das Rapier fiel zu Boden. Der Graf ließ das Laken fallen, ergriff einen am Boden stehenden Eimer und warf ihn mit aller Kraft auf den Angreifer, der von der Wucht des Aufpralls zu Boden geschleudert wurde. Um ganz sicherzugehen, stemmte sich Valenti nun gegen einen schweren Wäschebottich, bis dieser kippte und auf den Reitlehrer stürzte. Dann hob er das Rapier auf. Der Stahl in seiner Hand fühlte sich gut an. Ein Gefühl, mit dem der Graf etwas anfangen konnte.

Poelschaus Paviane waren aufgesprungen und standen nun mit blankgezogenen Waffen vor ihm. Valenti war wild entschlossen, den Buben eine Lektion in klassischer Fechtkunst zu erteilen, auch wenn er damit aller Voraussicht nach Perlen vor die Säue warf. Er vollführte eine blitzartige Finte gegen den Linken, der erschrocken zurückwich. Dann wandte er sich mit einer Ligade gegen den rechten Feind und schlug ihm die Waffe aus der Hand. Dem erneut angreifenden linken Gehilfen begegnete er mit einer Parade, die er übergangslos mit einer Riposte verband und dabei dem Gehilfen einen Stich zwischen Bauch und Herzen versetzte. Quiekend wie ein Schwein brach der zusammen.

Der Graf wusste, dass die Verletzung nicht tödlich war. Der andere Gehilfe sah von einem erneuten Angriff ab und suchte sein Heil in der Flucht.

Valenti zögerte. Gern hätte er dem Reitlehrer endgültig den Garaus gemacht. Aber einen Wehrlosen zu töten ging gegen seine Ehre. Und die bestimmte Valentis Lebensgefühl. Vom Volk konnte man sie nicht erwarten, aber wenn es eine Rechtfertigung für die Existenz des Adels gab, dann war es die Ehre. Lumpen mochten Menschen auf jede erdenkliche Art meucheln, aber ein Mann von Adel tötete nur im fairen Kampf. Valenti hegte nicht die Illusion, dass die Mehrzahl seiner Standesgenossen diese Ansichten teilte, aber wer sein Handeln am Denken der Mehrheit ausrichtete, war ein Hundsfott.

»Das nächste Mal, Freundchen, fechten wir es bis zum Ende aus«, rief er dem am Boden liegenden Gegner zu, der langsam wieder zu sich kam. Der flüchtige Affe war mit Sicherheit unterwegs, Hilfe zu holen. Valenti konnte also keinen Waffengang wagen, denn so leicht wie seine primitiven Schlagetots ließ sich der Reit- und Fechtlehrer sicher nicht besiegen. Einen kräftigen Fluch ausstoßend eilte der Graf dem Ausgang zu, wobei er die Seifenlache geflissentlich umging. Er hastete die Treppe hoch und spürte wieder die Schmerzen, die von seinem verstauchten Fuß ausgingen. Im Kampf auf Leben und Tod waren sie nicht mehr zu ihm durchgedrungen. Wie seltsam der Mensch doch war.

Im Licht des Morgens wirkte das Treppenhaus nicht mehr so düster. Mühelos fand er jetzt den Ausgang zum Pier. Er kletterte in sein Boot und ruderte in Richtung Tiberinsel, um die Barke zurückzugeben und sich anschließend in der Hoffnung, Prospero Lambertini dort anzutreffen, auf den Weg in die Cancelleria zu machen. Ansonsten würde er sich Alessandro Caprara anvertrauen.

Auch wenn es noch nieselte, hatte sich der Himmel aufgehellt. Vielleicht würde der Regen bald ein Ende nehmen. Jetzt allerdings sah Valenti erst das ganze Ausmaß der Überschwemmung, welches das dunkle Tuch der Nacht und der Wolken so gnädig verdeckt hatte.

Das Ufer und der gesamte Vorplatz der Synagoge hatten sich in einen See verwandelt. Der Tiber war von seinem Bett aufgestanden und hatte es sich in der Stadt bequem gemacht. In dem Moment fiel vor Valentis Augen ein Haus in sich zusammen wie ein Mensch, der die Gewalt über seine Beine verloren hat. Die oberen Stockwerke verharrten noch den Bruchteil einer Sekunde, als wunderten sie sich darüber, dass unter ihnen plötzlich nichts mehr war, das sie hielt, und stürzten dann betrübt in die Tiefe. Valenti überraschte es, wie gefühllos er die Katastrophe beobachtete. Müdigkeit betäubte zunehmend seine Wahrnehmung. Boote zerteilten die trostlose schlammigbraune Masse des Wassers. Einige Menschen suchten nach Überlebenden, andere nach fremder Habe. Es war eine gute Zeit, sich zu bereichern.

43.

Capraras Neuigkeiten machten Prospero fassungslos. Er hatte Albani für viel zu klug gehalten, um in eine solche Falle zu tappen. Andererseits verdeutlichte Albanis Versagen, dass die gerissenen Akteure der Macht zugleich große Dummköpfe sein konnten.

Als der spanische König Karl II. vor einem Vierteljahr gestorben war, ohne einen Erben zu hinterlassen, entbrannte zwischen dem französischen König Ludwig XIV. und Kaiser Leopold I. ein Streit um die Krone Spaniens, mit der beide ihre zweitgeborenen Söhne zu krönen gedachten.

Jeder der zwei Herrscher verwies auf gute dynastische Gründe zu Gunsten seines Sohnes. So weit bestand ein Patt. Aber hinzukam, dass der Franzose vom kinderlosen Karl II. – den das Volk *El Hechizado,* den Verhexten, nannte – im Testament als Nachfolger bedacht worden war. Diese letzte Verfügung des spanischen Monarchen sorgte dafür, dass sich die Waagschale der rechtlichen Erwägungen zu Gunsten des französischen Königssohns neigte. Und genau darin bestand das Problem des Papstes. Denn ein Mann hatte sich bei dem vom Tode gezeichneten Spanier besonders für die französische Lösung stark gemacht: der Kardinal Albani. Dadurch hoffte er, die Unterstützung des Sonnenkönigs für das bevorstehende Konklave zu bekommen. Alles ging gut. Albani wurde gewählt. Die Franzosen unterstützten ihn, die Österreicher hatten keine Einwände, denn sie wussten nichts von Albanis Geheimdiplomatie. Karl II. starb am 1. November 1700 sechs Tage vor seinem neununddreißigsten Geburtstag. Drei Wochen später krönte man Gian Francesco Albani mit der Tiara, und er nahm den Namen Klemens XI. an.

Unglücklicher hätte kein Pontifikat beginnen können, denn die scharfen Auseinandersetzungen zwischen den Bourbonen und den Habsburgern um die Herrschaft über Spanien, Neapel und Sizilien zerriss sehr schnell den Schleier, der die geheimen Aktivitäten Albanis bis dahin bedeckt hatte. Der neue Papst stand jetzt für die Österreicher als Lakai des französischen Königs da. Er durfte sich einerseits nicht vom Sonnenkönig distanzieren, musste jedoch andererseits den Kaiser mit sich versöhnen, um in dem Konflikt, der sich zum Krieg auszuweiten drohte, eine neutrale Position einzunehmen. Gelang ihm das nicht, konnte es ihn die Tiara kosten.

»Du kennst den Schauplatz des bevorstehenden Krieges«, konstatierte Caprara.

»Italien. In Italien werden die Heere der Großmächte aufeinandertreffen«, schlussfolgerte Prospero. Klemens XI. besaß also ein vitales Interesse daran, Leopold gnädig zu stimmen. Eine Expressheiligsprechung eines Familienmitgliedes stellte in diesem Zusammenhang eine schöne und verbindende Geste dar. Einmal mehr wurde Prospero klar, dass Albani ein Schurke war.

»Deshalb also!«, stellte er grimmig fest.

»Ich habe noch etwas in Erfahrung gebracht.« Caprara schüttelte seufzend den Kopf; es war nicht auszumachen, ob er verärgert oder nur verwundert war. »Ich habe einige juristische Dokumente aus der Geschichte unserer Kirche studiert. Wenn sich der Kaiser auf Friedrich I. Barbarossa und seinen Kanzler Rainald von Dassel beruft oder wenn er die Argumentationslinien Pater William von Ockhams und Fra Marsilios aus dem *Defensor pacis* übernimmt, dann kann er daraus das Recht ableiten, als Kaiser des Heiligen Römischen Reiches den Papst wegen schlechter Amtsführung abzusetzen.«

»Den Papst absetzen?«, entfuhr es Prospero. Die Kinnlade fiel ihm herunter.

»Mach den Mund zu. Luther hat es getan, Heinrich VIII. hat es getan, jeweils für ihre Lande. Wenn die Heere sich in Italien Schlachten liefern, wäre es für die Armee des Kaisers ein Leichtes, nach Rom zu kommen und einen Österreicher auf die Cathedra Petri zu setzen.«

Prospero mochte Albani nicht, aber immerhin war er jetzt der Pontifex und damit sakrosankt. Das galt für ihn bei allem persönlichen Hader als oberstes Gesetz: Den im Konklave gewählten Nachfolger Christi durfte niemand abberufen außer Gott. Es war gut, dass Caprara herausgefunden hatte, wie dicht Klemens XI. mit dem Rücken zur Wand stand. Man musste ihm wohl zugestehen, dass er angesichts der verfahrenen Situation das Richtige tat. Auch wenn es unmoralisch und die Folge zuvor begangener Torheiten war.

In ihr betretenes Schweigen hinein drängte sich der Lärm eiliger Schritte. Die Tür wurde aufgerissen und ein zerzauster Mann in der Kleidung eines Geistlichen, aber mit einem Rapier in der Hand trat in das Arbeitszimmer. Nur Menschen, die ihn gut kannten, hätten in dem Eindringling den Grafen Sylvio Valenti Gonzaga zu erkennen vermocht.

»Heilige Jungfrau Maria! Was ist denn dir widerfahren?«, rief Prospero entgeistert aus. So hatte er seinen Freund noch nie gesehen. Es konnte geschehen, was wollte, der Graf Gonzaga fand immer die Zeit, sein Äußeres wieder zu richten. Diesmal jedoch offensichtlich nicht.

Valenti erzählte in kurzen Worten von seinem nächtlichen Abenteuer. Als er beiläufig erwähnte, dass der eine der beiden Gehilfen eine Wunde in der rechten Wange hatte, wurde Prospero hellhörig. »Hatte er etwa auch eine Kopfverletzung?«

»Eine riesige Beule an der Stirn.«

»Die Male hat er mir zu verdanken! Der Kerl hat versucht mich zu ermorden.«

»Teufel eins!«, entfuhr es Valenti. Prospero und Caprara brannten darauf, das Ende von Valentis Geschichte zu hören, deshalb beschworen sie ihn weiterzureden. Am Ende seiner Schilderung reichte er Prospero das goldene Kreuz. Caprara gesellte sich neugierig zu seinen Assistenten. Gemeinsam schauten sie sich das Kreuz an, wendeten es schließlich und fanden ein winziges Monogram: C.

»Cäcilia«, vermutete der Hilfsauditor laut. Die Puzzleteile schoben sich in seinem Kopf zusammen. David von Fünen spähte die Mädchen aus, die Poelschau mit seinen Gesellen entführte. In den Tiefen des Gesandtschaftspalastes hielt man sie gefangen.

»Schnell, wir müssen den Palazzo durchsuchen!«

»Halt!«, hielt sein Vorgesetzter ihn zurück. Er erinnerte Prospero an die Quartierfreiheit, die für die Gesandten existierte. Die Mitarbeiter der Rota durften ohne Genehmigung des Papstes und ohne das Einverständnis des Botschafters den Palast nicht betreten. Prospero bemerkte, dass Valenti unruhig wurde, als das Gespräch auf Stamitz und dessen Frau kam. Er erklärte nur kurz angebunden, nicht zu wissen, ob der Graf und die Gräfin in die Umtriebe verstrickt seien. »Hast du noch etwas anderes herausgefunden, Valenti?«, fragte Prospero und erhielt ein knappes Kopfschütteln zur Antwort. Caprara entschied, dass Prospero die toten Mädchen christlich beerdigen und anschließend in den Quirinalpalast kommen sollte, wo sie den Papst überzeugen müssten, die Durchsuchung des Gebäudes zu genehmigen. Caprara wollte in der Zwischenzeit versuchen, den Papst auf ihre Seite zu ziehen. Die Aussichten dafür standen nach allem, was sie bisher erlebt hatten, nicht gut. Aber es war ihre einzige Chance.

44.

Sie trieben sich gegenseitig zur Eile an. In Valentis Wohnung wuschen sie sich und wechselten die Sachen. Der Graf lieh dem Freund die übliche Kleidung eines Kurialen. Er selbst bevorzugte den Aufzug eines Cavaliere, zumal dieser ihm erlaubte, Waffen zu tragen: ein Rapier, zwei Dolche. Nebenbei verschlangen sie das Frühstück, das Valentis Diener rasch zubereitet hatte. Und schon fuhr sie der Lakai, der dem Grafen bei Bedarf zugleich als Kutscher diente, zum Ghetto. Prospero genoss es, einmal nicht zu laufen und dabei nass zu werden. Das war das erste Mal seit Tagen, dass er trocken von Ort zu Ort kam. Sie wollten die Zeit nutzen, David von Fünen zu verhören, dessen Rolle in der ganzen Angelegenheit immer zwielichtiger wurde.

Das Haus des Rabbiners glich einem Bienenstock und barst förmlich vor Menschen. Es war ein ständiges Kommen und Gehen, Männer, Frauen, Kinder, manche schienen im Flur und im Wohnzimmer zu biwakieren. Corcos zuckte mit den Achseln: »Das Hochwasser. Wir versuchen zu helfen.«

Bevor Prospero etwas erwidern konnte, kam Valenti gleich zur Sache. »Wir suchen David von Fünen!«

»Kein Duell!«

»Nein, wir müssen aus anderen Gründen mit ihm sprechen«, beschwichtigte Prospero.

Der Rabbiner hatte seinen zukünftigen Schwiegersohn allerdings seit dem Vortag nicht mehr gesehen. Prospero wandte sich suchend um und schaute prompt in zwei funkensprühende Augen. »Ich habe dir gesagt, du sollst meinen Bräutigam zufrieden lassen!«

»Es handelt sich um keine Privatangelegenheit, Deborah!«

»Ach ja? Weißt du, wie es für mich aussieht? Als ob du nichts unversucht lässt, um meine Ehe zu verhindern!«

»Kennst du mich so schlecht?« Prospero sah sie traurig an.

»Kenne ich dich überhaupt?«, fragte sie leise zurück. Und obwohl sie fast geflüstert hatte, klang die Frage wie ein Brüllen in seinen Ohren. Er war wütend und hilflos zugleich. Wie konnte sie ihn nur so missverstehen?

»Es geht nicht um uns«, erwiderte er möglichst gefasst.

»Eben. Und jetzt verlasst unser Haus!«

»Nicht ehe ich Signor von Fünen gesprochen habe«, beharrte er.

»Dann warte, bis du schwarz wirst«, fauchte Deborah. »Er ist gestern ausgezogen, weil er sich von dir verfolgt fühlte.«

Prospero glaubte nicht recht zu hören. »Das ist doch albern«, stieß er hervor.

»Nenn es, wie du willst. Aber vielleicht hast du dein Ziel erreicht, meine Hochzeit zu verhindern. Er hat mir jedenfalls gesagt, dass er wegen der Eheschließung Bedenkzeit braucht. Vielleicht geht er auch nach Prag zurück.«

Prospero und Valenti tauschten einen schnellen Blick. David von Fünen befand sich auf der Flucht. Wenn das kein Schuldgeständnis war. Für Prospero stand fest, dass Fünens Wunsch, über die Heirat noch einmal nachzudenken, ein Vorwand war, um abzutauchen.

»Möglicherweise folge ich ihm auch nach Prag. Hier finden wir ja doch keine Ruhe vor deiner Eifersucht und deinen Nachstellungen«, fügte Deborah hinzu. Dann ließ sie ihn stehen und brachte einer Gruppe Kinder etwas zu essen. Die Freundlichkeit, die sie diesen fremden Leuten zuteil werden ließ und die in einem so scharfen Kontrast zu ihrem barschen Verhalten ihm gegenüber stand, rührte Prospero. Dann erst schrillte es in seinen Ohren. Sie wollte Rom verlassen. Weggehen. Panik ergriff ihn, obwohl er doch selbst mit dem Gedanken gespielt hatte, als Pfarrer der Chiesa di San Rocco in dem süditalienischem Kaff zu dienen, dessen Name ihm wohl nie wieder einfallen würde.

»Wir haben die Bande aufgeschreckt.« Valentis Äußerung riss Prospero aus seinen sich überschlagenden Gefühlen. Verflixt, dachte er. Er hätte den Cavaliere von Fünen gleich gestern Morgen festnehmen sollen.

Wenig später kamen sie in der Kirche San Lorenzo fuori le Mura an, die aus frühchristlicher Zeit stammte und unmittelbar neben dem Campo Verano lag. Der Erzpriester der Wallfahrtskirche, ein hagerer Franziskaner, der aussah, als hätte er für die Darstellungen der Leiden Christi Modell gestanden, begrüßte Prospero und teilte ihm halblaut mit, dass alles vorbereitet sei. Er führte den Hilfsauditor durch den Kreuzgang, dessen wuchtiges Tonnengewölbe romanische Wehrhaftigkeit ausdrückte. In der Sakristei angekommen, schwindelte es Prospero Lambertini. Das prächtige Messgewand, das auf einem großen Holztisch ausgebreitet lag und nur darauf wartete, von ihm angelegt zu werden, erinnerte ihn daran, dass er gleich die erste Messe seines Lebens feiern würde – und er hatte nicht einmal Zeit gehabt, sich darauf vorzubereiten. Der Erzpriester schien den Schauer gespürt zu haben, der den jungen Priester überfallen hatte. Er legte vertraulich die Hand auf seine Schulter. »Wir haben erfahrene Messdiener ausgewählt. Die Knaben wissen, was sie zu tun haben.« Jetzt erst nahm Prospero die beiden vierzehnjährigen Jungen wahr. Er nickte ihnen freundlich zu.

»Wir sind alle in der Hand des Herrn. Vertrauen Sie ihm. Lassen Sie sich von ihm leiten. Mehr ist nicht vonnöten. Der Herr sei mit Ihnen!«, sagte der Franziskaner abschließend und ließ ihn dann allein. Prospero hielt einen Moment inne. Auf der Brücke hatte er noch Rechenschaft von Gott verlangt, ihn sogar gehasst. Er hatte ihn geleugnet und sich von ihm abgewandt. Und was tat Gott? Der Herr hatte ihn errettet aus der Gefahr des Todes und ihn geleitet.

Als er aus der Sakristei trat, erfüllte der Gesang des Chores den alten Raum der Basilika. In Gedanken stimmte Prospero mit ein: *»Ecce advenit dominator Dominus … Seht, der Herr ist gekommen … et regnum in manus eius, et potestas, et imperium … und in seiner Hand ist die Herrschaft und die Macht und das Reich …«*

Unrecht und Brutalität, Verbrechen und unaussprechliches Leid hatte es immer gegeben, aber auch die Menschen, die sich dagegen auflehnten. Diese Menschen hatten Gott in sich. Zu ihnen, zu dieser wahren Kirche wollte er gehören. Vor dem Chor standen elf Särge, in denen elf Mädchen lagen, und daneben der Sarg mit dem Vater. Prospero schritt an den toten Mädchen vorbei. Lacriano hatte sie ansehbar hergerichtet.

Entgegen dem Ritus spendete er den Verstorbenen jetzt schon Weihwasser und schlug segnend das Kreuz über sie, um ihnen das Sterbesakrament zuteil werden zu lassen. Er konnte fühlen, wie Gott ihn durch den Totengottesdienst leitete. Der Franziskaner hatte Recht gehabt, er musste nur auf Gott vertrauen, nur auf ihn hören. Und so würde er nachher beten: *»Der HERR ist mein Hirte, mir wird nichts mangeln … Und ob ich schon wanderte im finsteren Tal,* *fürchte ich kein Unglück; denn du bist bei mir …«* Und er wusste, dass er den Müttern und Vätern, den Brüdern und Schwestern, den Großeltern, den Onkeln und Tanten, den Anteil nehmenden Nachbarn und Freunden, dem gesamten gläubigen Poppolo damit aus der Seele sprechen würde, denn der große Kirchenbau war voller Menschen, die sich versammelt hatten, um friedlich mit Andacht und Gebeten gegen den ungeheuren Frevel, der geschehen war, zu protestieren.

Der Zug der Särge war beklemmend und verstörend der Moment, als die zwölf Särge in die Erde gelassen wurden. *Lehre uns bedenken, dass wir sterben müssen, auf dass wir klug werden,* lehre uns das, betete Prospero.

Aber jetzt musste er an die Lebenden denken. Valenti und er bestiegen ihr Gefährt, und der Einspänner jagte los zum Quirinalpalast.

45.

Vor dem Audienzsaal erlebte Prospero eine böse Überraschung. Dort saß Cavalcanti und wartete darauf, vom Papst empfangen zu werden.

»Ah, Dottore Lambertini«, begrüßte ihn der Präfekt, als seien sie beste Freunde. Das konnte nur bedeuten, dass Gefahr in Verzug war. Er spürte die Heimtücke im Lächeln des Mannes, der ihn wegen seines vermessenen Auftritts eigentlich hassen müsste. Er kam nicht dazu, etwas zu erwidern, denn der Kammerdiener des Papstes winkte ihn gleich weiter in den Saal. »Beeilen Sie sich. Seine Heiligkeit erwartet Sie schon.«

Die drei Gestalten am Thron wirkten in dem großen Saal ganz verloren. Ganieri und Caprara standen vor dem Papst, der auf dem mit Goldschnitzereien verzierten Sessel unter dem Baldachin saß. Prospero überwand mit kurzen schnellen Schritten die Distanz und kniete vor dem Pontifex nieder. Der reichte ihm offensichtlich schlecht gelaunt die Hand, und der Hilfsauditor küsste sie. Mit einem Zeichen gestattete Klemens XI. ihm, sich zu erheben. Er war noch nicht ganz aufgestanden, da attackierte ihn der Stellvertreter Christi schon mit einer Frage. »Wie laufen die Vorbereitungen zur Heiligsprechung der seligen Elisabeth von Bartaszoly?«

»Alles läuft bestens«, antwortete er vage.

»Dann wärst du ja ein Wunder an Effizienz, bei den vielen Aktivitäten, die du noch nebenbei entwickelst.«

»Nun, ich versuche meine Zeit möglichst gut zu nutzen.«

»Gut zu nutzen? Du verletzt einen Polizisten und lässt es zu, dass ein Hauptmann, der in Unseren Diensten steht, vom Pöbel angegriffen wird. Und anschließend verleihst du einer Leichenfledderei, die sich im Keller der Sapienza ereignet, durch deine Anwesenheit einen amtlichen Anschein. Nennst du das etwa gut nutzen?«

»In aller Demut, Eure Heiligkeit. Man muss Sie falsch unterrichtet haben. Die Sbirren wurden nicht vom Pöbel angegriffen, sondern die Väter von elf ermordeten Mädchen begleiteten ihre Töchter, die wir vorher im Fluss geborgen hatten, zur Morgue. Dort wollten wir im Einverständnis mit den betroffenen Familien die Todesursache ihrer Kinder feststellen. Auf dem Weg zur Universität wurden wir dann unverständlicherweise von den Sbirren angegriffen. Obwohl ich mich als Mitarbeiter der Rota zu erkennen gegeben habe!«

»Meine Sbirren sollen die Angreifer sein?«, fragte Albani lauernd.

»Ja. Stellen Sie sich einmal vor, es wäre ihnen gelungen, uns zu überwältigen. Wir hätten jetzt den schönsten Aufruhr in Rom.«

»Mein Hilfsauditor hat Recht. Außerdem protestiere ich aufs Schärfste gegen die Willkür, die sich dieser Hauptmann der Sbirren gegen die Sancta Rota Romana herausnimmt«, sagte Caprara. Es herrschte Stille. Auch der Papst durfte nicht die Unverletzlichkeit seines höchsten Gerichtes anzweifeln lassen.

»Was forderst du, Alessandro?«, fragte Klemens XI. emotionslos.

»Dass dieser Hauptmann abgesetzt wird und …«

»Und was?«, mischte sich Ganieri ein.

»… und dass er gehenkt wird!«

Wieder einmal bewunderte Prospero Caprara dafür, wie geschickt er eine Provokation zu setzen vermochte.

»Großer Gott, gleich hängen. Übertreiben Sie da nicht ein bisschen, Auditor?«, ereiferte sich Ganieri. Caprara machte ein sehr besorgtes Gesicht. »Wenn es um das Leben eines Menschen geht, wäge ich sorgfältig ab. Aber dieser Hauptmann hat die Rota angegriffen, seine Amtsbefugnisse missbraucht und sich über das Gesetz, das Gericht und letztlich über den Papst gestellt. Heiliger Vater, da ich sicher bin, dass er dafür keine Anweisungen von seiner Eminenz, dem Kardinalvikar von Rom, bekommen haben kann, sollten wir ihn peinlich befragen, woher er eigentlich seine Befehle erhält. Vielleicht stellt sich ja heraus, dass er mit den Verbrechern im Bunde steht. Die Vermutung liegt zumindest nahe.«

Damit hatte Caprara das Todesurteil über den Hauptmann gesprochen. Ganieri konnte nicht zulassen, dass der Polizist womöglich aussagte, er habe die Befehle von keinem anderen als vom Kardinalvikar von Rom erhalten. Zugegeben, die Methode ›Schlage den Diener und treffe den Herren‹ war nicht die feinste, aber in diesem Fall die wirkungsvollste, dachte Prospero.

»Ich bin immer wieder überrascht von der Weisheit unseres Freundes Alessandro«, lenkte Ganieri augenblicklich ein. »Ich werde das Vorkommnis persönlich untersuchen, und der pflichtvergessene Polizist wird seine gerechte Strafe erleiden. Ich verspreche es. Gut, dass Sie mir die Augen geöffnet haben, lieber Auditor. Ach, Dottore Lambertini«, fügte er hinzu, »Sie sollen eine wirklich schöne Messe in San Lorenzo gefeiert und den armen Mädchen eine würdige Beerdigung ermöglicht haben. Ich habe leider zu spät davon erfahren.« Der Tonfall war freundlich, dennoch verstand Prospero die Warnung, dass Ganieri seine Spione überall hatte, und der nächste falsche Schritt, den er machte, ihn den Kopf kosten würde. Schlägst du meinen Bauern, schlage ich deinen Bauern, hieß das Spiel.

»Heiliger Vater« – Caprara sank auf die Knie und neigte das Haupt –, »ich bitte euch! Die Zeit drängt! Noch können wir Opfer retten.«

Unwillig verzog der Papst den Mund und atmete hörbar aus. »Ich weiß, Sie wollen die Gesandtschaft des Kaisers durchsuchen.«

Er wirkte jetzt beleidigt, dass man ihn mit diesen Nebensächlichkeiten behelligte. Doch Prospero wusste, dass ihn das Gesuch um diese Maßnahme, die die Österreicher als feindselig auffassen konnten, peinigen musste.

»Wir haben die Anregung unseres Freundes Alessandro Caprara bereits aufgenommen und ermitteln in diesem Fall. Als Untersuchungsrichter habe ich den Polizeipräfekten des Rione San Angelo, Federico Cavalcanti, eingesetzt«, versicherte Ganieri schnell. Prospero Lambertini staunte. Deshalb also saß der Polizeipräfekt vor dem Audienzsaal, und deshalb hatte er auch so gute Laune. Er hatte bereits von der Intrige gewusst, mit der sich Prospero und Caprara nun konfrontiert sahen.

»Brav«, hörte er durch seinen Zorn hindurch den Papst sagen. »Ich möchte den guten Mann sprechen.«

»Er wartet draußen, Eure Heiligkeit«, verkündete Ganieri zufrieden.

»Soll reinkommen, soll reinkommen.«

Cavalcanti legte einen Auftritt von beeindruckender Servilität hin. Er informierte den Papst darüber, dass Graf Stamitz, der österreichische Gesandte, gern behilflich sein würde, eine Straftat aufzuklären. Und wenn sich in den unüberschaubaren Kellern und Nebengelassen der Gesandtschaft Mordsgesindel versteckt haben sollte, so sei er der

Erste, der ein Interesse daran hätte, es zu fangen und dem Henker zu übergeben.

Die großen Palazzi Roms dienten in ihrer Unüberschaubarkeit und Weitläufigkeit seit jeher Mördern, Dieben und anderen zwielichtigen Figuren als Unterschlupf. Eigentlich wussten die Hausherren nie, wer alles unter ihrem Schutz lebte. Da die Sbirren und die Untersuchungsrichter ohne Genehmigung des Papstes und ohne das Einverständnis der Besitzer keinen Zutritt hatten, stellte so ein Palast ein ideales Versteck dar. Und einen Diener oder einen Koch fand man immer, mit dem man verwandt oder der bestechlich oder erpressbar war und der einen ins Haus schmuggelte.

Klemens XI. klatschte erfreut in die Hände. »Großartig. Mein Sohn, du gehst dem Verbrechen auf den Grund, und du, Lambertini, du reitest endlich in die Steiermark, um in Marburg die Leichenschau der seligen Elisabeth vorzunehmen.«

Prospero sah dem Papst an, wie dankbar er Ganieri dafür war, ihn aus dieser misslichen Lage befreit zu haben. Wenn der Gesandte selbst die Durchsuchung forderte, dann würden daraus keine Verstimmungen erwachsen. Doch so leicht wollte Prospero sich nicht abspeisen lassen.

»Bitte, Heiliger Vater«, warf er ein, »lasst mich wenigstens an der Durchsuchung des Palastes teilnehmen, dann reite ich sofort los. Ich schwöre es bei der heiligen Caterina Vigri!« Er hegte kaum Hoffnung, dass man seiner Bitte stattgeben würde.

»Dottore Lambertini soll mir eine willkommene Hilfe sein«, setzte sich Cavalcanti überraschend für ihn ein. Und Ganieri fügte hinzu: »Er hat sich so viele Verdienste um den Fall erworben. Lasst ihn dabei sein, Heiliger Vater.« Prospero war überrascht. Er suchte nach der Falle, fand sie aber nicht. Dennoch konnte irgendetwas nicht stimmen. Er schielte zu Caprara, der aber schwieg und machte ein unbeteiligtes Gesicht, wie er es immer tat, wenn er verbergen wollte, dass er intensiv nachdachte.

Klemens XI. strahlte indes gut gelaunt. Alle Probleme schienen sich für ihn nach und nach in Luft aufzulösen. Das stimmte ihn offenbar großzügig.

»Gut, in Anbetracht deiner Verdienste sollst du bei der Durchsuchung dabei sein. Aber danach reist du unverzüglich, und unverzüglich heißt heute noch, ab. Du hast einen heiligen Eid geleistet, Lambertini«, schloss der Papst warnend.

Prospero hatte ihn nur zu gut verstanden. Ohne den Beweis für die Heiligkeit der seligen Elisabeth dürfte er nicht aus Marburg zurückkehren.

46.

Ein wütender Schmerz in ihren Eingeweiden weckte sie. Entkräftung hatte sie wegdämmern lassen. Der Schlaf war gnädig gewesen, er hatte sie aus diesem Alptraum befreit und nach Hause geführt. Nun zwang sie dieses bohrende Gefühl im Bauch, wieder die Augen zu öffnen und in ihren Kerker zurückzukehren. Dieses Gefühl, das sie im Gegensatz zu vielen anderen Menschen bis jetzt nicht gekannt hatte, war Hunger. Wie lange sie schon nichts mehr gegessen hatte, wusste sie nicht. Aber es kam ihr vor wie eine halbe Ewigkeit.

Sie vermisste den Mann, der ihr das Essen brachte, noch aus einem anderen Grund. Cäcilia vermutete nämlich, dass man sie in regelmäßigen Abständen mit Nahrung versorgt hatte. So war es ihr gelungen, eine neue Einteilung der Zeit zu finden. Statt des Wechsels von Tag und Nacht hatten die Mahlzeiten die graue Ewigkeit unterbrochen und ein neues Muster geschaffen. Sie ritzte mit einem kleinen Steinchen Striche in die Wand, die ihren Käfig an einer Seite abschloss. Schätzungsweise gab man ihr zweimal am Tag etwas zu essen. Zwei Striche entsprachen demnach einem Tag. Für diese Erkenntnis war sie ihrem Bruder zu Dank verpflichtet, denn er hatte ihr mit Hilfe aller möglichen Rätsel beigebracht, immer zuerst das Muster zu suchen.

Eigentlich war es ihrem Gefühl nach längst Zeit für eine neue Kerbe, aber der Mann blieb aus. Irgendetwas war anders als sonst. Vielleicht hatte sich etwas Unvorhergesehenes ereignet. Oder hatte man sie nur vergessen? Dagegen sprach, dass man sich viel zu viel Mühe mit ihrer Entführung gemacht hatte. Es musste etwas eingetreten sein, womit auch die Entführer nicht gerechnet hatten.

Cäcilias Augen hatten sich an das spärliche Licht im Verlies gewöhnt. Sie war zwar nicht in der Lage, den ganzen Raum zu übersehen – dazu war er zu groß und das Licht zu gering –, aber sie konnte erkennen, dass sie sich in einer Art künstlicher Grotte befand, in einem in den Felsen gehauenen Keller. Sie vermutete, dass sie in der Tiefe unter einem Palast gefangen gehalten wurde. Die allgegenwärtige Feuchtigkeit und auch die Ratten, die in einiger Entfernung hausten, ließen sie mutmaßen, dass sie sich in der Nähe des Tibers befand. Immer wieder hatte sie an die Entführung gedacht und versucht, sich jedes Detail ins Gedächtnis zu rufen. Es überraschte sie, wie viel ihre Sinne wahrgenommen und in ihrem Bewusstsein abgelegt hatten, ohne dass es ihr bewusst gewesen war. In ihrem Gehirn musste es folglich geheime Kammern geben, die sie nur durch beharrliche Suche finden würde. Sie erinnerte sich jetzt auch, dass der Mann, der sie auf seinen Schultern vom Boot zu ihrem Gefängnis getragen hatte, sich nur ein kurzes Stück auf waagerechter Ebene bewegt hatte, während es anschließend eine Ewigkeit nach unten ging.

Zum wiederholten Male untersuchte sie ihren Käfig. Wenn sie hier hinauskäme, dann hätte sie es geschafft. Der Gedanke allein sorgte dafür, dass neue Kraft in sie drang. Der Käfig selbst bildete ein Halbrund, dessen offene Seite von der Kellerwand abgeschlossen wurde. Das Eisengitter reichte bis zur Decke. Eine grobe Holzpritsche, auf der eine wollende Decke lag, diente zum Schlafen, und ein kleines Loch im Boden an der Mauer stellte den Abort dar. Selbst im Stadtgefängnis von Orvieto, in das sie der Vater einmal mitgenommen hatte, ging es den Gefangenen besser als ihr.

Lange wanderte ihr Blick an den Spitzen der Gitterstäbe entlang. Immer wieder schloss sie für kurze Zeit die Augen, um nicht Gespenster zu sehen. Es war anstrengend, die Dunkelheit zu durchdringen.

Und dann fiel es ihr plötzlich auf. An einer Stelle schien sich zwischen Gitter und Decke ein schmaler Spalt zu befinden. Von unten ließ sich nicht ausmachen, wie groß er tatsächlich war, zumal sie ihn eher ahnte, als dass sie ihn sah.

Was hatte sie schon zu verlieren? Sie beschloss, es zu wagen. Mit beiden Händen umfasste sie fest die Stäbe. Dann stemmte sie die Füße gegen das Gitter und hangelte sich langsam hoch. Es erforderte ihre gesamte Kraft. Nach einer gefühlten Ewigkeit hatte sie erst die Hälfte überwunden. Jeder Muskel, jede Sehne schmerzte inzwischen vor Anstrengung. Nur ihr Geist blieb seltsam klar und frei, als ob die körperliche Anstrengung ihn öffnete. Ihre Kopfschmerzen waren auf einmal wie weggeblasen. Auch wenn ihr Vorhaben ihre Kräfte übersteigen mochte, sie gab nicht auf. Noch niemals hatte sie aufgegeben. In ihrer Kindheit hatten alle ihren Bruder für das Mädchen und sie für den Jungen gehalten, wenn sie in den Felsen herumkletterten, in denen die Etrusker ihre Gräber angelegt hatten. Geheimnisvoll, schwer zugänglich und schön schaurig waren diese letzten Ruhestätten des längst untergegangenen Volkes. Ihr Bruder begleitete sie nur auf diese Abenteuer, weil er von den Gräbern gelesen hatte und sie selbst in Augenschein nehmen wollte. Schon damals war seine wissenschaftliche Neugier nicht zu bremsen, nicht einmal von seiner eigenen Angst.

Endlich war sie oben. Sie hatte sich nicht getäuscht, der Spalt existierte tatsächlich, aber er maß waagrecht nur vier Handbreit und ließ etwa eine Elle Freiraum bis zur buckligen Decke. Es war möglich, sich hindurchzuwinden, aber es war auch lebensgefährlich, denn die Enden der Eisengitter waren unterschiedlich lang. Sie könnte natürlich steckenbleiben, aber weit größere Gefahr ging von den Spitzen der einzelnen Stäbe aus. Sie waren wie Lanzen, die sie aufspießen könnten. Die schnellste Variante, sich mit dem ganzen Körper seitlich darüber zu flanken, schied aufgrund der Schmalheit des Spaltes aus. Ihr würde nichts anderes übrigbleiben, als sich Stück für Stück der Länge nach durchzuschieben.

Cäcilia dachte an das Mädchen, dessen Ermordung sie mitangehört, dessen Leiche sie anschließend gesehen hatte. Mehr als der Tod konnte ihr nicht zustoßen. Mit Hilfe rechnete sie nicht mehr. Also hielt sie den Kopf quer und schob ihn durch. Ein kleiner Jubel befiel sie. Der Kopf hatte das Gefängnis bereits verlassen. Der Hals bereitete keine Probleme. Jetzt kam das schwierigste. Die Arme und Hände mussten dem Kopf folgen, ohne dass sie abrutschte und sich dadurch aufspießte. Sie sandte ein Stoßgebet zum Himmel und atmete noch einmal tief ein. Dann umgriff sie mit der linken Hand den Stab noch fester, ließ mit der rechten vorsichtig los und schob den Arm durch die Öffnung. Dem rechten Arm folgte Stück für Stück der Oberkörper – wie gut, dass sie keine übermäßig große Brust besaß –, bis sie mit der rechten Hand den Gitterstab von außen umfassen konnten. Schweiß tropfte von ihrer Stirn, als sie langsam den linken Arm nachzog. Sie stellte sicher, dass ihre Füße genug Halt hatten, um nicht an den Gitterstäben hinabzugleiten, schob aus dem Becken heraus ihren Oberkörper vorwärts und kletterte gleichzeitig kopfüber nach unten. Jetzt nur nicht abrutschen, nicht abrutschen, sonst würde sie aufgespießt hier oben festhängen.

Es gelang. Doch in dem Moment, in dem sich nur noch ihre Füße zwischen Decke und Gitter befanden, verließ sie die Kraft. Bevor sie wieder fest zugreifen konnte, sackte ihr Körper ein Stück ab und ihre Füße prallten auf die eiserne Querstrebe, die oben von Wand zu Wand um die Gitterstäbe herumlief. Beim Versuch, ihre Füße zwischen den Stäben hervorzuziehen, verlor sie das Gleichgewicht, machte ungewollt einen Überschlag und stürzte.

Der unfreiwillige Salto war ihr Glück. Sie schlug nicht mit dem Kopf, sondern mit den Füßen auf und fiel vornüber auf die Knie. So kauerte sie eine Weile. Langsam kam der Schmerz, und mit ihm kehrte das Bewusstsein zurück. Sie setzte sich kurz auf den Po und schaute sich ihren rechten Fuß an. Der Spann blutete. Sie hatte ihn beim Sturz an dem Eisen aufgerissen. Aber sie hatte es geschafft. Sie hatte den Käfig überwunden. Euphorie durchflutete sie. Sie sprach leise ein kurzes Dankgebet, dann stand sie auf. Es führte nur ein Gang aus dem Verlies hinaus. Obwohl sie unheimliche Erinnerungen mit ihm verband, folgte sie ihm mangels Alternativen. Bald hatte sie den großen Saal mit den Fresken, den Feuerstellen und den Bädern erreicht. Er war nur spärlich durch ein paar Öllämpchen beleuchtet. So schnell es ging, durchquerte sie den Raum. An der gegenüberliegenden Seite befand sich eine schwarze Tür, die sich als unverriegelt erwies. Cäcilia erklomm die schmale Treppe vor sich. Es war ihr, als ob sie frische Luft spürte, einen Hauch nur, aber immerhin. Der Modergeruch ließ ein wenig nach, und ihre Lungen weiteten sich.

Am Ende der Treppe gabelte sich der Gang; beide Arme wurden von Öllämpchen nur notdürftig erhellt. Cäcilia wählte den rechten. Der frische Luftzug verlor sich, und wieder versperrte ihr eine große Tür den Weg. Sie war verschlossen, aber mit einem groben Riegel, der von ihrer Seite zu betätigen war. Cäcilia schob den Holzbolzen zur Seite und öffnete die Tür. Vor ihr lag ein hoher, mit Dämpfen angefüllter Raum. Auf der gegenüberliegenden Seite loderte ein Feuer in einem Kamin. In der Mitte stand ein riesiger Tisch, auf dem sich die verschiedensten Gläser, Kolben, Flaschen und Schüsseln tummelten. Rechts von dem Tisch qualmte ein halbhoher Glutofen, über dem an einer Vorrichtung eine seltsame bauchige Flasche mit sich verjüngendem, gebogenem Hals befestigt war. In dem Kolben brodelte, erhitzt von der Glut des Ofens, eine grüngoldene Flüssigkeit, die stickige Dämpfe in den Raum quellen ließ. Wie bei einem Apotheker, dachte Cäcilia. In einem langen Glas auf dem Tisch, das mit einem Korken und Siegellack abgedichtet war, befand sich eine rote Flüssigkeit. Blut?

Und inmitten dieser Hexenküche entdeckte sie ihn. Er stand mit dem Rücken zu ihr und kam ihr seltsam vertraut vor. Während sie ihn wie gebannt anstarrte, drehte er sich plötzlich ruckartig um. Stahlblaue Augen blickten sie an: Es war ihr Prinz.

47.

Graf Stamitz und die Gräfin höchstpersönlich empfingen am nächsten Morgen die kleine Abordnung, die aus Cavalcanti, ein paar Sbirren – unter ihnen Stronzio –, Prospero, Valenti, Velloni und Pepe bestand. Der Graf, im goldverzierten blauen Justacorps und mit wallender Allongeperücke auf dem Kopf, wünschte ihnen viel Glück. Sie sollten nur anständig suchen, er sei nicht interessiert an Parasiten. Die Gräfin war in ein streng korsettiertes Kleid gewandet und trug eine hohe Perücke, deren weißblondes Haar mit Goldketten verziert war. Sie lachte Valenti spöttisch an. »Ach Graf, haben wir diese kleine Durchsuchung Ihnen zu verdanken?«

»Ich fürchte, ja«, antwortete Valenti mit einer Mischung aus Verlegenheit und Ärger, die Prospero hellhörig machte.

»Weißt du, Berthold, der Graf Gonzaga ist ein großartiger Reiter. Für einen Priester hat er beachtliche Talente.«

»Nun, ich glaube, auch die dickste Soutane der Welt kann einen Gonzaga nicht verstecken«, bemerkte Stamitz maliziös.

»Ich will ihm Leonidas schenken, er hat sich den Hengst wirklich verdient«, fügte die Gräfin hinzu.

Prospero sah, wie Valenti rot anlief. Er beschloss, dem Wortwechsel, der Valenti so offensichtlich peinlich war, ein Ende zu setzen. »Ich schlage vor, Präfekt, dass Sie mit den oberen Gemächern und wir mit dem Keller beginnen. In der Mitte treffen wir uns dann.«

»Wir sind einander noch nicht vorgestellt wurden«, wandte sich die Gräfin an Prospero Lambertini, wobei sie wie ein beleidigtes kleines Mädchen einen Schmollmund zog und ihn mit spöttischem Blick fixierte. Dieser Spott war nicht klug, sondern lediglich provozierend. Außerdem nahm Prospero in ihrem selbstsicheren Blick etwas wahr, das alles verdarb, auch wenn man es leicht hätte übersehen können: Laszivität.

»Gnädige Frau, ich bin Prospero Lambertini, Mitarbeiter der Rota«, erwiderte er höflich, aber reserviert.

»Ah, superb. Sind Sie mit der Heiligsprechung von Großtantchen beschäftigt?«, fragte sie mit Kleinmädchenstimme.

»Wenn Sie möchten, dass wir damit schnell vorankommen, dann lassen Sie mich jetzt bitte anfangen, damit ich mich baldmöglichst um die selige Elisabeth kümmern kann, Gräfin.«

Ihre Miene fror ein. Das musste sie als Unhöflichkeit auffassen, und es war auch so gedacht gewesen. Prosperos Gehirn arbeitete unterdessen fieberhaft. Die Frau des Gesandten war also eine Bartaszoly und eine Verwandte des Kaisers. Wieder ein Steinchen zu einem Mosaik, das sich in seinem Kopf einfach nicht zu einem Bild zusammenfügen wollte.

»Wo hält sich eigentlich Ignaz von Poelschau auf. Ich hätte ihm gern ein paar Fragen gestellt«, wandte sich der Hilfsauditor an den Gesandten.

»Wessen wird er denn verdächtigt?«, kam Maria Konstanza von Stamitz ihrem Gatten zuvor.

»Einen Verdacht gegen ihn gibt es nicht, aber viele offene Fragen«, beschied Prospero sie kurz, dann blickte er den Grafen an. Der räusperte sich.

»Ich habe ihn seit gestern nicht mehr gesehen«, erwiderte er, bevor er sich an seine Frau wandte. »Weißt du, wo er ist, meine Liebe?«

»Nein, auch ich habe ihn heute noch nicht zu Gesicht bekommen«, antwortete die Gräfin.

»Unerhört für einen Domestiken«, schimpfte Stamitz. »Der Kerl wird entlassen.«

»Bevor Sie das tun, stellen Sie ihn bitte unter Arrest, wenn Sie ihn sehen. Wir holen ihn sofort ab«, mischte Prospero sich wieder ein.

Die Gräfin ließ ein belustigtes Lachen hören. »Hat er also doch etwas verbrochen, der ewige Prahlhans«, spottete sie. Cavalcanti wollte schon antworten, doch Prospero fuhr ihm in die Parade. »Bedaure, aber wir haben so viel gesagt, wie wir sagen konnten, Signora!«

Der Präfekt verzog zornig das Gesicht. Seine Augen wurden stechend klein vor Hass. Prospero ignorierte ihn. »Sagt Ihnen der Name David von Fünen etwas?«, fragte er den Gesandten.

»Nein. Sollte er?«, gab der Graf gelassen zurück.

»Er wurde beim Betreten des Palastes beobachtet.«

»Junger Mann, wissen Sie, wie viele Leute täglich in den Palast kommen? Bittsteller, Lieferanten … wenn wir die alle empfangen wollten, müsste der Tag doppelt so lang sein.«

»Ist dieser David von Fünen auch in die schrecklichen Verbrechen verwickelt?«, erkundigte sich die Gräfin.

»Das wissen wir noch nicht«, antwortete Prospero kurz angebunden und wandte sich erneut dem Grafen zu. »Eine letzte Frage, Exzellenz, auch wenn sie Ihnen vielleicht merkwürdig vorkommt. Was können Sie mir über Vampire sagen? Hier in Rom hat kaum einer je von diesen Wesen gehört, doch sie sollen gerade im Osten und auf dem Balkan ihr Unwesen treiben.«

»Da haben Sie Recht. Sie sind in Mähren, im Banat, in Istrien und Dalmatien ein wahre Landplage. Der Kaiser will die Vorkommnisse untersuchen lassen. Aber ich muss Sie leider enttäuschen, ich bin noch keinem begegnet. War's das?«

»Ja, euer Exzellenz.« Prospero senkte als Zeichen der Ehrerbietung kurz den Kopf vor dem Gesandten, dann verbeugte er sich betont artig vor der Gräfin und ließ sich von einem Diener den Weg in den Keller zeigen. Als er ging, spürte er den eiskalten Blick der Gräfin, der sich ihm voller Hass in den Nacken bohrte.

48.

Wie ein Schraubstock umschlossen zwei starke Arme ihren Oberkörper und rissen sie nach hinten, dann knallte jemand die Tür zu und schob den Riegel vor. Cäcilia wehrte sich, so gut sie konnte, strampelte mit den Beinen, versuchte mit den Händen um sich zu schlagen, zu beißen und zu kratzen, aber der Kerl, der sie festhielt, war einfach viel stärker als sie, ein viereckiges Stück Muskel.

Er brachte sie zu ihrer Zelle zurück und sprach wie immer kein Wort mit ihr. Sie versuchte noch einmal Kontakt mit ihm aufzunehmen. Aber entweder war er taub oder man hatte ihm das Sprechen mit den Gefangenen strikt verboten. Ihr fiel auf, dass eine frische Wunde sein Gesicht verunstaltete. Bevor er Cäcilia in den Käfig stieß und ging, brachte er eine Kugel, wie sie Schwerverbrecher trugen, an ihrem rechten Fuß an. Damit würde sie nicht mehr fliehen können.

Mutlos ließ Cäcilia sich auf die Pritsche sinken. Vor ihr stand ihre Mahlzeit: Pasta, Blutwurst, Wasser und Rotwein. Wieder Zeit für einen Strich, dachte sie sarkastisch. Dann brach sie in Tränen aus.

Nach einiger Zeit beruhigte sie sich und suchte das Steinchen. Als sie es gefunden hatte, umschloss sie es fest und zärtlich mit den Fingern, als sei dieser Kiesel ein Smaragd, ein Diamant, das Wertvollste, was sie auf der Welt besaß.

Die vereitelte Flucht quälte sie. Mühsam kämpfte Cäcilia gegen die Hoffnungslosigkeit an, die sie zu verschlingen drohte. Dann überfiel sie noch eine Traurigkeit ganz anderer Art.

Sie hatte ausgeträumt. Der Cavaliere von Fünen, den

sie sich die ganze Zeit als Retter vorgestellt hatte, steckte mit ihren Entführern unter einer Decke, wenn er nicht sogar der eigentliche Drahtzieher des ganzen abscheulichen Verbrechens war. Sie musste sich eingestehen, dass sie die Kunst, Menschen zu durchschauen, auf die sich ihr Vater so trefflich verstand, nicht von ihm geerbt hatte. Ihr Blick fiel auf die schwere Eisenkugel. Sie hatte die Chance zur Flucht verspielt. Erneut schossen die Tränen aus ihren Augen. Sie weinte so hemmungslos, dass ihr eigenes Schluchzen sie zu ersticken drohte.

Es gab keine Hoffnung mehr. Man würde sie töten wie das arme Mädchen, dessen Sterben sie belauscht hatte. Sie warf das Kieselsteinchen in den Abort.

49.

Die Landschaften flogen an Prospero Lambertini vorbei wie rasch wechselnde Prospekte in einem Theater. Nur dass er in diesem Drama den unfreiwilligen Helden gab. Wenigstens blies ein erfrischend kühler Wind die bleierne Müdigkeit fort. Obwohl er kein besonders guter Reiter war, schlug er ein waghalsiges Tempo an. Jede Meile, die er schneller zurücklegte, würde ihn eher nach Rom zurückbringen. Und nur darum ging es, im Handumdrehen wieder in der Ewigen Stadt zu sein, um den Kampf mit dem Feind aufzunehmen. In Rom wurde er dringender gebraucht als bei einem längst skelettierten Leichnam in einem südsteirischen Provinznest.

Ihm voran ritt Pepe. Diesmal hatte Gioacchino sich nicht davon abbringen lassen, Prospero seinen Diener zum Schutz an die Seite zu stellen. Und er hatte Recht damit gehabt.

Sie befanden sich bereits mitten in der Campagna, als Pepe den Arm hob und seinen Rappen aus dem Galopp in den Schritt fallen ließ. Prospero tat es ihm gleich. Vor ihnen versperrten vier abenteuerlich aussehende Figuren auf Pferden den Weg. Gedungene Mörder. Wut stieg in Prospero auf, denn er besaß keine Zeit für Scharmützel. Gioacchino hatte ihm für die gefährliche Reise nicht nur Pepe, sondern außerdem einen Dolch und ein Rapier aufgenötigt. Das Rapier zog er jetzt. Die Bravi grinsten nur. Pepe gab Prospero ein Zeichen, den Degen wieder einzustecken, und beugte sich zu ihm: »Halte dich hinter mir!«

Sie hatten sich den Meuchelmördern auf zwanzig Schritt genähert, als der Katalane blitzschnell in den Gürtel griff, zwei riesige Pistolen herauszog und sie im gleichen Moment abfeuerte. »Los«, brüllte er in den beeindruckenden Lärm der Pulverexplosionen. Ohne die Wirkung der Schüsse abzuwarten, gab er seinem Pferd die Sporen. Sie sprengten durch die Reiter hindurch. Dabei erkannte Prospero aus dem Augenwinkel, dass ein Reiter getroffen am Boden lag, während die anderen sich abmühten, ihre aufgeregten Pferde zu beruhigen. Pepe warf mitten im Galopp einen Dolch, traf einen weiteren Bravo in den Hals, der zusammensackte und vom Pferd plumpste. Den übrigen beiden Meuchelmördern war das Grinsen vergangen. Hinter ihnen verließ der Katalane die Straße und schlug einen Weg ein, der in den Wald führte. Prospero fluchte innerlich, da dieser Pfad einen Zeitverlust bedeutete, aber er ahnte, dass sein Begleiter einen Hinterhalt befürchtete. Und er täuschte sich nicht, denn aus dem Waldstück zu ihrer Linken brachen weitere Berittene und nahmen ihre Verfolgung auf.

»Folge dem Weg, ich halte sie auf!«, rief Pepe. Prospero gab seinem Pferd die Sporen, während Pepe seinen Rappen zügelte und sich umwandte.

Natürlich sorgte Prospero sich um ihn, doch er durfte sich nicht aufhalten lassen. Er musste Cäcilia retten, und die Zeit verrann unerbittlich. Außerdem war der Katalane ein außerordentlich geschickter Kämpfer, der es durchaus mit einer Überzahl an Gegnern aufnehmen konnte, beruhigte Prospero sich. Der Trampelpfad schlängelte sich durch Hügel hindurch. Kurz bevor er auf die Straße zurückführte, holte ihn Pepe ein. Prospero riss verwundert die Augen auf und lachte dann erleichtert. Wortfaul wie immer informierte ihn der Katalane, dass er mit den Bravi ein wenig Fangen gespielt hatte, wobei der eine oder andere leider vom Pferd gefallen war. Als er den Dottore weit genug entfernt vermutet habe, sei er durch die Landschaft geflohen und habe die Verfolger abgehängt.

Pepe spuckte verächtlich aus. »Mordgesindel, aber keine Soldaten.« Und schon trieb er sein Pferd wieder an. Dem Hilfsauditor ging auf, dass Pepe seine frühen Jahre scheinbar beim Militär zugebracht hatte, bevor er aus irgendeinem Grund bei Gioacchino in Stellung gegangen war.

Die Sorge um Cäcilia, um Velloni, aber auch um Valenti Gonzaga brannte in ihm und wuchs mit der Entfernung zu Rom. Er hatte getan, was er konnte und fühlte sich dennoch gründlich gescheitert. Der Feind war eindeutig gewitzter als er und kannte keine Skrupel. Wieder versuchte er, sich den Widersacher vorzustellen. Wer steckte hinter den Verbrechen? Poelschau? Ein eitler Handlanger! Eindeutig überschätzt. David von Fünen? Die nötige Intelligenz besaß er zweifellos. Aber sollte er dahinterstecken, dann musste er einen durchtriebenen Bundesgenossen haben. Denn Fünen war vielleicht selbstverliebt, klug, überheblich, aber er war, soweit Prospero das einschätzen konnte, nicht durchtrieben und geschmeidig genug, um sich so mächtige Leute wie den Polizeipräfekten gefügig zu machen. Wer war dieser große Unbekannte? Das x, mit dessen Kenntnis man die Gleichung lösen konnte? Prospero spürte, dass er existierte, aber er konnte ihn nicht sehen. Ein Teufel, eine Maske ohne Gesicht? Oder tatsächlich ein Vampir? War es vielleicht sogar denkbar, dass Fünen oder Poelschau dem schaurigen Volk der Blutsäufer angehörten?

Während des scharfen Rittes durch das Latium und dann weiter durch die Abruzzen ging er die Ereignisse noch einmal im Geiste durch, in der Hoffnung, dabei auf ein Detail zu stoßen, das er bisher übersehen hatte. Vergeblich hatten sie die Keller und das gesamte Untergeschoss des Palastes durchstöbert. Sie waren sogar auf die Geheimverliese und Verstecke des Palazzos gestoßen und hatten bei dieser Gelegenheit jede Menge zwielichtiger Gestalten aufgescheucht. Doch es gab keine Spur von Cäcilia, und keinerlei Hinweise auf die abscheulichen Verbrechen an den anderen Mädchen.

Eigentlich hatte er schon während der Audienz beim Papst gewusst, dass sie Cäcilia nicht finden würden. Es war alles zu leicht gegangen. Cavalcanti, der allen Grund hatte, ihn zu hassen, war sogar zu seinem Fürsprecher geworden. Was für eine Schmierenkomödie! Aber Prospero hatte sich wider besseres Wissen in die Hoffnung gesteigert, dass er Cäcilia finden und der Alptraum enden würde. Als er am Ende der ergebnislosen Visitation des Palastes in Cavalcantis grinsende Visage blickte, wusste er, dass der Polizeipräfekt von San Angelo mit den Verbrechern unter einer Decke steckte. Es war noch viel schlimmer, als er gedacht hatte. Und ausgerechnet in dieser Situation sah er sich gezwungen, die Ewige Stadt zu verlassen. Er hatte im Beisein des Papstes einen heiligen Eid geleistet. Wenn er diesen Schwur brach, konnte er gleich um seine Exkommunikation bitten.

Gemeinsam mit Caprara hatte er Velloni Mut gemacht und ihn bei Gioacchino einquartiert, so dass er nicht allein war, sondern Schutz und Trost in dieser wunderbaren Bologneser Familie finden konnte. Wenn jemand den verzweifelten Philologen nach diesem katastrophalen Fehlschlag am Leben erhalten konnte, dann war es Gioacchino.

Und dann bereitete ihm auch noch Valenti ernsthafte Sorgen. Irgendetwas Geheimnisvolles verband ihn mit der Gräfin. Prospero hatte Valenti nach seiner Beziehung zur

Gattin des Gesandten gefragt, der hatte sich aber nur gewunden und Prospero gebeten, ihm nach seiner Rückkehr die Beichte abzunehmen. Also beschwor er den Freund, sich von der Gräfin fernzuhalten.

Am schlimmsten peinigte ihn, dass Cäcilia weiterhin verschwunden blieb. Seit der Nacht in der Morgue wusste er, dass sein Hauptfeind die Zeit war. Der Vampir, oder wer auch immer hinter den Verbrechen stecken mochte, würde sich Tag für Tag an Cäcilias Blut bedienen – bis er ihr, wie den anderen Mädchen, auch den letzten Lebenstropfen ausgesaugt hätte.

Da man mit Cavalcanti Prosperos Überzeugung nach einen Mittäter zum Untersuchungsrichter gemacht hatte, war es notwendig, dass auch in seiner Abwesenheit die Ermittlungen weiterliefen. Er hatte Valenti gebeten, ihn zu vertreten. Prospero wusste, dass er in der Stadt zahllose Helfer finden würde, denn zu viele waren in ihrem Rechtsempfinden verletzt und gedemütigt worden. Einigen hatte man das Wichtigste in ihrem Leben genommen, andere waren dem Hilfsauditor einfach etwas schuldig. Zuerst sollte sich Valenti mit Marcello in Verbindung setzen. Der Tischler würde unter der Anleitung des Grafen die Väter der ermordeten Mädchen versammeln, um mit ihnen, ihren Familien und zuverlässigen Freunden die unauffällige Observation Cavalcantis, seines Faktotums Stronzio und des Gesandtschaftspalastes zu organisieren. Die Beobachtung der Flussseite des Palastes konnten die Fischer übernehmen. Zu diesem Zweck würde Valenti mit Giovanni reden müssen. Prospero hatte den Freund beauftragt, weiter nach Fünen zu suchen, und gleichzeitig ein Auge auf Deborah zu haben.

Der Gedanke an Deborah schmerzte ihn. Bevor sie aufgebrochen waren, hatte er sie aufgesucht, um sie vor ihrem Bräutigam zu warnen. Aber Deborah hatte nicht auf ihn gehört. Als er ihr sagte, dass David von Fünen irgendwie mit den Morden an den Mädchen in Verbindung stand, verwies sie ihn des Hauses. Im Streit hatten sie sich getrennt. Er verfluchte ihren Dickkopf und hoffte, dass Valenti den Rabbinersohn aufspürte. Poelschau mochte sich aus dem Staub gemacht haben, Fünen nicht. Da war er sich sicher. Irgendwo in Rom schlich der Mann aus Prag herum.

Sie waren die Nacht durchgeritten und hatten unterwegs dreimal die Pferde gewechselt. In Roviano, in Avezzano und in Popoli. Da er auf persönlichen Befehl des Papstes reiste, hatte er das Privileg, an jeder Poststelle und in jeder Stadt unentgeltlich neue Pferde zu erhalten. Nicht lange, nachdem sie Roviano passiert hatte, verließen sie das Latium und tauchten in die so romantische wie schroffe Bergwelt der Abruzzen ein, in denen seit jeher allerlei lichtscheues Gesindel sein Unwesen trieb. Immer wieder gelangten hier tollkühne Räuberhauptmänner zu Ruhm und wurden, nachdem sie schließlich am Galgen oder auf dem Rad endeten, zur Legende.

Gegen Mittag trafen sie in der Hafenstadt Pescara ein. Pepe drängte den Hilfsauditor, etwas zu essen, während er ein Schiff ausfindig machen wollte, das sie über die Adria bringen würde. Prospero suchte nicht lange nach einer Gastwirtschaft, sondern ließ sich in einem einfachen Ristorante am Pier nieder. Mäßiger Wind strich über die fahlblaue See, über der graue Wolkenberge hingen. Ein Anblick, der aufs Gemüt drückte. Es fehlten die Sonne, der azurne Himmel und das freundliche Blau des Meeres. Nun ja, dachte Prospero, es war eben Winter. Er schlang missmutig seinen Pulpo hinunter und trank seinen Weißwein, der so fahl wie das Meer war. Endlich kehrte Pepe zurück. Neben dem Katalanen lief mit dem wiegenden Gang des Seemannes ein schwarzhaariger Kerl mit wettergebräuntem Gesicht. Seine himmelblauen Augen schwammen, was Prospero irritierte. Die beiden setzten sich zu ihm.

»Capitano Corazza«, stellte Pepe den Fremden vor. »Er hat das schnellste Schiff im Hafen und wird uns in einem Tag nach Pirano bringen.«

»Jo«, sagte der Seemann.

»Ich habe gehört, man benötigt bei günstigem Wind mindestens zwei Tage«, bemerkte Prospero zweifelnd.

»Jo.«

»Ja, was stimmt denn nun? Ein oder zwei Tage?«

»Jo.«

Mehr als diese eine Silbe schien man dem Seebär nicht entlocken zu können. Prospero glaubte zu verstehen, weshalb Pepe ausgerechnet mit diesem Schiffseigner ankam. Er schien noch wortkarger als er selbst zu sein, und auf einer Seereise, wo man auf dem Boot zusammengepfercht war und einander nicht aus dem Weg gehen konnte, war das in der Tat ein wichtiges Argument. Capitano Corazza winkte dem Wirt. Der kam, ohne zu fragen, gleich mit einem Becherglas, das zur Hälfte mit einer durchsichtigen Flüssigkeit gefüllt war, und stellte es vor dem Seemann ab. Der Wirt wollte schon gehen, doch der Capitano hielt ihn am Ärmel fest.

»Einen Grappa!«

»Da steht er doch.« Der Wirt wies mürrisch auf das Glas.

»Ich habe nicht gefragt, was da steht, sondern ich will einen Grappa haben, Landratte«, sagte der Capitano. Er führte das Glas an die Lippen, ließ den Alkohol behutsam auf seine Zungenspitze fließen und dann langsam, Tropfen für Tropfen, die Kehle hinabrinnen. Bei dieser Prozedur schloss er genüsslich die Augen. Als er sie wieder öffnete, schwammen sie in einem Wohlgefühl, das sich auf den ganzen Körper auszubreiten schien.

»Nimm das gleich mit«, brummte er und hob das Glas hoch. Der Wirt nahm es und verschwand im Haus.

Prospero, der am liebsten gleich aufgebrochen wäre, zwang sich zu Geduld und Höflichkeit. »Wollen Sie nicht etwas essen?«, fragte er den Seemann.

»Essen? Hier? Faulen Fisch? Verschimmeltes Obst? Verdorbenes Gemüse? Nein danke, Signor.« Dann blickte er mit Ekel auf Prosperos Teller, auf dem der letzte schrumpelige Tintenfisch ein trauriges Bild abgab.

»Und Pulpo sollten Sie hier schon gar nicht essen. Den da hat mein Großvater in seiner Jugend schon gefangen.«

Prospero spürte augenblicklich, wie ihm schlecht wurde. Irgendwie hatten sie wirklich sehr seltsam geschmeckt. Der Schiffseigner grinste breit. »Ist 'n Gerücht, das man am Meer frischen Fisch bekommt.«

Je länger Corazzas Worte auf ihn wirkten, umso beherrschender wurde die Übelkeit, die sich in ihm ausbreitete. Der Wirt kam mit dem Grappa zurück. Der Capitano schob sein Glas Prospero hin und sagte zum Wirt: »Noch drei!«

Dann schaute er voller Mitleid zu Prospero. »Trink das, Bruder. Das ist Medizin. Für deine Gesundheit ist mir nichts zu teuer.« Prospero, der immer stärker mit dem Brechreiz zu kämpfen hatte, trank den Grappa in einem Zug.

»Besser?« Der Capitano lachte und entblößte dabei eine bemerkenswerte Zahnlücke. Der Wirt kehrte mit drei Gläsern zurück und stellte sie wortlos auf den Tisch.

»Noch drei und dann die Rechnung!«, brüllte der Seemann hinterher. Er schob wieder einen Grappa zu Prospero hinüber, stieß mit seinem an Prosperos Glas an, nuschelte »Avanti« und ließ den Alkohol erneut genüsslich, Tropfen für Tropfen, in seinen Mund rinnen. »Den Wein kannst du hier vergessen, aber der Schnaps ist besser als jedes Weib! Der wärmt dich durch!«, brummte er. Dann leerte er auch noch das zweite Glas.

Prospero folgte seinem Beispiel. Das dumpfe Gefühl im Magen legte sich langsam. Dafür stellte sich eine angenehme Leichtigkeit ein. Der Wirt erschien beflissen mit der Rechnung und dem Grappa.

»Noch einen und der vergammelte Tintenfisch kann dir nichts mehr anhaben«, sagte der Capitano grinsend. Prospero fühlte zwar, dass er tüchtig verladen wurde, doch er trank willig. Er tröstete sich damit, dass er sich noch an Bord ausruhen konnte und mit dem Alkohol im Bauch auf dem schwankenden Kahn vermutlich besser schlafen würde. Ganz wohl war ihm bei der ganzen Angelegenheit nicht, denn er hatte das Meer stets nur vom Strand oder von der Mole aus bewundert. Der Gastwirt wartete immer noch neben ihm. »Zehn Baiocci«, sagte er an Prospero gewandt.

Der Seemann trank gemächlich erst den einen, dann den anderen Grappa, als ob ihn das alles nichts anginge. Prospero begriff, dass Corazzo ihn auf seine eigenen Kosten eingeladen hatte und legte das Geld auf den Tisch.

Der Schiffseigener stand auf. »Signori, folgen Sie mir. Ich darf Ihnen jetzt die Esperanza vorstellen«, verkündete er feierlich.

Prospero Lambertini wurde es erneut schlecht, als er das Schiff sah. Wenn man sich diesem morschen Seelenverkäufer aus Cäsars Zeiten anvertraute, konnte man wirklich nur noch hoffen und beten. Auch die vier Besatzungsmitglieder wirkten nicht gerade vertrauenerweckend. In einen Sturm durften sie nicht kommen, dachte Prospero und flehte seinen Schöpfer um schönes Wetter an.

Sie gerieten auf der sonst so ruhigen Adria in einen der heftigen Winterstürme. Das Schiff knarrte und ächzte an allen Ecken und Enden, als ob es jeden Moment auseinanderbrechen würde. Durch die Planken drang Wasser, das Pepe unermüdlich abschöpfte. Wellenberge warfen sich bis in den Himmel auf. Es war der Besatzung gerade noch gelungen, die Segel zu reffen. Regen peitschte von wilden Winden getrieben über die Planken wie ein riesiger Besen aus Wasser. Prosperos Gesichtsfarbe wechselte derweil von kalkweiß zu grün und wieder zurück. Er hielt den Kopf über die Reling und erbrach sich. Eine Welle, die sie gerade hinabglitten, barst, und das Schiff stürzte mit dem Wasser in das Wellental. So fühlte es sich wohl an, wenn ein Felsen einem unter den Füßen wegbrach. Durch die Erschütterung verlor Prospero den Halt und fand sich plötzlich außerhalb des Schiffes wieder. Er brüllte, doch seine Stimme ging in dem gewaltigen Tosen des Meeres unter, das bereits seinen nassen Rachen aufriss, um ihn zu verschlingen.

50.

Auch Valenti befand sich in schwerer See. Der Besuch bei Deborah war desaströs verlaufen. Weder sie noch ihr Vater wollten glauben, dass von David von Fünen eine Gefahr ausging. Als Valenti ihnen vorsichtig die Möglichkeit unterbreitete, dass es sich bei ihrem zukünftigen Ehemann und Schwiegersohn um einen Vampir handeln könnte, erhielt er von Corcos ein trauriges Kopfschütteln und wurde von Deborah mit beißendem Spott überschüttet. So verließ er das Haus des Rabbiners unverrichteter Dinge und mit einem miesen Gefühl im Bauch.

Nachdem er anschließend die Observation Cavalcantis und des Palastes organisiert hatte, lief er ruhelos in seiner Bibliothek auf und ab. Er hatte vergebens versucht, durch ein Glas Rotwein und die Lektüre der Verse Michelangelos Ruhe zu finden. Der Wein mundete ihm nicht, und die Zeilen des Göttlichen, wie der große Maler und Bildhauer genannt wurde, feuerten nur sein Verlangen an: *»Voglia sfrenata il senso è, non amore … Die Seele stirbt an Sinnengier; nicht Liebe ist das …«* Er verzehrte sich nach der Gräfin Maria Konstanza von Stamitz, umso mehr, als sie ihm ein Rätsel blieb. Sie war eigensinnig, lasziv, durchtrieben, erfüllt von einem unbändigen Hang zum Spiel, regiert, wie es schien, einzig und allein von ihrer sexuellen Gier. Aber all das machte sie schließlich nicht zu einer Mörderin oder einer Komplizin von Mördern. Oder? Vielleicht schwebte sie sogar selbst in Gefahr, wenn in ihrem nächsten Umfeld grauenvolle Morde geplant und ausgeführt wurden. Es gab nur einen Weg, das herauszufinden. Er musste sie verhören, obwohl er das eigentlich nicht konnte, schließlich war er kein Jurist wie Prospero Lambertini, sondern ein Schöngeist, und zudem ein Schöngeist, der ihren Reizen erlegen war.

Aber Prospero strebte einem steirischen Provinznest entgegen, und er hatte ihn zu vertreten. Also durfte er sich der Befragung nicht entziehen, auch wenn das Unterfangen riskant war. Denn er gierte nach dieser Frau, nach ihrem Körper, mit all seinen Sinnen. Wenn er nur daran dachte, wie sie sich gemeinsam ihrer Leidenschaft hingegeben hatten, konnte er keinen klaren Gedanken mehr fassen, sondern taumelte hilflos hinein in einen einzigartigen Rausch.

Endlich kehrte sein Diener heim und überbrachte ihm das Antwortbillet der Gräfin. Ungeduldig brach er das Siegel auf und öffnete den kleinen Umschlag. Ihre Schrift war ebenmäßig, streng. Das Kärtchen roch nach ihrem Rosenwasser. Der Geruch des Duftwassers allein brachte sein Blut in Wallung. Er hörte im Kopf ihre Stimme, als er ihre Botschaft las: »Lieber Valenti, auch ich muss Sie dringend sprechen. Beunruhigende Dinge spielen sich in meiner Nähe ab. Bitte kommen Sie schnell zur Farnesina. Und sagen Sie niemandem etwas. Ich kann keinem vertrauen, am allerwenigsten meinem Mann. Sie ahnen ja nicht, was ich erleide. Ich flehe Sie an, kommen Sie zur Villa, und retten Sie mich, bevor es zu spät ist. Ihre Maria!«

Keine halbe Stunde später stand er vor dem rötlich-gelben Bau. Auf sein Läuten hin erschien Alvaro und bat ihn herein. »Die Gräfin erwartet Sie. Oben.«

Valenti rannte die Treppen hoch und stand im nächsten Moment im Schlafzimmer. Eigentlich hatte er erwartet, dass der bloße Anblick dieser Stätte ihrer Wollust ihn erregen würde, aber als er die Gräfin ansah, fiel ihm sofort ihre unnatürliche Blässe auf. Ihr Teint glich weißem Porzellan und wirkte durch das schwarze, hochgeschlossene Kleid, das sie trug, noch fahler. Nichts an ihr erinnerte an die Fröhlichkeit und Laszivität ihrer letzten Begegnungen. Maria Konstanza von Stamitz wirkte auf ihn wie eine Frau, die sich auf dem Weg ins Kloster befand und die dem Komplizen ihrer Ausschweifungen ein letztes Lebewohl sagen wollte. Es blieb nur Asche, nachdem das Feuer sich selbst verzehrt hatte, dachte Valenti.

Sie schaute ihn indes nicht an, sondern blickte unbewegt zum Fenster hinaus. »Ich habe nachgedacht. Sie müssen umkehren. Gehen Sie«, bat sie leise, aber eindringlich. »Retten Sie sich, liebster Graf. Sehen Sie zu, dass wenigstens Sie aus dieser Geschichte mit heiler Haut davonkommen.«

Valenti bezwang seine Überraschung über ihr frömmelndes Auftreten, ging zu ihr und drehte sie sanft zu sich. In ihren Augenwinkeln hingen zwei Tränen.

»Ich gehe nicht, bevor ich nicht weiß, wie ich Ihnen helfen kann.«

»Es ist zu spät, mein kleiner Valenti.« Sie schloss mit einem tiefen Seufzer die Augen. Er nahm sie in die Arme, wiegte sie und genoss das Gefühl ihres Körpers an seinem. Die Gräfin schmiegte sich zwar leicht an, bewahrte jedoch eine gewisse Distanz. Nicht Lust, sondern das Bedürfnis nach Trost drückte ihre Berührung aus.

»Reden Sie, um Gottes willen!«, drängte Valenti.

»Ich kann nicht«, flüsterte sie.

»Sie müssen!« Er schloss seine Arme fester um sie, und sie stöhnte auf. »Vertrauen Sie mir!«

»Hätte ich Sie hergebeten, wenn ich es nicht täte?«

»Dann reden Sie bitte mit mir!«, flehte er nun fast.

»Schwören Sie, über alles, was ich Ihnen sage, zu schweigen. Dann will ich Ihnen beichten, mon petit Abbé.«

Valenti sah sich um. »Dafür ist das hier der falsche Ort. Ich kenne eine kleine Kirche, ganz in der Nähe …«

Sie legte ihre schlanken Finger auf seine Lippen, und er verstummte. »Sie irren sich, meine Beichte ist nicht für die Ohren eines Priesters bestimmt, sondern für die des Mannes, den ich liebe.«

Valenti fühlte sich, als hätte ihm jemand einen Kinnhaken versetzt. Er schüttelte benommen den Kopf, um wieder zu klarem Verstande zu kommen, spürte jedoch stattdessen, wie Panik in ihm hochstieg. Wenn ein Thema und ein Gefühl zwischen ihnen überhaupt nicht existiert hatte, dann war es die Liebe. Mühsam gelang es ihm, sich wieder zu fassen. Die Gräfin hatte ihn aus dem Augenwinkel beobachtet. »Keine Sorge! Sie müssen sich zu nichts verpflichtet fühlen. Aber die Begegnung mit Ihrem reinen, gottesfürchtigen Wesen hat mich geläutert, hat mir gezeigt, in welcher Sünde ich lebe«, gestand sie ein. Sie schmiegte sich an ihn wie ein kleines Mädchen, Schutz suchend. Dann erzählte sie ihm in einfachen Worten von ihrer glücklichen Kindheit, die mit dem Tod des Vaters abrupt endete. Sie stammte zwar aus altem Adel, war weitläufig mit dem Kaiserhaus verwandt, aber die Familie stand vor dem finanziellen Ruin. Deshalb wurde sie mit dem über zwanzig Jahre älteren Grafen Berthold von Stamitz verheiratet.

Plötzlich wand sich die Gräfin aus Valentis Armen, lief zum Bett und blieb an einen der Pfosten gelehnt stehen. Hinter ihr auf dem Fresko betrachtete der schwarze Diener aufreizend-voyeuristisch die Szene, die sich ihm darbot. Der Gegensatz zwischen dem Zynismus im Blick des

Schwarzen und der verletzlichen Haltung der Frau erschütterte Valenti.

Die Gräfin hatte am Pfosten des Himmelsbettes Halt gefunden und sprach weiter. Nach und nach erst begriff er, was sie ihm fast tonlos erzählte. »Stamitz hat mich nach der Hochzeit nicht angerührt, bis zum heutigen Tag nicht. Doch ich war kaum in seinem Haus angekommen, da ließ er mich von ein paar Knechten vergewaltigen. Und er, er hat dabei voller Vergnügen zugesehen. Und so ist es geblieben, nur dass ich mir heute die Hengste selber aussuche, die mich unter seinen Blicken besteigen.«

Valentis Kopf fuhr wieder zu dem schwarzen Voyeur herum, und für einen kurzen Moment sah er nicht mehr dessen, sondern die Augen des Grafen Stamitz. Ihm wurde übel. »Hat er auch uns zugeschaut?«, stammelte er.

»Nein. Er gafft nur im Gesandtschaftspalais zu. Die Farnesina ist mein Refugium. Deshalb habe ich auch Poelschau bei unserem Ausritt zurückgelassen und bin geritten, so schnell ich konnte. Ich wollte verhindern, dass er uns verfolgt.«

Allmählich begann Valenti zu verstehen. Er schämte sich für das leichtfertige Urteil, das er über die Gräfin gefällt hatte. Eine Frage brannte ihm jetzt auf der Seele. »Hat dein Mann etwas mit dem Tod der Mädchen zu tun?«

»Ich weiß es nicht«, erwiderte sie leise, »aber ich fürchte es. Poelschau ist sein Diener, nicht meiner.«

»Aber …«, setzte Valenti an, doch sie fiel ihm ins Wort: »Mein Mann liebt das Marionettenspiel über alles, nur dass er statt Holzpuppen Menschen benutzt.«

»Und David von Fünen? Kennst du ihn wirklich nicht?«

»Oh doch!« Sie lachte bitter auf. »Er ist der Schlimmste von allen. Seit er bei uns ist, ist mein Mann noch viehischer geworden. David von Fünen ist der Teufel, glaub mir. Und er hat meinen Mann in der Hand!«

»Womit?«

»Ich weiß es nicht.«

Auch auf die Gefahr hin, dass sie ihn verspotten oder wütend werden würde, rang Valenti sich zu einer letzten Frage durch. »Ist dein Mann ein Vampir?«

Ihre Antwort ließ alles offen: »Ich bin jetzt zweiundzwanzig Jahre mit ihm verheiratet, aber ich kenne ihn nicht!«

»Und Fünen?«, bohrte Valenti nach.

»Denkbar. Denkbar auch, dass er meinen Mann infiziert hat, denn seit Fünen bei uns ist, hat mein Mann das Interesse verloren, mir beim Beischlaf zuzusehen.« Die Gräfin schüttelte scheinbar über sich selbst den Kopf. »Es gab Zeiten, da war ich stolz darauf, wenn mein Mann mir dabei zusah, und ich versuchte ihn dadurch zu erregen, dass ich mich diesen gut gebauten Domestiken hingab. Später wollte ich ihn dadurch bestrafen, dass ich all diese Männer beherrschte, sie regierte, quälte und erniedrigte. Wenn ich auf mein Leben zurückschaue, dann sehe ich nur eine erniedrigende Orgie neben der anderen!« Sie verstummte mit einem Mal, dann straffte sie sich, ließ den Pfosten los und wandte sich ihm zu. In ihren Augen waren weder Laszivität noch Ironie, keine List und kein Kalkül zu finden. Sie wirkte nur völlig ermüdet von den ewigen Spielchen.

»Komm her«, sagte er und streckte die Hand aus.

»Nein, ich schlafe heute nicht mit dir, Valenti.« Zum ersten Mal hatte sie ihn geduzt.

»Das meinte ich nicht«, verteidigte er sich.

»Dein Verstand vielleicht nicht, aber dein Körper«, beharrte sie. Er wollte etwas erwidern, aber sie ließ es nicht zu. »Ich kenne es von mir selbst!«, sagte sie bestimmt, dann verließ sie das Zimmer.

Er folgte ihr, aber auf der Treppe trat ihm Alvaro entgegen. »Es ist besser, wenn Sie jetzt gehen, Exzellenz.«

Valenti blickte an Alvaro vorbei hinter ihr her. Aber die Gräfin setzte ihren Weg die Treppe hinunter fort und verschwand, ohne sich noch einmal umzudrehen.

»Es ist besser, Herr Graf«, wiederholte Alvaro. Seine Stimme klang so väterlich, dass Valenti ihn verzweifelt fragte: »Aber warum?«

»Sie wissen es«, erwiderte der alte Diener und ging. Valenti stolperte zur Tür, stieg in seine Kutsche und versank in Gedanken. Er hatte Maria Unrecht getan. Hatte sie als eine Frau abgestempelt, deren Verlangen unstillbar war, hatte sie beherrschen und unterwerfen wollen. Hatte er sie nicht auch nur benutzt wie alle anderen Männer?

»Wohin?«, fragte nach einer ganzen Weile sein Diener. Valenti schreckte aus seinen Grübeleien auf. Erst jetzt merkte er, dass sich die Kutsche noch gar nicht in Bewegung gesetzt hatte.

Zu Hause angekommen zwang er sich zur Ruhe und versuchte, seine Gedanken zu ordnen. Nach und nach fügte sich in seinem Kopf ein Bild zusammen. In Rom fiel ein Vampir junge Mädchen an. Dieser Untote war niemand anderes als David von Fünen. Der Jude stand unter dem Schutz des österreichischen Gesandten, den er womöglich auch in einen Blutsäufer verwandelt hatte. Auch wenn Cäcilia nicht im Palast der Gesandtschaft gefangen gehalten wurde, so musste sie sich doch in der Gewalt dieser Schurken befinden. Aber was nutzte ihm dieses Wissen, er würde damit weder den Papst noch den Rabbiner Corcos überzeugen können. Er konnte nur darauf hoffen, dass die Observation ihn zu dem Ort führen würde, an dem Vellonis Schwester sicherlich verzweifelt auf Hilfe wartete.

Plötzlich riss ihn heftiges Klopfen an der Tür aus seinen Gedanken. Wer konnte das sein? Um diese Zeit? Ein so später Besucher bedeutete nichts Gutes. Wollte man ihn aus dem Weg schaffen? Nach allem, was er in Erfahrung gebracht hatte, nur zu wahrscheinlich. Die Bande hatte bisher alle angegriffen, die ihr zu nahe gekommen waren: Spigola, Prospero, und jetzt war er an der Reihe. Valenti huschte in die kleine Kammer, die hinter der Bibliothek lag, ergriff eine Pistole, spannte mit beiden Händen den Hahn des Vorderladers und schnappte sich sein Lieblingsrapier – das mit der Damaszenerklinge, die so scharf war, dass sie ein einzelnes Haar im Flug zerteilte. Das Klopfen wurde immer drängender. Sein Diener kam verschlafen mit einem knielangen Nachthemd bekleidet aus seiner Kammer. Valenti baute sich mitten im Korridor auf, in der rechten Hand die geladene Pistole, in der linken den Degen. Er war bereit. Sollte das Pack ruhig kommen. Es würde erleben, wie ein Gonzaga kämpft! Er machte dem Diener ein Zeichen. Der öffnete die Tür und verbarg sich dabei hinter ihrem massiven Holzflügel.

Valenti spähte gespannt in den Hausflur. Dort stand blutüberströmt der Rabbiner Tranquillo Vita Corcos. Die Augen füllte unaussprechliches Leid, das weiße Haar hing wirr vom Kopf. Er streckte verzweifelt die Hand nach dem Grafen aus und brach dann wortlos zusammen.

51.

Prospero blickte mit schreckgeweiteten Augen in die schwarzen Wassermassen, den nassen Tod vor Augen, als er spürte, wie jemand ihn mit hartem Griff an den Schößen seines Justacorps packte und zurück auf das Schiff riss. Er fiel auf den Hosenboden, und dicht vor ihm tauchte das stoppelige Gesicht des Capitano Corazza auf, der ihn mit zusammengekniffenen Augen ansah. »Kotz nächstes Mal auf die Planken!«

Im nächsten Moment sah Prospero ihn schon beim Steuermann stehen und das Ruder übernehmen. Es schien, als sei der Sturm sein Element. Tatkräftig und geistesgegenwärtig, erwies er sich als fähiger Kapitän. Hatte Prospero noch an Pepe gezweifelt, als das versoffene Exemplar von Seemann seinen Seelenverkäufer präsentierte, so leistete er dem Katalanen jetzt Abbitte. Er hatte den richtigen Mann ausgewählt. Prospero dankte still Capitano Corazza für die Rettung, aber auch Valenti, der ihm diese Kleidung geliehen hatte. Sie war aus gutem Stoff genäht. Seine eigenen Jacken waren so fadenscheinig, dass die Rockschöße mit Sicherheit gerissen wären und er in der Adria sein Grab gefunden hätte.

Am frühen Nachmittag des folgenden Tages erreichten sie eine zerklüftete Küstenlinie, an der sie in sicherer Entfernung entlangsegelten. Prospero fühlte sich nach der stürmischen Nacht ziemlich wackelig auf den Beinen. Nach seinem kurzen Abenteuer jenseits der Reling hatte er auf dem schwankenden Schiff nur wenig Schlaf gefunden. Erschöpft stolperte er zum Bug des Schiffes und verlor sich in der Betrachtung der vorüberziehenden Landschaft.

Allmählich senkte sich die Dämmerung herab und löste die Konturen der Inseln, Felsen und Strände auf. Wie ein Buckelwal tauchte in einiger Entfernung stumm und majestätisch ein Bergrücken aus dem Wasser. Als sie ihn umrundet hatten, fühlte Prospero Lambertini, wie ihn jemand derb in die Seite stieß. Er wandte sich um und folgte Corazzas ausgestrecktem Arm mit den Augen.

»Pirano«, brummte der Kapitän. »Du müsstest es am Tage sehen. Eine gute Stadt.«

Ein paar Positionslichter für die Schiffe sowie etwas indirekter Schein aus Häuser- und Kirchenfenstern waren die einzigen Lichtquellen, daher konnte Prospero die Stadt aus der Ferne nur erahnen. Beim Näherkommen erkannte er jedoch, dass der Ort sich auf einer kleinen Halbinsel frech ins Meer schob, als wollte er sich über die Adria hinweg seinen italienischen Eroberern entgegenstrecken. Pirano gehörte seit Jahrhunderten der Markusrepublik Venedig. Immer deutlicher hob sich ein schlanker Turm vor dem dämmrig-grauen Himmel ab, der wie der kleine Bruder des Campanile von San Marco wirkte. Die beschauliche Hafenstadt schmiegte sich an das istrische Bergland.

Als hätten sie in Rom noch nicht genug davon gehabt, fing es jetzt auch hier an zu regnen, nur dass die Niederschläge um einige Grad kälter waren und heftiger Meerwind hinzukam. Die Regentropfen drangen wie spitze Eisdolche durch ihre Kleidung, als sie in den Hafen einliefen.

»Wir sind in ein paar Tagen zurück«, verabschiedete sich Prospero von dem Seemann und drückte ihm einige Münzen in die Hand. »Dann gibt es den Rest des Geldes.«

»Jo«, kam die einsilbige Antwort.

Gefolgt von Pepe balancierte Prospero über den schmalen Steg an Land. Am Pier blickte er sich um und hielt einen Mann in dickem Mantel auf, bei dem er sich nach dem Minoritenkloster erkundigte. Der Gefragte schaute ihn verwundert an und sagte etwas in einer Sprache, die wie eine Mischung aus Italienisch und Spanisch klang. Venezianisch, dachte Prospero. Hilfe suchend sah er den Katalanen Pepe an, der das Gespräch übernahm. Der Einheimische wies auf einen zweiten, etwas kleineren Turm, den Prospero erst jetzt entdeckte. Pepe bedankte sich, nickte Prospero zu und ging voran. Kurz darauf kamen sie zu einer Kirche, an deren Ostseite sich ein Glockenturm erhob. Unmittelbar daneben fassten zwei mächtige Steinsäulen die Klosterpforte ein. Aus der schweren, eichenen Doppeltür sprang eine massive, aber schön gearbeitete Faust aus Bronze. Als Prospero den Türklopfer umfasste und betätigte, stieg in ihm das angenehme Gefühl der Ankunft auf. Hier würde ihm nur Gutes widerfahren. Ein schlanker Mönch in brauner Kutte öffnete. Er trug um die Hüfte einen weißen Strick, wie es bei den Kleinen Brüdern des Franziskus üblich war. Prospero reichte ihm wortlos das Schreiben des Papstes, und während er es las, begannen die Augen des Minoriten zu leuchten. Er begrüßte sie überschwänglich und führte sie ins Refektorium. Dort entschuldigte er sich und kam kurz darauf mit einem weißbärtigen Bruder zurück. Mit seinem wehenden Haarschopf und dem entschlossenen Blick glich der hünenhafte Mönch auf verblüffende Weise dem Gottvater Michelangelos, der die Decke der sixtinischen Kapelle in Rom zierte. Er stellte sich als Bruder Aureliano vor, Guardian des Klosters. Die Mönche verköstigten sie mit einer deftigen Bohnensuppe und wiesen ihnen die Zellen zu. Endlich fand Prospero den Schlaf, den er so sehr herbeigesehnt hatte.

Unmittelbar nach dem Frühstück verabschiedeten sie sich

von den gastfreundlichen Minoriten und ritten los. Der Regen hatte inzwischen aufgehört, doch die Freude darüber währte nicht lange. Als sie ins Gebirge kamen, wurde es um sie herum immer winterlicher. Prospero konnte sogar seinen Atem sehen. Erst jetzt erinnerte er sich, dass der Februar im Norden mit Eis, Schnee und Kälte einherging. Sie hatten bei ihrem überstürzten Aufbruch nicht daran gedacht und erwarben im nächsten Dorf halberfroren Fellwesten, Wollschals, Handschuhe, Pferdedecken sowie Pelzmäntel und -mützen. Heißer Tee, eine kräftige Bohnensuppe mit viel Speck und ein Schnaps weckten ihre Lebensgeister wieder.

Auf ihrem Weg durch die Bergdörfer gelang es ihnen manchmal, einen einheimischen Führer aufzutreiben. Für ein doppeltes Entgelt zeigte er ihnen den schnellsten Weg, der allerdings nicht immer der ungefährlichste war. So sparten sie trotz des widrigen Wetters Zeit. Am zweiten Nachmittag erreichten sie einen Ort, der in einer Talsenke lag. Die Bewohner erklärten ihnen, dass der kürzeste Weg nach Maribor, wie sie Marburg nannten, über den Kammweg führte. Sie rieten ihnen, im Dorf zu übernachten und erst am nächsten Tag weiterzuziehen. Doch Prospero wollte keine Zeit verschenken. Seine Frage nach einem weiteren Dorf oder einer Berghütte auf dem Weg löste beklommenes Schweigen aus. Verwundert erkundigte er sich erneut, bis ihm schließlich eine alte Frau mit einem Furunkel auf der Nase erklärte, dass oben auf dem Berg ein paar Köhlerhütten stünden. Aber die Köhler hätten den Ort längst verlassen, weil es dort spukte. Genaueres wusste sie nicht, weil die Dorfbewohner um den verwünschten Ort einen großen Bogen machten. Prospero und Pepe warfen sich einen kurzen Blick zu, dann bedankten sie sich bei den Dorfbewohnern und galoppierten los.

Der Weg schlängelte sich den Berg hinauf und wurde bald schon so schmal, dass sie stellenweise vom Pferd absteigen mussten. Die Dunkelheit senkte sich auf das Gebirge, und plötzlich wurden die Pferde unruhig. Der Hilfsauditor stutzte, als er seinen Blick den dichten Nadelwald entlangschweifen ließ und dabei in zwei gelbe Augen blickte. Wölfe. Das also machte die Pferde so nervös. Pepe spannte vorsorglich den Hahn seiner Pistole. Wind kam auf und pfiff durch die Föhren. Es klang wie Wolfsgeheul, und Prospero lief unwillkürlich ein Schauer den Rücken hinab.

Je höher sie kamen, umso mehr machte der dichte Wald einzeln stehenden Krüppelkiefern Platz. Auf einmal stellte sich ihnen ein Riese in den Weg. Prospero zog hektisch das Rapier, Pepe den Vorderlader aus dem Gürtel. Ihre Nerven waren zum Bersten gespannt. Der Gegner regte sich nicht. In diesem Augenblick kam der Mond hinter einer Wolke zum Vorschein und warf sein kaltes Licht auf das Gebirge. Der Riese entpuppte sich als eine verwachsene Eiche, und Prospero und Pepe steckten ein wenig beschämt ihre Waffen wieder weg. An zwei Ästen hingen kopfüber Fledermäuse. Als die beiden Reiter auf gleicher Höhe mit dem alten Laubbaum waren, öffnete eins der Tiere erst die Flügel und dann die Augen. Klein und böse starrten sie Prospero an, bevor die Fledermaus unvermittelt die Zähne fletschte und dazu gefährlich fauchte. Die spitzen Zähne schienen im Blut zu schwimmen, so grellrot leuchtete das Zahnfleisch. Prospero gab seinem Pferd vor Schreck die Sporen, und Pepe hatte Mühe, ihm zu folgen. Als sie endlich die Pferde beruhigt hatten und um sich blickten, entdeckten sie kleine Hütten, die ein wenig an Erdhöhlen erinnerten. Wenn der Mensch sich nicht mehr um seine Ansiedlungen kümmerte, nahm sie die Natur zu sich zurück, dachte Prospero. Die Dächer der schief stehenden Katen waren überwachsen von Moos, Efeu und Pilzen. Kein Feuer brannte, kein menschlicher Laut war zu hören. Dies mussten die verlassenen Köhlerhütten sein.

»Wir bleiben hier«, entschied Pepe.

»Hier?« Prospero grauste bei der Vorstellung.

»Uns folgt schon seit geraumer Zeit ein Wolfsrudel. Sie sind gute Jäger. Sie setzen drauf, dass wir müde werden.« Pepe sprang vom Pferd, Prospero ließ sich hinuntergleiten. Der Katalane wies auf eine etwas abseits liegende Hütte, die massiver und besser instand als die anderen wirkte. »Die ist groß genug, als dass wir die Pferde mit hineinbekommen!« Er entnahm seiner Satteltasche ein Öllämpchen und entzündete es. Seinen Rappen am Zügel hinter sich herziehend, stieß er die knarrende Tür auf und trat vorsichtig ein. Prospero folgte ihm mit einem unguten Gefühl im Bauch in die Hütte. Plötzlich kam ihnen fauchend etwas entgegen.

»Runter!«, brüllte der Katalane. Prospero ließ sich auf den Boden fallen, und über sie hinweg schoss ein Schwarm Fledermäuse aus der Tür hinaus. Die Pferde tänzelten nervös und schüttelten irritiert die Köpfe. Grinsend erhob sich Pepe. »Nachdem wir die vertrieben haben, können wir es uns jetzt gemütlich machen!«

Prospero schaute sich um. Der Raum war geräumig genug, um den Pferden in einer Ecke Platz zu bieten. Die Decke war zwar sehr niedrig, aber das Dach schien zumindest dicht zu sein und die Dielen intakt. Tisch und Stühle standen in der Mitte, und an der rechten Wand befand sich eine Art Feuerstelle. Der Katalane zerbrach einen Stuhl, legte das Holz auf die Esse und entzündete die Stuhlbeine mithilfe des Öllämpchens. Dann verschloss er die Tür mit dem Riegel, warf einen Blick auf das große Bett, nuschelte etwas, das wie »Nicht zu empfehlen« klang, und bereitete sich ein Lager auf dem Boden. Prospero tat es ihm gleich. Sie aßen noch etwas Käse und tranken aus dem Schlauch, den sie mitführten, Quellwasser.

»Wir wechseln uns ab. Schlaf du die erste Runde, ich wecke dich dann!«, entschied Prospero. Der Katalane machte es sich bequem und wenig später ertönte leises Schnarchen.

Prosperos Gedanken wanderten unweigerlich zu Deborah. Die Sorge um sie peinigte ihn, und gleichzeitig sehnte er sich nach ihr. Er sah sie vor seinem geistigen Auge, wie sie lachend neben ihm durch Rom lief. Plötzlich war er in der Kirche Santa Maria in Trastevere, in der er gerade das Priestergelübde ablegen sollte. Aber diesmal sagte er laut und vernehmlich: »Nein! Ich will kein Priester werden.« Ausrufe des Staunens erfüllten die volle Kirche. Er scherte sich weder um die Menschen im Schiff noch um die Priester im Chor und auch nicht um den Kardinal, der ihn gerade weihen wollte, sondern verließ die Kirche, lief quer über den Platz und durch ein paar Gassen zum Ponte Sisto. Vor den Häusern standen überall Menschen, die ihn böse anblickten und mit Fingern auf ihn zeigten, doch es machte ihm nichts aus. Dafür wurde er umso freudiger im jüdischen Ghetto empfangen. Der Rabbiner Tranquillo Vita Corcos kam ihm persönlich entgegen und führte ihn unter den Traubaldachin. Zimbelklang lag über dem Platz vor der Synagoge. Dort wartete bereits Deborah auf ihn. Ihr rotes Haar flatterte im Wind, ihre Augen funkelten wie Saphire, und ihr Mund verzog sich zu einem unternehmungslustigen Lachen.

»Salomo ha-chatan, Schlomele, mein Bräutigam«, rief sie ihm mit ihrer spöttischen Stimme zu. Richtig, in ihren

Träumen war er ja der König Salomon und sie seine Geliebte Sulamith. Und so legte er die Viertelmeile, die sie noch trennte, laufend zurück, die Arme ausgebreitet, wobei er zu den Zimbeln sang: *»Siehe, meine Freundin, du bist schön! Du hast mir das Herz genommen mit einem einzigen Blick deiner Augen … Meine liebe Braut, du bist ein verschlossener Garten …. Steh auf, Nordwind, und komm, Südwind, und wehe durch meinen Garten, dass der Duft seiner Gewürze ströme!«*

Nun stand er vor ihr und verneigte sein Haupt. Sie aber streckte die Hand nach ihm aus und sprach ernst: *»Mein Freund komme in seinen Garten und esse von seinen edlen Früchten.«*

Die Menschen, die Synagoge und die anderen Häuser drehten sich um sie im Kreis. Immer schneller. Die Menschen, die sie umringten, alterten, einige verschwanden, andere kamen hinzu. Plötzlich blieb alles stehen, und ein rothaariges Mädchen mit taubenblauen Augen lief ihnen entgegen. Ihre Tochter. Prosperos Herz tat vor Glück einen Sprung. Doch dann verdüsterte sich der Himmel, und Wind kam auf. Er heulte um Prosperos Ohren und riss an den Haaren des Mädchens. Gestalten ohne Gesichter packten die Tochter und schleppten sie fort. Deborahs Augen waren erfüllt von Schrecken, ihr Mund öffnete sich zu einem verzweifelten Schrei: »Cäcilia!« Der Name brannte auf seinem Herzen wie flüssiges Pech. Hilfe suchend griff er nach Deborahs Hand, doch seine Finger ertasteten nur harte Borsten.

Prospero schlug die Augen auf. Vor ihm lag der Kopf eines Wolfes. Der Leib des Tieres fehlte. Prospero entdeckte ihn einige Ellen von sich entfernt. In der Mitte des Raumes stand Pepe mit einem bluttriefenden Degen in der Hand.

Der Katalane musste den Wolf in dem Moment enthauptet haben, als er sich auf den schlafenden Prospero stürzen wollte. Pepe steckte das Rapier ein, nahm seine Pistole aus dem Gürtel und feuerte sie ab. Die Kugel traf einen zweiten Wolf in den Kopf. Schlagartig war Prospero auf den Beinen und an der Seite seines Lebensretters. Mühsam entwand er seinen Geist den Klauen des verstörenden Traums. »Ich muss eingeschlafen sein. Verzeih.«

Pepe ging nicht auf seine kleinlaut vorgebrachte Entschuldigung ein. »Ich wusste, dass sie kommen würden!«

»Wer? Die Wölfe?« Statt zu antworten deutete der Katalane auf den Riegel. Er war zurückgelegt worden.

»Wölfe öffnen keine Riegel«, stellte Prospero fest.

»Aber die Menschen der Wölfe.«

Vor der Tür erklang ein unmenschliches Jammern und Schritte näherten sich. Prospero zog sein Rapier. Pepe hatte derweil seine Pistole nachgeladen. »Ziel immer auf die Augen«, wies er Prospero an. »Der schnellste Weg in ihr satanisches Gehirn.«

Prosperos Nerven waren so gespannt, als hätte man sie auf die Streckbank gelegt. Wen oder was würde er gleich zu Gesicht bekommen? Die Laute vor der Tür schwollen zu einem beängstigenden Lärm an. Als hätten sich die Heerscharen der Hölle und die Legionen der unreinen Geister dort versammelt. Den Blick fest auf die Tür geheftet, spürte er plötzlich, wie eine Hand ihn mit hartem Griff brutal nach hinten zog. Es war Pepe, der seine Augen wie immer überall gehabt hatte.

Denn der Feind kam nicht durch die Tür, er kam von oben, durch das Dach.

52.

Obwohl sie sich so leer fühlte, als wäre in ihren Adern nur noch Luft, floss das Blut immer noch aus ihrem Hals heraus, immer weiter und weiter. Aber das konnte auch täuschen, denn sie vermochte zwischen dem warmen Wasser und ihrem Blut nicht mehr zu unterscheiden.

Cäcilia hatte jeden Widerstand aufgegeben. Der Cavaliere, der sie nun so heftig umwarb, würde sie nicht täuschen wie David von Fünen, sondern ihr auf ewig treu sein. Denn es war der Tod selbst, der sie jetzt in seine Arme nahm. Das Mädchen ließ es nicht nur geschehen, sie genoss es. Das warme Bad umhüllte und wiegte sie sanft. Der Todesengel Azrael war ein fürsorglicher Liebhaber. Sie schmiegte sich tiefer und immer tiefer in seine Umarmung.

Jetzt sah sie sich als kleines Kind, wie sie aufstand und das erste Mal ohne fremde Hilfe lief, auf ihren kleinen Füßen schwankte und wankte und dabei mit heller Kinderstimme rief: »Papà, papà, papà!« Dann stolperte sie, doch bevor sie hinfiel, fing ihr Vater sie auf, hob sie in die Luft, drehte sich mit ihr lachend im Kreis und sang: »Meine Principessa tanzt, meine Principessa tanzt. Und sie kann laufen! Holt die Musikanten. Wir wollen feiern, denn meine Tochter steht auf ihren eigenen Füßchen.« Sie sah in seine großen dunkelbraunen Augen, die voller Güte und Liebe waren. Wenn sie ihn ansah, fühlte sie sich zu Hause. Doch plötzlich sah sie ihn vor ihrem Grab stehen. Schwarze Tränen rannen aus seinen Augen, die nur noch leere dunkle Höhlen waren. Tiefe Schatten lagen darunter, die Wangen waren hohl und eingefallen. Jetzt erst erkannte sie, dass auf dem Hals des Vaters nur ein weißer Totenschädel saß. Cäcilia schrie. Das durfte sie nicht zulassen. Sie durfte dem Vater ihren Tod nicht antun. Deshalb stieß sie Azrael mit aller Kraft von sich. Aber der Todesengel hielt sie fest und zog sie so unerbittlich ins Schattenreich hinab, dass alle Gegenwehr zwecklos war. Dann wurde es dunkel um sie herum, und Cäcilia spürte, dass die Entscheidung über Leben und Tod nicht mehr in ihrer Hand lag.

53.

Fünf oder sechs unförmige Gestalten in Wolfsfellen landeten in der Mitte des Raums. Sie hatten dornenbesetzte Keulen in der Hand, die an Morgensterne erinnerten. Prospero erschrak, als er in ihre Gesichter schaute. Im Flackern des Feuers in der Esse schienen ihre roten Antlitze zu glühen. Teufel? Untote? Pepe zielte auf den Kopf eines Eindringlings und schoss. Die Kugel schlug durch die Stirn und zog bei ihrem Austritt Hirnmasse wie einen Kometenschweif hinter sich her. Der Getroffene ging in die Knie, dann knallte er vornüber aufs Gesicht. Ihm fehlte ein beträchtliches Stück Hinterkopf. Die restlichen Angreifer stürzten auf sie zu, und Prospero zog schnell sein Haupt ein, um nicht von einem Morgenstern getroffen zu werden. An Pepes Worte denkend rammte er dem Feind mit der linken Hand den Dolch ins Auge. Der jaulte auf wie ein verwundeter Wolf, riss die Hände an den Kopf, umklammerte mit beiden Händen das Heft des Messers und zog es unter Gebrüll heraus. Blut spritzte hinterher. Prospero bückte sich nach dem Morgenstern, nahm ihn in beide Hände und zerschmetterte dem Wolfsmann den Schädel. Da spürte er einen Stoss gegen die Schulter, dass ihm schlecht wurde vor Schmerz. Er taumelte. Vor ihm stand ein anderer Unhold, die Keule erhoben, um sie im nächsten Moment auf seinen Kopf niedersausen zu lassen. Brüllend riss er sein Maul auf – ein Wolfsmaul mit zwei langen Eckzähnen. Der Hilfsauditor empfahl seine Seele Gott, dem Pepe allerdings zuvorkam. Prospero wurde zur Seite geschleudert und spürte nur noch den Lufthauch, der von der niedersausenden Keule ausging. Der Wolfsmann war von der Wucht seines Schlages nach vorne gerissen worden, und Pepe trat ihm nun so heftig in den Magen, dass er zu Boden ging. Im gleichen Moment hockte der Katalane bereits auf seinem Rücken und trieb ihm den Langdolch durch die Halswirbel ins Herz. Hinter ihnen wieherten und stampften die beiden Pferde panisch. Wie gut, dass sie sie festgebunden hatten, sonst wären sie sicher schon über alle Berge gewesen.

Plötzlich trat Stille ein. Die Hütte war leer. Prospero blickte erschrocken um sich. »Wo sind die Toten?«

»Wenn sie nicht zu neuem Leben erwacht sind, haben ihre Kumpane sie mitgenommen«, brummte Pepe, dem das offensichtlich gar nicht gefiel. Er wollte sich gerade hinknien, um den geheimnisvollen toten Wolfsmann zu untersuchen, da stand plötzlich eine alte Frau mit weißen langen Haaren und einem riesigen Furunkel auf der Nase im Raum. Prospero meinte sich an sie zu erinnern. Sie sagte etwas, das sie aber nicht verstanden.

»Ich glaube, sie will ihren Toten«, raunte Prospero. Pepe bückte sich, um demonstrativ die Kleidung des Wolfsmannes aufzuschneiden. Die Alte fiel auf die Knie, jammerte und bettelte. Dabei gestikulierte sie wild.

»Wenn ich die Alte richtig verstehe, wollen sie uns zufrieden lassen, wenn wir ihnen den Toten geben«, interpretierte Prospero ihre klagenden Laute. Pepe packte den Toten am Kragen des Fells und schleifte ihn zu der Frau. Die pfiff durch ihre Zahnlücke. Zwei Männer, in Felle gekleidet wie die anderen, aber ohne Morgensterne, holten die Leiche ab. Die Alte stand auf, murmelte eine Verwünschung, spuckte in den Raum und ging.

»Was war das?« fragte Pepe.

»Wolfsmenschen? Werwölfe? Vampire? Oder einfach

nur verkleidete Leute aus dem Dorf im Tal, die Reisende ausrauben und sich hinter den Spukgeschichten verstecken. Ich weiß es nicht.« Jetzt fiel Prospero auf, dass auch die Wolfskadaver fehlten. Wenn es verkleidete Räuber waren, fragte er sich allerdings, wie sie die Wölfe dazu gebracht hatten, sie anzufallen.

»Meinst du, wir haben jetzt Ruhe?« Pepe zuckte zur Antwort nur mit den Achseln und lud die Pistole nach, dann verriegelte er erneut die Tür und legte sich wieder hin.

Prospero blieb bis zum Morgen wach. An Schlaf war für ihn nicht mehr zu denken. Er grübelte über den nächtlichen Kampf statt. Zwar meinte er, die Alte bereits im Dorf gesehen zu haben, doch dort hatte sie ein bisschen seine Sprache gesprochen. Vorhin allerdings schien sie jedes italienische Wort vergessen zu haben. Standen diese Leute unter einem Bann? Waren sie möglicherweise auf ein Dorf voll Untoter gestoßen, die nachts die dunkle Seite ihrer Existenz auslebten? In diesem Gebirge schien alles möglich.

Irgendwann erhob Prospero sich von seinem improvisierten Lager. Er hüllte sich in seinen Fellmantel, öffnete die Tür und trat auf den Dorfplatz. Alles war ruhig. Am Himmel brachen vorsichtig die ersten Sonnenstrahlen durch die Wolken. Prospero atmete in vollen Zügen die frische Bergluft ein. Die Kälte kratzte in den Lungen und tat ihm dennoch wohl. Er wandte sich um, um Pepe zu wecken, doch der Katalane war bereits lautlos neben ihn getreten.

Nachdem sie schwindelerregende Pässe und steile Gebirgspfade bezwungen hatten, erreichten sie am nächsten Tag einen Bergsporn. Die Dämmerung fiel schnell und ohne Vorwarnung auf sie herab. Vom gegenüberliegenden Höhenzug drohten ihnen die düsteren Mauern einer Burg.

Kurz darauf entdeckten sie im Tal Marburg. Prospero trieb sein Pferd an und schlug den Pfad zur Stadt hinab ein. Er wollte die Visitation der Leiche schnell hinter sich bringen und dann sofort nach Rom zurückkehren, um Antworten auf all die offenen Fragen zu finden, die ihn so quälten und der Rettung Cäcilias im Weg standen.

Prospero konnte ja nicht ahnen, dass eben diese Antworten in der beschaulichen Stadt hinter dem Fluss nur darauf warteten, von ihm ans Tageslicht gebracht zu werden.

54.

Der Abstieg dauerte viel länger, als Prospero auf dem Bergsporn vermutet hatte. Sie erreichten das Tal, als der Mond gerade hervorkam und mit silberhellem Schein den Schnee zum Leuchten brachte. Doch Prospero Lambertini, sonst ein aufmerksamer Bebachter und offen für alle Schönheiten von Natur und Kunst, nahm den Reiz der Landschaft gar nicht wahr. Er erfreute sich auch nicht am Anblick des verwunschenen Städtchens, das jenseits des Flusses im Schutze des Bachergebirges vor sich hin träumte. Der Übergang über die Drau erinnerte an eine überlange Zugbrücke, die vom großen Stadttor aus den Fluss überspannte. Geschützt wurde diese Verbindung durch ein trutziges Verteidigungswerk, das der bollwerkartigen Stadt vorgelagert war. Es wirkte wie das Tor zu einer anderen Welt.

Aus der Entfernung gewahrten sie, dass sich das Tor des Vorwerkes gerade schloss. Sie trieben ihre Pferde an und brüllten, um auf sich aufmerksam zu machen. Der rechte Flügel des Tores blieb stehen und ein Soldat lugte hervor. Als er die beiden Reiter entdeckte, rief er etwas nach hinten und wartete. Prospero Lambertini grüßte den Soldaten und reichte das Schreiben des Papstes. Der Wachmann verstand zwar nicht den Inhalt des Dokuments, erkannte aber an Unterschrift und Siegel, dass es eine Order Klemens XI. war. Er ließ die beiden Reiter passieren.

In der Mitte des Stromes hatte es sich ein Brückenhaus bequem gemacht, das mit zwei Stadtsoldaten besetzt war. Das Schreiben des Papstes ersparte ihnen den Wegezoll.

Prospero fragte nach der Stadtburg, dem Castello. Die

beiden überlegten einen Moment, dann fragte der kleinere von beiden, ein Kerl, der mit seinem schwarzen Schnauzbart und dem gekrümmten Rücken wie ein Schuster wirkte: »Castello? Kastell? Burg?« Prospero nickte lächelnd. Der Schnauzbärtige sagte etwas auf Deutsch und wies mit der Hand mehrmals auf den Verlauf der Brücke und der Straße.

Prospero bedankte sich. Er hatte verstanden, dass sie nur dem Weg zu folgen brauchten. Kurz darauf passierten sie das große Stadttor. Die menschenleere Hauptstraße döste unter dichtem Pulverschnee, der noch sehr frisch wirkte. Er knirschte leise unter den Hufen der Pferde. In den Fenstern flackerten einladend Lichter. Der Anblick entzückte Prospero und ließ ihn für einen Moment seine Sorgen vergessen.

Von der Straße bogen sich windende Gassen ab. Prospero spürte die einschläfernde Beschaulichkeit, die von Marburg ausging und machte die ungewohnt niedrigen Häuser, die zumeist über zwei Etagen nicht hinauskamen, für diesen Eindruck verantwortlich. Gegenüber des Marktplatzes erhob sich die kleine Stadtfestung. Es wirkte wehrhaft und zivil zugleich wie ein kleinerer römischer Palazzo, vorausgesetzt man ignorierte die Türme mit Zwiebeldach. Prospero klopfte ans Tor. Wenig später begrüßte sie im Vestibül der Stadthauptmann des Kaisers, Konrad Edler von Sinzau. Er schickte einen Diener zum Erzpriester des Domes, um diesen von der Ankunft der Reisenden zu unterrichten.

»Wir haben Sie schon erwartet, Dottore«, begrüßte ihn der Stadthauptmann. Er schlug vor, ihnen erst einmal ihre Zimmer in der Burg zuzuweisen. In anderthalb Stunden erwarte man sie dann zum Abendessen.

»Einverstanden«, antwortete Prospero, nachdem er sich für die freundliche Aufnahme bedankt hatte. »Wir möchten gern die Visitation heute noch vornehmen, weil ich morgen wieder den Rückweg antreten werde.«

Das Lächeln im Gesicht des kaiserlichen Beamten machte einem Staunen Platz. »Wollen Sie sich denn keine Ruhepause gönnen?«

»Bedaure, aber auf mich warten sehr wichtige Angelegenheiten in Rom, die keinen Verzug dulden.«

Sinzau wirkte bestürzt. »Aber der Herr Bischof wollte unbedingt dabei sein, wenn die Gruft der seligen Gräfin geöffnet wird.«

»Ich kann nicht warten. Es ist jetzt acht Uhr. Lassen Sie uns gegen zwölf die Gruft öffnen. Mir bleibt leider nichts anderes übrig, als auf dieser unchristlichen Stunde zu bestehen.«

Dann fiel sein Blick auf ein großes Ölgemälde an der Wand, und er geriet ins Staunen. Das Porträt zeigte eine Frau in altertümlichen Kleidern. Sah man von der Garderobe und der mäßigen Qualität des Künstlers ab, dann hatte man Maria Konstanza von Stamitz vor sich.

Der Stadthauptmann war dem Blick des Hilfsauditors gefolgt. »Die selige Elisabeth von Bartaszoly«, erklärte er in fast ehrfürchtigem Ton.

55.

Sie hatten gut gegessen und getrunken. Die Glocken vom Dom schlugen gerade halb zwölf, als sich der Erzpriester Georg Heisterbach, der Stadthauptmann, Prospero und Pepe auf den Weg machten. Einige Soldaten mit brennenden Fackeln begleiteten sie.

Prospero wusste aus den Akten, dass die Bartaszolys Ende des 14. Jahrhunderts aus Ungarn als Markgrafen an die Drau gekommen waren und ursprünglich auf der alten Markfeste oberhalb der Stadt residiert hatten. Nach der Fertigstellung der Stadtburg Ende des 15. Jahrhunderts nahm die Grafenfamilie ihren Sitz in der Stadt, behielt aber die Burg. Mit den Eltern von Maria Konstanza von Stamitz erlosch allerdings das Grafengeschlecht. Einen Sohn, der die Linie hätte fortführen können, gab es nicht, denn Maria Konstanza war ihr einziges Kind. Seitdem wurde die Stadt im Auftrag des Kaisers von einem Stadthauptmann verwaltet.

Sie brauchten nicht weit zu laufen, denn unmittelbar vor einem Turm des Kastells kauerte die Lorettokapelle. Heisterbach schloss auf und führte Prospero zielsicher zu einer Bodenplatte. Ein Steinmetz, den man gerufen hatte, öffnete mit seinem Gesellen und zwei Lehrlingen die Platte. Es ging überraschend leicht. Prospero schaute fragend zu Heisterbach.

»Ursprünglich lag sie im Dom. Aber nach Errichtung der Kapelle wurden alle Bartaszolys 1678 hierher umgebettet«, antwortete der Pfarrer halblaut.

Vor ihnen lag jetzt der Sarkophag. Die Handwerker errichteten ein Gestänge und hievten mittels Seilen und eines Flaschenzuges den schweren Marmorsarkophag nach oben. Sie stellten ihn neben dem Loch auf dem Boden der Kapelle ab. Prospero trat heran und machte den Handwerkern ein Zeichen, den Deckel zu öffnen.

Ein schmaler Totenschädel blickte ihm entgegen. Bis auf ein paar Halswirbel und die Handknochen wurde das Skelett von einer kostbaren Garderobe bedeckt. Der Hilfsauditor schaute sich die sterblichen Überreste der Gräfin genau an. Er zog ihre Schuhe aus und öffnete ihr Kleid. Es gab keine Besonderheiten an dem Skelett. Er hatte sich die medizinischen Berichte angesehen. Die Beschreibungen der Ärzte stimmten mit dem überein, was er sah. Nur eines verwunderte ihn. Laut ärztlichem Bericht und dem Porträt, das er in der Stadtburg gesehen hatte, besaß die Gräfin einen eher runden Kopf. Der Schädel aber wies auf einen Menschen mit länglicher Kopfform hin. Das irritierte ihn. Er beschloss, der Sache auf den Grund zu gehen.

»Holen Sie bitte einen Arzt«, sagte er an den Stadthauptmann gewandt.

»Was, jetzt? Um diese Zeit noch?«

»Ja, gleich!«

Prospero fiel auf, dass Heisterbach unruhig wurde. »Wollen Sie mir etwas sagen?«, fragte er den Geistlichen.

Heisterbach wich seinem Blick aus. »Nein, außer, dass es wirklich schon ziemlich spät ist.«

»Ich weiß, und der Bischof wird ärgerlich sein, weil er nicht zugegen war. Dennoch benötige ich jetzt die fachkundige Meinung eines Mediziners«, beharrte Prospero.

Er nutzte die Wartezeit, um den Fußboden der Kapelle genau in Augenschein zu nehmen. Überall befanden sich in den Boden eingelassene Grabplatten. Auf der rechten Seite, etwa in der Mitte der Kapelle, entdeckte er eine Platte, die man scheinbar ebenfalls vor kurzem bewegt hatte. In ihm stieg ein Verdacht hoch.

Seine Gedanken wurden unterbrochen von der Ankunft des Stadtmedikus, einem dickleibigen Freund des gemütlichen Lebens. »Das erste Mal in meiner Praxis, dass die Toten eilig nach dem Arzt verlangen«, rief er beim Betreten der Kapelle jovial. Prospero stellte sich vor, bat ihn für die späte Störung um Verzeihung und fragte ihn dann, ob der Schädel der Toten in dem Grab zu den Beschreibungen des Leichenbeschauers passte.

»Ach, ihr Katholiken mit euren abergläubigen Bräuchen«, spottete der Mediziner. Er schien Protestant zu sein. Dann vertiefte er sich in die Schriftstücke, die ihm der Hilfsauditor zeigte, und unterzog anschließend das Skelett eingehender Betrachtung. Er räusperte sich und verkündete sein Urteil: »Die Frau in den Unterlagen und dieses Skelett sind nicht dieselbe Person.«

»Sie sind nicht identisch?«, hakte Prospero nach.

»Nein. Abgesehen davon, dass wir verschiedene Kopfformen haben, wird in dem Dokument beschrieben, dass sich die Gräfin den Fußknöchel gebrochen hat.« Er wies auf den rechten Fuß. »Sehen Sie sich diesen völlig unversehrten Knochen an. Diese Frau hatte niemals eine Knöchelfraktur gehabt. Ausgeschlossen.«

Prospero Lambertini drehte sich um und durchbohrte mit seinen Blicken den Stadthauptmann. »Wie erklären Sie sich das?«

»Ich? Gar nicht! Hören Sie, ich steige nicht in Grüfte!«, rief Sinzau empört aus.

»Und Sie?«, wandte sich Prospero an den Pfarrer. Dessen zuckendes Augenlid verriet seine Nervosität, er spielte jedoch den Schockierten. »Ich kann es nicht glauben!«, stammelte er.

Prospero ergriff blitzschnell eine Hand des Geistlichen. »Und weshalb haben Sie dann in dieser Kälte schweißnasse Hände? Tun Sie sich selbst einen Gefallen und zeigen Sie mir, wo die Gräfin liegt.« Heisterbach schüttelte den Kopf. Augenscheinlich befand sich der Pfarrer in einer Zwickmühle. Prospero ging zu der Bodenplatte, die ihm vorher schon aufgefallen war.

»Liegt sie hier?« Der Pfarrer nickte kaum merklich.

»Öffnen!«, befahl Prospero. »Ihr habt nur die Abdeckungen ausgetauscht? Stimmt es?« Wieder nickte der Geistliche.

Als die Lehrlinge die Platte abgehoben hatten, staunte der Hilfsauditor. Die Gruft war zugemauert.

»Aufbrechen!«, wies er die Handwerker an.

»Nein!«, schrie der Geistliche voller Panik.

»Aufbrechen!«, wiederholte Prospero drohend.

»Bei unserer heiligen Mutter Gottes! Ich flehe Sie an, sehen Sie davon ab.«

»Ausgeschlossen!«

Der Priester erbleichte. »Oh ihr Narren, ihr wisst ja nicht, was ihr tut«, klagte er.

Als die Lehrlinge die Meißel ansetzten, um die Mauer aufzubrechen, wollte der Priester aus der Kirche fliehen. »Haltet ihn!«, befahl Prospero, und ein Soldat versperrte dem Geistlichen den Weg.

»Kommen Sie zu mir!«, wies Prospero ihn an. Widerwillig leistete Heisterbach der Aufforderung Folge.

»Was hat es damit auf sich?«

»Ich darf nicht …«

»Wenn Sie nicht reden, dann lass ich Sie peinlich verhören, und anschließend begleiten Sie mich nach Rom. Soll sich doch die Suprema mit Ihnen befassen!« Der Priester wankte. In die Fänge der Heiligen Inquisition wollte er nicht geraten, und auch auf die Folter, die Prospero ihm angedroht hatte, war er nicht scharf.

»Die Menschen vergessen, die Kirche nicht. Erzählen Sie, Hochwürden«, bat Prospero jetzt sanft, während die Lehrlinge mühsam die zweite Mauerschicht aufmeißelten.

Stockend fing der Priester zu sprechen an. »Elisabeth von Bartaszoly … die Gräfin … nun, sie war nicht die, für die man sie hielt. Oben auf der Burg trieb sie ihr schändliches Werk, während ihr Mann ahnungslos in der Stadtburg residierte. Die Gräfin hatte sich in einen jungen Mann verliebt, den eigentlich ihre Tochter heiraten sollte. Betrübt musste sie feststellen, dass das Alter seinen Tribut verlangte. Ihre Haut wurde allmählich schlaffer und faltig. Als sie einmal eine Magd aus Wut über deren Ungeschicklichkeit heftig schlug, spritzte Blut aus der Nase des Mädchens auf das Gesicht der Gräfin. Zornig ging sie zu einem Spiegel, um es wegzuwischen, und hielt erstaunt inne.«

In der Kapelle war es still geworden. Selbst die Steinmetze hatten ihre Arbeit unterbrochen. Sie alle lauschten dem Pfarrer mit angehaltenem Atem.

»Die Gräfin war überzeugt, dass die Stelle, die das Jungfrauenblut benetzt hatte, glatter, straffer, jünger geworden war. In ihrem Wahn jubelte sie, denn sie hatte das Mittel zur ewigen Jugend, das Mittel gegen das Alter gefunden. Und so ließ sie junge Mädchen einfangen, die sie dann auf der Burg zur Ader ließ, um in deren Blut zu baden. Um ihr ruchloses Tun zu bemänteln, gab sie vor, sich um die Bildung der Bauerntöchter zu kümmern. Als auch Töchter des Adels, die man Elisabeth anvertraut hatte, plötzlich und unerwartet verstarben, ging man der Sache nach. Manche sprachen von dreißig, andere behaupteten, sechzig Mädchen habe die blutige Gräfin auf dem Gewissen.«

»Aber wie konnte sie dann seliggesprochen werden?«, entfuhr es Prospero wütend.

»Nicht der Glaube, die Politik versetzt Berge. Elisabeth war die Schwester der Kaiserin. Die Gräfin wurde heimlich hingerichtet, alle, die davon Kenntnis hatten, bei Strafe des Todes zum Schweigen verpflichtet. Und um für alle Zeit diese Ruchlosigkeit zu vertuschen und jede Frage und jede Nachforschung im Keime zu ersticken, pries man ihren religiösen Eifer, lobte ihren unermüdlichen Einsatz für die Erziehung und religiöse Bildung junger Mädchen, gleich welchen Standes. So gerieten ihre Schandtaten in Vergessenheit, und das Licht der tugendhaften Gräfin begann bis nach Rom zu strahlen.«

»Und eines Tages hielt es Papst Innozenz X. für opportun, die Schwester der Kaiserin seligzusprechen, um den Kaiser günstig zu stimmen.« Prospero kochte vor Zorn. »Wie lange dauert das denn noch?«, fuhr er die Steinmetze an, die sogleich ihre Arbeiten wieder aufnahmen. Dann versank er ins Grübeln, denn irgendetwas meldete sich beharrlich aus seinem Unterbewusstsein.

Plötzlich zuckte er zusammen. Jungfrauenblut! Wie damals in Marburg verschwanden in Rom Jungfrauen. Und wieder stand im Mittelpunkt des Geschehens eine Bartaszoly. Das konnte kein Zufall sein – vor allem, da Prospero ohnehin nicht an Zufälle glaubte.

Ein schlimmer Verdacht beschlich ihn. Er wusste jetzt, was er die ganze Zeit übersehen hatte. Er hatte bei dem geheimnisvollen Drahtzieher, bei dem Vampir, immer an einen Mann gedacht, schon weil die Opfer Mädchen waren.

Nie hatte er eine Frau in Betracht gezogen. Aber nicht Fünen, nicht Poelschau, sondern Maria Konstanza von Stamitz aus dem Geschlecht der Bartaszoly war diejenige, die es nach dem Blut der Mädchen verlangte.

Endlich hatten die Handwerker die Doppelmauer über dem Sarg der Gräfin abgetragen. Schwere Mühlsteine beschwerten den Deckel des Sarkophags.

»Da hatte aber jemand sehr viel Angst, dass die Gräfin von den Toten auferstehen könnte«, schlussfolgerte Prospero sarkastisch.

Sie wuchteten die Steine hoch und hoben anschließend mittels Gestänge und Flaschenzug das Marmorgehäuse aus der Gruft.

»Nehmt den Deckel ab«, befahl der Hilfsauditor mit zitternder Stimme. Ungeduldig verfolgte er die Arbeit der Lehrlinge. Sie hatten den Deckel noch nicht auf dem Boden abgelegt, da trat Prospero schon zum Sarg vor – und erstarrte. Er entdeckte einen Stein und einen Holzpflock, doch das Skelett der Gräfin fehlte. Der Sarkophag war leer! Pflock und Stein deuteten auf einen Vampir hin, den man versucht hatte unschädlich zu machen. War die Gräfin etwa trotz der Sicherheitsvorkehrungen auferstanden von den Toten? War sie etwa eine Untote?

Lärm an der Tür ließ alle Köpfe herumfahren. Ein vermummter Mann stolperte völlig außer Atem in den Kirchenraum. Pepe zog seinen Degen, doch Prospero beruhigte ihn. Es war Valentis Diener, der jetzt erschöpft vor ihnen zusammenbrach. Der Arzt flößte ihm aus einer Phiole einen roten Trank ein. »Rotwein«, erklärte er auf Prosperos fragenden Blick hin. »Das beste Stärkungsmittel, das ich kenne.« Langsam kam der Diener wieder zu sich. Er schien Tag und Nacht geritten zu sein.

»Der Graf schickt mich«, presste er hervor.

»Was ist geschehen?«, fragte Prospero voll böser Vorahnungen.

»Ich soll Ihnen ausrichten: Deborah ist verschwunden.«

»Wie?«, rief Prospero entsetzt.

»Schurken überfielen nachts das Haus des Rabbiners. Sie haben den alten Juden fast totgeschlagen und Deborah mitgenommen!«

Die Angst entzündete sich in Prosperos Eingeweiden und loderte dann in seinem ganzen Körper auf. »Ich brauche sofort frische Pferde!«, brüllte er den Stadthauptmann an und rannte auf den Ausgang zu. »Und versorgt den braven Mann da!«, fügte er beim Verlassen der Kapelle hinzu. Pepe folgte ihm auf dem Fuße.

Was machte er nur hier? Politische Ränke und Intrigen hatten dafür gesorgt, dass er in diese Farce hineingezogen wurde, um eine hingerichtete Verbrecherin heiligzusprechen! Und nun befand er sich Tage von der Ewigen Stadt entfernt. Sein Hass auf Albani sprengte in diesem Moment alle Dimensionen. Nicht auszudenken, wenn Deborah etwas zustoßen würde. Er musste nach Rom zurück, es ging um Stunden. Das Schicksal der Mädchen stand ihm jetzt klar vor Augen.

56.

Wie sollte er Prospero je wieder unter die Augen treten, wenn man Deborah etwas antun würde? Der Freund hatte sie seinem Schutz anvertraut. Und er hatte versagt! Den sonst so tollkühnen Valenti packte die Verzweiflung.

Aus den Beschreibungen des Rabbiners hatte er geschlussfolgert, dass Poelschau mit seinen Pavianen das Haus des Rabbiners überfallen und Deborah entführt hatte. Er wandte sich zunächst an Caprara, aber der wusste auch keinen Rat. Selbst wenn der Gesandte des Kaisers tatsächlich dahintersteckte und – so absurd es klang – als Vampir Jagd auf junge Mädchen machte, kamen sie nicht an ihn heran. Der Papst würde in der misslichen politischen Lage, in der er sich befand, nicht den kleinsten Affront gegen den Kaiser zulassen, geschweige denn eine Ermittlung gegen dessen Gesandten dulden.

So verließ Valenti den Auditor enttäuscht und mit noch größerer Unruhe im Herzen. Der nächste Weg führte ihn zu Marcello. Er hoffte, dass die Observation von Cavalcanti und Stamitz einen Anhaltspunkt erbracht hatte. Der Tischler teilte ihm jedoch bedauernd mit, dass weder Cavalcanti noch der Graf Stamitz sich ungewöhnlich verhalten oder an einen verdächtigen Ort begeben hätten. Valenti fluchte, dann stieg in ihm ein Verdacht hoch. Wenn der Polizeipräfekt in die Verbrechen verwickelt war, wie Prospero Lambertini vermutete, dann wurden die Mädchen womöglich in dessen Palast gefangen gehalten. Der Graf schlug sich mit der flachen Hand gegen die Stirn. Natürlich, es gab nur wenige Orte, die sicherer waren. Wer würde schon im Palast eines Polizisten suchen? Deshalb war Cavalcanti bei der Durchsuchung des Gesandtschaftspalastes so gelassen und gut gelaunt gewesen. Zu wissen, wie sehr er Prospero an der Nase herumführte, musste ihm großes Vergnügen bereitet haben. Valenti verabschiedete sich von Marcello und bat ihn, weiter die Augen offen zu halten. Unterwegs überlegte er, wie er den Palast heimlich in Augenschein nehmen könnte. Doch bevor er das wagte, musste er noch ein Detail überprüfen. Die Unterhaltung des Palazzos, wenn er auch recht klein war, überstieg bei weitem die Einkünfte eines Präfekten, selbst wenn er korrupt war – was sie im Übrigen alle waren.

Der Graf riss Velloni aus seinen Studien in der Vaticana und begab sich mit ihm zur Stadtverwaltung. Dort fand er mit Hilfe des Philologen den Hinweis, nach dem er gesucht hatte. Cavalcanti wohnte noch kein Jahr in dem Kasten, nur wenige Monate bevor das erste Mädchen verschwand, war er dort eingezogen. Klarer konnte ein Zusammenhang doch gar nicht sein. Valenti beschloss deshalb, mitternachts bei dem Präfekten einzubrechen. Velloni ließ sich nicht davon abbringen, ihn zu begleiten. Sie schlugen in alten Gerichtsakten nach, denn der Philologe erinnerte sich, dass der Palazzo früher einmal der Familie Cenci gehört hatte, bis die Kinder ihren Vater töteten und dafür auf dem Schafott endeten. Vorher hatte sie der geizige Alte aber mehr oder weniger gefangen gehalten. Velloni hoffte nun, in den Verhörprotokollen der Kinder Beschreibungen des Arrests zu finden. Als wertvoll erwies sich ein Hinweis der schönen Tochter des Edelmannes, Beatrice Cenci, demnach sie aus dem Keller in den Garten entkam. Die beiden Männer beschlossen, diesen Hintereingang zu nutzen, und hofften inständig, dass er noch existierte, denn die Ereignisse lagen nun über einhundert Jahre zurück.

Den verbleibenden Nachmittag und den Abend verbrachten die Freunde mit Fechtübungen. Valenti wollte den Philologen wenigstens in die Grundzüge des Degenkampfes einweisen, obwohl ihm die Aussichtslosigkeit seiner Bemühungen jede Stunde deutlicher vor Augen trat. Zumindest wusste er jetzt, wie rum man ein Rapier anfasste, tröstete sich der Graf.

Dann schlugen die Glocken Roms endlich Mitternacht. Durch die dunklen Gassen begaben sie sich zum Palast des Präfekten, der gegenüber des Ghettos aufragte. Sie trugen jeder eine schwarze Hose, ein dunkles Hemd und einen schwarzen Justacorps. Valenti hatte sich und den Philologen mit Dolch und Rapier ausgerüstet.

Mit Hilfe einer kleinen Strickleiter überwanden sie die Mauer. Der Garten selbst wirkte verwildert, doch vor ihnen begann eine Art Trampelpfad. Sie schlichen zum Hintereingang des Palastes, der still und schwarz vor ihnen lag. Alle schienen bereits zu schlafen, denn sie sahen weder ein Licht, noch vernahmen sie ein Geräusch. Die Tür war zum Glück nicht verschlossen – offenbar hatte Cavalcanti nicht die geringste Ahnung, wie leicht die Palazzomauer zu überwinden war, oder er fühlte sich in seiner Stellung als Polizeipräfekt schlicht und ergreifend zu sicher. Valenti schlüpfte als Erster hinein, Velloni folgte. Der Graf zündete ein Öllämpchen an. Ein schmaler Gang führte geradeaus, eine Treppe in den Keller. Sie entschieden sich für den Keller. Am Fuße der Treppe erwartete sie ein Kellergang, der nach wenigen Schritten vor einer Tür endete. Die beiden tauschten einen hoffnungsvollen Blick. Befanden sich dahinter vielleicht schon Cäcilia und Deborah? Ihnen hüpfte vor

Aufregung das Herz im Leib. Sie öffneten die Tür, traten ein und empfingen Schläge. Valenti fiel das Öllämpchen aus der Hand. Jeder Versuch, sich zu wehren, war aussichtslos. Unzählige Fäuste prasselten in der Dunkelheit auf sie nieder. Schließlich wurden sie von kräftigen Armen gepackt und gefesselt. Dann schleifte man sie über den rauen Steinfußboden. Eine Falle, dachte Valenti, aber wer sollte von ihrem Plan gewusst haben? Gesicht und Körper brannten von den vielen Schlägen, die er hatte einstecken müssen. Er spürte, wie sein linkes Auge zuschwoll. Nach einer Ewigkeit, wie ihm schien, entzündete jemand eine Fackel. Valenti schaute in die schmutzigen Gesichter vermummter Gestalten. Auf einem Sessel saß ein Mann von schlanker Statur, aus dessen Körpermitte sich jedoch ein kugelrunder Bauch wölbte. Er trug schmutzige grüne Hosen und am Oberkörper einen Überwurf von gleicher Farbe. Auf seinem Kopf thronte wie eine Krone ein hoher schwarzen Hut, unter dessen Krempe glattes schwarzes Haar hervorlugte. Unterhalb der Nase bog sich ein Bart, dessen Enden bis zu den Mundwinkeln reichten. Sein ganzes abenteuerliches Aussehen ließ Valenti vermuten, dass vor ihm der Hauptmann der Bande saß, die sie gerade zusammengeschlagen hatte. Unwillkürlich musste Valenti grinsen. Im Keller des Palastes des Polizeipräfekten von San Angelo hauste eine Räuberbande.

»Was grinst der so?«, fragte feindselig einer der Diebe. Valenti versuchte sie zu zählen. Er kam auf sieben Männer, wusste aber nicht, ob er wirklich die gesamte Bande vor sich hatte.

»Er sieht nicht so aus, als ob ihn Signorina Cavalcanti geschickt hat«, stellte der Hauptmann fest.

»Signorina Cavalcanti«, echote einer der Räuber vergnügt. »Signorina Cavalcanti, das ist gut.«

Wenn im Keller das Diebsgesindel hauste, schlussfolgerte Valenti für sich, dann konnten weder Cäcilia noch Deborah hier sein.

»Du kennst dich doch im Palast aus?«, fragte der Graf den Räuberhauptmann.

»Ho! Ho! Ho!«, polterte der. »Noch stell ich hier die Fragen! Wer bist du?«

»Graf Sylvio Valenti Gonzaga! Und das ist mein Freund Velloni, Bibliothekar der Vaticana.«

»Ein Graf! Da ist uns ja ein kostbares Vögelchen ins Nest gefallen! Das gibt ein fettes Lösegeld«, freute sich einer der Ganoven.

»Diesmal mussten nicht wir dem Geld hinterherlaufen, sondern es ist zu uns gekommen! Und zwar reichlich!« Der Hauptmann rieb sich die Hände. Valenti musste verhindern, dass Geiselhaft und Geldübergabe ihn viel Zeit kosten würden. »Wie viel willst du für unsere Freilassung haben?«

»Einhundert Scudi.«

»Du bekommst einhundertfünfzig Scudi, wenn du uns gleich auf freien Fuß setzt.« Valenti hatte kaum ausgesprochen, da holte der Räuberhauptmann aus und versetzte ihm eine schmerzhafte Ohrfeige.

»Das war dafür, dass du mich für dumm hältst! Respekt. Ich fordere Respekt. Ich bin nicht weniger adelig als du. Schließlich entstamme ich einem alten Geschlecht von Dieben und Räubern. Meine Vorfahren haben schon gestohlen, als deine noch dem Ochsenpflug hinterhergetrampelt sind!«

Valenti spuckte Blut aus, und mit dem Blut einen Zahn. Er blickte wehmütig hinterher. Dann wandte er sich wieder an den Hauptmann. »Jetzt hör mir mal gut zu. In Rom treibt ein Blutsäufer sein Unwesen.«

»Hab schon gehört, dass es auf den Straßen nicht mehr nur hübsch unsicher, sondern richtig gefährlich geworden ist. Aber was geht's mich an. Hab keine Tochter!«

»Meinst du, dass es deinem Geschäft zuträglich ist, wenn die Leute sich nicht mehr aus dem Haus wagen und stattdessen die Sbirren und die Schlüsselsoldaten auf den Straßen patrouillieren?«

Der Räuberhauptmann blies die Backen auf, dann nahm er den Hut ab und kratzte sich am Kopf. »Der Schweinehund verdirbt uns das Geschäft. So viel ist sicher!«

»Also liegt es doch auch in deinem Interesse, dass wir ihn zur Strecke bringen?«

So schnell ließ sich der Anführer der Bande dann aber doch nicht überlisten. Er beobachtete Valenti eine Weile aus zusammengekniffenen Augen, bevor er ihn mit einer vagen Geste aufforderte weiterzureden.

»Du bekommst zweihundert Scudi, wenn du uns gehen lässt«, erhöhte der Graf sein Angebot.

»Welche Sicherheit habe ich?«

»Mein Wort.«

Die Bande brach in schallendes Gelächter aus.

»Mein Wort!«, brüllte Valenti mit vor Zorn glühenden Ohren. Bestand die Welt denn nur noch aus Kretins, die mit dem Begriff der Ehre nichts anzufangen wussten? Aber was konnte man von einem Haufen Diebesgesindel auch anderes erwarten?

»Ist ja schon gut«, lenkte der Hauptmann immer noch lachend ein. »Welche Garantie habe ich, dass du unser schönes Versteck nicht verrätst?«

»Cavalcanti und ich sind Todfeinde. Wenn es anders wäre, hätte ich dann hier einbrechen müssen? Hör zu, du König der Diebe, ich habe kein Interesse daran, deine Unterkunft öffentlich zu machen, denn du gehst mich nichts an. Und wenn du dem Wort eines Gonzagas misstraust, gehörst du gevierteilt!«

»Zweihundert Scudo, sagst du? Und du schwörst, dass du unsere Unterkunft nicht verpfeifst.«

»Genau.«

Sie einigten sich darauf, dass Velloni als Sicherheit zurückbleiben und sie sich in einer Stunde vor der Gartenmauer des Palastes treffen würden, um das Geld gegen die Geisel zu tauschen. Man konnte dem ziemlich lädierten Velloni ansehen, dass ihm die Aussicht auf die fortdauernde Gesellschaft der Räuberbande ganz und gar nicht behagte, doch er nickte tapfer zu dem Vorschlag. Leider versicherten die Diebe dem Grafen, dass im Palast keine Frauen gefangen gehalten wurden. Die Spur hatte sich also als Sackgasse erwiesen. Nun war Valenti mit seinem Latein wirklich am Ende. Er eilte zu dem Bankier, der in Rom die Interessen seiner Familie wahrnahm, klopfte ihn aus den Federn und ließ sich auf einen Wechsel die Summe von zweihundert Scudi auszahlen. Dann löste er Velloni aus und schaffte den Philologen zu seiner Unterkunft bei Gioacchino, damit Caterina seine Wunden säubern konnte.

Da ihm nichts Besseres einfiel, begab er sich in seiner Not zur Farnesina und bat Alvaro, der Gräfin irgendwie die Nachricht zukommen zu lassen, dass er sie dringend sprechen müsse. Vielleicht könnte sie ihm doch noch Hinweise zu den Verbrechen ihres Mannes geben, die ihn auf die Spur der Mädchen leiten würden.

Ohne zu schlafen oder zu rasten, waren Prospero und Pepe durch das Gebirge gejagt. Die Angst um Deborah hielt Prospero wach. Gleichzeitig sorgte er sich auch um Valenti. Er hatte ihn beschworen, sich von der Gräfin Stamitz fernzuhalten, obwohl ihm da noch nicht klar gewesen war, welche Gefahr von dieser Frau wirklich ausging. Er hoffte inständig, dass sich der Freund an seinen Rat hielt. Aber er wusste nur zu gut, dass der Graf mindestens so eigensinnig war wie er selbst.

In Pirano angekommen, sprang Prospero Lambertini im Hafen vom Pferd und brüllte schon von weitem, dass Corazza Segel setzten sollte, er müsse morgen in Pescara eintreffen.

»Wie soll das gehen?«, fragte der Kapitän erstaunt.

»Das ist allein dein Problem!«, beschied ihn Prospero. Für ihn gab es nur noch ein Ziel: schnellstmöglich in Rom einzutreffen. Denn nur er wusste, dass Maria Konstanza von Stamitz der Vampir war, der in der Ewigen Stadt sein Unwesen trieb, entstiegen den Grüften einer Lüge, entkommen aus einem eingemauerten Sarkophag in Marburg.

57.

Kurz nach Einbruch der Dunkelheit holte Alvaro ihn in einer Kutsche ab. Der Graf hatte nach seiner Heimkehr in der Nacht zuvor kaum Schlaf gefunden. Ihn peinigte sein Versagen. Den Tag hatte er größtenteils damit verbracht, sich den Kopf über seine verzweifelte Situation zu zerbrechen. Bei Prosperos Rückkehr musste Deborah wieder in Sicherheit sein, das war er seinem Freund schuldig. Ihm wurde immer klarer, dass es ihm nur gelingen konnte, die Mädchen zu finden, wenn er den Grafen Stamitz überführte. Während Valenti den ganzen Nachmittag in seiner Bibliothek unruhig auf und ab geschritten war, war nach und nach ein riskanter Plan in ihm herangereift.

Beim Einsteigen in die Kutsche bemerkte der Graf, dass zum ersten Mal seit Tagen wieder der Mond und alle Sterne am wolkenlosen Himmel zu sehen waren. Auch spiegelte sich das Licht, das sie warfen, nicht mehr auf dem nassen Pflaster wider, weil der Wind die Straßen getrocknet hatte. Sie rasten in hohem Tempo zur Villa Farnesina. Sein Entschluss, aufs Ganze zu gehen, stand fest. Maria sollte ihm helfen, den Grafen dingfest zu machen. Ganz gleich wie, er musste sie zu diesem Komplott überreden, eine andere Möglichkeit, die Mädchen zu befreien und dem Vampir das Handwerk zu legen, sah er nicht mehr.

Alvaro öffnete ihm die Tür der Kutsche und wies mit dem Kopf in Richtung Palast. Er folgte dem Blick des Dieners. Nur ein Doppelfenster im ersten Geschoss war erleuchtet. Das Schlafzimmer. Er eilte los. Die Gräfin erwatete ihn in dem Kleid aus braunem Leder, das sie damals beim Ausritt getragen hatte. Ihre Miene wurde bei seinem

Anblick besorgt. Sie kam auf ihn zu und streichelte zärtlich sein geschundenes Gesicht. »Was ist dir denn widerfahren, mein tapferer Held?«

»Nur eine kleine Disputation mit dem römischen Lumpengesindel!«

»Das Auge sieht gar nicht gut aus.« Damit hatte sie Recht, Valentis Auge war vollkommen zugeschwollen, während die Farbe seiner Wangen von braun bis grün changierte. »Warte hier!« Sie lief in den Flur und kam nach einigen Minuten mit einem Handtuch und einer Schüssel zurück, die mit einer dunklen Lösung gefüllt war. »Essigsaure Tonerde«, erklärte sie ihm, während sie sein Gesicht damit wusch.

Valenti konnte sein Anliegen nicht länger für sich behalten. »Maria, du musst mir helfen!«, brach es aus ihm hervor.

»Ich tu, was du willst!«, versprach sie sofort.

»Ich muss deinen Mann verhören, aber ich darf es nicht. Wahrscheinlich müsste ich ihn sogar peinlich befragen, um herauszufinden, was ich wissen muss, aber das darf ich natürlich noch viel weniger. Schließlich ist dein Gatte der Vertreter des Kaisers in Rom.« Sie schwieg. Er hatte das Gefühl, dass sie über seine Worte nachdachte, während sie weiter behutsam seine Wunden versorgte.

»Weißt du, was du von mir verlangst?«, fragte sie leise.

»Den Verrat. Ja, ich weiß es.« Was spielte es für eine Rolle, dass ihr Ehemann sie ebenfalls verraten hatte, dass er ein Verbrecher war? Verrat blieb Verrat. Unschlüssig schüttelte sie den Kopf, dann warf sie ihm einen flehenden Blick zu.

»Schlaf mit mir, Valenti.« Sie stand auf und zog ihr Kleid aus. Dann streifte sie das seidene Unterkleid über den Kopf und legte sich nackt von ihm abgewandt aufs Bett, wobei sie leicht die Beine anzog wie ein kleines Kind. Er blickte auf ihren Rücken, und ob ihrer Schutzlosigkeit überfiel ihn plötzlich ein tiefes Gefühl der Zuneigung für sie.

»Komm«, bat sie, ohne ihn anzusehen, weiter mit dem Gesicht zur Wand. Trotz des übermächtigen Verlangens, das ihr nackter Körper in ihm ausgelöst hatte, zog er bedächtig seine Sachen aus und legte sich zu ihr. Sie hob leicht das linke Bein an und er drang sanft in sie ein, ohne sie weiter zu berühren. Maria stöhnte leise. Valenti wollte nicht mehr siegen, er wollte sie nur noch spüren und die Welt um sich herum vergessen. Er wusste nicht, wie lange es gedauert hatte. Ihre Bewegungen wurden immer wilder, immer verzweifelter, bis sie schließlich erschöpft nebeneinanderlagen und nur noch ihren eigenen lauten Atem hörten.

»Wenn du es wirklich willst, machen wir es so«, sagte sie nach einer ganzen Weile. »Unter einem Vorwand werde ich meinen Mann morgen Nachmittag alleine hierherlocken. Halte dich bereit. Du kannst ihn dann befragen. Aber mach dir keine Illusionen. Du wirst um die Folter nicht herumkommen, wenn du willst, dass er dir wirklich alles enthüllt.«

Valenti nickte. »Dann soll es so sein.«

Sie fuhr ihm zärtlich über die Stirn. »Überleg es dir gut. Wenn du ihn nicht zu einem vollständigen Geständnis bringst, sind wir beide verloren. Man wird uns enthaupten! Dich und mich. Und es wäre wirklich schade um deine schönen Locken, mon petit Abbé.«

»Ich habe mich entschieden. Ihm muss das Handwerk gelegt werden, koste es, was es wolle.«

»Du gehst also bis zum Ende.«

»Bis zum Ende«, bestätigte Valenti entschlossen.

In der gleichen Nacht saß Velloni in der Dachstube, die ihm Gioacchino in seinem Haus überlassen hatte, und schrieb bei Kerzenlicht den Brief an seinen Vater, vor dem er sich bisher gedrückt hatte. So lange er noch gehofft hatte, Cäcilia wiederzufinden, hatte er die Familie nicht beunruhigen wollen. Außerdem schämte er sich für sein Versagen. Nun, nach der erfolglosen Durchsuchung des Präfektenpalastes, glaubte er nicht mehr daran, dass seine Schwester noch lebte. Alle Versuche, sie zu finden, sie zu retten, waren vergeblich. Gegen einen Vampir konnte man nicht gewinnen.

Er hatte das Gefühl, mit dem Brief sein Todesurteil verfasst zu haben. Er informierte seinen Vater über Cäcilias Entführung, berichtete pedantisch genau und schonungslos alles, was er versucht und was sich seitdem ereignet hatte. Er schrieb über seine Schuld, die in seinem Leichtsinn bestand.

Und er schloss den Brief damit ab, dass er mit der Schuld am Tode ihrer Principessa nicht würde leben können.

58.

Welch Abgrund, dachte Valenti, als er auf dem großen runden Eichentisch in der Bibliothek der Farnesina Stricke, Messer, Daumenschrauben und einen Hammer ausbreitete – alles, was ihm empfohlen worden war, um jemanden peinlich zu befragen. Ihm wurde schon schlecht beim Anblick der Gerätschaften. Neben die Werkzeuge legte er einen frisch angespitzten Pflock – man konnte ja nie wissen. Außerdem hatte er die Pistole, die schräg in seinem Gürtel steckte, mit einer Silberkugel geladen. Er setzte sich in einen Sessel und wartete. Dämmerung sickerte bereits durch das Fenster in die Bibliothek. Inzwischen konnte der Graf die Figuren in den Deckenfresken kaum mehr erkennen.

Er musste eingenickt sein, denn das Geräusch einer vorfahrenden Kutsche ließ ihn hochschrecken. Valenti fürchtete sich weder vor Kämpfen noch vor Duellen, aber vor dem, was jetzt kommen würde, zitterte er. Einem Wehrlosen Gewalt anzutun widersprach seinem Ehrgefühl. Immer wieder rief er sich die Verbrechen des Gesandten ins Gedächtnis, die elf toten Mädchen; immer wieder sagte er sich, dass er womöglich Cäcilia und Deborah noch retten könnte, wenn er diese Bestie in Menschengestalt stoppen und zu einem Geständnis zwingen würde. Doch obwohl er sich all das ständig vor Augen hielt, war ihm speiübel.

Jetzt hörte er Schritte auf der Steintreppe, dann vernahm er die Stimmen der Gräfin und des Grafen. Er verstand sie nicht, denn sie sprachen Deutsch miteinander. Stamitz hatte wohl wieder eine kräftige Prise aus seiner Schnupftabakdose genommen, denn sein Niesen hallte im ganzen Treppenhaus wider.

Lachend betraten der Graf und die Gräfin die Bibliothek. Stamitz erblickte Valenti und sah ihn verwundert an. »Was machen Sie denn hier? Und wie sehen Sie überhaupt aus?« Sein Blick fiel auf den Tisch. »Was hat das hier zu bedeuten?«

Der Graf wurde zunehmend unruhig. Er wollte sich seiner Frau zuwenden, doch die Gräfin war bereits hinter ihn zurückgetreten und rückwärts zur Tür geschlichen. Stamitz' Kopf fuhr wieder zu Valenti herum, der seine Pistole zog und sie auf den Grafen richtete. »Wir müssen uns dringend unterhalten!«

Hinter dem Grafen schloss seine Gemahlin die Tür. Das Geräusch ließ ihn zusammenzucken. Dann lachte er betont ungezwungen auf. »Ein toller Spaß, junger Freund. Aber was spielen wir hier?«

»Fang den Mörder«, antwortete Valenti und sah seinem Gegenüber dabei fest in die Augen.

Stamitz blickte ihn irritiert an. »Ich verstehe nicht.«

»Sie verstehen sehr gut, Graf. Wo haben Sie Cäcilia und Deborah versteckt?«

Die Verwunderung im Gesicht des Gesandten nahm zu. »Ich kenne weder eine Cäcilia noch eine Deborah!«

»Sehen Sie diese Werkzeuge hier?« Valenti wies auf den Tisch. »So verschieden sie auch aussehen mögen, dienen sie alle nur dem einen Zweck, die Zunge zu lockern und Sie zu einem Geständnis zu bewegen.«

»Das ist ja unerhört!«, entfuhr es Stamitz. »Ich werde mich beim Heiligen Vater beschweren!«

»Wer sagt Ihnen, dass Sie dazu noch Gelegenheit haben werden? Erleichtern Sie uns und sich die Angelegenheit, und reden Sie.«

Angst stand dem Gesandten jetzt ins Gesicht geschrieben. Gleichzeitig schien er wirklich nicht die geringste Ahnung zu haben, worauf sein Peiniger hinauswollte. Valenti begann zu zweifeln. Entweder war dieser Mann ein genialer Schauspieler, oder er war tatsächlich unschuldig. Was, wenn er wirklich nicht hinter den Entführungen steckte? Wie Maria schon gesagt hatte, diese Sache konnte sie beide den Kopf kosten.

Als hätte sie seine Zweifel gespürt, rief die Gräfin ihm in diesem Augenblick zu: »Du wolltest bis zum Ende gehen! Denk an die armen Mädchen!« Stamitz klappte die Kinnlade herunter. Völlig fassungslos wandte er sich zu seiner Frau, die immer noch an der geschlossenen Tür stand. »Du hast dir das Ganze also ausgedacht, um mich endlich loszuwerden. Dass ich da nicht gleich drauf gekommen bin! Gratuliere, ma chère, eine wirklich gelungene Intrige!«

Die Gräfin blickte ihren Mann kalt an und schüttelte nur müde den Kopf. »Es ist vorbei, Berthold. Wir alle müssen einmal für unsere Untaten büßen. Und deine erträgt selbst der geduldige Himmel nicht mehr!«

Sie ging auf Valenti zu und schaute ihn mit großen unschuldigen Augen an. »Vergiss nicht, mon petit Abbé, mein Mann ist ein Meister der Lüge. Wenn du die kleine Cäcilia und Fünens süße Braut retten willst, musst du meinem Mann das Geheimnis ihres Aufenthaltsortes mit Gewalt entreißen.« Sie nahm ihm die Pistole aus der Hand. »Ich halte das so lange für dich. Schließlich musst du die Hände frei haben, um ihm das Geständnis aus dem Leib zu brechen!«

»Komm zu dir, Weib!«, brüllte Stamitz panisch.

»Er wird leider nicht sofort reden. Im Gegenteil, er wird sich sehr lange sehr wehtun lassen, bevor er uns den Aufenthaltsort der Mädchen verrät.«

Valenti meinte, in ihren Augen die Andeutung eines Lächelns zu erkennen. Plötzlich hatte er das Gefühl, dass es hier nicht um die entführten Mädchen ging, sondern einzig und allein um Rache.

»Beeil dich, Valenti, vielleicht haucht Cäcilia gleich ihre Seele aus«, flüsterte die Gräfin beschwörend.

In Valenti drehte sich alles. Maria von Stamitz sprach über Cäcilia und Deborah, als ob sie die beiden Frauen kannte. In ihm stieg ein Gedanke hoch, der so ungeheuerlich war, dass er ihn sofort verwerfen wollte, doch ließ er sich nicht verscheuchen. Noch einmal schaute Valenti in das angstvolle Gesicht des Gesandten, und wieder spürte er die Kälte, die von Maria ausging. Plötzlich verstand er, dass Berthold von Stamitz sich nicht vor ihm fürchtete, sondern vor seiner Frau.

Valenti wandte sich ihr zu und erschrak. Ihr Profil hatte jede Lieblichkeit verloren, es wirkte graniten. In diesem Moment durchfuhr ihn wie eine Vision, was gleich geschehen würde. Er wollte ihr die Pistole aus der Hand reißen, doch sie betätigte bereits den Abzug. Stamitz warf die Hände nach oben, dann fiel er in den Sessel. Maria ließ die Waffe fallen, schrie markerschütternd, entfernte sich von ihm und ließ sich auf halbem Weg zwischen dem Sessel und der Tür auf den Boden fallen. Ein dummer Reflex ließ Valenti die Waffe aufheben. Im selben Augenblick stürmte Cavalcanti gefolgt von sechs Sbirren die Bibliothek.

»Zu spät! Wir sind zu spät!«, brüllte der Präfekt theatralisch. Dann half er der Gräfin hoch, die aus einer Ohnmacht zu erwachen schien, und baute sich anschließend vor Valenti auf. »Graf Sylvio Valenti Gonzaga, ich verhafte Sie wegen Mordes an dem Grafen Stamitz.« Valenti blickte an sich herab und starrte auf die Waffe. Ihm fiel auf, dass

Cavalcanti sich gar nicht die Zeit genommen hatte, festzustellen, was geschehen war. Er hatte wohl schon gewusst, was ihn erwarten würde.

Eine Falle, dachte Valenti nicht zum ersten Mal in den vergangenen Tagen. Doch jetzt hatte sie zugeschnappt.

Ungefähr zur gleichen Zeit klopfte Caterina an Vellonis Zimmertür. Sie wollte ihm das Abendessen bringen. Als sie keine Antwort bekam, öffnete sie und sah direkt vor ihren Augen zwei Beine, die krampfhaft zuckten. Ihr Blick eilte nach oben. Der Philologe hatte sich an einem Balken der Dachkammer aufgehängt. Auf dem Tisch lag der Brief an den Vater.

59.

Zwei Tage, nachdem sie erneut Capitano Corazzas tapfere Esperanza bestiegen hatten, trafen Prospero und Pepe endlich in Rom ein. Sie ritten in die Cancelleria, aber weder dort noch bei ihm zu Hause fanden sie Alessandro Caprara. Auch bei Gioacchino suchten sie den Auditor vergebens. Dort erfuhren sie allerdings, dass Velloni versucht hatte sich zu erhängen, aber Dank Caterinas Geistesgegenwart noch gerade rechtzeitig vom Strick genommen werden konnte. Seine Kehle war zwar völlig wund und zugeschwollen, und er würde sich wohl in der nächsten Zeit von Suppen ernähren müssen, aber wenigstens war er am Leben. Prospero besuchte ihn in seinem Zimmer. Er lag im Bett, ganz blass, während Benjamin ihn versorgte. Prospero nahm zärtlich die Hand des Freundes und drückte sie sanft. Der Philologe sah ihn traurig an. »Jungfrauenblut«, flüsterte er.

»Was ist damit?«, fragte Prospero.

»Es gilt als Verjüngungsmittel. Einige Mystiker meinen, dass es einen Teil des heiligen Grals darstellt.«

»Du hast Recht, mein Freund, das haben wir in Marburg auch herausgefunden.«

Velloni schaute den Freund fragend an. »Dann ist es also kein Vampir, sondern jemand, den die Suche nach der ewigen Jugend zum Verbrechen treibt?«

»Wir hatten beide Recht, denn wir jagen wirklich einen Vampir – oder genauer: eine Vampirin«, sagte Prospero. Dann strich er dem Philologen zum Abschied über den Kopf. »Wie gut, dass du so unpraktisch bist und nicht einmal eine Schlinge richtig zu binden verstehst.«

An der Treppe hielt ihn Gioacchino auf. »Da ist noch etwas, das ich dir sagen muss.«

»Deborah ist verschwunden, ich weiß.«

»Das auch, aber das meine ich nicht. Cavalcanti hat Valenti Gonzaga wegen Mordes an dem Grafen Stamitz verhaftet. Er sitzt seit vier Tagen in der Engelsburg.«

Prospero entglitten die Gesichtszüge. Ungeachtet seiner verdreckten Reisekleidung ritt er mit Pepe gleich weiter zum Quirinalpalast. Der Katalane nahm Prosperos Rapier entgegen und bewachte die Pferde, während der Hilfsauditor den Palazzo betrat. Auf dem Gang kam ihm Valenti entgegen, von sechs Polizisten bewacht und die Hände auf dem Rücken gefesselt. Offenbar hatte man ihn zum Verhör aus der Engelsburg holen lassen. Prospero lief gleich auf den Freund zu, doch Stronzio, der die Sbirren befehligte, drängte sich dazwischen.

»Gespräche mit dem Gefangenen sind verboten«, wies der Kerl ihn zurecht und grinste dabei hämisch. Die Rache des kleinen Mannes, dachte Prospero.

»Wer will mir das verbieten?«, fragte er herausfordernd.

»Vorsicht, Prospero!«, rief Valenti. »Das Ganze ist eine Falle, lass dich nicht auch noch verhaften!«

»Maul halten!«, schnauzte Stronzio seinen Gefangnen an.

»Die Gräfin …«, setzte Valenti an, doch weiter kam er nicht. Stronzio hatte ihm einen Schlag in die Magengrube versetzt, dass er vornüberkippte. Prospero wollte sich Cavalcantis Gehilfen schon vorknöpfen, aber er bemerkte gerade noch rechtzeitig die lauernden Blicke der Sbirren, die nur darauf warteten, ihn festnehmen zu können. Er durfte ihnen keinen Vorwand liefern. Innerlich vor Wut kochend hielt er sich zurück. Seine Ohren leuchteten im tiefsten Rot. Stronzio baute sich jetzt ganz dicht vor Prospero auf, so dass diesem der saure Mundgeruch des Sbirren entgegenschlug. »Dich kriegen wir auch noch, Freundchen!«, drohte er unverhohlen.

Dann marschierte der Trupp mit Valenti im Schlepptau weiter, und Prospero musste erstmal durchatmen. Er musste erfahren, was hier gespielt wurde. Offensichtlich glaubten Cavalcanti und die Gräfin sich im Sieg, sonst hätte sich der Gehilfe des Präfekten nicht so unverschämt aufgeführt. Sie rechneten scheinbar gar nicht mehr damit, dass Prospero ihnen Schwierigkeiten bereiten könnte. Hatten sie ihm etwa auch schon eine Falle gestellt, und er zappelte bereits darin, ohne es auch nur zu ahnen? Mit einem Mal fühlte er sich nur noch müde und schlaff. Wie lange hatte er schon nicht mehr geschlafen? Er dachte besser nicht darüber nach. Schließlich musste er Cäcilia retten und vor allem Deborah. Wie sollte er weiterleben, wenn sie sterben musste, weil er sich als unfähig erwies, den Fall zu lösen. Wie er es auch drehte und wendete, er wurde das Gefühl nicht los, dass er sich noch so sehr bemühen konnte und dennoch stets nur hilflos den Ereignissen hinterherlief. Der Boden unter ihm schien zu wanken und nachzugeben. Eine süße Sehnsucht erfüllte ihn. Jetzt einfach nur der Schwerkraft nachgeben, niedersinken und einschlafen. Der Klang von Schritten, die sich energisch näherten, rissen ihn aus seiner Trance zurück. Er zwang sich, den Gang hinabzuschauen. Die Augen, die er gewaltsam aufhielt, tränten ihm vor Anstrengung. Unscharf gewahrte er eine ihm vertraute Gestalt. Caprara kam ihm auf dem Flur entgegen. Als dieser seinen Assistenten sah, beschleunigte er seinen Schritt noch. Prospero war mit einem Mal wieder hellwach.

»Wenn du zum Papst willst, ist das jetzt der denkbar

schlechteste Zeitpunkt. Komm!« Damit zog er ihn hinaus in den Innenhof. Da standen sie nun, zwei Männer in der Dunkelheit, die erregt miteinander flüsterten.

Nachdem Prospero Bericht erstattet hatte, kommentierte der Auditor trocken: »Das passt alles gut zusammen. Nur leider nützt uns das jetzt wenig!« Und dann informierte der Richter seinen Landsmann, dass man Sylvio Valenti Gonzaga nicht nur einen Mord vorwarf, sondern außerdem, dass er der Gräfin Stamitz ungebührlich den Hof gemacht habe. Als der Graf ihn deshalb zur Rede stellen wollte, habe er ihn in einem Anfall von Raserei erschossen.

»Wie erklärt man Cavalcantis pünktliches Erscheinen am Tatort?«, hakte Prospero nach.

»Gar nicht. Der Papst benötigt sehr schnell einen Schuldigen, um den Kaiser zufriedenzustellen. Noch dazu ist die Gräfin eine entfernte Verwandte seiner Majestät. Deshalb werden Nachfragen oder gar Ermittlungen nicht zugelassen.«

»Die Frau ist besser, als ich gedacht habe«, sagte Prospero nachdenklich. Der Auditor warf ihm einen fragenden Blick zu.

»Niemand wird mehr nach den verschwundenen Mädchen fragen. Die ganze Aufmerksamkeit richtet sich jetzt auf den Mord aus Eifersucht. Valentis Hinrichtung, und nichts anderes, wird Rom beschäftigen. Obendrein ist die Gräfin ihren Gatten los und kann mit ihrer Blutsäuferbande hingehen, wo sie will, um an neuen Orten Jagd auf junge Mädchen zu machen. Und aufgrund des märchenhaften Vermögens, das sie nun erbt, besitzt sie dabei auch finanziell gesehen vollkommene Freiheit. Teufel auch, wir waren so dicht dran, ihr das Handwerk zu legen!«

»Wir sollten uns nicht ins Bockshorn jagen lassen«, versuchte Caprara seinem Hilfsauditor Mut zuzusprechen. »Wir stehen nicht ohne Trümpfe da, auch wenn unsere Karten momentan nicht stechen.«

»Was schlagen Sie vor?«

»Du musst den Ort finden, an dem die Mädchen gefangen gehalten werden. Er ist der Schlüssel zu dem Fall.«

»Ich weiß. Ich wünschte nur, wir wüssten, wo wir suchen müssen«, sagte Prospero bedrückt. »Es muss uns einfach gelingen, Cäcilia und Deborah zu retten. Ich hoffe nur, dass Cäcilia noch am Leben ist.«

»Woraus schließt du, dass sie bereits tot sein könnte?«, fragte Caprara.

»Weil sie Deborah entführt haben!«, rief Prospero aus. In seiner Stimme schwang jetzt Verzweiflung mit.

Caprara packte ihn an den Schultern und sah ihm fest in die Augen: »Hör mir zu, Prospero. Du darfst dich davon nicht ablenken lassen. Das Einzige, was zählt, ist der Aufenthaltsort der Mädchen. Du musst den Kerker finden.«

Er hielt plötzlich inne und musterte Prospero genauer. »Wie lange hast du eigentlich schon nicht mehr geschlafen?«, fragte er.

»Warum?«, erwiderte Prospero ertappt.

»Schau in den Spiegel. Du hast Ringe unter den Augen, schwarz wie die Hölle. Außerdem bist du leichenblass. Und als ich dich eben auf dem Flur sah, hast du geschwankt, als würdest du gleich im Stehen einschlafen.«

»Ich muss die Mädchen finden. Uns läuft die Zeit davon.«

»Ich weiß, Prospero, aber du wirst deine ganze Kraft brauchen. Hör auf mich, und leg dich hin, wenn nicht für dich, dann Deborah zuliebe.«

60.

»Cäcilia! Cäcilia!«

Es dauerte eine Weile, bis die Stimme in ihr Bewusstsein vordrang. Immer wieder flüsterte jemand eindringlich ihren Namen. Es war ein Mann, und sie kannte die Stimme, doch ihr Gedächtnis wollte ihr einfach nicht gehorchen.

»Cäcilia! Cäcilia, wach auf!«

Wieder rief der Unbekannte leise nach ihr. Er war ganz nah. Seine Stimme klang irgendwie hart, ein bisschen wie ein Bellen. Der Cavaliere David von Fünen!, ging es Cäcilia in dem Moment auf. Sie öffnete langsam die Augen und blickte in sein Gesicht. Er stand neben ihrer Pritsche und hatte sich über sie gebeugt.

»Bist du gekommen, um mich zu töten?«, fragte sie ihn kraftlos.

»Nein«, antwortete er, »um dich zu retten!«

»Mich retten?« Cäcilia verstand nicht.

»Ja, natürlich!«

Was ging hier vor? Cäcilia wusste nicht, ob sie wachte oder träumte. Da fiel ihr ein altes Spiel aus ihrer Kindheit ein, und sie hielt ihm den Arm hin. »Kneif mich mal.«

Er tat es, und sie schrie vor Schmerz auf. Rasch legte er seine Hand über ihren Mund. »Wir müssen leise sein!« Dann machte er sich an ihren Fußfesseln zu schaffen.

»Dann steckst du nicht mit denen unter einer Decke?«, fragte sie.

Er lächelte gequält. »Hast du das gedacht? Weil du mich in meiner Werkstatt gesehen hast?« Sie nickte.

»Ich möchte dir etwas erklären, Cäcilia. Ich bin Jude. Und ich glaube an Eretz Israel, daran, dass wir in unsere Heimat zurückkehren müssen. Rabbi Chaim Mal 'ach ist bereits vor einem halben Jahr in Jerusalem angekommen. Andere Anhänger unseres Messias Sabbatai Zwi folgen ihm.«

»Ich verstehe nicht …«

»Damit mein Volk übersiedeln kann, alle, auch die Armen, brauchen wir Gold. Deshalb beschäftige ich mich mit der Alchemie.«

Cäcilia erinnerte sich an die merkwürdigen Gefäße und Gerätschaften in dem dampferfüllten Raum: »Du bist ein Goldmacher!«, rief sie leise aus.

»Ja, und was du gesehen hast, ist meine Alchemistenwerkstatt. Ich habe bei den Schülern des berühmten Meisters Sabatai Scheftel gelernt, der in Prag gelehrt und gearbeitet hat.«

Cäcilia runzelte die Stirn. »Und was hat das alles mit mir zu tun?«

»Eigentlich nichts. Da Goldmachen teuer ist, bin ich in die Dienste des Grafen Stamitz getreten, um für ihn und für mich Gold zu machen.«

»Du hast also nichts davon gewusst?«

»Dass jemand Jagd auf Jungfrauen macht, um ihnen das Blut auszusaugen? Nein! Nicht bis zu dem Tag, als du so unerwartet in meiner Werkstand standest.«

»Und dann?«

»Dann ergab plötzlich alles einen Sinn. Ich hatte von den entführten Mädchen gehört, und von dem Verdacht, dass ein Blutsauger in Rom sein Unwesen treibt. Ich konnte ja nicht ahnen, dass der Vampir eine Frau ist! Erst als ich der Gräfin Stamitz von meiner Begegnung mit dir in ihrem Keller berichtete, erkannte ich ihr wahres Gesicht. Sie hat meine Braut entführen lassen und mich erpresst, den Mund zu halten.«

Ein Vampir? Eine blutsaugende Gräfin? Cäcilia war verwirrt. Doch aus der Fülle an verstörenden Informationen, die David von Fünen ihr gerade gegeben hatte, stach für sie eine hervor.

»Aber warum hast du mich beim Karneval angesprochen, wenn du heiraten willst«, fragte sie.

»Weil du so schön bist, und weil die Schönheit leider meine Schwäche ist. Ich kann ihr nicht widerstehen.« Die Fußfessel fiel scheppernd von der Pritsche. »So, geschafft. Komm.«

»Was ist mit deiner Braut? Wo ist sie?«

»Ich weiß es nicht.« Er fasste sie unter und half ihr von der Pritsche auf. »Ich bin schuld, dass du hier bist. Das lässt mir keine Ruhe. Zuerst muss ich dir helfen zu entkommen. Dann werde ich Deborah suchen.«

Sie verließen den Käfig und näherten sich dem Ausgang, als sie plötzlich Schritte vernahmen. Die beiden Paviane traten in den Raum. Sie schauten Cäcilia und David verblüfft an. Dann wies der eine seinen Kumpanen an, Hilfe zu holen, und zog sein Messer.

61.

Prospero wollte dem Rat seines Vorgesetzten ja folgen, aber als er wieder an der frischen Luft war, vertrieb die Angst um Deborah die Müdigkeit. Es kam ihm paradox vor. Obwohl jedes Glied seines Körpers sich schwer wie Blei anfühlte, gönnte ihm sein Kopf keine Ruhe und trieb ihn weiter und immer weiter. Er beschloss, seine Suche nach den beiden Mädchen am Fundort der Leichen zu beginnen. Deshalb begab er sich mit Pepe zu dem Fischer Giovanni, der froh war, ihn unversehrt und wohlbehalten wiederzusehen.

Das Gerücht, dass ein Priester aus Eifersucht den Ehemann seiner Angebeteten erschossen hatte, verbreitete sich bereits wie ein Lauffeuer in Rom. Der Poppolo freute sich auf die öffentliche Hinrichtung, die mit Sicherheit zu einem großen Ereignis werden würde. Die Zutaten zu dem Melodram – Liebe, Eifersucht, Mord – stimmten einfach. Nicht lange, und die öffentliche Version der Geschichte würde als Commedia dell'arte mit den fantastischsten Ausschmückungen auf allen Jahrmärkten zu sehen sein. Prospero schmerzte das Herz, wenn er sich vorstellte, wie selbst der derbste Possenreißer mit vulgärem Witz auf der Bühne seinen Freund Sylvio Valenti Gonzaga geben würde.

Den Fischersleuten war ihre Erleichterung darüber anzusehen, dass es sich bei jenem unglücklichen Priester nicht um Prospero handelte. Nachdem sie sich vergewissert hatten, dass es ihm gutging, brachte Renata die Kinder ins Bett, und Prospero trat mit Giovanni und Pepe vor das Haus.

»Hast du herausgefunden, in welche Kloake die Leichen der Mädchen geworfen wurden?«, fragte er.

Der Fischer wiegte den Kopf hin und her, bevor er sich zu einer Antwort entschloss. »Es ist nicht leicht zu bestimmen. Ich denke, es war die Kloake in Trastevere, die unter dem Pavillon der Farnesina in den Tiber läuft.«

Das war doch schon mal eine Spur!, dachte Prospero. »Dann lass uns da hinfahren«, sagte er aufgeregt.

Wenig später bestiegen die drei Männer Giovannis Boot und überquerten den Fluss. Wie schwarzer Samt breitete sich das Wasser vor ihnen aus. Die Luft war frisch und klar, und wenn man den Tiber nicht in seiner ursprünglichen Ausdehnung kannte, hätte man glauben können, dass Regen und Hochwasser vorbei wären. Aber in den ufernahen Straßen und Gassen stand das Wasser noch und richtete seine stille Verwüstung an. Der Senat von Rom und die Präfekten der Rioni hatten alle Hände voll damit zu tun, die Toten, die unter ihren eingestürzten Häusern begraben worden waren, zu bergen und den Ausbruch von Seuchen zu verhindern.

Prospero allerdings hatte eine andere Epidemie zu verhindern, die des Unrechts, die oft nicht weniger tödlich verlief als der Typhus oder die Pest. Giovanni wies den Hilfsauditor auf den Eingang zur Kloake hin, der nicht auf gleicher Höhe mit dem Wasserspiegel lag, sondern zur Hälfte geflutet war. Das Schutzgitter aus Holz fehlte.

»Kopf einziehen«, rief der Fischer, dann fuhren sie in die Kloake hinein. Sie mussten sich ducken, um nicht gegen das Tonnengewölbe der Decke zu stoßen, das schon bald einem viereckigen Tunnel Platz machte. Der Wasserpegel fiel. Giovanni, der am Ruder saß, deutete mit dem Kopf auf seine Segeltuchtasche. Prospero entnahm ihr ein Öllämpchen und zündete es an. Das Wasser fiel immer weiter ab, bis das Boot schließlich auflief. Giovanni sprang heraus, und Prospero und Pepe taten es ihm gleich.

»Wenn etwas beleidigt aufquiekt, dann bist du auf eine Ratte getreten«, scherzte der Fischer.

Sein Humor erheiterte den Hilfsauditor mitnichten. Er musste sich mit jedem Schritt erneut überwinden, durch die trübe, faulige Brühe zu waten. Es stank nach Abfällen, nach Katzen- und Rattenkadavern und anderem mehr, über das man besser nicht nachdachte. Wenn man aber von all dem absah und nur das Mauerwerk betrachtete, so erstaunte es durch seine erhabene Schönheit. Auf der rechten Seite entdeckten sie jetzt ein Tor. Sie gingen unter dem Bogen hindurch und betraten einen Gang, von dem eine gemauerte Wendeltreppe nach oben führte. Darüber gelangten sie in einen mit Fresken verzierten Saal. In den Boden waren Wasserkessel eingelassen, und an den Wänden sowie in der Mitte des Raumes befanden sich Essen, in denen Glut glomm. Der Schein der Feuer tauchte den ansonsten finsteren Raum in gespenstisches rotes Licht.

»Die Heimstatt des Teufels«, stieß Giovanni erschrocken hervor.

»Oder der Vampire«, erwiderte Prospero und zeigte auf das Wandbild, aus dem hochgewachsene Gestalten sie mit glühenden roten Augen anblickten. »Solche Augen habe ich unterwegs schon einmal gesehen. Da gehörten sie Fledermäusen«, flüsterte er dem Fischer zu. Dann ging er an der zentralen Esse vorbei weiter in den Saal hinein und ließ seinen Blick wandern. Im hinteren Teil des Raumes schien es zunehmend dunkler zu werden. Als Prosperos Augen sich an die Dunkelheit gewöhnt hatten, entdeckte er vor sich den Zugang zu einem finsteren Gang. Prospero und Pepe zogen ihre Rapiere, während Giovanni mit dem Öllämpchen den Tunnel beleuchtete. In seiner rechten Hand hielt er sein kurzes, aber scharfes Fischermesser mit seiner gefürchteten gezackten Klinge. Sie waren kaum ein paar Schritte gegangen, da wurde es heller, und Kampflärm drang an ihre Ohren. Sie beschleunigten ihre Schritte und standen plötzlich in einem hohen Verlies, das sie aber wegen des schlechten Lichtes nicht vollständig überblicken konnten. Prospero entdeckte zwei Männer, die miteinander fochten. Zu seiner Überraschung war der eine von ihnen David von Fünen und der andere Ignaz von Poelschau. Da griffen sie zwei pavianartige Kerle an, die Prospero merkwürdig vertraut vorkamen. Er erkannte einen von beiden an der eiternden Wunde an der Wange und der Beule auf der Stirn wieder. Wieder einmal bewies der schweigsame Katalane im Kampf seinen unschätzbaren Wert als Prosperos Leibwächter. Er erstach einen der Paviane ohne großes Aufheben und befreite den Hilfsauditor dann mit seiner Degenspitze von der Zudringlichkeit des zweiten Gehilfen. Prospero atmete tief durch. Er konnte mittlerweile kaum noch zählen, wie oft Pepe ihm schon das Leben gerettet hatte. Gemeinsam gingen die drei Männer tiefer in den Raum hinein.

Auf einmal entdeckte Prospero eine zierliche Gestalt, die sich gegen die Verlieswand drückte. Das war sie, das musste sie sein – das Mädchen, für das er sich so geschunden hatte. Cäcilia. Ungeahntes Glück durchströmte ihn. Sie wirkte schwach, aber sie lebte. Großer Gott, sie lebte. Prospero sank innerlich auf die Knie und bat Gott, an dem er gezweifelt hatte, um Verzeihung. Dann überfiel ihn ein anderer Gedanke: Wenn das der Kerker der Mädchen war, wo war dann Deborah?

In diesem Moment brach David von Fünen zusammen,

und Poelschau zog sein Rapier aus dem Oberkörper des Prager Rabbinersohns. Cäcilia schrie auf und stolperte vorwärts. Schon wollte der Reitlehrer auch das Mädchen erstechen, da stürzte Pepe auf ihn zu und schlug geistesgegenwärtig die Degenspitze Poelschaus weg. Die beiden begannen zu fechten. Prospero war mit wenigen Schritten bei dem Mädchen und bückte sich zu ihm.

»Bist du Cäcilia Velloni?«

»Ja«, hauchte sie.

»Ich bin Prospero Lambertini, ein Freund deines Bruders.«

»Ich kenne deinen Namen«, sagte Cäcilia, bevor sie in Tränen ausbrach. Er nahm sie in seine Arme und wiegte sie beruhigend. »Du bist jetzt in Sicherheit.«

Pepe indes machte nicht viel Federlesen, sondern wandte eine seltene Finte an und stieß Poelschau das Rapier in die Stirn. Dem quollen die Augen fast aus dem Gesicht, bevor er leblos zusammenbrach. Giovanni, der die sich überschlagenden Ereignisse nur hilflos beobachtet hatte, trat zu Pepe vor und klopfte ihm anerkennend und erleichtert auf die Schulter. Er mochte als Tiberfischer zwar so einiges gewöhnt sein, doch jetzt wirkte er ein wenig zittrig.

»Ist hier noch jemand? Ist Deborah hier?«, fragte Prospero Cäcilia, die nur schwach den Kopf schüttelte. Sie durchsuchten das ganze Verlies, fanden auch den Käfig, aber auf Deborahs Anwesenheit wies nichts hin. Hier war sie nicht, so viel stand fest.

Pepe nahm Cäcilia auf seinen Arm, weil sie zu schwach zum Gehen war. Sie kehrten in den Saal zurück und stießen unvermittelt auf die Gräfin. Sie stand in einen Bademantel gehüllt vor einer der Wannen und hatte ihnen den Rücken zugewandt.

»Ich habe Sie in Marburg vermisst, Elisabeth, Ihr Grab war leer«, rief Prospero ihr zu.

Die Gräfin fuhr überrascht herum, fing sich aber sogleich wieder und maß Prospero mit kaltem Blick. »Dann wissen Sie ja, dass man mich nicht aufhalten kann. Also geben Sie mir das Mädchen, und verschwinden Sie. Sie werden doch einer Dame nicht beim Bad zusehen wollen?«

Langsam ging Prospero auf sie zu. Seit Beginn der Ermittlungen hatte er geahnt, dass es auf ein persönliches Duell mit dem Bösen hinauslaufen würde. Dass der Teufel ihm aber in Gestalt eines Weibes gegenübertreten würde, damit hatte er anfangs nicht gerechnet.

»Was treibt einen Menschen wie Sie nur an?«, fragte Prospero sie mit möglichst gefasster Stimme. »Oder sind Sie vielleicht gar kein Mensch? Ein Mensch wäre doch zu derartigen Abscheulichkeiten gar nicht fähig. Haben Sie einmal an die Mädchen gedacht? An deren Hoffnungen und Wünsche? An ihre Eltern und Geschwister, deren Leben Sie zerstört haben?«

Die Gräfin sah ihn gelangweilt an. »Man hat Sie mir als geistreich geschildert. Was sollen die Banalitäten, Lambertini?«

Prospero wusste, dass sie ihn provozieren wollte, und genau das durfte er nicht zulassen. Dann hätte sie gewonnen.

Er durfte nicht in die gleiche Falle laufen wie Valenti. Sie hatten erst gesiegt, wenn sie diese Frau unschädlich gemacht hatten. Dabei war es gleichgültig, ob sie nun die von den Toten aufgestandene Elisabeth von Bartaszoly oder Maria Konstanza von Stamitz war.

»Ist der Tod für Sie eine Banalität?«, gab er ruhig zurück.

»Warum fragen Sie, Sie wissen es doch.« Die Gräfin legte den Kopf schief und warf ihm einen herausfordernden Blick zu.

»Und die ewige Jugend? Auch nur eine Banalität?«

Sie lächelte ihn lasziv an. »Nein. Sie ist das Gegenteil vom Tod.«

»Ich verstehe. So lange Sie jung sind, sterben Sie nicht.«

»Kompliment, mon cher. Sie haben es begriffen. Altern ist Sterben, wer jung bleibt, stirbt nicht. Wissen Sie, wie das ist, wenn die Haut schlaff wird und der Atem nach Verwesung stinkt? Wenn der Körper mit seinem matten Fleisch zum vorzeitigen Sarg wird?«

»Es kann nicht schlimm sein«, sagte Prospero bestimmt.

Maria von Stamitz zog die Augenbrauen hoch. »Wie kommen Sie darauf?«

»Weil es Gottes Ordnung ist.«

»Gott?«, rief sie und brach in schallendes Gelächter aus. »Sind Sie noch bei Trost? Kommen Sie mir nicht mit Gott!«

Prospero stand jetzt dicht vor ihr. »Wo ist Deborah?«, fragte er, jedes Wort betonend.

Sie lachte ihm ins Gesicht. »Als Sklavin ins Morgenland verkauft. Ich finde die muslimischen Sklavenhändler originell. Sie nicht?« Sie machte eine ruckartige Bewegung nach vorn, doch im gleichen Moment hatte Prospero auch schon blitzartig ihren Arm gepackt und schmerzhaft auf den Rücken gedreht. Das Messer, das sie in der Hand gehalten hatte, fiel ins Wasser. Trotz seiner Angst um Deborah und seiner nur mühsam beherrschten Wut auf die Gräfin hatte seine Intuition ihn nicht im Stich gelassen. Er hatte ihren Angriff kommen sehen.

»Wir werden diesen düsteren Ort jetzt verlassen, um uns zu unterhalten. Und dann werden Sie mir sagen, wie ich Deborah finden kann!«, presste Prospero zwischen seinen Zähnen hervor und zerrte die Gräfin hinter sich her zur Tür. Die anderen folgten stumm. Erneut liefen sie eine Wendeltreppe hinauf. An deren Ende gelangten sie durch eine unverriegelte Tür in ein Schlafzimmer. Prospero zog die Gräfin mit sich zum Fenster. Sein Blick fiel auf einen Brunnen inmitten einer Parkanlage. Die Farnesina. Er erinnerte sich, dass an dieser Stelle der beste Freund des Kaisers Augustus, Agrippa, eine Villa errichtet hatte. Sie zerfiel und geriet in Vergessenheit. Mehr als tausend Jahre später hatte Baldassare Peruzzi für den Bankier Chigi an der gleichen Stelle diesen Palast erbaut. Was weder Bauherr noch Baumeister wussten, war, dass sie das Gebäude über den versunkenen Welten des Agrippa errichtet hatten. Und ausgerechnet hier hatte die Gräfin ihr schauerliches Refugium gefunden.

Sie bat um ein Glas Wein, dann würde sie sprechen. Prospero gestattete es – alles war ihm recht, wenn er der Frau nur mehr Informationen über Deborah entlocken könnte –, und die Gräfin rief nach ihrem Diener. Sie leerte den Roten in einem Zug und sah Prospero dann zufrieden an.

»Ich habe Sie vorhin belogen«, sagte sie. »Nur vor dem Altern fürchte ich mich, nicht aber vor dem Tod.« Aus ihren Mundwinkeln quoll Schaum, dann brach sie zusammen.

62.

Prospero hatte die Leiche der Gräfin Benjamin zur Obduktion übergeben. Nach allem, was er in der jüngsten Vergangenheit erlebt hatte, wollte er sichergehen, dass sie wirklich tot war und er nicht das Opfer einer ihrer Listen wurde. Dann ritt er mit Pepe nach Ostia, zu Roms Überseehafen.

Wenn die Gräfin Deborah wirklich an Sklavenhändler verkauft hatte, dann würde sie von hier aus nach Afrika verschifft werden – wenn es nicht schon geschehen war. Als er an einem Schoner vorbeiging, fiel ihm ein kräftiger, wettergebräunter Seemann auf, der ihm bekannt vorkam. Prospero betrat von einem misstrauischen Pepe gefolgt über die Reling das Schiff.

Der Wettergebräunte schaute argwöhnisch zu ihnen herüber, dann ging ein Lächeln über sein breites Gesicht. »Ah, der Dottore Lambertini. Haben Sie Ihren Vampir gefunden?«

»Habe ich«, bestätigte Prospero knapp. »Aber verrate mir, mein lieber Knastbruder …«

»Nicht so laut!«, fiel ihm der Schmuggler ins Wort. »Es könnte ja noch jemand auf die Idee kommen, dass wir tatsächlich gesessen haben.«

Prospero musste unwillkürlich schmunzeln, doch dann wurde seine Miene wieder ernst. »Du kannst mir vielleicht helfen«, setzte er erneut an. »Ich suche eine Frau, die nach Tunis oder Algier verkauft werden soll. Sie hat rotes Haar. Ziemlich auffällig.«

Der Schmuggler machte ein betont empörtes Gesicht. »Sie glauben doch nicht etwa von uns …«

»Bitte!, unterbrach Prospero ihn. »Hilf mir. Ich würde dir das nie vergessen.«

Sein Gegenüber sah zu Boden. »Sie ist bei Enrique an Bord«, brummte er.

»Wo finde ich diesen Enrique?«, fragte Prospero atemlos.

»Besser, ihr bleibt hier, und ich hole das Mädchen.« Ohne ein weiteres Wort verließ der Wettergebräunte das Schiff. Auch Prospero und Pepe kehrten auf die Mole zurück. Sie warteten quälend lange Minuten. Was, wenn der Schmuggler sie nur verschaukelt und still und heimlich die Flucht ergriffen hatte? Nein, das durfte nicht sein, sie würden sie finden. Prospero verbot sich jeden zweifelnden Gedanken.

Und dann entdeckte er in einiger Entfernung einen leuchtend rotblonden Haarschopf, der im Wind flatternde. Deborah! Sie lebte! Noch nie hatte er bei einem Anblick solche Erleichterung, solch unbändige Freude empfunden. Er lief ihr entgegen und sie ihm. Wild und stürmisch fielen sie einander in die Arme, dann fanden sich ihre Lippen, und sie küssten sich. In diesem Moment war es Prospero völlig egal, dass sie das nicht durften. Deborah lebte, und er hatte sie gefunden. Nur das zählte noch für Prospero Lambertini.

63.

Zurück im brodelnden Zentrum Roms brachen für Prospero Lambertini und Alessandro Caprara Tage voller politischer Entscheidungen an. Nach dem Beweis der Aktenfälschung und der fehlenden Leiche im Sarkophag musste Klemens XI. von einer Heiligsprechung Elisabeth von Bartaszolys absehen. Allerdings lag es sowohl im Interesse des Kaisers als auch dem des Papstes, die Affäre Stamitz zu vertuschen. Der tote Poelschau, der einst der Reitknecht der Gräfin gewesen war und kein Adelsprädikat besessen hatte, wurde zum Mörder der Mädchen und des Grafenpaares erklärt. Cavalcanti schaffte man in die Engelsburg, wo man ihn im wahrsten Sinne des Wortes vergaß. Stronzio wurde gehenkt und der Sbirrenhauptmann vom Dienst suspendiert.

Die Leiche der Gräfin wurde sicherheitshalber verbrannt. Natürlich war man sich einig, dass es sich bei der Vampirangst um Hokuspokus und Aberglauben handelte. Aber man konnte ja nie wissen. Wo sich allerdings die sterblichen Überreste der Elisabeth von Bartaszoly befanden, blieb ein Rätsel.

Der Kardinal Ganieri verhielt sich auffallend freundlich und hilfsbereit. Caprara gestand Prospero, er habe dem Kardinalvikar gegenüber angedeutet, dass er den Fälscher der Akten kannte und Beweise gegen ihn in der Hand hielte. Aber diese Enthüllung würde niemandem etwas bringen, da sei der Kardinalvikar doch seiner Meinung, oder nicht? Ganieri hatte ihm weiß wie eine Kalkwand zugestimmt.

Deborah und Prospero begegneten einander nun wieder öfter. Sie schüttelten beide die Köpfe über die kindischen

Versuche, einander zu vergessen, mit denen sie sich über ein halbes Jahr selbst gepeinigt hatten.

Wenn sie auch keine Liebe für David von Fünen empfunden hatte und im tiefsten Innern ihres Herzens wusste, dass sie der Heirat nur zugestimmt hatte, um Prospero zu vergessen, so war der Tod ihres Bräutigams für Deborah dennoch ein Schock. Gerade jetzt wusste sie Prosperos Sorge und loyale Freundschaft zu schätzen. Auch wenn sie niemals heiraten, sich nicht einmal zärtlich umfangen durften, brauchten sie einander, der Priester und die Jüdin. Wie die beiden mit ihrem Verlangen, mit der Sehnsucht nacheinander umgehen sollten, wussten sie allerdings nicht. Aber sie wollten dem nicht mehr ausweichen, sich nicht länger bewusst aus dem Weg gehen. Ihnen war klar, dass es riskant war und ihre Begegnungen gefahrvoll bleiben würden, aber darin bestand eben die Prüfung, der sie sich stellen mussten, jeden Tag aufs Neue.

Nachdem nun ein Schuldiger für die Morde gefunden worden war, hatte Caprara seinem Schützling schließlich mitgeteilt, er könne seinen Freund Valenti Gonzaga aus der Engelsburg abholen. Das musste man Prospero nicht zweimal sagen.

Die Sonne schien von einem Himmel, der blau lackiert wirkte, als Prospero im Hof der Engelsburg auf den Grafen wartete. Es war empfindlich kühl, sonst erinnerte in diesem Moment aber nichts an die gerade noch so allgegenwärtigen, nicht enden wollenden Regenfälle der vergangenen Tage. Die Tür öffnete sich, und Valenti kam heraus. Er war ziemlich bleich im Gesicht. Als er seinen Freund sah, nahmen seine Augen jedoch sofort wieder ihr spöttisches Funkeln an.

»Ich habe dir etwas voraus«, sagte er mit einem zufriedenen Grinsen.

Prospero runzelte die Stirn. »Und das wäre?«

»Jeder, der etwas auf sich hält und der als ein anständiger Mensch gelten möchte, hat schon einmal in der Engelsburg gesessen. Der Held des Konzils von Trient, Kardinal Morone, und Deborahs Vater beispielsweise. Was ist mit dir, Prospero? Meinst du nicht, ein Aufenthalt in dieser ehrwürdigen Absteige wäre auch für dich an der Zeit?«

Abwehrend hob Prospero die Hände. Sein Gesicht hatte bei der Vorstellung jegliche Farbe verloren. »Beschwör es nicht!«, schalt er seinen Freund. Ihm hatte schon die Stippvisite in einem gewöhnlichen Kerker Roms vollkommen genügt.

Er trat einen Schritt auf Valenti zu und schloss ihn in die Arme. Dann packte er ihn an den Schultern und sah ihn eindringlich an. Eine Frage gab es da noch, die er nicht hatte aufklären können und die ihm nun – nach David von Fünens Tod – nur noch Valenti Gonzaga beantworten konnte. Unfähig, seine Neugier länger zu zügeln, fragte er:

»So, nun wo alles überstanden ist, kannst du es doch sagen: Worum ging es bei deinem Streit mit David von Fünen?«

Valenti zog überrascht die Augenbrauen hoch. »Um Alchemie«, antwortete er dann in nüchternem Tonfall.

Prospero sah ihn entgeistert an. »Um Alchemie?« Wollte der Graf ihn zum Narren halten?

»Genau. Fünen – ganz nebenbei ein begeisterter Alchemist – behauptete, dass der tiefste Sinn der Kabbala im Finden des Steins der Weisen läge. Das habe ich als Aberglauben abgetan. Ich hielt ihm entgegen, dass sich in der Kabbala nicht Alchemie verberge, sondern die Sprache Gottes. Kurz und gut: Worte ergaben Widerworte, der Streit schaukelte sich hoch und schließlich war er zu Tode beleidigt, dass ein Christ es wagte, einen Juden über die Kabbala zu belehren. Ich wiederum konnte es schlecht auf mir sitzen lassen, dass ich als Christ in seinen Augen von vornherein intellektuell deklassiert war.«

Prospero konnte es nicht glauben. »Darüber wolltet ihr auf Leben und Tod kämpfen?« Es schien absurd, dass ein akademisches Problem die beiden hätte zu ihren Schwertern greifen lassen.

Der Graf sah Prospero prüfend an. »Gibt es denn einen besseren Grund zu streiten als über das Denken?«

Prospero verdrehte die Augen. »Valenti, mit Verlaub, du bist ein Trottel – wenn auch ein gelehrter Trottel.« Er hielt einen Moment inne, dann versetzte er seinem Freund einen Stoß in die Rippen. »Wenn ich eher gewusst hätte, dass Fünen Alchemist ist, dann wäre ich vielleicht eher auf des Rätsels Lösung gekommen.«

»Aber auch nur vielleicht. Du weißt doch: Alles hat seine Zeit«, konterte Sylvio Valenti Gonzaga.

Als kurz darauf Michele Santini aus Neapel zurückkehrte, wandten sowohl der Graf als auch Prospero sich an ihn, um die Beichte abzulegen. Das nahm einen ganzen Tag in Anspruch, und Michele wirkte danach ein wenig blass um die Nase.

Geläutert und mit Gott versöhnt, verspürte Prospero Lambertini erst jetzt wieder eine Art inneren Frieden. Eine Bemerkung des Papstes verriet ihm allerdings, dass immer noch ein Damoklesschwert über ihm schwebte. Erlaubte er sich einen Fehltritt, drohte ihm die Versetzung in die kalabrische Provinz als Pastor der Chiesa San Rocco in Valenzano oder wie auch immer das verdammte Kaff doch gleich hieß.

Epilog

Benedikt XIV. blickte wieder auf die Berichte über die Umtriebe der Vampire in Polen. Entschlossen schüttelte er den Kopf. Nein, es ließ sich nicht vertuschen, die Wahrheit musste ans Licht. Man durfte nicht die Angst vor einer Hysterie die Entscheidung treffen lassen. Vor dem Aberglauben schützt nur das Licht der Aufklärung. Ob sie nun vom Teufel kamen oder ob das Böse im Menschen selbst zu finden war – letztlich führten die verbrecherischen Leidenschaften der Menschen zu diesen Untaten. Sie nicht aufzuklären machte alles nur noch schlimmer.

Er nahm einen Briefbogen und empfahl dem polnischen Erzbischof, in dessen Zuständigkeit der Fall lag, die Angelegenheiten von den Kriminalbehörden und den Ärzten untersuchen zu lassen und Priester, die ohne stichhaltige Beweise von Vampiren faselten, ihres Amtes zu entheben. Dann klappte er die Akte zu. Es war leicht, wie Albani zu handeln und die Augen vor der Wirklichkeit zu verschließen. Ein einfacher Mann durfte das vielleicht, nicht aber der Papst.

Dann fiel ihm noch etwas ein, und er machte sich eine Notiz. Beinahe hätte er es nämlich vergessen. Er wollte veranlassen, dass der Auditor Alfredo Arcimboldo Spigola seliggesprochen wurde, denn persönlicher Mut in Zeiten der Willkür war immer eine Tugend und ein Wunder zugleich. Wenn es nicht nur das Böse, sondern auch den göttlichen Funken im Herzen der Menschen gab, dann waren dieser Mut und dieses menschliche Mitgefühl die Tugenden, in denen er Gestalt annahm.

Nachwort

Eine scheinbar nebensächliche Bemerkung, eine Fußnote im Leben Benedikts XIV., ließ mich aufmerken und eröffnete mir ein unverhofftes Abenteuer. Der Papst hatte nämlich einem polnischen Erzbischof in einem Brief empfohlen, gegen den Vampir-Aberglauben vorzugehen. Prospero Lambertini und Vampire – wie passte das zusammen?

Ich begann zu recherchieren. Das erste Resultat meiner Nachforschungen war die Erkenntnis, dass man alles getrost vergessen kann, was man über Vampire zu wissen meint. Unsere Vorstellungen über diese Untoten entstammen vollkommen dem romantischen 19. Jahrhundert, das den Schauerroman erfand. Nosferatu und Frankenstein sind die hübsch gruseligen Helden dieser Zeit. Sie spukten jedoch im wahrsten Sinne nur noch durch die Literatur; im Leben der Menschen spielten die Untoten zu dieser Zeit keine Rolle mehr, ihre Ära war längst versunken.

Die Vampire hatten aber ihre große Zeit, in der sie Angst und Schrecken verbreiteten, und zwar gut einhundert Jahre zuvor. Am Anfang des 18. Jahrhunderts erschütterte eine rasant um sich greifende Vampirhysterie Europa. Friedhöfe wurden gestürmt, Tote aus ihren Gräbern gerissen, die Leichname gepfählt oder verbrannt. Besonders in Ost- und Südosteuropa befiel die Menschen wie eine Pandemie die Angst, von Blutsäufern überfallen zu werden. Den historischen Hintergrund dafür bildeten der Abzug der Türken und die Inbesitznahme dieser Gebiete durch die Österreicher.

Aufgeklärte Menschen sahen in der Furcht des Volkes

nur Aberglauben und in dem Aussterben ganzer Dörfer das Wirken von Seuchen, die in den ehemals umkämpften Territorien nun ausbrachen. Von Böhmen und Mähren im Norden über Polen, Weißrussland, Rumänien im Osten und Serbien und Istrien im Süden breitete sich der Flächenbrand der Vampirhysterie aus. Schließlich nahmen die Verdächtigungen und Leichenschändungen eine derartige Dimension an, dass die Kaiserin Maria Theresia eine Untersuchungskommission aus Wissenschaftlern, Juristen und Kriminalisten einsetzte, um den unerklärlichen Vorgängen auf den Grund zu gehen. Aber das ist schon wieder eine andere Geschichte.

Wie immer muss ich mich vor der Historie verbeugen, die eben die besten Geschichten bereithält. Zu danken habe ich aber auch dem Arzt Michael Ranft, der 1734 eine wissenschaftliche Studie unter dem Titel »Tractat von dem Kauen und Schmatzen der Todten in Gräbern, Worin die wahre Beschaffenheit derer Hungarischen Vampyrs und Blut-Sauger gezeigt, Auch alle von dieser Materie bißher zum Vorschein gekommene Schrifften recensiret werden« veröffentlichte. Aber auch Gottlob Heinrich Vogts »Kurtzes Bedencken Von denen Acten-maeßigen Relationen Wegen derer Vampiren, Oder Menschen- Und Vieh-Aussaugern. Martini, Leipzig 1732« und Johann Flückingers »Vernünftige und Christliche Gedancken über die Vampirs. Der Actenmäßige Bericht über die Vampirs, so sich zu Medvegia in Servien an der Türckischen Gräntzen sollen befunden habe« müssen stellvertretend für eine Vielzahl zeitgenössischer Quellen erwähnt werden. Selbst ein so ausgezeichneter Kenner der christlichen Mystik wie Joseph Görres hat sich ausführlich mit der Problematik des Vampirismus befasst.

Kurz und gut, zum Schluss habe ich wie immer dem Buch der Bücher und Dante Alighieri meine Referenz zu erweisen.

Nun aber nehme ich wieder schweren Herzens Abschied von Prospero Lambertini und seinen Freunden und hoffe doch, wenn der Leser und die Geschichte es wollen, ihnen bald wieder begegnen zu dürfen.

Prospero Lambertini, Hilfsauditor der Rota, des höchsten römischen Gerichtes, später Papst Benedikt XIV.
Velloni, Assistent des Präfekten der päpstlichen Bibliothek, später Universitätsprofessor
Cäcilia, Vellonis Schwester
Sylvio Valenti Gonzaga, Konsultor der Indexkongregation, später Kardinal
Michele Santini, Sekretär Albanis, später Kardinalallegat in Paris

64.Angehörige der Kurie:
Papst Klemens XI., ehemals Kardinal Gian Francesco Albani
Ruggiero, Kammerdiener des Papstes
Alessandro Caprara, Förderer und Vorgesetzter Lambertinis, Auditor der Rota, zuständig für Heiligsprechungen
Alfredo Arcimboldo Spigola, Auditor der Rota
Guido Ganieri, Kardinalvikar von Rom
Andere Bürger Roms:
Gioacchino, Gastwirt
Caterina, seine Tochter
Pepe, sein Diener
Giovanni und Renata, ein Fischer und seine Frau
Marcello, Tischler
Giuseppe Romano, berühmtester Modehändler Roms

65.Die Juden:
Tranquillo Vita Corcos, Rabbiner
Deborah, seine Tochter

David von Fünen, Rabbinersohn aus Prag, Deborahs Verlobter
Benjamin, Gelehrter und Arzt
Raphael delle Rose, Kleiderhändler

66.Weitere Personen:
Cavalcanti, Polizeipräfekt von San Angelo
Stronzio, Polizist und Cavalcantis Diener
Graf und Gräfin Stamitz, Gesandter des österreichischen Kaisers Leopold I. und seine Frau
Ignaz von Poelschau, Reit- und Fechtlehrer der Gräfin
Fermi, Professor und Pathologe
Leopoldo Lacriano, Leichenschminker
Wassilij, orthodoxer Priester aus Weißrussland
Capitano Corazza, Seemann

Gisbert Haefs

»Gisbert Haefs bietet eine rechte Labsal auf der Wanderung durch die Berge historischer Romane.«

Die Zeit

978-3-453-47086-6

Hannibal
978-3-453-06132-3

Das Gold von Karthago
978-3-453-43131-7

Das Schwert von Karthago
978-3-453-47070-5

Troja
978-3-453-87963-8

Der erste Tod des Marc Aurel
978-3-453-47078-1

HEYNE